Arrangement sous tension

*

Un message menaçant

W0293058

JENNIFER MOREY

# Arrangement sous tension

*Traduction française de*
PASCALE DOMÉJEAN

BLACK ROSE

HARLEQUIN

*Collection :* BLACK ROSE

*Ce roman a déjà été publié en 2020*

*Titre original :*
COLTON'S CONVENIENT BRIDE

© 2019, Harlequin Enterprises ULC.
© 2020, 2025, HarperCollins France pour la traduction française.

Ce livre est publié avec l'autorisation de HARLEQUIN BOOKS S.A.
Tous droits réservés, y compris le droit de reproduction de tout ou partie de l'ouvrage, sous quelque forme que ce soit.
Toute représentation ou reproduction, par quelque procédé que ce soit, constituerait une contrefaçon sanctionnée par les articles 425 et suivants du Code pénal.

Si vous achetez ce livre privé de tout ou partie de sa couverture, nous vous signalons qu'il est en vente irrégulière. Il est considéré comme « invendu » et l'éditeur comme l'auteur n'ont reçu aucun paiement pour ce livre « détérioré ».

Cette œuvre est une œuvre de fiction. Les noms propres, les personnages, les lieux, les intrigues sont soit le fruit de l'imagination de l'auteur, soit utilisés dans le cadre d'une œuvre de fiction. Toute ressemblance avec des personnes réelles, vivantes ou décédées, des entreprises, des événements ou des lieux serait une pure coïncidence.

**HARPERCOLLINS FRANCE**
83-85, boulevard Vincent-Auriol, 75646 PARIS CEDEX 13
Service Clients — https://www.harlequin.fr/contenu/contactez-nous
ISBN 978-2-2805-1781-2 — ISSN 1950-2753

Édité par HarperCollins France.
Composition et mise en pages Nord Compo.
Imprimé en mars 2025 par CPI Black Print (Barcelone)
en utilisant 100% d'électricité renouvelable.
Dépôt légal : avril 2025.

FSC
www.fsc.org
MIXTE
Papier issu de sources responsables
FSC® C159065

Pour limiter l'empreinte environnementale de ses livres, HarperCollins France s'engage à n'utiliser que du papier fabriqué à partir de bois provenant de forêts gérées durablement et de manière responsable.

# 1

Decker Colton saupoudrait son pamplemousse de sucre tout en se demandant comment annoncer délicatement à Cynthia qu'il souhaitait mettre un terme à leur relation.

Il sortait avec elle depuis trois mois maintenant, et il sentait qu'elle attendait plus de lui qu'il ne pouvait donner. Leur histoire avait commencé sur un site de rencontre, comme toutes les relations que Decker avait eues ces derniers temps. Son travail l'occupait trop pour qu'il ait le temps de chercher l'âme sœur d'une manière plus traditionnelle, et il refusait de mêler vie professionnelle et sentimentale. Au cours du dernier mois, Cynthia était restée passer la nuit chez lui de plus en plus souvent, et avait exigé une part grandissante de son temps.

Cette proximité l'étouffait... Il avait besoin de respirer à nouveau.

Cynthia leva les yeux au-dessus de sa tartine – non beurrée, bien entendu – et lui sourit d'un air enjôleur.

À contrecœur, il alla s'asseoir à côté d'elle. Il déposa sur l'îlot central l'assiette contenant son pamplemousse et, s'armant de sa cuillère, commença à entamer le fruit juteux.

— J'ai réfléchi, dit-elle.

Aïe ! Et voilà...

Elle lui posa la main sur le bras.

— Ces dernières semaines ont été merveilleuses !

— Cynthia...

— Nous devrions vivre ensemble... Soit ici, soit dans ta suite à l'hôtel.

Il faillit s'étrangler avec son pamplemousse. Il leva les yeux vers elle et croisa son regard, qui était beaucoup plus hésitant que ses paroles. C'était maintenant ou jamais.

Il posa sa cuillère.

— À vrai dire, je voulais te parler.

— Tu ressens la même chose, n'est-ce pas ?

Son insécurité était manifeste.

— Non. Je suis désolé. Non... Je ne veux pas te faire de mal, Cynthia, mais les choses vont trop vite pour moi. Nous ne nous connaissons que depuis quelques mois, et tu veux déjà que nous vivions comme un couple installé.

— Mais... Tout se passe bien entre nous !

— Je ne suis pas prêt à m'engager pour le moment.

*Pas avec elle en tout cas.*

— Tu travailles beaucoup, et je le comprends. Je ne t'empêcherai jamais de faire ce que tu aimes. En fait, c'est un trait de caractère que j'apprécie particulièrement chez toi, Decker.

Mais elle appréciait probablement encore plus sa fortune.

— Je suis désolé, Cynthia, mais je ne souhaite pas aller plus loin.

Il lui avait déjà dit à maintes reprises qu'il n'était pas intéressé par une relation durable et ne voulait pas s'engager. Elle n'avait pas dû le croire.

— Mais...

— Je te demande pardon si je te fais du mal.

Il n'avait en aucune manière l'intention de la blesser, mais il voyait bien qu'elle était affectée. Il ne savait pas si c'était à l'idée de l'avoir perdu lui ou son argent.

— Si tu n'avais pas de sentiments pour moi, pourquoi as-tu couché avec moi ?

— C'est toi qui es venue me rejoindre dans ma suite alors que je ne demandais rien... Et qui as sonné un jour ici et as voulu passer la nuit avec moi.

Elle frappa le comptoir du plat de la main.

— C'est vraiment mufle de ta part !

En quoi cela était-il mufle ? Il était vrai qu'elle avait commencé cette relation alors qu'il ne lui avait rien demandé.

— Tu m'as donné de faux espoirs !

Il secoua la tête.

— Absolument pas. J'ai été honnête avec toi dès le début : je t'ai dit et répété que je ne souhaitais pas m'engager.

— Je pensais que tu appréciais ma compagnie. Toutes ces nuits…

— Écoute, Cynthia, je suis vraiment désolé, mais mes sentiments ne sont pas assez profonds pour que j'aie envie de poursuivre notre relation.

Elle se leva, prit son sac à main accroché sur le dossier de la chaise, et passa la bandoulière sur son épaule. Puis elle resta debout à le défier du regard, les lèvres pincées, l'air furieux. Sa colère sembla soudain se calmer et elle se mit à le considérer comme si elle le voyait pour la première fois.

— C'était donc vrai : tu ne crois pas à l'amour ?

Decker poussa un soupir. C'était ce qu'il lui avait affirmé au début de leur relation, alors il ne répondit pas. Pourtant, ce n'était pas tout à fait vrai. Mais un amour sincère était une chose infiniment rare et précieuse. Ses longues heures de travail ne lui laissaient que peu de temps pour rechercher l'âme sœur… Ce qui réduisait presque à néant ses chances déjà minces de la trouver un jour.

Cynthia déclara avec un soupir méprisant :

— Il vaut mieux que j'arrête de perdre mon temps avec toi !

Sur ces mots, elle tourna les talons et sortit de la pièce.

Decker se leva et l'accompagna jusqu'à la porte d'entrée. Elle l'ouvrit d'un geste théâtral et sortit, affrontant la tempête de neige telle une princesse offensée.

Il méritait peut-être cette dernière réflexion cinglante, mais il ne pouvait pas se forcer à l'aimer. Peut-être valait-il mieux qu'il arrête de chercher une compagne. La direction de The Lodge lui prenait tout son temps, d'autant plus qu'en ce moment, il avait des projets de rénovation pour l'hôtel. C'était la priorité.

Du perron, il vit son père arriver et sortir de son Range Rover. Puis il suivit Cynthia du regard. Elle monta dans sa voiture, démarra sans attendre, et partit sous les épais flocons de neige.

Lorsqu'il n'était pas dans sa suite à The Lodge, Decker vivait sur le vaste domaine situé autour de l'hôtel. Il y avait fait construire un chalet beaucoup trop grand pour lui seul, et avait une vue splendide sur les montagnes Rocheuses.

Russ Colton entra dans la maison.

— Ce n'était pas une fille pour toi, fiston.

— Je viens de lui annoncer que c'était fini entre nous.

— En la voyant, j'ai pensé que c'était elle qui avait rompu.

Son père ôta sa veste et la pendit dans l'entrée. À soixante-cinq ans, il était toujours à la tête de l'empire Colton, ainsi qu'il aimait l'appeler. Russ était grand et brun comme ses fils, mais quelques fils argentés venaient maintenant éclairer sa chevelure épaisse. Il s'enorgueillissait d'avoir bâti l'entreprise familiale qui comprenait une station de sports d'hiver avec un hôtel de luxe – The Lodge – ainsi qu'un palace, The Chateau, dans la vallée.

— J'aurais aimé que ce soit le cas, répliqua Decker.

— Elle était trop désireuse de te plaire. Tu as besoin d'une fille qui se comporte comme ton égale et qui sache te tenir tête.

Cynthia s'était surtout montrée un peu trop pressante. Il supposait que c'était la raison pour laquelle il n'avait pas souhaité poursuivre leur relation.

— Tu as besoin de quelqu'un comme la fille Hadley.

Decker avait entendu que Kendall était retournée à Roaring Springs depuis quelque temps. Il ne l'avait pas revue depuis leurs années de lycée. Kendall était alors une fille assez réservée, qui se contentait d'un cercle restreint de très bons amis et restait à l'écart des personnes les plus populaires. Il se souvenait d'elle comme d'une fille studieuse, ce qui était un bon point pour lui car lui-même avait toujours été bon élève. À l'époque, il s'était demandé pourquoi une fille aussi belle que Kendall n'était pas plus courtisée. Maintenant qu'il était plus âgé, il comprenait que c'était par choix.

— Que fait-elle depuis qu'elle est revenue à Roaring Springs ? demanda-t-il, intéressé.

— Elle travaille dans l'exploitation forestière de son père. D'après ce que j'ai entendu, elle y joue un rôle clé : elle est responsable de la préservation de l'environnement.

En quoi consistait la mission d'un responsable de la préservation de l'environnement ? Decker était totalement ignorant en la matière.

— Elle veille à la protection des espèces animales et végétales sur leur domaine, expliqua Russ. Elle a fait un master en biologie à l'université du Colorado. Elle est sortie major de sa promotion.

— Comment sais-tu tout ça ?

— J'ai rencontré son père il y a quelques semaines. Il s'est un peu vanté.

Ah... Et apparemment, cela n'était pas tombé dans l'oreille d'un sourd.

— Maintenant que te voilà à nouveau célibataire, poursuivit son père, j'aimerais te parler d'une chose à laquelle je songe depuis quelques semaines.

La cuisine s'ouvrait directement sur le salon, et Decker suivit Russ jusque-là. La pièce était spacieuse, avec un plafond haut aux poutres apparentes et une baie vitrée qui offrait un panorama magnifique sur la forêt et les sommets des Rocheuses. La décoration – dans des tons de brun et de beige – tout comme les larges fauteuils et le canapé profond qui faisaient face à la cheminée, conféraient à l'endroit une atmosphère à la fois confortable et chaleureuse. Une table basse où étaient posés des livres de voyage invitait à la lecture et à la détente.

Son père traversa la pièce et s'arrêta devant la baie vitrée. Il regarda un instant le paysage, puis se retourna.

— Nos voisins, Bernard et Marion Hadley, gèrent leur exploitation forestière depuis presque aussi longtemps que nous avons monté l'entreprise familiale.

— C'est exact.

Decker ne voyait pas où son père voulait en venir. Il n'allait tout de même pas lui demander de se lancer dans la sylviculture !

— Bernard a gagné des millions avec son exploitation.

Russ avait du respect pour les gens qui réussissaient ce qu'ils entreprenaient, et il avait élevé Decker dans cet esprit. Mais pourquoi cet intérêt subit pour les Hadley ?

— Comment as-tu rencontré Cynthia, Decker ?

— Sur Internet.

— On ne peut pas dire que c'est un succès !

— Dans ce cas, non.

— Pourquoi n'essaierais-tu pas de recontacter Kendall ?

L'idée n'avait même pas effleuré Decker, et encore moins pour sortir avec elle.

— Je pense que j'ai besoin de rester seul quelque temps. Cynthia était très demandeuse, et il faut que je me concentre sur mon travail.

— Tu arrives très bien à faire plusieurs choses à la fois, fiston. D'ailleurs, ce que j'ai en tête a un lien avec les affaires. Si deux familles qui ont aussi bien réussi que les Hadley et les Colton s'alliaient, elles auraient toutes les deux beaucoup à y gagner.

Il toussota en fixant Decker d'un regard sérieux.

— Nous devons penser à l'avenir de nos familles. Notre entreprise est prospère, mais il faut consolider les acquis. Tant que je vivrai, je m'y emploierai.

Decker reconnaissait bien là son père, son amour immodéré de l'argent, et son ambition. Mais de là à…

— Tu voudrais que Kendall et moi sortions ensemble ?

Russ s'approcha, l'air déterminé.

— J'aimerais plus que ça. Je voudrais que tu l'épouses.

— L'épouser ?

Decker en fut sidéré.

Il tenta de se ressaisir.

— Tu voudrais que je l'épouse ? répéta-t-il, incrédule.

— Oui. Cynthia était trop capricieuse et exigeante… Et tu en es réduit à chercher une compagne sur Internet parce que ton travail te prend tout ton temps. Tu avances en âge. Tu ne veux pas d'enfants ?

— Si.

Il avait toujours voulu avoir une femme, une famille, une maison pleine de vie. Son père avait raison, mais ce qu'il lui suggérait lui semblait un peu radical.

*Un mariage arrangé ?*

— Kendall a sa propre carrière. Et en tant que fille unique de Bernard et Marion, elle est amenée à être un jour à la tête de leur entreprise.

Et voilà que son père se remettait à parler d'argent ! Il n'avait donc que ça à l'esprit ?

— Elle n'acceptera jamais.

Quelle femme avec un minimum de raison le ferait ? Kendall était belle et intelligente : elle aurait l'embarras du choix lorsqu'elle voudrait trouver un mari. Pourquoi accepterait-elle un mariage arrangé… Avec lui ?

— Tu lui as parlé ? demanda-t-il.

— Non, mais j'ai rencontré son père, et nous avons eu une longue conversation. Il m'a rappelé que Kendall et toi étiez ensemble au lycée, et a ajouté qu'il avait toujours pensé que vous formeriez un très beau couple.

Kendall avait une année de moins que Decker, et sa nature réservée faisait qu'il n'avait jamais osé l'inviter à une soirée. Elle ne semblait pas snob, seulement un peu distante, comme si elle ne souhaitait pas se mêler aux autres. Elle paraissait surtout intéressée par les cours et par son petit cercle d'amis…

— Tu as trente-quatre ans, fiston. Il est temps de songer à fonder une famille. N'attends pas trop longtemps.

Decker pivota et se dirigea vers la cuisine en se frottant le menton. Était-il fou de sa part d'accorder un instant de réflexion à ce que venait de lui dire son père ? Le faisait-il parce qu'il était un fils obéissant, ou parce que, au fond, ce que proposait Russ Colton n'était pas si absurde ?

Lorsque Kendall arriva chez elle, il faisait déjà nuit noire. Elle avait passé la journée à observer une meute de loups gris. C'était un spectacle exceptionnel : cette espèce était en voie de disparition, et cela faisait très longtemps que de tels spécimens n'avaient plus été aperçus.

Elle enlevait son manteau et ses bottes lorsque la sonnette retentit.

Qui cela pouvait-il être ? Il était déjà 20 heures, et elle avait faim et envie d'aller prendre une douche.

Elle jeta un coup d'œil par la fenêtre et vit son père. Elle le fit entrer.

— Je suis désolé, je sais qu'il est un peu tard. Où étais-tu aujourd'hui ? demanda-t-il en secouant les flocons qui s'étaient déposés sur sa parka.

— C'est mon jour de congé. Je suis allée faire une randonnée.

Elle referma la porte alors qu'il enlevait sa veste et son chapeau.

— J'ai repéré une petite meute de loups gris. Ils étaient très beaux, et avaient l'air en bonne santé.

— Hum...

L'indifférence de son père pour les questions environnementales l'agaçait.

— J'ai signalé l'endroit où je les ai observés aux autorités du parc national des Montagnes Rocheuses. Ils vont essayer de mettre une puce à l'un d'entre eux.

— J'ai quelque chose d'important à te dire.

— Papa..., répondit-elle avec un soupir.

— Des loups gris. C'est bien, ma chérie.

— C'est une espèce en voie de disparition. Je ne sais pas si tu te rends compte que c'est très important pour le Colorado qu'il y ait une meute sur son territoire !

Elle n'avait vu que six loups, mais c'était probablement le plus grand groupe observé depuis plusieurs décennies.

— C'est merveilleux, ma chérie !

Il se pencha et déposa un baiser sur sa joue.

— Je sais à quel point tu aimes la nature.

Elle lui pardonna son indifférence... comme toujours.

— Qu'as-tu à me dire ?

Kendall alla dans la cuisine. Elle vivait dans une grande maison en pierre au toit pentu qu'elle avait fait construire sur le domaine de ses parents.

— Tu ne devineras jamais qui est venu me voir un peu plus tôt aujourd'hui !

Elle sortit la salade qu'elle avait préparée la veille et commença à se préparer une assiette.

— Alors, dis-moi !

— Russ Colton, répondit son père en s'asseyant sur un haut tabouret.

*Russ Colton ? Le père de Decker Colton ?*

— Tu veux quelque chose à grignoter ? lui demanda-t-elle en sortant une bouteille d'eau du réfrigérateur.

— Non, merci. Ta mère et moi avons déjà mangé.

Elle se servit un verre d'eau.

— Russ et moi avons parlé de Decker et toi.

Mon Dieu ! Elle n'avait plus vu Decker depuis des années. L'image de son beau visage, avec ses épais cheveux bruns et ses yeux noirs d'une intensité qui la fascinait lui revint soudain à l'esprit. Elle avait pensé à lui lorsqu'elle était revenue s'installer à Roaring Springs, se demandant s'il avait changé. Elle en était secrètement amoureuse lorsqu'elle était au lycée, mais il ne s'en était jamais aperçu. Il était toujours entouré d'une joyeuse bande d'amis. Il était également intelligent et ambitieux. Comme toutes les filles, elle avait rêvé de sortir avec lui, mais elle était bien trop timide pour lui manifester son intérêt.

— J'ai entendu dire que c'était lui dirigeait The Lodge maintenant... C'est bien ça ? demanda-t-elle.

Elle le savait déjà. Decker avait toujours suscité sa curiosité et son intérêt. Même aujourd'hui, parler de lui faisait battre son cœur un peu plus vite.

— Oui. Et Russ m'a dit qu'un jour, il lui confierait la direction de tout le groupe... Il a aussi suggéré que Decker et toi pourriez peut-être nouer des liens...

*Nouer des liens ?* Elle reposa la bouteille et regarda attentivement son père. Il était clair qu'il s'apprêtait à lui dire quelque chose, mais hésitait à se lancer.

— Tu veux dire des liens d'affaires ?

— D'une certaine manière... Decker est un homme très occupé. Il n'a pas beaucoup de temps pour rencontrer des femmes.

— Waouh !

Elle leva les deux mains.

— Rencontrer des femmes ? Où veux-tu en venir ?

— Si les Hadley et les Colton formaient une alliance, ce serait une très bonne chose pour eux. Decker veut fonder une famille. Vous êtes tous les deux passionnés par ce que vous faites, et je pense que vous iriez très bien ensemble. Il aurait de la chance d'avoir une compagne comme toi.

Elle en resta bouche bée. Avait-elle bien compris ?

— Tu voudrais que je l'épouse ?

— Russ et moi, nous avons pensé que vous pourriez peut-être vous rencontrer, et voir si vous vous entendez bien...

— Mais... Tu envisages cela seulement pour des raisons financières !

La colère montait en elle. Ainsi, son père projetait de l'utiliser comme un pion, une possession destinée à appâter le puissant Russ Colton !

— Ce n'était pas mon idée, Kendall. C'est Russ qui me l'a proposé.

— Mais tu as accepté avec empressement de te servir de ta fille pour faire avancer tes affaires !

— Non, ça ne s'est pas passé comme ça. Je n'aurais jamais accepté de t'en parler si je ne pensais pas que Decker et toi iriez très bien ensemble. Il te plaisait bien autrefois.

— Absolument pas, répliqua-t-elle sèchement.

— C'est ta mère qui me l'a dit. Elle avait remarqué que tu regardais très souvent sa photo dans l'album du lycée, et tu as parlé de lui plusieurs fois depuis ton retour.

Kendall ne s'en souvenait absolument pas. Elle avait peut-être posé quelques questions pour savoir ce qu'il était devenu, mais rien de plus.

— Et que pense maman de cet... arrangement ?

— Elle n'est pas d'accord.

— Et tu es tout de même venu m'en parler ?

— Je l'ai convaincue que cela n'engageait à rien, répondit-il d'une voix égale. Et je lui ai promis que je respecterais ta décision.

C'était bien la moindre des choses !

Kendall observa son père un instant. Il l'aimait et voulait son bonheur, elle le savait. Mais elle était également convaincue que, s'il trouvait un moyen de la rendre heureuse tout en servant les intérêts de son entreprise, il n'hésiterait pas. Pour autant, jamais il n'était allé jusqu'à lui proposer d'épouser un étranger !

Enfin, Decker n'était pas vraiment un étranger...

— J'y songerai, dit-elle.

Elle voulait seulement qu'il la laisse seule.

— Russ nous a invités à dîner demain soir.

Elle sursauta. Il avait accepté une invitation sans lui demander auparavant ce qu'elle en pensait ? Pourquoi ?

— J'ai l'impression que tu te sers de moi, dit-elle d'une voix tendue.

Il posa la main sur la sienne et la serra.

— Je ne ferais jamais ça, ma chérie. Tu es ma fille. Tu es mon bien le plus précieux.

*Oui... Parfois au sens propre du terme !*

Même si elle ne l'aurait jamais avoué à son père, elle avait assez envie de revoir Decker, maintenant qu'elle n'était plus une lycéenne timide. D'après ce qu'elle avait entendu de lui, son hôtel était son seul véritable amour. Elle se demandait comment un homme pouvait ainsi se vouer corps et âme à une entreprise. Ne voulait-il pas trouver le bonheur avec une compagne ? Fonder une famille ? Et si non, pourquoi ? La curiosité l'emporta sur tout le reste.

— C'est d'accord.

Elle voulait voir par elle-même l'homme que Decker Colton était devenu. Ce n'était pas parce qu'elle allait dîner avec lui qu'elle allait l'épouser, de toute façon.

Son père sourit, certainement plus de soulagement qu'elle ait accepté sa proposition que de joie à l'idée de passer une soirée chez des hôtes aussi guindés que les Colton. Du moins, c'était ainsi que Kendall les voyait. Mais peut-être s'était-elle laissé influencer par les commérages.

Lorsque son père partit, au lieu d'aller se doucher, Kendall passa la demi-heure qui suivit à chercher ses albums de lycée. Elle les trouva au sous-sol, dans une boîte où elle gardait quelques souvenirs. Elle emporta le tout dans sa chambre, alluma la télévision et commença à sortir de la boîte une revue et d'autres souvenirs qu'elle avait gardés : des tickets d'entrée pour des parcs de loisirs, des musées, des concerts et des séances de cinéma, qui lui rappelèrent des moments heureux. Elle avait eu l'intention de les arranger dans un album, mais ne s'était jamais décidée à le faire. Elle avait également conservé de petits objets que ses camarades lui avaient donnés autrefois. Elle prit entre ses doigts des bracelets en tissu aux couleurs vives, et sourit. Ses quatre plus proches amies de collège et elle avaient décidé d'échanger leurs porte-bonheur pour Pâques… Et ces bracelets étaient ceux qu'elle avait reçus.

Elle avait gardé un groupe d'amis très soudés tout au long de ses années de lycée, et était toujours en contact avec la plupart d'entre eux. Elle n'avait jamais fait partie de ces bandes tapageuses auxquelles la plupart des élèves rêvaient d'appartenir. Cela lui semblait plutôt vain… Elle avait choisi de travailler sur le domaine familial parce qu'elle aimait la nature et le calme.

Peut-être le fait d'être enfant unique avait-il développé en elle un certain goût pour la solitude : elle évitait la foule et les mondanités, et avait toujours préféré passer son temps à lire des romans et observer les animaux.

Posant les bracelets de côté, elle prit les albums du lycée.

— Bien, monsieur Colton, dit-elle à voix haute, refaisons connaissance !

Elle ouvrit un premier album et le feuilleta, jusqu'à ce qu'elle arrive à un article présentant la candidature de Decker comme délégué des élèves. Elle se demanda s'il était toujours aussi beau. Il était grand et mince, athlétique. Elle le voyait souvent dans les couloirs. Parfois, il la saluait. Elle se souvint du frisson d'excitation qui la parcourait lorsque leurs regards se croisaient. Avait-elle imaginé l'intérêt qu'elle avait parfois cru déceler dans son regard ? À l'époque, elle aurait rêvé qu'il lui propose d'être sa cavalière pour une soirée, suscitant ainsi l'envie de toutes les autres filles. Cela semblait si stupide maintenant !

Elle poursuivit avec un album plus ancien. Poussant les photos et les souvenirs de côté pour avoir de la place, elle se mit sur le ventre, et plaça le volume devant elle.

Il y avait plusieurs clichés de lui cette année-là. Combien de fois les avait-elle admirés, juste pour le plaisir de voir son beau visage ?

Alors qu'elle replongeait malgré elle dans la rêverie amoureuse que Decker faisait naître en elle lorsqu'elle était adolescente, son téléphone se mit à sonner.

Elle se redressa et le saisit.

— Bonsoir, maman !

— Que penses-tu de l'idée de ton père ?

— Il ne changera jamais !

— Effectivement ! Que ne donnerait-il pour faire fructifier son entreprise ! Je trouve qu'il y a quelque chose d'archaïque dans cet arrangement...

— Au moins, papa m'a laissé la possibilité de dire non. Je suppose que je dois m'estimer heureuse !

Sa mère éclata de rire, et Kendall sentit monter toute l'affection qu'elle avait pour elle.

— Je me demande sans arrêt comment Decker a réagi lorsque son père lui a proposé de t'épouser, reprit soudain sa mère d'une voix sérieuse, et j'avoue que je suis... préoccupée.

— Il ne faut pas.

— Et si Decker n'acceptait que pour faire plaisir à son père ?

— Ne t'inquiète pas, maman...

— Tu as toujours été optimiste ! Mais à ta place, j'aurais refusé le dîner de demain, répliqua sa mère d'une voix inquiète.

— Je suis...

Kendall n'était pas certaine de vouloir être honnête jusqu'au bout en ce moment.

— Curieuse.

Cela au moins était vrai.

Elle voulait savoir si elle serait toujours sensible au charme de Decker, s'ils s'entendraient bien, et si être avec lui serait aussi agréable qu'elle l'avait imaginé lorsqu'elle était adolescente.

— Je t'en prie, sois prudente, ma chérie. Si Decker est moitié aussi âpre au gain que son père, il est incapable d'aimer quiconque !

Elle eut un moment de doute. Peut-être était-il ridicule d'accepter ce dîner... Elle aurait pu prétendre qu'elle le faisait pour son père, mais ce n'était pas entièrement vrai.

— J'en saurai plus après le repas.

— Je me demande si Decker est toujours aussi beau, dit sa mère d'une voix songeuse.

— Ça serait un plus, répartit Kendall.

— Ou un problème...

# 2

Decker se trouvait dans le salon de la somptueuse résidence de ses parents. L'endroit était grandiose, mais il manquait de simplicité à son goût. La décoration moderne en était froide et impersonnelle.

Debout devant l'immense baie vitrée, il attendait l'arrivée de leurs invités tout en regardant pensivement la télécabine qui reliait The Chateau, dans la vallée, à la station de sports d'hiver où se trouvait The Lodge. Derrière lui, Russ et Mara discutaient, assis sur le canapé. D'ordinaire, ils passaient tous deux leur temps à travailler, et Decker les considérait plus comme une équipe efficace que comme un couple. Parfois même, il se demandait s'ils s'aimaient. Les voir ainsi installés côte à côte lui semblait presque étrange.

La sonnerie retentit. Kendall et ses parents étaient là.

Il était rarement nerveux, mais il ressentit une certaine appréhension. Après toutes ces années, il allait enfin revoir Kendall...

Le majordome de Russ et Mara précéda les Hadley dans le salon. Bernard entra le premier. Il était vêtu d'un costume sombre et d'une cravate. Marion le suivait, très élégante dans sa robe beige et noire, avec Kendall à ses côtés. Il retint son souffle. Elle portait une robe noire ajustée sur son buste, sa taille et ses hanches, avec un décolleté qui laissait voir la peau satinée de sa gorge. Ses longs cheveux blonds ondulés étaient lâchés sur ses épaules. Son visage était exempt de tout maquillage, à l'exception d'un peu de gloss sur ses lèvres pleines, et de mascara qui mettait en valeur ses yeux d'un bleu éclatant. Dès qu'elle entra, elle le chercha du regard.

Il n'avait pas anticipé le choc qu'il ressentit en la voyant. Qu'elle était belle !

Elle sembla passer quelques secondes à l'examiner, elle aussi. Ces yeux impressionnants – il ne se souvenait pas qu'ils étaient d'un bleu aussi profond – le parcoururent des pieds à la tête, passant sur son torse pour finalement s'arrêter sur son visage. Il ne portait pas de costume, juste une chemise à manches longues bleu ciel, un pantalon gris, et des mocassins en cuir.

— Kendall, dit-il en s'avançant, quel plaisir de te revoir !

Il lui prit la main et se pencha pour l'effleurer de ses lèvres, saisissant au passage l'occasion de la voir de plus près. Elle avait quelques taches de rousseur qui donnaient du piquant à sa beauté.

— Pour moi aussi, bafouilla-t-elle.

À son regard étonné, il suspecta qu'elle était agréablement surprise de voir l'homme qu'il était devenu : elle avait eu la même réaction que lui. Il surprit le regard approbateur de son père, et son sourire presque ironique.

Bernard et Marion engagèrent la conversation avec Russ et Mara alors qu'un serviteur portant un plateau chargé de flûtes de champagne apparaissait. Kendall en prit une, et Decker fit de même.

— Mon père m'a appris que tu travaillais dans l'entreprise de ton père comme responsable de la préservation de l'environnement…

Autant entamer la conversation par des sujets faciles.

— Oui. J'ai occupé un premier poste à Fort Collins après mes études, mais mon père m'a demandé de revenir à Roaring Springs.

— Pour quelle raison ?

— Il voulait que je l'aide à gérer l'entreprise. Il avance en âge et va bientôt prendre sa retraite, et il aimerait que je prenne sa suite un jour.

— Et toi, tu en as envie ?

Elle détourna le regard, et sembla réfléchir.

— Je suis passionnée par mon métier. Prendre la direction de l'exploitation forestière serait la suite logique, mais je ne suis pas certaine de vouloir assumer autant de responsabilités administratives. J'aime vivre au grand air.

— Tu pourrais confier cela à quelqu'un d'autre.

Elle sourit.

— J'y ai bien pensé ! Mais mon père n'a pas très envie que quelqu'un d'extérieur à la famille dirige son bébé.

Decker hocha la tête.

— Le mien n'y verrait aucune objection, du moment que son bébé lui rapporte beaucoup d'argent.

Elle s'arrêta de sourire et jeta un coup d'œil à Russ, comme si Decker venait de confirmer ses soupçons.

— Ne t'inquiète pas, poursuivit Decker d'un ton qu'il espérait badin, je ne suis pas comme lui.

Son beau sourire revint sur ses lèvres, et elle leva les yeux vers lui.

— C'est bon à savoir...

— Au risque de paraître ignorant, que fait-on dans une exploitation forestière, à part abattre des arbres pour les vendre ?

— Nous fournissons de nombreuses entreprises de construction en sapin de Douglas, mélèze de l'Ouest, pin ponderosa ou pin tordu. Mais il faut également veiller à la protection de l'environnement et des espèces. Depuis que je travaille ici, nous avons établi un partenariat avec le World Wildlife Found.

Elle poussa un soupir avant de poursuivre.

— Une de mes premières décisions lorsque je suis arrivée a été de faire abattre tous les arbres infestés par le dendroctone du pin. Cela a assaini l'exploitation, tout en nous procurant le capital nécessaire pour replanter d'autres arbres.

— Impressionnant !

— Je suis spécialisée en protection de l'environnement, répondit-elle avec un sourire qui révéla des dents parfaites. Et toi ? Tu diriges The Lodge ? L'hôtel est beaucoup plus grand que lorsque j'ai quitté Roaring Springs pour aller à l'université !

— Oui. Il y a eu beaucoup de travaux. Nous avons ajouté des restaurants et, bien entendu, des chambres.

— C'est devenu un hôtel de luxe...

— Nous avons également développé de nouvelles activités dans la station, et construit des chalets sur le domaine.

— Des chalets tout aussi luxueux, j'imagine…
Désapprouvait-elle ce choix ?
— Nous ciblons une clientèle privilégiée.
— Je regrette seulement que la plupart des gens ne puissent profiter d'un endroit comme The Lodge.
— Mais si, rétorqua-t-il, la station est ouverte à tous !
— Mais ils ne peuvent pas y passer la nuit.
Clairement, elle désapprouvait la ségrégation sociale. Cela lui plut, même s'il n'était pas entièrement d'accord avec elle.
— Certaines personnes aiment pouvoir se retirer loin de la foule.
— Si tu penses cela, répliqua-t-elle, alors tu ressembles peut-être plus à ton père que tu ne le penses.
— Tu n'apprécies pas mon père ?
Un fois encore, elle jeta un coup d'œil à Russ.
— Je pense qu'il ressemble beaucoup au mien.
— Ils sont tous les deux prêts à utiliser leurs enfants pour faire avancer leurs affaires, dit-il avec un large sourire.
— Exactement !
Ils échangèrent un long regard qui devint plus intense… Mais ce fut d'une voix neutre qu'elle déclara :
— Je ne suis pas allée à The Lodge depuis les travaux d'agrandissement.
— Je t'y emmènerai.
Peut-être que d'ici là, elle aurait décidé qu'elle ne voulait plus le voir.
— Cela me ferait très plaisir !
Il entendit à peine un serviteur annoncer que le dîner allait être servi, et suivit Kendall dans la salle à manger. C'était une grande pièce avec une immense table au centre, une cheminée et un cabinet à porcelaine. Des doubles rideaux égayaient de larges fenêtres, et un énorme lustre en cristal était suspendu au plafond.
Russ était en train de parler fièrement des prévisions de croissance de son entreprise tout en s'asseyant auprès de Mara, qui semblait peu intéressée et demeurait silencieuse. Kendall fut invitée à s'asseoir entre sa mère et Decker.
— Je ne peux pas imaginer une union plus satisfaisante pour nos deux familles, déclara Russ.

— Entièrement d'accord ! répondit Bernard avec un sourire. Mais j'ai tout de même une question : comment cette idée vous est-elle venue ?

— Les médias ont beaucoup parlé de votre exploitation forestière depuis que vous avez pris des mesures de protection des espèces et obtenu des financements du World Wildlife Found. Ce partenariat est très innovant !

Bernard répondit avec fierté :

— C'était l'idée de ma fille.

Colton vit que son père – pourtant difficile à impressionner – lançait à Kendall un regard plein de respect. Il devait être en train de se dire qu'elle serait une addition très bienvenue à la famille Colton.

— Tout est prêt, monsieur, annonça un serviteur qui venait d'entrer.

— Bien ! s'exclama Russ. Decker, j'ai pris l'initiative de faire en sorte que Kendall et toi puissiez dîner en tête à tête.

Il eut un petit rire.

— Vous êtes tous les deux trop âgés pour qu'un premier rendez-vous ait lieu en compagnie de vos parents. Charles va vous emmener vers votre table.

Decker vit la surprise se peindre sur le visage de Kendall. Ils suivirent tous deux Charles jusqu'à l'avant de la villa, où se trouvait une véranda avec vue sur la vallée. Decker songea que c'était certainement sa mère qui avait eu l'idée de placer une bougie sur la table, et de faire diffuser une douce musique.

Decker tira une chaise pour que Kendall s'asseye, puis s'installa en face d'elle. Il regarda un instant le paysage.

— C'est très gênant.

Puis il se tourna vers Kendall.

— Nos parents sont vraiment déterminés à ce que nous sortions ensemble… Et plus si affinités !

— Hum…, fit-elle en trempant ses lèvres dans son verre de vin rouge, pas ma mère.

— Elle y est opposée ?

— Elle veut que je me marie par amour. Elle n'a accepté cette invitation que parce que j'ai voulu venir et me faire ma propre opinion.

— Je ne sais pas trop ce qu'en pense ma mère, admit Decker. Elle est probablement d'accord avec mon père. En fait, elle est tout aussi ambitieuse que lui lorsqu'il s'agit du succès de notre entreprise.

— Je ne suis pas étonnée que Russ ait échafaudé ce plan. Il ressemble beaucoup à mon père.

Kendall souriait, mais son regard demeurait sérieux.

— Les affaires avant tout ! s'exclama Decker.

— Toujours. Mais cela n'empêche pas mon père d'avoir beaucoup de qualités, et je sais qu'il m'aime.

— C'est exactement la même chose avec le mien, répondit Decker.

Parfois, il regrettait la dureté apparente de son père, et se demandait si ce n'était pas la raison pour laquelle il essayait constamment de gagner son approbation en agissant comme il le lui avait demandé. Il lui arrivait de se dire que, comme son frère, il aurait dû braver ses interdits : Wyatt avait arrêté ses études pour se lancer sur le circuit de rodéo. Ce n'est que lorsque leur grand-mère lui avait légué son ranch, le Crooked C, qu'il était revenu à Roaring Springs.

— Bien, et maintenant que nous sommes là où ils voulaient que nous soyons, de quoi allons-nous parler ? murmura-t-elle.

Il s'appuya sur le dossier de sa chaise alors qu'un serviteur apportait le premier plat. Il la regarda, plus intéressé par ce spectacle que par celui du carpaccio de Saint-Jacques assaisonné d'huile d'olive et de sel rouge de Hawaï.

— Qu'as-tu fait depuis le lycée ? demanda-t-il.

— Je suis allée étudier la biologie à l'université. Ensuite, j'ai travaillé pour le Service des forêts. Puis je suis retournée à Roaring Springs lorsque mon père m'a dit qu'il avait besoin que je vienne l'aider à diriger l'entreprise. Il envisage de prendre bientôt sa retraite.

— Et tu n'as jamais eu de compagnon ?

Elle leva à peine les sourcils, comme si elle ne s'attendait pas à la question.

— J'ai eu quelques histoires... mais rien qui vaille la peine d'en parler. Et toi ?

Elle but une gorgée de vin et le fixa de ses magnifiques yeux bleus.

— Rien de sérieux. Je croyais que j'aimais la fille avec laquelle je sortais au lycée, mais j'ai grandi.

— Je me souviens d'elle. Tous les garçons rêvaient de sortir avec elle.

Il soupira. Tout cela semblait si loin maintenant !

Puis il la regarda un instant. Elle était si belle ! Comment avait-il pu ne pas s'en apercevoir ?

— Tu étais très discrète au lycée.

— Je ne cherchais pas à avoir beaucoup d'amis, mais de bons amis.

Même si Decker avait toujours été très sociable, cela ne l'avait pas empêché d'avoir lui aussi un cercle restreint d'amis très proches.

— Et après cette fille au lycée, il y en a eu d'autres ? poursuivit-elle.

— J'ai fréquenté quelqu'un à l'université.

— Pendant longtemps ?

— Oui. Mais elle n'a pas voulu venir vivre à Roaring Springs, et nous avons rompu.

— Ça a été difficile ?

Il aurait menti s'il avait prétendu que non. Il pensait qu'ils formaient une bonne équipe. De plus, son père appréciait cette jeune femme, et Decker devait bien reconnaître que c'était un élément important pour lui.

— Oui. Mais je me suis plongé dans le travail.

— Et tu n'as plus eu de temps pour rien d'autre ! ironisa-t-elle.

Il réfléchit à sa pique, parce qu'elle exprimait une certaine vérité. Puis il lui demanda :

— Et toi ? Pourquoi es-tu toujours célibataire ?

— Oh ! je ne l'ai pas toujours été ! J'ai eu quelques relations assez longues, auxquelles nous avons toujours mis un terme à l'amiable. Puis, à la fin de mes études, j'ai rencontré quelqu'un et nous avons vécu ensemble. Je croyais que c'était le bon jusqu'à ce qu'un jour je rentre, et le trouve au lit avec une autre.

Elle soupira.

— Je n'aurais jamais cru que je pouvais me tromper à ce point sur un homme. Pour moi, c'était le genre de choses qui n'arrivaient qu'aux autres, ou dans les films !

— Et pas à toi ? demanda-t-il en riant. Je n'ai jamais surpris aucune de mes petites amies en flagrant délit, mais l'une d'elles m'a annoncé un jour qu'elle voyait quelqu'un d'autre. C'était après mes études. Je travaillais beaucoup, et je suppose qu'elle en a eu assez.

Il prit une gorgée de vin, tout en se souvenant à quel point cela lui avait fait mal. À l'époque, il s'était dit qu'il était en train de devenir comme son père, obsédé par sa réussite professionnelle...

Il reposa son verre alors qu'un serviteur apportait le plat suivant.

Decker remarqua que Kendall semblait apprécier la façon dont les mets étaient présentés. Elle devait avoir l'habitude de manger dans de bons restaurants, mais elle n'était pas blasée pour autant, et paraissait savourer chaque bouchée.

Là, par exemple, elle était en train de goûter son potage en fermant les yeux. Elle les rouvrit et déclara :

— Tu sais ce que j'aime dans ces repas ?

Il l'observa et sentit une vague de chaleur monter en lui.

— Je ne fais pas souvent des repas gastronomiques, mais lorsque cela m'arrive, je suis toujours sensible au fait qu'ils sont particuliers parce qu'ils prennent du temps. Ce n'est pas seulement la nourriture, c'est l'expérience tout entière que je savoure.

Il était entièrement d'accord. Plus le temps passait, plus Kendall l'intéressait, et il voulait en savoir plus.

— C'est pour cela que tu as accepté ce dîner ?

Elle s'arrêta de manger.

— Bien sûr que non !

— Alors, pourquoi ?

— Et toi ?

— C'est moi qui ai posé la question le premier.

Elle lui sourit, ce qui fit monter la chaleur en lui, et murmura :

— À vrai dire, je ne sais pas trop... Je voulais te rencontrer. Voir ce que tu étais devenu...

— Et qu'en penses-tu ?

— Je dirais que les choses vont plutôt bien pour toi…

Toujours avec un sourire, elle ajouta :

— À toi maintenant : pourquoi as-tu accepté ce dîner ?

Decker n'en avait pas fini : elle n'avait pas vraiment répondu à sa question.

— Si tu as accepté cette invitation, j'imagine que l'idée de nos deux pères ne te paraissait pas si stupide… Tu sais bien qu'ils projettent de nous marier ?

Elle ne répondit pas immédiatement.

— Comme je te l'ai dit, je voulais te rencontrer, expliqua-t-elle, voir l'homme que tu étais devenu. Faut-il vraiment que je te dise là, sur-le-champ, si oui ou non je veux t'épouser ?

— Ça peut attendre la fin du repas, ironisa-t-il.

Elle sourit à nouveau, plus largement cette fois.

— Et toi ? Pourquoi t'es-tu dit que tu pourrais peut-être m'épouser ?

— Je ne suis pas sûr d'avoir pensé ça. En fait, je me suis surtout dit que je ne voulais pas me sentir contraint d'obéir à mon père… une fois de plus.

Son sourire s'évanouit, et elle eut l'air perplexe.

— Alors pourquoi…

— J'étais curieux moi aussi. Je me souvenais de toi, et j'ai eu envie de te revoir.

Elle soutint son regard longuement avant de baisser les yeux, et il se força à reporter son attention sur son potage. L'idée de son père lui semblait de moins en moins saugrenue.

Quelques minutes plus tard, deux serviteurs revinrent avec le plat suivant.

— Bar sauce fumée, purée de céleri et feuilles d'oseille, annonça l'un d'eux.

Kendall observa son assiette avec une expression admirative, puis goûta le plat avec concentration.

— Que fais-tu de ton temps libre ? demanda-t-il.

— J'aime être au grand air. Je lis beaucoup. Je jardine. Je sors avec des amis. Je passe du temps avec mes parents. Et toi ?

Il répondit avec un petit rire :

— Je travaille beaucoup.

— Mais tu ne fais pas que ça, j'espère ? Tu ne sors jamais de ton bureau ?

— Je fais du ski quand j'en ai l'occasion.

— Bravo !

Il ne fut pas piqué par sa moquerie.

— Parfois je lis...

— Hum... Voilà au moins un point commun. Et les amis ? demanda-t-elle avec sérieux maintenant.

— Je ne vois plus personne du lycée. La plupart de mes amis sont des gens qui travaillent pour moi ou qui fréquentent The Lodge.

— À t'entendre, ta vie est un peu insipide.

— Gérer The Lodge n'est pas insipide ! Je rencontre plein de gens intéressants.

Kendall le regarda, et il pouvait presque entendre ce qu'elle pensait des clients qui fréquentaient un hôtel comme le sien. Il s'agissait de célébrités, de personnes fortunées et qui avaient réussi dans la vie. Il aimait le challenge que représentait la direction d'un établissement aussi prestigieux.

— Qu'aurais-tu fait si tu n'avais pas suivi les traces de ton père ? demanda-t-elle.

Il fut pris au dépourvu, et il lui fallut quelques secondes pour réfléchir.

— J'aurais de toute façon choisi d'être chef d'entreprise. Lorsque j'étais enfant, j'étais fasciné par la station que mon père avait créée, et par The Chateau. J'aimais prendre la télécabine pour venir ici voir les gens skier et se détendre. Puis j'ai grandi, et j'ai essayé de comprendre comment mon père gérait tout cela. Bien avant qu'il suggère que je pourrais un jour prendre sa suite, j'avais décidé de faire des études de management. Mais je ne suis pas certain que j'aurais choisi cette entreprise en particulier. Je crois que j'aurais bien aimé monter ma propre affaire.

Kendall hocha la tête pour lui signifier qu'elle comprenait. Il se sentait vraiment écouté, et devait reconnaître que c'était un sentiment très agréable. Cela faisait monter la chaleur en lui et remarquer à quel point elle était belle. Cela l'avait frappé dès qu'il avait posé les yeux sur elle, mais son admiration ne cessait de croître et de prendre un tour plus sensuel. Il suffisait qu'il la regarde pour sentir le désir monter en lui.

— Tu penses que ton père t'aurait licencié si tu n'avais pas géré The Lodge à son goût ?

— Oui.

Russ était sans pitié lorsqu'il s'agissait des affaires.

— J'aimerais lui succéder un jour. Et pour le moment, il pense que je suis l'homme de la situation.

— Je suis certaine que tu as l'envergure nécessaire pour le faire.

— Je me sens capable d'assumer ces responsabilités… Et je sais que je suis le meilleur candidat pour succéder à mon père.

Ce n'était pas de la vantardise de sa part. Simplement un constat.

— En tout cas, je vois que tu travailles beaucoup pour cela et que tu t'en donnes les moyens. Mais malgré cela, tu es visiblement en forme : tu arrives à trouver un peu de temps pour faire du sport, non ?

— Il y a une salle de sport à l'hôtel, et j'en ai également aménagé une chez moi. J'aime aussi me promener sur le domaine.

Le plat suivant était arrivé, et Kendall se passa la main sur le ventre.

— Je commence à être plus que rassasiée !

Le repas n'était pas terminé.

— Tu n'es pas obligée de tout manger.

— Je m'en voudrais de ne pas goûter à toutes ces bonnes choses !

— Parle-moi de ton travail. Pourquoi l'exploitation forestière ? Es-tu toi aussi la victime des rêves et des attentes de ton père ?

Elle sourit, comme elle semblait souvent le faire. Il la regarda encore, et il fut lui-même surpris de se sentir réagir avec autant d'intensité. Elle avait l'air d'être une femme heureuse, qui avait confiance en elle.

— Oui et non. J'ai toujours voulu travailler dans le domaine de l'environnement. Mon père m'a encouragée à faire également une formation en sylviculture. Alors j'ai suivi quelques cours à l'université, tout en me spécialisant en biologie des organismes.

— Et qu'aimes-tu dans ton métier ?

Elle repoussa la salade et posa les coudes sur la table. L'éclat de la flamme entre eux l'empêchait de la voir nettement.

— Être au grand air. Protéger la forêt et les animaux.

Cela avait du sens. Comme lui, elle était motivée par le désir de bien faire, de changer les choses pour le mieux. Elle était intelligente, également. Decker eut un sursaut de joie alors qu'il était de plus en plus conscient de sa présence, de ses courbes attirantes, de ses cheveux, de ses yeux... Il avait vraiment envie de la revoir.

— J'ai découvert une petite meute de loups gris, déclara-t-elle soudain. Ils avaient disparu des Rocheuses du Colorado depuis des années. Mais ils semblent être en train de revenir du Wyoming.

— Fascinant !

Il ne pensait pas aux loups...

Kendall ne s'était pas attendue à prendre tant de plaisir à ce dîner, et cette observation ne se limitait pas à la qualité du repas. Decker l'avait surprise. Elle ne pensait pas qu'il serait si honnête au sujet de son père, de son travail, et de lui-même. Il ne ressemblait plus du tout à ce lycéen courtisé de toutes parts qu'elle avait connu. Il avait mûri, et correspondait maintenant à merveille au cliché du beau brun ténébreux. Il était élégant sans ostentation, d'une manière décontractée, et elle sentait en lui une humilité qui n'avait rien de feint, ainsi que du respect pour les autres. C'était en cela qu'il différait de Russ.

Elle se leva de table. Après avoir ensuite goûté au plateau de fromages et à un dessert élégamment présenté et délicieux, elle était plus que repue.

Juste au moment de quitter la pièce, Decker l'arrêta et lui fit face.

— Je n'ai pas envie de te dire au revoir tout de suite. Accepterais-tu que je te montre l'endroit de cette maison que je préfère ?

Rien ne l'empêchait de prolonger la soirée, même si ses parents étaient certainement impatients d'avoir un compte rendu de leur tête-à-tête. D'ailleurs, Decker avait éveillé sa curiosité, et elle avait envie de savoir quel était son endroit favori dans cette maison au luxe ostentatoire.

— Avec grand plaisir ! s'exclama-t-elle.

Elle ne put s'empêcher de remarquer l'étincelle de plaisir qui brilla dans ses yeux.

Decker l'emmena à l'étage supérieur et lui fit suivre un long couloir. Au bout se trouvait une porte plus étroite que les autres, vers laquelle il se dirigea.

Il l'ouvrit, alluma la lumière, et Kendall vit alors un autre escalier.

Les marches en bois craquèrent sous leurs pas. Elle n'avait pas l'impression que l'on venait souvent ici. L'endroit semblait peu entretenu, et le bois clair aurait dû être plus soigneusement astiqué pour soutenir la comparaison avec le reste de la maison.

En haut de l'escalier, Decker pénétra dans ce qui semblait être une mansarde, ou un espace que l'on n'avait pas fini d'aménager. On y avait entreposé des boîtes d'un côté, et des meubles d'un autre. Il y avait des jouets éparpillés sur le sol, ainsi qu'une vieille malle. Tout était recouvert d'une fine couche de poussière.

Elle regarda Decker, qui semblait attendre sa réaction.

— C'est ton endroit favori ? demanda-t-elle, incertaine.

— C'est celui qui a le plus de caractère.

Elle ne pouvait pas le contredire. Le reste de l'immense maison, à l'exception de la véranda où ils avaient dîné, était froid et impersonnel, et elle comprenait que cette pièce puisse avoir un attrait particulier pour lui.

Elle sentit croître son intérêt pour cet homme dont elle n'avait jusque-là qu'une image ne correspondant pas à la réalité.

Elle s'avança dans la pièce. Elle aimait les deux fenêtres en chien-assis qui ouvraient sur l'arrière de la maison, et les poutres apparentes. L'endroit avait un charme rustique et désuet.

— Ma mère trouvait cette pièce trop petite, expliqua Decker. C'est devenu un espace de stockage, et les enfants du personnel de maison y viennent parfois pour jouer.

— C'est un endroit de rêve pour eux ! dit Kendall en souriant. Du moment qu'il n'est pas hanté...

Il eut un petit rire.

— La maison n'est pas assez vieille pour cela, même si je suis certain que bon nombre de membres de la famille Colton auraient une bonne raison pour venir nous tourmenter !

Kendall n'aurait jamais pensé ressentir autant de plaisir à lui parler. Il avait de l'esprit, et un sens de l'humour tout en demi-teintes. Alors qu'elle continuait à sourire, elle vit son attitude changer, et le désir s'allumer dans ses yeux.

— Et pourquoi aimes-tu cette pièce plus que le reste de la maison ? demanda-t-elle.

Il parcourut du regard la pièce poussiéreuse avant de se tourner vers elle.

— Elle est authentique.

— Authentique ?

Elle ne voyait pas trop où il voulait en venir.

— Je ne renoncerais pas à mon argent ou à ma réussite, mais cette pièce, avec toutes ses imperfections, est un rappel que l'humilité est importante.

Elle comprenait ce qu'il voulait dire. Le rapport qu'il entretenait avec cette pièce lui rappelait celui qu'elle avait avec la nature. Elle aimait les belles choses, tout comme lui, mais le fait d'être à l'extérieur et de partager son environnement avec des animaux sauvages la remettait à sa place.

— Je vois. Il n'est pas nécessaire que tout soit luxueux et coûte une fortune !

— Je vais tout de même demander au personnel de faire un peu de ménage.

Il sourit et, une fois encore, elle vit une lueur briller dans ses yeux.

— Et j'avais une autre idée en tête lorsque je t'ai emmenée ici, poursuivit-il, à l'écart des regards indiscrets. Je voulais obtenir une réponse à une question.

Elle lui répondit sur le même ton badin :

— Ah bon ? De quoi s'agit-il ?

Il posa la main au bas de son dos et l'attira doucement vers lui, jusqu'à ce qu'elle soit tout contre son torse.

— Je ne connais qu'une seule manière de savoir si nous sommes compatibles.

Elle le regardait dans les yeux et ne recula pas lorsqu'il baissa la tête pour l'embrasser.

Ses lèvres se mirent à picoter. Il avait commencé un baiser doux et léger qui devint très vite plus passionné. Il sembla vouloir l'approfondir, mais au lieu de cela, il releva le visage et poussa un long soupir, les yeux brillants de désir.

Kendall prit une inspiration, se rendant compte seulement maintenant qu'elle avait arrêté de respirer. Il laissa retomber sa main, et elle recula.

— Eh bien, j'ai la réponse à ma question ! lança-t-il d'un ton railleur.

Elle n'avait plus tous ses esprits.

— Nous... Nous devrions y aller. Nos parents doivent être en train de nous attendre.

Decker la guida à travers la maison jusqu'à la salle à manger, où un serviteur leur apprit que le café était servi dans le salon. Kendall se dit que ce serait certainement le moment où Russ allait évoquer l'idée d'un mariage entre Decker et elle.

Lorsqu'ils entrèrent, leurs parents étaient déjà en train de déguster leurs cafés.

— Ah, les voici !

Russ se leva du canapé pour les accueillir.

Kendall prit une chaise et s'installa auprès de sa mère, avec Decker à ses côtés. Russ se rassit, le visage radieux.

— Comment s'est passé votre repas ? lui demanda sa mère.

Elle se sentait comme une adolescente après son premier baiser.

— Très bien ! Félicitez le chef de ma part, dit-elle en se tournant vers Mara et Russ.

— Il a beaucoup de talent, remarqua Russ. C'est lui qui a formé tous les cuisiniers qui travaillent à The Lodge et The Chateau.

— Bien ! murmura Kendall.

— Alors, s'enquit Russ en se tournant vers son fils, devons-nous préparer le mariage ?

Decker la regarda.

— C'est à Kendall de décider.

Elle eut l'impression que le sang se retirait de ses veines. Il voulait déjà planifier leur mariage ? Elle appréciait Decker, mais elle se sentait prise au piège, et encore incertaine. Allait-elle prendre une décision aussi cruciale sans se donner le temps de la réflexion, simplement parce que son père lui avait demandé de le faire ?

— J'aimerais réfléchir un peu, déclara-t-elle.

— Il n'est pas nécessaire de hâter les choses, confirma sa mère.

— Ils se plaisent, remarqua son père. Je le vois.

Comment pouvait-il affirmer cela ?

— Il s'agit seulement de choisir une date, insista Russ.

— Et vous annulerez tout si vous changez d'avis, ajouta Bernard.

— Papa ! protesta Kendall.

— Seulement fixer une date, répéta Russ, c'est tout ce que nous demandons.

— Il n'y a pas de mal à cela, intervint Marion.

Kendall se tourna vers sa mère, éberluée. Elle avait des doutes auparavant. Que s'était-il passé pour qu'elle change ainsi d'avis ?

Mara, quant à elle, sourit.

— Je ne vois aucun mal à fixer une date, moi non plus, déclara-t-elle. Et si l'un de vous décide d'arrêter les choses, même à la dernière minute, nous annulerons tout.

Et gaspiller ainsi les efforts faits et les frais engagés ? Certes, leurs deux familles étaient riches, mais pour Kendall, ce n'était pas une raison pour dilapider leur argent.

— C'est traditionnellement la famille de la mariée qui paie la réception, dit-elle. Je ne veux rien prévoir tant que je ne suis pas sûre de ma décision.

Russ agita la main.

— Ne vous inquiétez pas pour l'argent. C'est moi qui prendrai en charge les frais du mariage. Le pire qui puisse arriver est que nous perdions quelques acomptes !

— Alors, je veux pouvoir choisir et payer ma robe.

Kendall n'arrivait pas croire qu'elle venait de prononcer ces paroles.

Elle se sentait prise dans une situation surréaliste où tout se passait beaucoup trop vite.

Russ agita à nouveau la main comme si rien de tout cela n'avait vraiment d'importance.

— Nous discuterons des détails plus tard. Mais choisissons une date.

*Choisissons une date !*

— Le 31 mars, proposa Decker.

Elle le regarda bouche bée. C'était dans moins d'un mois !

— Fabuleux ! s'exclama Russ.

— Merveilleux ! renchérit son père.

— Voilà qui devrait être intéressant, murmura Marion.

Et Mara se contenta d'un rire léger.

# 3

Le lendemain matin, Kendall se rendit chez ses parents pour y prendre le petit déjeuner avec sa mère. Sans avoir la splendeur de la demeure des Colton, la maison de Bernard et Marion était impressionnante. Avec ses façades blanches rythmées de hautes fenêtres arrondies et ses toits asymétriques, elle donnait une impression de modernité.

Kendall entra dans le hall, une vaste pièce semi-circulaire ouvrant sur un petit salon où la famille avait l'habitude de se réunir. Kendall le traversa pour se rendre dans la cuisine, où sa mère discutait joyeusement avec la cuisinière.

— Ah ! La voilà ! s'écria-t-elle en se levant pour venir l'embrasser. J'ai demandé à Carol de préparer ton petit déjeuner préféré !

Il consistait en une omelette, des framboises, et une tartine de pain de seigle beurrée.

— Je te trouve très en forme ce matin ! remarqua Kendall en s'asseyant à côté de sa mère.

La cuisine donnait sur une piscine intérieure entourée de baies vitrées par lesquelles on pouvait voir les montagnes enneigées. En ce début de mois de mars, il faisait encore froid.

— Je veux que tu me racontes tout ce qui s'est passé pendant le repas ! s'exclama Marion. Tu n'étais pas très bavarde hier soir. J'ai pensé que si je te laissais un peu de temps pour réfléchir à tout ça, tu m'en dirais plus !

Kendall et sa mère avaient toujours été proches, et elle n'était pas surprise que Marion ait compris qu'elle avait besoin de temps pour assimiler des événements aussi chargés en émotion que ceux de la veille.

— J'ai passé une excellente soirée !

— Tu m'as déjà dit ça hier.

— Decker n'est pas… celui que j'imaginais. Il est ambitieux, mais n'est pas obsédé par la réussite.

Pour Kendall, l'argent était nécessaire, et en avoir rendait la vie plus facile. Mais il n'était pas une fin en soi, et il ne fallait pas tout lui sacrifier. Il lui avait semblé que Decker partageait la même opinion.

— C'était une heureuse surprise, reprit-elle. Il a changé depuis le lycée. Il n'est pas resté en contact avec son ancienne bande d'amis.

Sa mère eut un sourire empreint de bienveillance.

— Vous avez tous les deux mûri. J'ai bien vu qu'il te plaisait hier soir… Et j'ai aussi remarqué la façon dont il te regardait.

Kendall dut avoir l'air étonnée, car Marion jugea utile d'expliquer :

— Il semble très attiré… Tu as l'intention de te marier avec lui ?

— Je ne sais pas.

— À en juger par ce que j'ai vu, je suis presque certaine que lui n'a aucun doute : il veut t'épouser, Kendall.

— Il ne me connaît même pas, protesta-t-elle. J'ai besoin de plus qu'une simple attirance physique !

— Vous vous connaissez assez… Decker a une réputation d'intégrité et, malgré ce que tu en dis, l'attirance physique est un élément important. Le reste viendra avec le temps.

Kendall se laissa aller contre le dossier de sa chaise et inclina la tête sur le côté. Elle était perplexe.

— Hier, tu étais opposée à ce mariage…

— C'était avant que je vous voie ensemble. Je veux toujours que tu réfléchisses avant de t'engager, mais cette idée ne me semble plus si déraisonnable.

— Je veux être sûre de moi, déclara Kendall.

Elle espérait qu'elle ne se laisserait pas emporter par l'attirance qu'elle avait pour Decker… Mais rien n'était moins sûr.

— Il me tarde tellement d'aller choisir ta robe !

— Maman !

— Il va falloir faire vite. Je me disais que nous pourrions y aller cet après-midi.

— Mais j'ai du travail ! protesta Kendall.

— Ton père m'a dit qu'il t'accorderait tous les jours de congé dont tu aurais besoin ce mois-ci.

*Mon Dieu ! Qu'était-il arrivé à sa mère ?*

— Je te connais, Kendall : quand quelque chose te plaît, tu n'hésites pas. Et Decker te plaît beaucoup.

Elle appréciait Decker Colton, c'était certain. Mais elle ne savait pas encore évaluer la profondeur de ses sentiments. Elle avait cru trouver l'homme de sa vie en son dernier compagnon, et pourtant, il l'avait trompée et lui avait brisé le cœur. Elle ne voulait plus revivre un tel déchirement. Peut-être était-ce une des raisons pour lesquelles l'idée d'un mariage arrangé ne lui avait pas paru si étrange... En s'impliquant moins émotionnellement, elle se mettrait beaucoup moins en danger, et contrôlerait mieux la situation.

— Decker est différent de ce dont je me souviens...

— En quoi est-il différent ?

— Moins m'as-tu-vu... Moins...

— Immature ? proposa sa mère.

Kendall n'avait pas envie de parler de la cour qui entourait Decker pendant leurs années de lycée, et qui lui avait donné l'impression qu'il était hors d'atteinte.

— Oui. Il consacre tout son temps à son travail. C'est la seule raison pour laquelle il a accepté de considérer l'idée d'un mariage arrangé.

Elle aurait voulu avoir la première place dans la vie d'un compagnon, mais il était vrai qu'elle-même était très investie dans sa vie professionnelle. Elle avait une passion pour la protection des animaux et de l'environnement.

— Toi aussi, tu t'engages complètement dans ton travail, Kendall. Depuis que tu as rompu avec cet homme que tu fréquentais après tes études, tu ne penses à rien d'autre.

Parfois, elle aurait aimé que sa mère ne la connaisse pas aussi bien.

— J'ai l'impression que vous avez tous les deux de bonnes

raisons pour qu'un tel mariage fonctionne, poursuivit sa mère. Allez, viens ! Allons voir les robes de mariée !

Decker n'avait pas la moindre hésitation : il voulait épouser Kendall. Assis à son bureau, il regardait fixement l'écran de son ordinateur sans parvenir à penser à autre chose qu'à elle.

Pour une fois, il avait pris une décision sans se soucier de l'opinion de son père. Certes, ce mariage était au départ l'idée de Russ. Mais le dîner de la nuit dernière avait tout changé : Kendall était pour lui la femme idéale. Elle partageait plus avec lui qu'aucune de ses compagnes précédentes.

Elle était intelligente et devait trouver un compagnon à sa mesure. Mais peut-être qu'un mariage arrangé ne serait pas satisfaisant pour elle… Il allait devoir se battre pour la convaincre.

C'était pour cela qu'il était déterminé à lui faire une cour traditionnelle, et à tenter de la conquérir avec l'ardeur qu'il mettait dans tout ce qu'il entreprenait.

— Tu rêves ?

Decker leva les yeux et vit son père entrer dans son bureau. Il remarqua immédiatement son sourire entendu, et comprit que son père était convaincu qu'il songeait à Kendall. Visiblement, Russ était très satisfait de la manière dont les choses se déroulaient, et se réjouissait à l'idée que les Colton et les Hadley puissent unir leurs fortunes pour ne former qu'une seule grande famille.

— Un peu…

— Alors, que vas-tu faire avec Kendall maintenant ? demanda son père en s'installant dans un des fauteuils de l'autre côté du bureau.

— Peut-être lui envoyer des fleurs et l'inviter à dîner…

— C'est banal. Kendall a l'habitude d'évoluer dans un milieu raffiné. Tu devrais l'emmener dîner à Paris… Ou trouver une idée tout aussi inédite.

— Je ne pense pas que Kendall s'attache à ces choses-là.

Elle aimait la nature, pas ce que l'argent pouvait acheter.

— A-t-elle déjà été invitée à dîner à Paris ? demanda Russ.

Certainement pas. Mais il savait que ce n'était pas ainsi qu'il gagnerait son cœur.

— Je suis assez grand pour me débrouiller seul, papa.

Le sourire de Russ s'élargit.

— Il faut que ce mariage aboutisse. Avec la fortune des Hadley ajoutée à la nôtre, nous pourrons nous développer à un niveau que nous n'avons jamais espéré.

Certes, c'était une idée contre laquelle Decker n'avait aucune objection, mais il commençait à ne plus supporter la façon dont son père transformait un engagement personnel essentiel en une simple transaction.

— Je verrai ce que je peux faire, répliqua-t-il sèchement.

Russ hocha la tête.

— Très bien.

Puis, après un temps d'arrêt, il demanda soudain :

— Les réservations ont repris depuis le meurtre de cette femme ?

Après l'homicide de Bianca Rouge, une call-girl de Las Vegas qui avait séjourné à The Lodge juste avant d'être assassinée, Decker avait travaillé jour et nuit pour que le chiffre d'affaires de l'hôtel retrouve son niveau habituel... Mais il craignait encore de ne pas avoir réussi à redresser complètement la situation d'ici cet été, lorsque le festival de cinéma aurait lieu.

— Notre stratégie de communication a réussi à enrayer la crise, et les choses sont en bonne voie... mais il faudra du temps.

— Bien. Tiens-moi au courant.

— Comme toujours !

— Le meurtre de Bianca Rouge a porté une ombre sur notre établissement, remarqua son père. Maintenant, certaines personnes sont mal à l'aise à l'idée de venir ici.

— Je fais le point chaque semaine avec l'adjointe du shérif, Daria Bloom, pour savoir où en est l'enquête, répliqua Decker.

— C'est bien, mais il faut vite redresser la situation. Un futur P-DG doit être capable de régler une situation de crise comme celle-ci.

Decker sentit la colère le gagner. Son père avait coutume de faire ce genre de menaces voilées.

— Je t'ai déjà déçu ? demanda-t-il.

— J'ai quelques exemples qui me viennent à l'esprit...

Decker soutint le regard de son père.

— Personne n'est plus à même que moi de diriger The Lodge, et tu le sais parfaitement.

— Tout ce que je veux dire, c'est que j'ai besoin que tu me prouves que je ferais une bonne chose en te nommant P-DG.

Non, son père n'avait pas besoin d'arguments : il voulait seulement lui faire sentir qu'il était en position de supériorité. Decker dut se mordre la langue pour ne pas rétorquer que ce n'étaient pas ses capacités qui posaient problème, mais l'ego de son père.

— Je me demande souvent ce que Wyatt aurait fait de cet hôtel s'il avait agi comme il l'aurait dû et avait rejoint l'entreprise familiale, ajouta son père, qui semblait déterminé à l'irriter.

— Je doute qu'il en aurait fait quoi que ce soit, dans la mesure où il n'avait pas la moindre envie de travailler ici, répliqua Decker, qui savait pertinemment que sa réponse allait contrarier son père. Contrairement à moi.

Le visage de Russ se ferma.

— Je sais que tu admires la détermination de Wyatt à suivre ses envies, mais être champion de rodéo n'est pas à la hauteur des standards de notre famille.

Decker n'en était pas certain.

— Il dirige un ranch. Ça, c'est à la hauteur de tes attentes ?

Decker regarda son père. Au bout de quelques secondes, le visage de Russ s'éclaira, et ses lèvres se retroussèrent en un petit sourire.

— C'est ce que j'apprécie en toi, fiston : tu ne t'avoues jamais vaincu. C'est ce qui fait la différence entre un bon P-DG et un P-DG d'exception, déclara-t-il en se levant.

Decker ne sut que répondre : son père venait de lui faire un compliment.

Kendall décida de faire plaisir à sa mère et se rendit avec elle dans le magasin de robes de mariée le plus chic de Roaring Springs. Il s'agissait d'une boutique qui vendait des marques prestigieuses et proposait également un service de robes faites sur mesure. Cette sortie lui semblait prématurée, et elle ressentait à la fois de l'excitation et un certain malaise : était-il normal de regarder des robes de mariée alors qu'elle n'était pas certaine de vouloir épouser Decker ?

Le talon de ses bottes claquait sur le parquet de la boutique alors qu'elle passait devant des rangées de somptueuses robes suspendues les unes à côté des autres. Certaines créations étaient mises en valeur sur des mannequins, et, même si Kendall avait été certaine de vouloir se marier, elle aurait eu beaucoup de mal à choisir. Mais une robe en particulier attira son attention avant même qu'elle ne s'intéresse aux autres.

Elle réagissait souvent de la sorte : elle remarquait une chose qu'elle trouvait belle, et alors, plus rien d'autre ne lui plaisait. Lorsque cela arrivait, elle n'avait aucun mal à choisir, et les courses étaient vite faites. Elle commença à oublier ses doutes et laissa l'excitation prendre le dessus. Quelle fille n'aimait pas les robes de mariée ?

Il s'agissait d'une robe bustier dont le corsage était rebrodé de perles blanches aux reflets nacrés, qui devenaient de plus en plus petites et espacées au niveau de la taille pour se fondre dans une fine dentelle. Le jupon, très ample, n'avait pas de traîne, mais un petit nuage de tulle à l'arrière.

— Elle est vraiment charmante ! s'exclama sa mère.

Kendall se rendit alors compte qu'elle regardait fixement la robe.

— Essaie-la !

Une vendeuse qui avait remarqué leur intérêt s'approcha d'elles.

— Vous aimeriez l'essayer ?

— Oui, s'il vous plaît, répondit la mère de Kendall.

Kendall se sentait incertaine.

— Allons, allons ! l'encouragea sa mère, sous l'œil amusé de la vendeuse.

Elle revint avec une robe à la taille adéquate, et conduisit Kendall vers une cabine d'essayage. Lorsqu'elle se vit dans la glace, celle-ci n'en crut pas ses yeux. Le travail de broderie était exquis ! Elle s'imaginait avançant dans l'église pour aller retrouver Decker au pied de l'autel. L'image était très précise, et Decker si beau dans son habit qu'elle sentit son cœur battre de désir.

Lorsqu'elle s'en rendit compte, son excitation s'évanouit immédiatement.

Elle ferait mieux d'enlever cette robe, de la rendre à la vendeuse, de quitter le magasin… et de conseiller à sa mère d'abandonner, elle aussi, cette idée de mariage !

Mais au lieu de cela, elle sortit de la cabine d'essayage le cœur battant.

Dès que Marion la vit, elle demeura bouche bée, semblant la dévorer de ses yeux bleus. Cette robe était magique.

— Oh ! ma chérie, tu es merveilleuse !

— Vous êtes vraiment très belle, confirma la vendeuse. Je n'ai jamais vu une cliente trouver la robe parfaite en si peu de temps !

Malgré son trouble intérieur, Kendall se sentait comme une princesse dans cette robe. C'était un sentiment enivrant…

— Choisir le voile sera peut-être plus difficile, remarqua-t-elle.

— Nous allons prendre la robe, déclara sa mère.

Kendall se sentait comme tirée au bord de l'abîme par une force invisible. Lorsqu'elle se lancerait dans le vide, serait-elle portée par les nuages, ou tomberait-elle sur le roc ?

Elle se changea et donna la robe à la vendeuse. Sa mère la paya, même si Kendall aurait pu se l'offrir : elles tenaient toutes les deux à respecter les traditions.

Lorsqu'elles sortirent du magasin, Marion avait un large sourire aux lèvres. Elles se dirigèrent vers leur berline où leur chauffeur les attendait, et Kendall remarqua un homme assis dans une voiture stationnée de l'autre côté de la rue. Il semblait grand, costaud, et son visage était caché par des lunettes noires et la capuche d'un sweat de couleur sombre.

Même si elle ne parvenait pas à distinguer ses yeux, elle était certaine qu'il les regardait… Sa bouche avait un pli dur.

— Qui est-ce ? demanda-t-elle.

Sa mère suivit son regard.

— Je ne sais pas.

— Il est en train de nous dévisager.

Sa mère monta dans leur berline, et Kendall la suivit.

— C'est toi qu'il regarde, pas nous, dit sa mère en s'installant.

— Il est vraiment bizarre…

— À mon avis, il t'observe parce qu'il te trouve jolie !

Kendall n'en était pas persuadée. Un sentiment de malaise l'envahit.

Elle jeta un coup d'œil derrière elle alors que leur chauffeur s'engageait sur la chaussée. L'autre voiture démarra et fit demi-tour.

— Que se passe-t-il, ma chérie ? demanda sa mère en regardant dans la même direction que Kendall.

— Cette voiture...

— Tu penses qu'elle nous suit ?

Le chauffeur jeta un coup d'œil dans le rétroviseur. Kendall était soulagée qu'il les ait entendues et soit maintenant en alerte. Elle regarda à nouveau en arrière. L'autre voiture demeura à distance mais continua à rouler derrière eux, même lorsqu'ils sortirent de la ville.

Alors qu'ils approchaient de l'embranchement menant à leur maison, Kendall et sa mère se retournèrent pour observer la voiture qui les suivait. Leur chauffeur s'engagea sur la petite route.

Le cœur de Kendall se mit à battre alors que l'autre véhicule se rapprochait du croisement. Mais il passa sans même ralentir, et Kendall poussa un soupir de soulagement.

Elle se laissa aller contre le dossier de la banquette.

— Tu es bien nerveuse ! remarqua sa mère.

— C'est certainement à cause des circonstances : on n'achète pas une robe de mariée tous les jours !

Lorsque le chauffeur s'arrêta devant sa maison, elle dit au revoir à sa mère, la serra dans ses bras, et sortit.

Une fois arrivée chez elle, elle referma la porte à clé et brancha l'alarme, sans trop savoir pourquoi elle se sentait si déstabilisée. Elle était en train d'enlever sa veste quand la sonnette retentit.

Elle s'immobilisa et se raidit. L'homme avait-il fait demi-tour, s'était-il engagé sur la petite route, et l'avait-il retrouvée ? Cela lui paraissait fort improbable, dans la mesure où la voie sur laquelle ils avaient tourné menait à plusieurs autres habitations. Elle se dirigea vers la porte et regarda par la partie vitrée qui se trouvait sur le côté. Un livreur était là, tenant un magnifique bouquet de fleurs sauvages et un loup en peluche. Le cœur soudain plus léger, elle débrancha l'alarme et ouvrit la porte.

— C'est pour vous, madame.

Le livreur était un homme d'âge moyen portant une doudoune marron, et une casquette de base-ball.

Elle prit les fleurs et la peluche qu'il lui tendait.

— Merci !

Le loup était doux et les fleurs exhalaient un parfum frais et léger.

Elle referma la porte, remit l'alarme en marche, et se dirigea vers le salon.

Avec un sourire, elle déposa les fleurs sur la table basse et admira la peluche, tout en songeant que c'était un cadeau original et amusant. Elle trouva une carte dans le bouquet.

*Le repas d'hier soir était très agréable, mais ce n'était qu'un préambule. J'enverrai mon chauffeur te chercher à 19 heures pour un autre dîner. Il n'y aura que nous deux cette fois-ci. D.*

Il avait choisi des fleurs sauvages parce qu'elle lui avait dit qu'elle aimait la nature, et le loup parce qu'elle lui avait parlé de la meute qu'elle avait aperçue. C'était très attentionné de sa part. Elle ne s'attendait pas à cela.

Pourtant, elle n'était pas certaine d'apprécier le fait qu'il semble aussi sûr de lui. S'attendait-il à ce qu'elle abandonne tous ses projets de la soirée pour sortir avec lui ? Elle allait devoir le lui demander, car il était essentiel que les choses soient claires dès le départ : elle ne voulait pas changer sa vie pour s'adapter à l'emploi du temps ou aux ambitions de Decker. Elle avait ses propres centres d'intérêt et aspirations, et refusait d'y renoncer pour lui. Il devait respecter cela.

Le ferait-il ?

# 4

Decker n'avait pas eu de nouvelles de Kendall, et il supposait donc qu'elle avait accepté son invitation. Il l'attendait dans un des restaurants de The Lodge – le Columbine – où il avait réservé un salon juste pour eux deux. Le personnel avait reçu l'ordre de donner le meilleur de lui-même.

Il reçut un message lui signalant que Kendall était arrivée et se posta près de la porte pour l'accueillir. Des notes de jazz s'élevaient. Il n'y avait pas de bougies ce soir, mais une petite lampe posée sur la table diffusait une lumière intime. Un serveur se tenait derrière le bar. Decker avait choisi pour eux une pièce séparée du reste du restaurant par des portes vitrées, mais il avait demandé que les rideaux soient fermés pour préserver leur intimité.

Il vit Kendall s'avancer et eut le souffle coupé tant elle était belle. Elle portait une robe noire qui mettait en valeur sa silhouette longiligne, et avait relevé ses longs cheveux blonds en un chignon.

— Tu es merveilleuse ! dit-il en déposant un baiser sur sa main comme il l'avait fait la première fois.

Derrière elle, un des serveurs referma la porte vitrée.

— Il faut s'habiller lorsque l'on est conviée à The Lodge.

Il crut déceler une pointe d'acidité dans sa voix.

— Tu aurais pu venir en jean et tu aurais tout de même été très belle !

— Et toi, tu aurais pu *m'inviter* à dîner au lieu de me convoquer.

Oui, elle était fâchée.

— Je ne t'ai pas convoquée ! Je voulais seulement te surprendre.

Cela ne lui avait pas plu.

— C'était présomptueux de ta part de penser que je n'avais pas d'autres projets, et que si c'était le cas, j'allais les changer pour toi.

Il étouffa un rire. Avec Kendall, il ne tiendrait jamais rien pour acquis.

— En fait, j'étais presque certain que tu allais refuser. Mais quand j'ai vu que tu ne m'appelais pas, j'ai commencé à me réjouir.

Il la vit instantanément s'adoucir.

— Bon… Tu es pardonné.

Elle sourit.

— Et merci pour les fleurs et la peluche. Cela m'a fait très plaisir.

— C'est ce que je voulais.

Il lui fit signe de venir avec lui jusqu'au bar.

Elle le précéda, et il put profiter de la vue de ses hanches étroitement moulée par la robe.

Elle prit une coupe de champagne et se tourna vers lui.

— Tu as commandé un autre repas gastronomique ? demanda-t-elle en trempant ses lèvres dans le champagne.

— Bien sûr !

Elle s'éloigna du bar et se dirigea vers les fenêtres. Il la suivit.

— Tu fais cela pour toutes tes conquêtes ?

Il fronça les sourcils.

— Tu es une conquête, ou ma fiancée ?

Elle le regarda sans répondre.

— Non, seulement pour toi, répondit-il.

— Pourquoi es-tu si insistant ?

— Parce que je veux que tu m'épouses.

Avec un autre regard, plus incertain cette fois, elle se retourna et se dirigea vers la table.

— Nous allons bien ensemble, poursuivit-il en se rapprochant d'elle. Tu as un métier que tu aimes. Tu viens du même milieu que moi. Et j'ai le sentiment que, comme moi, tu as envie d'une relation qui ne soit pas compliquée. Je sais déjà que tu embrasses très bien. La seule chose que j'ignore, c'est si tu veux des enfants.

Lentement, elle se tourna vers lui, l'air perplexe.

— Une relation pas compliquée ?

— Nous voulons tous les deux nous investir dans notre travail sans craindre que l'autre ne le comprenne pas et s'en aille.

— C'est vrai, mais je ne suis pas certaine de vouloir d'une relation où je ne verrais jamais mon mari.

S'était-il trompé sur elle ? Il avait eu l'impression qu'elle n'était pas du genre à se plaindre que son compagnon ne passe pas assez de temps avec elle.

— Nous nous verrions souvent. Il s'agirait seulement de planifier des moments de liberté.

Cela sembla l'apaiser. Elle continua à le regarder, et il s'abîma dans le bleu de ses yeux.

— À part l'aspect impromptu de cette idée, qu'est-ce qui te retient de te marier ?

— Tu te souviens de cet homme dont je t'ai parlé ?

Cet imbécile qui l'avait trompée ?

— Oui.

— Eh bien, voilà.

— Tu veux que je te promette de ne jamais te tromper ? Aucun problème. Ce n'est pas mon genre. Je préférerais divorcer.

— C'est réconfortant !

Il eut un petit rire.

— Je doute d'avoir jamais la moindre raison de le faire avec une femme comme toi. Il faudrait vraiment que je sois stupide !

— Comment peux-tu en être sûr alors que tu me connais à peine ?

— J'en ai l'intuition.

Il soutint son regard un moment, puis se dirigea vers la table pour y déposer son verre. Il attendit qu'elle se retourne vers lui.

— C'est plus que ça, dit-elle en posant les deux mains sur le dossier d'une chaise. Je l'aimais. Le fait qu'il m'ait trahie et que je n'aie rien vu venir m'a marquée. Maintenant, je ne veux plus trop m'impliquer émotionnellement dans une relation.

— Alors, tu ne te sentiras pas menacée en t'engageant avec moi… Et les sentiments viendront peut-être avec le temps.

Un sourire se dessina lentement sur le beau visage de Kendall.

— J'aime cette idée, dit-elle.

— Bien.

Il s'approcha d'elle et lui prit les mains.

— Si nous dansions ?

La chanson qui se jouait en sourdine était parfaite pour cela.

Elle se laissa faire, et lui demanda :

— Dis-moi : est-ce à cause de cette femme qui t'a quitté parce que tu étais trop pris par ton travail que tu as pensé qu'un mariage arrangé était peut-être une bonne idée ?

— Elle n'a pas été la seule : aucune de mes compagnes n'a pu se satisfaire de mon emploi du temps.

— Et pourquoi penses-tu que je vais pouvoir le faire ? murmura-t-elle.

— Je n'en sais rien. C'est simplement une intuition. J'ai l'impression que nous irions très bien ensemble.

Elle leva les yeux vers lui, semblant satisfaite de l'honnêteté de sa réponse. Bien. Mais il voyait qu'elle n'était pas encore entièrement convaincue.

— Je voudrais avoir des enfants, dit-elle soudain.

— Moi aussi.

— Tu veux avoir une famille, mais tu travailles soixante heures par semaine. Comment vas-tu faire ?

— Je travaillerai plus souvent à la maison.

Elle rit.

— Dans ce cas, tu ferais mieux d'embaucher une nurse !

— Si c'est nécessaire, je le ferai. Mais si tu crains que je ne passe pas assez de temps avec mes enfants, je te promets que ça ne sera pas le cas.

Il était déterminé à avoir des moments privilégiés avec sa famille. Cela serait plus facile lorsqu'il serait enfin P-DG et qu'il pourrait diriger l'entreprise comme il l'entendait.

Kendall se mouvait en rythme avec lui. Decker la sentait à l'aise et détendue dans ses bras, et il eut une flambée de désir en pensant au moment où ils seraient seuls dans un lit.

Kendall appréciait l'honnêteté de Decker, mais elle n'était pas pour autant prête à consentir à se marier à la hâte. Pas sous la pression de leurs deux pères, déterminés à accroître leur fortune et leur pouvoir. Pour eux, il ne s'agissait que d'un contrat, mais pour elle, c'était un engagement personnel de la plus haute importance. L'aspect matériel de ce mariage lui importait peu. Si elle avait accepté de considérer cette idée, c'était uniquement parce que Decker l'intriguait et l'attirait, mais elle refusait de se sacrifier pour quiconque, pas même pour son père.

Le repas de ce soir s'avéra encore plus raffiné et délicat que le précédent. Après ce festival de saveurs, elle suivit Decker dans un petit salon situé dans un étage élevé de l'hôtel pour y prendre le café. Il lui apprit que c'était juste à côté de l'endroit où se trouvait sa suite. Elle ne savait pas trop pourquoi il avait jugé utile de le lui dire. Espérait-il qu'elle le suivrait dans son lit ce soir ?

— Qu'aimerais-tu faire la prochaine fois que nous nous verrons ? lui demanda-t-il en s'asseyant à côté d'elle sur le canapé.

Il avait ôté sa veste et l'avait déposée sur le dossier d'une chaise.

Hum... Il fallait qu'elle trouve une idée originale... Quelque chose qui lui permettrait de déterminer s'ils pourraient véritablement s'entendre. Kendall songea à ses loups bien-aimés.

— Pourquoi ne commencerions-nous pas par une randonnée ? suggéra-t-elle.

— Commencer ?

— Oui.

— Tu veux que je fasse mes preuves ?

Elle sourit, et lui répondit sur le même ton léger :

— Peut-être.

Lorsqu'il étendit le bras sur le dossier du canapé, elle sentit l'atmosphère changer. Il posa le doigt sous son menton et lui fit lever la tête. Elle se laissa faire, trop curieuse et troublée pour résister.

— Tu es si belle ! Tu as un sourire ensorceleur, murmura-t-il.

— J'aime beaucoup tes yeux.

Beaucoup d'autres choses en lui l'attiraient : ses cheveux bruns, son corps musclé...

Il se pencha en avant et l'embrassa, déposant tout d'abord sur ses lèvres un léger baiser qui devint de plus en plus profond et la fit trembler de tout son corps. Lorsqu'il s'éloigna un peu, elle ouvrit les yeux et vit qu'il la dévorait du regard. Le désir monta en elle. Il arriverait peut-être à la faire aller dans son lit ce soir ! Mais dès que cette pensée lui traversa l'esprit, elle se ressaisit et s'éloigna maladroitement.

— Je suis désolé, dit-il. Tu ne voulais pas ? Je pensais qu'après ce premier baiser, nous pourrions essayer à nouveau.

Elle sourit.

— J'ai bien aimé... Mais je ne suis pas sûre de ce qui pourrait suivre...

Il lui sourit.

— Tu veux regarder un film ?

Il avait l'air aussi embarrassé qu'elle. Il se leva, prit une télécommande, et alluma l'écran de télévision accroché au-dessus de la cheminée.

Il sélectionna un film d'animation. C'était un bon choix, car l'atmosphère devint soudain plus légère... Mais Kendall ne parvenait pas à oublier la sensation de ce baiser brûlant.

Elle avait une conscience aiguë de tout ce que faisait Decker, de la façon dont il bougeait, se penchait pour reposer la télécommande sur la table basse. Il était assis tout près d'elle, mais elle ignorait si c'était intentionnel ou non.

Le film commença, mais Kendall était tout entière absorbée par la sensation de Decker contre elle. Elle s'autorisa à poser la main sur son genou, et ne se retint pas lorsque l'inclinaison du coussin la fit glisser contre sa longue jambe musclée. Son cœur se mit à battre plus fort. Elle regarda malgré elle son entrejambe, et ce qu'elle devina fit monter son excitation d'un cran. Elle aurait voulu passer la main sur son torse pour voir s'il était aussi musclé qu'il le semblait. Sa chemise se tendait dessus, attisant un peu plus son désir.

Sur sa mâchoire, une légère barbe commençait à pousser. Elle suivit la ligne de son nez droit et vit qu'il la regardait fixement.

Sa respiration s'accéléra, et elle sentit son cœur battre plus fort.

Decker enfonça les doigts dans son chignon, libéra ses cheveux de la barrette qui les retenait et les arrangea sur ses épaules. Puis il prit le temps de la regarder, la dévisageant, et s'attardant un peu plus bas sur son décolleté.

La tension entre eux était telle que Kendall voyait clairement ce qui allait suivre. Bizarrement, elle n'avait pas la moindre envie d'arrêter les choses. Au contraire, elle était déterminée à goûter l'instant. Elle n'avait qu'à se laisser aller et faire l'amour avec cet homme qui l'avait toujours fascinée.

Decker se pencha vers elle et l'embrassa avec plus de passion. Elle lui répondit, savourant sa chaleur, sa respiration saccadée, et posa la main sur son torse qu'elle avait tant envie de toucher. Il était aussi solide qu'elle l'avait imaginé. Elle lui caressa ensuite les épaules, les bras, savourant la sensation de ses muscles sous ses doigts, puis s'agrippa à lui comme si sa vie en dépendait, alors que leur baiser devenait de plus en plus passionné.

Kendall se rendit compte qu'elle était maintenant allongée sur le canapé, mais cela n'avait aucune importance. Il fallait que Decker lui fasse l'amour.

Elle desserra sa cravate, la fit passer par-dessus sa tête, et la lança à terre. Il saisit le bas de sa robe et la fit remonter, alors qu'elle soulevait les hanches pour l'aider, et se redressait pour qu'il puisse la lui ôter. Le vêtement rejoignit la cravate sur le sol.

Kendall frissonnait de désir alors que Decker la dévorait du regard. Elle portait des sous-vêtements en fine dentelle noire. Lorsqu'elle les avait mis, elle n'avait pas prévu qu'il les verrait. Elle les avait choisis parce qu'elle se sentait sexy avec, et elle pensait qu'elle serait la seule à le savoir. Son secret était maintenant dévoilé.

Il déboutonna fiévreusement sa chemise.

Kendall le regarda faire sans parler. Le silence conférait à ce moment une atmosphère de rêve, et rien ne faisait obstacle à la satisfaction de leur curiosité charnelle.

Lorsqu'il découvrit son torse et ses abdominaux, elle trembla encore de désir. Il avait un corps magnifique et, à en juger par la lueur qui brillait dans ses yeux, il pensait la même chose d'elle.

Il jeta sa chemise sur le sol et commença à ôter son pantalon et ses chaussures sans cesser de la dévorer du regard.

Kendall voyait son sexe dressé. Elle sentit son corps s'enflammer lorsqu'il quitta son boxer et s'approcha d'elle. Posant un genou sur le canapé, il saisit sa culotte de dentelle noire et commença à la faire glisser lentement.

Puis il se pencha sur elle, l'embrassant avec fougue. Elle passa les mains sur son dos, sur ses fesses, ne cessant de le caresser. Il dégrafa son soutien-gorge et le fit glisser pour libérer sa poitrine. Il posa son regard dessus et s'immobilisa, comme hypnotisé.

— Tu es si belle !

Sa voix rauque et son regard brûlant lui donnaient autant de plaisir qu'il semblait en avoir à la contempler.

— Toi aussi, tu es beau...

Il plongea son regard dans le sien avant de prendre le bout d'un sein entre ses lèvres.

Kendall souleva les hanches, l'invitant à aller plus loin.

Il se pressa contre elle, mais poursuivit avec l'autre sein. Elle avait l'impression qu'elle ne pourrait plus tenir s'il ne l'emplissait pas immédiatement. Elle s'arc-bouta à nouveau, sans pouvoir réprimer un gémissement.

— Decker... Maintenant ! supplia-t-elle, submergée par la passion.

Il s'enfonça en elle, et Kendall renversa la tête en arrière avec un autre gémissement.

Grognant de plaisir, Decker commença à aller et venir avec une lenteur presque insupportable. Il tremblait de l'effort qu'il faisait pour se contrôler. Elle sentit qu'elle commençait à se contracter de tout son corps. Elle lui agrippa les bras et le regarda fixement dans les yeux.

À chaque coup de boutoir, son souffle se faisait plus rauque. Il s'enfonça en elle avec force, profondément, et s'immobilisa.

— Ne t'arrête pas ! supplia-t-elle.

— Kendall...

— Je t'en prie !

Il se retira et s'enfonça en elle avec rudesse, rapidement, plusieurs fois de suite, lui donnant enfin ce qu'elle demandait.

Kendall cria de jouissance. Tout son corps tremblait et elle fut un instant comme aveuglée. Elle avait à peine conscience des petits cris qu'elle poussait. Puis il se laissa retomber sur elle. Ils haletaient tous les deux.

— Mon Dieu, souffla Kendall. Que s'est-il passé ?

— Il faut vraiment que nous nous mariions !

Kendall s'habilla. Elle était maintenant revenue à la réalité, et le souvenir du moment si intense qu'ils venaient de passer la hantait... Tout comme la réflexion qu'il avait faite. Il voulait l'épouser, non par amour, mais pour l'argent et – ils le savaient maintenant – le sexe.

— Il faut que j'y aille.

Elle avait besoin d'être seule pour repenser à tout cela.

Il avait remis son pantalon et la regardait.

— Tu veux partir ?

— Il faut que je rentre chez moi.

— Pourquoi ? Tu peux dormir à l'hôtel avec moi.

— Non.

Elle n'était pas encore prête pour cela.

Il se rapprocha d'elle. Il la dominait de sa haute taille, envahissant son espace.

Elle recula.

— Il faut vraiment que je rentre chez moi.

Il la dévisagea un instant.

— Que se passe-t-il ?

— Rien.

— Cela t'a fait peur ?

Peur ? Plus que cela : elle était terrifiée. Et si maintenant elle tombait amoureuse de lui ? Pour Decker, elle n'était qu'un moyen d'accroître la fortune des Colton.

— Non, mentit-elle.

— Si, tu as peur, dit-il en lui caressant le visage. Il ne faut pas.

Elle recula.

— Non, je n'ai pas peur.

Il la regarda, et l'expression de son visage disait clairement qu'il ne la croyait pas.

— Je ne te ferai aucun mal, Kendall. Tu peux me croire.

— Je t'appellerai dans quelques jours.

Elle se retourna et se dirigea vers la porte.

— Attends ! dit-il.

Il la rattrapa.

— Dans quelques jours ?

— J'ai besoin de réfléchir, Decker.

— Non, tu as surtout besoin d'un peu plus de ce que nous venons de faire.

Il lui prit le bras et la força à s'arrêter.

À contrecœur, elle se tourna vers lui.

— Tu passeras du temps avec moi jusqu'à ce que nous soyons mariés, et alors tu t'absorberas à nouveau dans ton travail, et je ne serai pour toi rien de plus qu'une partenaire sexuelle.

Elle regrettait déjà d'avoir prononcé ces paroles.

— Tu as peur et je le comprends, dit-il avec douceur. Mais tu n'as aucune raison de t'inquiéter.

Il la prit tendrement par les épaules et lui sourit.

— Tu vas venir vivre ici avec moi et je te verrai tous les jours. Tous les matins et toutes les nuits, nous serons ensemble.

Elle avait du mal à imaginer cela alors qu'il travaillait autant. Elle serait déjà endormie ou presque lorsqu'il arriverait. Et d'ailleurs, pourquoi cela l'inquiétait-il autant ? Avait-elle vraiment besoin qu'il soit près d'elle aussi souvent ? Pourquoi se sentait-elle si vulnérable ? Peut-être était-elle hésitante à l'idée d'épouser un homme qu'elle n'aimait pas et qui ne l'aimait pas.

Elle dut se souvenir qu'elle avait déjà cru trouver le grand amour et que, cette fois-ci, elle ne se mettrait pas en danger : il ne pourrait pas lui faire de mal si elle ne l'aimait pas.

Mais si elle tombait vraiment amoureuse de lui ? Cette question lui fit l'effet d'une gifle.

— D'accord, prends un moment de réflexion. Nous parlerons plus tard. Je voudrais que demain soir, tu passes la nuit avec moi.

Cette demande fit flamber le désir en elle. Mais elle n'aimait pas sa manière de la régenter.

— Je verrai.

Il la prit par la taille et l'attira à lui.

— Je veux vraiment que tu restes avec moi, Kendall.

Il l'embrassa de ses lèvres fermes et chaudes, et le contact de sa langue lui rappela l'intensité du plaisir qu'ils s'étaient donné l'un à l'autre.

Serait-elle capable de lui dire non lorsqu'il lui proposerait de revivre un moment comme celui qu'ils venaient de passer ensemble ?

— Je ne pense pas que ce soit une bonne idée.

Elle se dégagea, et il n'essaya pas de la retenir.

Il l'observa silencieusement pendant un moment, puis téléphona pour demander à son chauffeur de la ramener chez elle.

Il la raccompagna jusqu'à l'ascenseur et descendit avec elle dans le hall. Elle vit sa voiture s'arrêter devant la porte.

— Merci pour ce délicieux dîner et...

Que pouvait-elle dire ? Merci de l'avoir fait jouir avec une telle intensité ?

— Je t'appellerai, lui dit-il doucement.

Elle hocha la tête, et se dirigea vers la voiture qui l'attendait.

Sur le chemin du retour, Kendall ne parvenait pas à chasser Decker de ses pensées. Elle ne cessait d'être surprise par le fossé qu'il y avait entre ce qu'elle imaginait de lui et ce qu'il était réellement. Même s'il avait grandi dans un milieu très privilégié et suivi les traces de son père, il était plus intègre qu'aucun des hommes qu'elle avait rencontrés auparavant. Elle ne pouvait donner d'exemples précis pour illustrer cette affirmation. C'était plus une conviction intime, fondée sur les conversations qu'ils avaient eues au cours de ces deux soirées.

Son insistance et sa conviction qu'ils allaient se marier l'agaçaient, mais elle devait bien admettre qu'elle préférait un homme qui savait ce qu'il voulait.

Alors qu'ils approchaient de l'embranchement menant à sa maison, elle remarqua une lueur de phares derrière eux. Elle se retourna et distingua une voiture à une centaine de mètres. Elle ne savait de quel type de véhicule il s'agissait, ni s'il y avait des passagers.

Se pouvait-il que le conducteur de cette voiture soit l'homme qui l'avait observée cet après-midi ?

Si c'était le même homme et s'il la filait, il savait déjà quelle route prendre. Combien de temps lui faudrait-il pour trouver sa maison ?

— Vous croyez que cette voiture nous suit ? demanda-t-elle au chauffeur.

Il regarda dans le rétroviseur.

— Je ne crois pas, madame. Je n'ai rien remarqué sur l'autoroute.

Il continua à conduire, semblant indifférent à l'autre véhicule, et vaguement surpris par sa question.

Elle regarda derrière elle lorsque le chauffeur s'engagea sur la petite route. La voiture poursuivit son chemin. Dans l'obscurité, elle ne put déterminer s'il s'agissait du même véhicule. Mais il lui sembla que oui...

# 5

Quelques jours plus tard, Kendall quitta son bureau à midi pour aller manger une salade dans un de ses restaurants préférés. Elle sortait d'une réunion avec son père au cours de laquelle ils avaient étudié les chiffres des ventes de pins infestés par le dendroctone. Ce bois avait des nuances bleutées qui le rendaient particulièrement intéressant pour les artisans et les décorateurs. S'absorber dans son travail avait permis à Kendall de ne pas penser à Decker pendant un moment, mais il lui occupait à nouveau l'esprit.

Elle sortait, inspirant l'air frais, lorsqu'elle aperçut un homme appuyé contre une voiture, les bras croisés. Elle reconnut Decker et s'arrêta net.

Il lui sourit. Elle n'avait pas répondu à ses appels téléphoniques, alors il était venu l'attendre devant son bureau.

Lentement, elle s'approcha de lui.

— Que fais-tu là ?

— Je suis venu te chercher pour t'emmener déjeuner.

Il ouvrit la portière arrière de la berline aux fenêtres teintées.

— Ton père m'a dit que vous aviez une réunion qui se terminerait vers midi, et que tu pensais ensuite aller manger une salade à The Toss.

— Ah bon ? Il a fait ça ?

Elle grimpa dans la voiture, s'écartant pour lui faire de la place. Elle ne pouvait s'empêcher d'être heureuse qu'il lui ait fait cette surprise.

— Comment va le travail ? demanda Decker.

— Bien ! La vente du bois infesté par le dendroctone nous procure de nouvelles liquidités. Et demain, j'irai voir où en est ma meute de loups.

Elle se tourna vers lui.

— Et toi ? Comment se fait-il que tu arrives à trouver du temps pour moi dans tes journées si pleines ?

— Je trouverai toujours du temps pour toi, ma chérie.

Et maintenant, il l'appelait « ma chérie » ! Quant à savoir s'il trouverait toujours du temps pour elle, elle en doutait fort. Il faisait des efforts en ce moment pour l'amener au pied de l'autel, mais lorsqu'ils seraient mariés, il consacrerait certainement toutes ses journées et toute son énergie à son travail. C'était ce que lui soufflait son instinct. Elle ne parvenait pas à se débarrasser de l'idée qu'elle n'était pour lui qu'un moyen d'accroître sa fortune et son pouvoir.

— Tu acceptes de la compagnie lorsque tu iras voir tes loups ?

— Il est vrai que c'est toujours très impressionnant. À mon avis, ils ne quitteront pas de sitôt l'endroit où je les ai repérés : ils y trouvent beaucoup d'animaux à chasser.

— La meute est grande ?

— Ils sont six. Les parents ont certainement quitté leur groupe d'origine et ont fait deux ou trois portées, donc ils doivent avoir quatre ou cinq ans.

— J'aimerais beaucoup les voir. Peu de gens ont l'occasion d'admirer un tel spectacle !

— Eh bien, si tu te tiens bien et que tu fais ce que je te dis, je pense que tu pourras venir !

— Je me tiendrai bien ! répondit-il en riant.

Le chauffeur gara la berline devant The Toss, et Decker vint lui tendre la main pour l'aider à sortir. Alors qu'elle contournait l'arrière du véhicule, elle remarqua la voiture qu'elle avait déjà vue devant le magasin de robes de mariée, garée à quelques mètres derrière celle de Decker. L'homme assis à l'intérieur l'observait derrière ses lunettes de soleil. Elle s'arrêta pour l'examiner. Il avait des cheveux bruns qui lui arrivaient aux épaules, et semblait grand et costaud.

Il démarra et passa devant elle sans plus la regarder. Kendall se retourna et suivit la voiture des yeux jusqu'à ce qu'elle disparaisse.

— C'est quelqu'un que tu connais ? demanda Decker.

— Non.

Il lui prit la main et la dévisagea, tout en la guidant vers le restaurant.

— Quelque chose ne va pas ?

Elle préférait ne plus penser à cela.

— Non...

Devait-elle lui parler de ses craintes ? Elle n'était même pas certaine qu'il y ait lieu de s'inquiéter.

— Cet homme te harcèle ? demanda Decker, les sourcils froncés.

— Kendall Hadley, c'est bien toi ? s'exclama une femme, interrompant Decker et épargnant à Kendall la peine de répondre.

Kendall leva les yeux : Karen Evanston, une de ses amies de lycée, sortait du restaurant. Elle ne l'avait plus vue depuis plusieurs années. Avec ses longs cheveux bruns et ses yeux bleu foncé, elle n'avait pas beaucoup changé.

— Karen ! s'écria-t-elle en serrant son amie dans ses bras.

— J'avais entendu dire que tu étais revenue !

Karen recula d'un pas et jeta un coup d'œil à Decker.

— Pourquoi ne m'as-tu pas appelée ?

— Je suis désolée, je n'ai pas pris le temps de le faire. Mais je m'étais promis de t'inviter à déjeuner un de ces jours !

— Alors, il faudra le faire. Je suis très heureuse de te revoir ! Tu travailles pour ton père maintenant ?

— Oui.

— Tu as toujours été très proche de tes parents. Tu as de la chance !

— C'est peut-être parce que je suis fille unique.

Son amie jeta un autre coup d'œil à Decker.

— Je te présente Decker Colton, dit Kendall.

— Ainsi, les rumeurs sont vraies ? demanda Karen, les yeux brillant d'excitation. Vous allez vous marier ?

— Eh bien...

— Oui, déclara Decker.

— J'ai entendu dire qu'il s'agissait d'un mariage arrangé. C'est vrai ? demanda Karen d'un ton hésitant. Cela ne te ressemble pas.

— Ce n'est pas vraiment un mariage arrangé : personne ne m'oblige à dire oui ! Et nous n'avons pas encore pris de décision officielle.

— Nous avons choisi la date, intervint Decker avec un sourire.

Karen les considérait d'un air amusé.

— Eh bien ! C'est rapide ! Comment avez-vous eu cette idée ?

— Nos parents ont pensé que nous irions bien ensemble, répondit Kendall.

— Cela a un côté si... suranné, reprit Karen avec un rire léger, visiblement ravie d'avoir un scoop. Et peut-être romantique aussi... Je me souviens que, lorsque nous étions au lycée, je me suis toujours dit que vous iriez très bien ensemble.

Apparemment, beaucoup de ceux qui les connaissaient le pensaient...

— J'ai épousé Ted Nelson, annonça-t-elle.

Ted Nelson était autrefois le meilleur élève de la classe alors que Karen, vive et enjouée, n'aimait pas particulièrement les études.

— Waouh ! s'exclama Kendall.

— Oui. Il est devenu ingénieur. Il construit des navettes spatiales. Quant à moi, je m'occupe de nos enfants. Nous en avons deux.

Elle chercha dans son sac et sortit son téléphone pour lui montrer la photo de deux adorables bambins.

— Quatre et deux ans.

— Ils sont vraiment très mignons ! s'exclama Kendall.

— J'ai été heureuse de te revoir, Kendall, mais il faut que j'y aille : les enfants sont avec leur baby-sitter. Mais tu m'appelleras, promis ?

Kendall lui dit au revoir et regarda son amie s'éloigner.

— Si la rumeur de notre mariage ne s'est pas déjà propagée, cela ne va pas tarder maintenant, remarqua Kendall.

— Cela ne m'inquiète pas. Je suis plus préoccupé par cet homme dans la voiture. Tu as eu l'air de le reconnaître.

Kendall soupira. Apparemment, Decker n'allait pas la laisser esquiver le sujet. À la vérité, elle ne savait même pas s'il y avait quelque chose à raconter.

— J'ai cru le voir garé devant le magasin de robes de mariée où ma mère et moi étions allées l'autre jour, expliqua-t-elle. Mais je me fais peut-être des idées…

— Ou peut-être pas.

Cela la mit mal à l'aise.

— Pourquoi quelqu'un me surveillerait-il ?

— Pour voir où tu vas, savoir ce que tu fais, où tu vis…

— Mais *pourquoi* ?

Elle ne voyait pas qui pouvait faire cela. Elle n'avait pas d'ennemis. Cela devait être un hasard : un déséquilibré l'avait remarquée, et faisait maintenant une fixation sur elle.

— C'est une raison supplémentaire pour que tu emménages avec moi.

— Cet homme ne m'a pas menacée. Il ne fait que me suivre.

— *Que* te suivre ? répliqua-t-il sèchement. Nous devrions aller en parler à la police.

— Et leur dire quoi, Decker ? Je ne sais même pas de qui il s'agit.

— Tu peux en fournir une description. Tu te souviens de sa voiture ?

Elle se concentra, et tenta de faire remonter l'image du véhicule à sa mémoire.

— Elle est assez vieille… Je dirais que c'est une Ford Taurus à la peinture un peu ternie.

— C'est assez caractéristique. D'après toi, elle date des années 1980 ? 1990 ?

— Probablement des années 1990.

— D'accord. Nous irons voir la police après le déjeuner. Et demain, lorsque nous serons allés voir les loups, tu viendras t'installer chez moi.

— Non.

— Pour une nuit seulement.

Elle hésita. Ils avaient déjà fait l'amour. Quel mal y aurait-il à ce qu'elle passe une nuit chez lui ? Son insistance la froissait toujours, mais la tentation était trop forte.

— J'y songerai…

— Ah, voilà ce que je voulais entendre !

Il la prit dans ses bras et déposa un tendre baiser sur son front.

— Je veux seulement que tu sois en sécurité, c'est tout.

— Je le sais, murmura-t-elle.

La sollicitude qu'elle devinait dans sa voix lui faisait chaud au cœur.

— Et je dois aussi avouer qu'il me tarde de tester cet arrangement. Je crois que nous avons besoin d'un peu plus d'entraînement, dit-il d'un ton taquin, une lueur moqueuse dans les yeux.

Kendall lui donna une petite tape.

— Tiens-toi bien !

— Et toi, tu n'as pas envie de faire un autre essai ?

— Peut-être, bafouilla-t-elle.

— Je vais me contenter de cette réponse...

Le lendemain matin, Decker prit sa jeep et alla chercher Kendall. Ils se garèrent sur un petit parking au début d'un chemin de randonnée, relativement près de l'endroit où Kendall avait pu observer les loups. Lorsqu'ils sortirent du véhicule, elle lui apprit qu'ils allaient marcher un kilomètre et demi, puis quitter le sentier. À partir de là, elle estimait qu'il leur faudrait encore parcourir cinq ou six kilomètres.

— Les loups se déplacent beaucoup, expliqua-t-elle. Mais leur tanière doit être à cet endroit parce que je les vus là plus d'une fois.

Elle lui expliqua que les loups couvraient de longues distances pour trouver leur nourriture.

— Ils s'approchent des hommes ? demanda Decker. Il y a beaucoup de promeneurs qui empruntent ce chemin ?

— Je doute que les loups s'approchent du sentier, répondit-elle. Ils savent qu'ils seraient dérangés.

Il la suivit, s'absorbant dans la contemplation de ses fesses harmonieusement moulées dans son pantalon. Comme lui, elle portait un sac à dos contenant tout ce qui était nécessaire à une journée de randonnée. Le temps était clément : au-dessus de la cime des pins, le ciel était bleu, et les températures annoncées dépassaient les 15 degrés.

Il n'y avait pas d'autres voitures garées sur le parking et ils ne croisèrent aucun randonneur. Le sentier était peu fréquenté, et parfois abrupt.

Dans une clairière, Kendall s'arrêta et regarda autour d'elle.

— Il y a une brise légère qui vient du sud-ouest. Il faut veiller à ce que le vent ne porte pas notre odeur.

— Les loups ne t'ont jamais vue ?

— Non. J'ai tout fait pour l'éviter.

Lorsqu'elle s'arrêta la fois suivante, elle examina un groupe de peupliers et quitta le sentier. Elle observait le paysage, semblant chercher des repères pour retrouver son chemin.

— Je peux te demander quelque chose ? dit soudain Decker.

— Bien sûr !

Elle continua à marcher sans se retourner.

— Comment était cet homme avec lequel tu as vécu après tes études ?

— Gabe ? C'était quelqu'un d'intelligent et de calme.

— Calme ?

— Oui. Il ne parlait pas beaucoup. Nous n'avions pas de longues discussions.

— Qu'aviez-vous en commun ?

— Nous avions fait les mêmes études. Nous aimions tous les deux les animaux et la nature. Cela lui tenait autant à cœur qu'à moi.

Elle fit quelques pas avant de poursuivre :

— Je ne sais toujours pas pourquoi ça a mal tourné.

— Il te disait qu'il t'aimait ? demanda-t-il.

— Oui.

— Et tu penses que c'était vrai ?

— Oui.

Decker demeura un moment silencieux avant de poursuivre :

— Que faisiez-vous tous les deux ? Pendant votre temps libre, je veux dire ?

— Des randonnées, comme celle-ci... Ou alors nous allions visiter des musées, assister à des festivals... Nous sortions beaucoup ensemble. Il semblait vraiment me comprendre.

Il voyait bien qu'elle était tracassée de ne pas savoir ce qui avait poussé Gabe à la tromper.

— Il t'a expliqué pourquoi il avait fait ça ?

Elle secoua la tête.

— Pas vraiment... Il a dit qu'il avait fait une erreur en couchant avec cette femme, qu'elle n'était rien pour lui...

Elle s'interrompit, puis ajouta :

— Mais je savais que je n'arriverais jamais à lui pardonner, et que même si je le pouvais, les choses ne seraient plus jamais comme avant.

Decker pouvait très bien comprendre ce sentiment.

— Alors, souviens-toi des bons moments que vous avez passés ensemble, et oublie le reste.

Elle croisa son regard une autre fois, et se remit à marcher.

Environ deux kilomètres plus loin, Kendall s'arrêta et se pencha. Lorsque Decker la rejoignit, il vit des empreintes dans la neige.

— Les loups... Nous devons avancer lentement, murmura-t-elle.

Il la suivit, se réjouissant à l'idée de voir enfin ces animaux si sauvages. Il était prêt à faire beaucoup d'efforts pour avoir le privilège de les approcher.

Kendall atteignit le sommet d'une colline et resta dissimulée derrière un bosquet et un gros rocher. Elle leva la main. Avait-elle repéré les loups ? Pourtant, Decker ne voyait rien.

Il s'arrêta derrière elle et regarda au-dessus son épaule, à travers le feuillage. Au loin, un groupe de loups s'était rassemblé sur un versant exposé au soleil, où la neige avait fondu. Les deux plus grands se tenaient en haut de la pente. L'un était allongé sur l'herbe et l'autre, debout, semblait monter la garde.

En contrebas, deux petits loups se poursuivaient et se mordillaient en grognant, pendant que deux autres étaient en train de finir de se repaître du cadavre d'une bête que la meute avait dû tuer.

Il s'agissait d'une famille entière. Decker regarda les deux plus petits qui s'arrêtaient de jouer pour se diriger vers la carcasse. Les deux autres les laissèrent en prendre quelques bouchées. Il songea soudain que Kendall et lui auraient peut-être des enfants qui s'amuseraient ainsi, et fut surpris de se sentir aussi ému.

Le mâle renifla l'air, tournant la tête dans la direction où Kendall et lui se trouvaient.

Decker vit la superbe créature avancer lentement vers eux,

semblant flairer quelque chose dans l'air. Puis le loup baissa la tête et émit un grondement, montrant les dents. La femelle se leva d'un bond et regarda dans leur direction.

— Ne bouge pas ! l'avertit Kendall.

Elle n'avait aucun souci à se faire : il n'avait pas la moindre envie d'être attaqué par un loup énorme et visiblement bien nourri.

La femelle était plus petite, mais tout aussi impressionnante.

— Ils ont l'air de trouver ici tout ce qu'il leur faut pour bien se porter !

Elle hocha la tête avec un sourire, sans quitter les loups des yeux. Le mâle trotta vers la carcasse et les quatre louveteaux.

— Nous ferions mieux de partir, déclara Kendall.

À regret, Decker s'arracha à ce spectacle, mais il remarqua que Kendall s'éloignait du sentier au lieu de s'en rapprocher.

— Où allons-nous ?

Il espérait qu'ils allaient essayer d'observer les loups d'un autre endroit.

— J'aimerais inspecter les environs. J'ai l'impression que leur tanière est par ici, dit-elle en scrutant le paysage. Je suis presque certaine que la femelle va bientôt mettre bas.

Decker se dit qu'il aimerait voir Kendall enceinte.

Elle s'arrêta et désigna quelque chose du doigt.

— Regarde...

Il s'approcha d'elle et vit un rocher entouré de pins et de peupliers. Mais c'était surtout à Kendall qu'il faisait attention. Il tourna la tête et inspira le parfum de ses cheveux. Il brûlait de l'envie d'enfouir ses doigts dedans, de la forcer à tourner la tête vers lui et de l'embrasser.

— C'est leur tanière, expliqua Kendall en se retournant.

Elle vit qu'il la regardait.

Ils restèrent quelques secondes immobiles, et il s'apprêtait à l'embrasser lorsqu'elle souffla :

— Regarde...

Il fit ce qu'elle lui demandait, et vit une petite ouverture au bas du rocher.

— J'aimerais bien m'approcher, murmura-t-elle.

Elle se retourna vers lui.

— Les parents sont jeunes, expliqua-t-elle. Les loups gris peuvent vivre jusqu'à treize ans en liberté. Ce mâle et cette femelle ont quitté leur meute d'origine. En général, les loups qui font cela s'éloignent d'environ une centaine de kilomètres du groupe dont ils sont issus.

— Pourquoi vont-ils si loin ? demanda-t-il, admirant son enthousiasme et ses connaissances.

— Les chefs de meute sont des mâles alpha. Ils doivent trouver leur propre territoire pour commencer une nouvelle meute.

— Tu aimerais avoir des enfants tout de suite après le mariage ?

Il savait que sa question était abrupte, mais il n'avait pas pu s'empêcher de la poser.

Elle demeura bouche bée.

— Toutes ces histoires sur la reproduction des loups m'ont donné des idées ! dit-il.

Un sourire se dessina sur les lèvres de Kendall.

— Nous pourrons en parler plus tard...

Elle commença à rebrousser chemin, et il marcha à côté d'elle.

— Pourquoi les loups hurlent-ils ? demanda-t-il pour détourner la conversation.

— Je ne sais pas très bien. Et je ne suis pas sûre que quelqu'un puisse vraiment répondre à cette question. C'est peut-être pour revendiquer un territoire... Ou pour signaler leur présence à d'autres meutes. Mais ce qu'il y a de certain, c'est que c'est un mythe de croire qu'ils hurlent à la lune !

Il rit.

— C'est seulement dans les romans ?

— Oui, seulement dans les romans !

— Il serait temps de manger, dit-il soudain. Nous pourrions continuer à avancer jusqu'à ce que nous trouvions un endroit agréable.

— D'accord. Il vaut mieux être plus loin des loups.

— Effectivement.

Environ une demi-heure plus tard, Decker repéra le 4×4 du traiteur. Il lui avait recommandé de les attendre dans une clairière, assez haut sur la montagne pour que Kendall et lui arrivent à cet endroit vers 13 ou 14 heures, mais pas trop loin du parking non plus pour que l'installation ne soit pas trop complexe. Le traiteur semblait avoir mis les choses en place comme il le lui avait demandé.

— Quelqu'un a organisé un pique-nique ici ? s'écria Kendall. C'est étrange. Je n'ai jamais vu ça !

— C'est pour le déjeuner.

Elle s'arrêta et le regarda, stupéfaite.

— Pardon ?

— C'est pour notre déjeuner. J'ai pensé que nous aurions faim.

Elle continuait à le regarder d'un air ahuri.

— Tu peux arrêter de sortir le grand jeu, tu sais. Tu me plais sans ça !

— Oui, mais j'ignore toujours si je te plais assez pour que tu m'épouses à la fin du mois...

Sans répondre, elle se dirigea vers la tente.

Il interpréta cela comme une réponse négative. Il allait devoir continuer à lui faire une cour assidue.

# 6

Le week-end suivant, Kendall prenait la main que lui tendait Decker pour sortir de sa voiture de sport. Elle portait une robe de cocktail blanche fendue jusqu'à la cuisse, mais qui retombait sagement lorsqu'elle était debout. Decker ne put s'empêcher de plonger le regard dans son décolleté. Il était lui-même tout aussi élégamment vêtu d'un costume de couleur sombre.

— Je n'arrive toujours pas à me débarrasser de l'idée que tu l'as fait exprès ! déclara-elle avec un large sourire.

— D'organiser un gala de charité ? répliqua-t-il en riant. Non ! Même en étant particulièrement efficace, j'aurais eu besoin de beaucoup plus de temps. C'était l'idée de mes parents.

— Alors, c'est Russ qui l'a fait exprès !

— Peut-être... Mais quoi qu'il en soit, ça sera une soirée très mondaine.

Elle aurait pu se passer de cet aspect, mais elle était contente de participer à cet événement, puisque les bénéfices en seraient versés à l'association pour la Protection de la nature. À dix mille dollars le couvert, cette soirée allait rapporter beaucoup d'argent. Et toute la journée, elle avait été excitée à l'idée d'y aller avec Decker pour cavalier. C'était comme un rêve d'adolescente devenu réalité... En mieux.

Pendant que le groom s'installait dans la McLaren de Decker pour aller la garer, elle s'arrêta un instant pour admirer les lieux : le grand jardin à la française impeccablement entretenu de The Chateau, la fontaine majestueuse au milieu de laquelle une nymphe courbait gracieusement le bras, l'entrée monumentale du bâtiment...

Un autre groom leur ouvrit les portes de l'hôtel pour les faire entrer dans le hall immense, au plafond voûté. Des arbres plantés dans de grands bacs en bois accentuaient l'impression de majesté de la pièce, et l'on entendait le clapotis d'une autre fontaine située entre les deux volées de l'escalier monumental.

Kendall posa la main sur le bras de Decker alors qu'ils se dirigeaient vers la salle de bal de l'hôtel. C'était dans ce lieu prestigieux que se tiendrait la soirée.

La pièce était impressionnante avec ses énormes lustres en cristal, ses tables recouvertes de nappes blanches, et la foule des invités en tenue de soirée. Elle était décorée d'une profusion de fleurs dont le parfum capiteux embaumait l'air. Un orchestre de jazz installé à l'autre bout de la pièce jouait un air langoureux sur lequel quelques couples dansaient.

Elle reconnut quelques acteurs célèbres, qui riaient et semblaient passer un bon moment. Ils pouvaient se laisser aller à être spontanés car la presse n'était pas admise à l'intérieur de l'hôtel. Elle reconnut également un sénateur et sa femme. Ses parents ne pouvaient pas venir ce soir, mais elle vit Russ et Mara s'approcher d'eux.

— Prépare-toi ! lui dit Decker d'un ton ironique.

Avec sa petite taille, Mara était obligée de faire deux fois plus de pas pour rester au niveau de Russ. Ses cheveux blonds avaient été arrangés en une coiffure élaborée, et elle portait des boucles d'oreilles en diamants. Elle était maquillée avec art, et, au lieu de son tailleur habituel, portait un fourreau argenté.

Russ, lui, était vêtu d'un smoking qui faisait ressortir sa large carrure. Son épaisse chevelure brune dans laquelle se glissaient quelques fils argentés était soigneusement peignée, et on lisait dans son regard son énergie coutumière.

— Ah, Kendall, s'exclama Russ en la saluant, vous êtes merveilleuse !

— Très jolie robe ! la complimenta Mara, qui brillait de mille feux dans son fourreau.

— La vôtre l'est aussi ! répondit poliment Kendall.

— Vous avez passé du temps ensemble ? demanda Russ.

— Autant que possible, lui répondit Decker. Kendall m'a emmené observer sa meute de loups gris l'autre jour.

La fierté qu'elle lut dans son regard lorsqu'il posa les yeux sur elle lui fit chaud au cœur.

— Ce n'est pas dangereux ? demanda Mara en regardant Kendall comme si elle doutait de sa santé mentale.

— Nous sommes restés à distance, et nous avons veillé à ne pas les déranger. Je ne voudrais surtout pas leur faire peur et les forcer à quitter un environnement qui leur convient si bien ! répliqua Kendall.

— C'est moi qui aurais eu peur ! s'exclama Mara.

Elle se retourna vers son fils.

— D'ordinaire, tu n'es pas du genre à passer tes journées au grand air. Tu es plus à l'aise dans une réception comme celle-ci.

— Je gère une station de sports d'hiver, maman !

— Oui, mais ce n'est pas n'importe quelle station !

Effectivement : elle n'accueillait que des gens fortunés ou célèbres. Mara avait visiblement du mal à imaginer son fils en pleine nature.

— Vous auriez été impressionnée, remarqua Kendall. En tout cas, je l'ai été !

Russ sourit.

— Je suis heureux de voir que vous vous entendez si bien.

Il se pencha vers Decker.

— Ne la laisse pas partir, fiston !

— C'est Kendall qui choisira ce qu'elle veut faire.

Il la regarda avec chaleur avant d'ajouter :

— Et elle restera !

Kendall se demanda s'il disait cela pour faire plaisir à son père, ou s'il était réellement aussi sûr de lui. Elle n'aimait pas qu'on décide à sa place.

— Decker ?

Kendall se retourna et vit Skye Colton se diriger vers eux, un sourire éclatant aux lèvres. Avec son opulente chevelure rousse, la plus jeune sœur de Decker – qui occupait la fonction de directrice du marketing dans l'entreprise familiale – dégageait une impression de dynamisme. Elle se jeta avec fougue dans les bras de son frère. Kendall regarda autour d'elle pour voir si Sloane, leur sœur adoptive, était également présente. Sloane et son frère Fox avaient été élevés par leur oncle et tante Mara et Russ. Phoebe, la sœur jumelle de Skye, et Wyatt complétaient la fratrie.

— Coucou, sœurette ! Ça fait longtemps !

Skye se pencha en arrière pour regarder Decker.

— C'est parce que tu travailles trop ! répartit-elle.

Elle jeta un coup d'œil à Kendall et ajouta :

— Sloane m'a appris que papa avait décidé que tu devais te marier avec Kendall… Et que tu avais dit oui. J'avais besoin de vous voir ensemble pour le croire Quand allez-vous envoyer les invitations ?

Kendall ne sut que répondre. Elle n'avait pas pensé à ces détails : ils n'en avaient pas eu le temps. Puis elle songea soudain qu'elle n'avait même pas eu l'idée de préciser à Skye que le mariage n'était pas encore certain. Cela signifiait-il qu'elle n'était plus aussi hésitante ? Et cependant, comment pouvait-elle avoir pris une décision en si peu de temps…

Avant qu'elle commence à devenir folle avec toutes ces suppositions, Kendall se rappela que ce mariage aurait l'avantage de ne pas la faire souffrir puisqu'elle ne s'impliquerait pas émotionnellement, et qu'ils pourraient toujours divorcer si leur relation tournait mal.

Elle se rendit compte que Decker attendait qu'elle dise quelque chose. Il la laissait décider. Cette attention la surprit.

— Nous n'avons pas encore eu le temps de nous en occuper. Nous allons nous y mettre !

La réaction de Decker fit monter la chaleur en elle : il la considéra avec le regard brûlant d'un homme entièrement satisfait… ou triomphant.

— Si vous avez besoin d'aide, Phoebe et moi pouvons nous en charger, déclara Skye. Tu n'as qu'à nous donner la liste de tes invités, Kendall. Du côté de Decker, je saurai qui convier !

— Oh ! cela m'aiderait beaucoup ! répondit Kendall, qui appréciait sincèrement la proposition de Skye. Nous avons si peu de temps pour préparer le mariage qu'il est difficile de penser à tout !

— Papa a déjà commencé à organiser la réception, dit Decker. Mais Kendall et moi n'avons pas encore décidé où la cérémonie aurait lieu.

Il la regarda à nouveau.

— Au fait, tu aimerais un mariage religieux ?

— Oui, beaucoup…

En lui répondant, elle s'imaginait déjà dans la petite église de la fin du XVIIIe qu'elle avait toujours admirée. Située en bordure de la ville, elle était entourée d'un petit parc et d'une pelouse qui se couvrait de fleurs en été.

— Et toi ? demanda-t-elle à Decker.

— Moi aussi.

Était-il sincère, ou cherchait-il seulement à lui faire plaisir ?

— Ne t'inquiète pas : si cela me posait un problème, je te le dirais, ajouta-t-il, comme s'il avait lu dans ses pensées.

Elle le regarda, arrivant à peine à croire qu'ils étaient déjà en train de décider du déroulement de la cérémonie. Quant à lui, il semblait très satisfait du tour qu'avait pris la conversation.

— Que faut-il faire d'autre ? demanda Skye. Je serais ravie de vous aider.

— Hum…

Kendall avait décidé de ne plus se poser de questions.

— Il faut s'occuper du gâteau.

Skye eut l'air surprise.

— Tu n'as pas envie de le choisir toi-même ?

— Je n'aime pas tellement les sucreries, répondit Kendall en jetant un coup d'œil à Decker.

Et lui ? Comme d'habitude, il semblait impassible. Decker avait l'esprit vif, mais il ne manifestait pas beaucoup ses sentiments, sauf envers elle. Et ceci n'avait rien pour lui déplaire…

— Je n'ai pas d'intérêt particulier pour les gâteaux, lâcha-t-il.

— Bon, je m'occuperai du gâteau, conclut Skye.

Elle sortit son téléphone et se mit à prendre des notes.

— Il faut également trouver un livre d'or, déclara Kendall. Et des fleurs…

— Beaucoup de fleurs ! intervint Decker.

— Bien sûr !

— Il y aura des demoiselles d'honneur ? demanda Skye.

— Une seule.

Kendall voulait que sa meilleure amie de lycée remplisse cette fonction, même si elle avait l'intention d'inviter toutes ses autres amies. Elle regarda à nouveau Decker pour savoir ce qu'il en pensait.

— Wyatt sera mon garçon d'honneur, dit-il à sa sœur.

— C'est bon !

Skye cessa de taper sur son téléphone et sourit à Kendall, puis à Decker.

— J'en sais assez pour le moment.

Elle agrippa la main de Kendall et poursuivit :

— Bienvenue dans la famille ! Il me tarde de mieux te connaître.

Kendall lui sourit en retour.

— Merci. Moi aussi.

Skye se tourna vers son frère.

— Je t'appellerai. Il faut que j'aille parler à quelques amis maintenant.

— D'accord, Skye, merci.

Skye lui planta un baiser sur la joue avant d'ajouter d'une voix basse mais nettement audible :

— Ne la laisse pas partir !

Decker ne cessait de repenser à leur conversation avec Skye. Kendall avait-elle maintenant pris la décision de l'épouser ? Cette idée le remplissait d'enthousiasme.

Il l'invita plusieurs fois à danser et tâcha d'esquiver les questions des autres invités. Kendall avait fait un grand pas ce soir, et il ne voulait pas l'effrayer en rendant leur engagement public.

— Viens, lui dit-il enfin. Je voudrais te montrer quelque chose.

En réalité, il voulait seulement être seul avec elle.

Il lui prit la main et se réjouit lorsqu'elle accepta de le suivre. Ils sortirent du bâtiment, traversèrent un premier jardin, et suivirent une allée qui, en été, était bordée de fleurs multicolores. Il la guida vers une piscine de plein air recouverte d'un voile de vapeur.

— L'eau provient directement d'une source naturelle,

expliqua-t-il. Elle est refroidie avant que nous l'utilisions pour remplir la piscine.

— D'où vient cette eau ?

— Les scientifiques ne sont pas tous d'accord, mais il s'agit vraisemblablement d'une nappe d'eau souterraine qui est réchauffée par l'activité volcanique.

Ils se dirigèrent vers l'endroit où la source jaillissait.

— Le débit semble très abondant ! remarqua-t-elle.

Il hocha la tête.

— Plus de mille litres arrivent chaque minute à la surface, à une température de 53 degrés. Au début du XIXe siècle, les Indiens considéraient ce site comme un endroit sacré, où ils venaient se soigner. Ils l'appelaient Yampah, ce qui veut dire « puissant remède ». L'eau dissout les minéraux de la roche. Ce sont eux qui sont supposés avoir des vertus thérapeutiques. Je venais jouer ici lorsque j'étais enfant, avant que tout cela soit construit…

— On peut se baigner directement dans l'eau ?

— Non, mais il est possible de pénétrer dans des grottes emplies de vapeur d'eau, à une centaine de mètres sous terre. Ce n'est pas recommandé pour les claustrophobes, mais il y a de superbes stalactites et stalagmites.

— Tu y as été ?

— Oui, quand j'avais dix-neuf ans.

— C'est étrange… Je n'aurais pas cru que c'était le genre de choses que tu aimais.

— Eh ! Tu oublies que je dirige une station de sports d'hiver !

Elle eut un rire léger, et s'installa sur un banc d'où l'on pouvait voir les lumières de la ville.

Il s'assit un instant à côté d'elle pour admirer le paysage, puis se leva en déclarant :

— Viens. Je voudrais te montrer quelque chose.

Il la conduisit vers une autre allée, celle-là plus reculée, dont l'accès était interdit aux clients de l'hôtel.

Il entendit le clapotis de l'eau avant qu'ils atteignent une seconde source naturelle. Des lampes solaires permettaient à ceux qui le désiraient de venir prendre ici un bain de minuit. Il guida Kendall à travers les arbres et l'entendit retenir son souffle.

— Oh ! Que c'est beau !

Elle se dirigea vers le jacuzzi taillé dans le roc, s'accroupit, et trempa les doigts dans l'eau.

— Elle est à 33 degrés, été comme hiver, expliqua-t-il.

La surface de l'eau était agitée de petites bulles.

Kendall leva la tête vers lui et déclara :

— J'aimerais me baigner.

Il jeta un coup d'œil derrière lui. Tous les invités à la réception se trouvaient à l'intérieur de l'hôtel. Certains clients se baignaient dans la piscine, mais elle était située à une certaine distance... À moins qu'un membre de la famille ne vienne par ici, personne ne les verrait.

— D'accord ! dit-il en dénouant sa cravate.

Kendall se mit à rire et se redressa, ôtant ses sandales à talons et dégrafant sa robe bustier. Le temps s'était réchauffé et la température n'était pas trop froide, même s'il faudrait qu'ils se dépêchent d'entrer dans l'eau.

Il enleva sa cravate et sa veste et les déposa sur un rocher plat, à proximité du jacuzzi. Elle laissa glisser sa robe à terre, et s'approcha de lui, seulement vêtue de sa culotte et de son soutien-gorge. Il s'immobilisa un instant pour la regarder, tant elle était belle, puis ôta rapidement le reste de ses vêtements.

Elle finit de se déshabiller et descendit dans le bassin. Les couches rocheuses formaient un escalier naturel, et son père avait fait tailler des bancs dans la pierre. Entièrement nu, il alla chercher des serviettes qu'ils gardaient dans un placard creusé dans le roc pour ce genre d'occasions.

Il en prit deux et les déposa sur un banc, avant de descendre dans le jacuzzi, du côté opposé à celui de Kendall.

— Il arrive que mes parents permettent à certains clients de venir ici, mais c'est exceptionnel. Nous sommes tous d'accord pour que cet endroit reste privé.

— Je comprends, dit-elle en fermant les yeux. On sent que l'eau est très minéralisée.

Ce n'était pas une odeur de soufre, plutôt de sels de bain.

— Quand je suis ici, j'aime penser que, dans les profondeurs de la terre, une nappe de magma sous pression est en train de bouillonner. J'ai toujours été très intéressé par la géologie.

— Il n'est pas trop tard pour retourner étudier à l'université. Je connais beaucoup de gens de notre âge qui le font.

— Et quitter tout ça ? dit-il en désignant ce qui l'entourait.

Elle sourit.

— Je pense que j'aurais beaucoup de mal à le faire moi-même, reconnut-elle.

Il vint s'asseoir auprès d'elle, et étendit le bras sur le rebord de pierre derrière eux.

— Je pense que j'aurais beaucoup de mal à *te* quitter.

Elle leva les yeux au ciel.

— Tu dirais vraiment n'importe quoi pour que je t'épouse. Tu veux des garanties ?

Était-elle en train de le tester ? Certes, il tentait d'obtenir l'assurance qu'elle allait l'épouser, mais il n'irait pas jusqu'à dire n'importe quoi pour cela. En fait, plus il repensait à ses paroles, plus il se disait qu'elles exprimaient parfaitement ses sentiments. Il pensait sincèrement qu'ils formeraient un couple harmonieux. Il n'était pas nécessaire qu'ils tombent amoureux l'un de l'autre pour cela.

— Pas *n'importe quoi*, répondit-il.

Il vit une lueur s'allumer dans son regard.

Il accrocha derrière son oreille une mèche de cheveux qui s'était échappée de son chignon, et se pencha vers elle pour l'embrasser.

— Je te trouve fascinante.

Elle leva le menton sur le côté comme si elle se demandait pourquoi il avait dit cela.

— Tu viens d'une famille très fortunée, et pourtant tu es humble et attentionnée...

— Mes parents m'ont bien élevée ! répliqua-t-elle d'un ton moqueur.

— C'est certain, répondit-il avec un regard appuyé sur son corps.

— Quant à toi, tu as toujours été un séducteur !

— Je n'ai plus le temps d'être un séducteur maintenant.

Il l'embrassa à nouveau, déposant sur ses lèvres un léger baiser pour lui montrer à quel point elle l'attendrissait.

Lorsqu'il s'écarta, il remarqua la lueur de désir qui brillait dans ses yeux. Ils échangèrent un long regard, et Kendall pencha la tête en arrière, semblant étudier son visage. Puis, soudainement, elle s'approcha de lui et pressa ses lèvres sur sa bouche.

Decker sentit immédiatement son corps s'enflammer et son cœur s'emballer. Il l'embrassa plus profondément tout en la soulevant et en l'installant sur lui à califourchon. Elle noua les bras autour de son cou. Lorsqu'il la sentit nue contre lui, son sang se mit à bouillir.

Ils se ressaisirent en entendant des rires et des éclats de voix. Kendall s'éloigna de lui, les joues rouges et le souffle court.

Un autre couple s'approchait…

Decker abattit le plat de la main sur l'eau pour signaler leur présence. Le silence se fit soudain, et ils entendirent l'homme déclarer :

— Il y a déjà quelqu'un.

— Je connais un autre endroit, répondit la femme.

Ils s'éloignèrent.

— Nous ferions mieux de rentrer, dit Kendall.

Il se demanda si le baiser l'avait déstabilisée, ou si elle craignait qu'on ne les surprenne ici. Elle sortit et s'enveloppa dans une serviette, et il resta dans le jacuzzi un moment de plus pour l'admirer…

Ils s'essuyèrent et s'habillèrent. En les voyant, personne ne se serait douté qu'ils étaient nus dans l'eau quelques instants auparavant. Son costume était peut-être à peine plus froissé, mais c'était à peine perceptible. Quant à Kendall, elle était merveilleuse dans cette robe. Elle réenfila ses sandales à hauts talons et il lui prit la main, la guidant sur le chemin.

Lorsqu'ils atteignirent l'endroit où le couple se trouvait quelques instants auparavant, Decker entendit quelqu'un arriver derrière lui. Avant qu'il puisse réagir, cette personne le frappa lourdement à la tête. Il tomba à terre, perdant un instant conscience avant de revenir difficilement à lui. Il porta les mains à la nuque et sentit qu'il saignait. Le coup avait été assez fort pour faire éclater son cuir chevelu.

Il entendit alors Kendall crier et la vit se débattre. Celui qui l'avait frappé s'en prenait maintenant à elle. Il se remit péniblement debout pour venir à son secours, et vit qu'un homme l'entraînait sur le chemin. Il tenait un bâton à la main et le brandit pour lui en asséner un coup. Elle l'arrêta avec ses avant-bras et se débattit, mais l'homme la projeta à terre, laissant échapper son bâton. Il se pencha pour le ramasser, pendant que Kendall se relevait et se mettait à courir. Le type l'attrapa, lui passant le bras autour de la taille et l'attirant à lui. Puis il l'emmena sous le couvert des arbres alors qu'elle se débattait en criant.

Decker se lança à leur poursuite.

L'homme, qui était occupé à tenter de maîtriser Kendall, n'entendit pas Decker approcher. Lorsque celui-ci le vit frapper Kendall à la mâchoire, son sang ne fit qu'un tour. Il attrapa l'homme par la veste et le tira en arrière, le forçant à la lâcher. Elle tomba sur les fesses, l'air éberlué.

Le type se rua sur Decker, qui esquiva le coup de poing qu'il lui destinait et lui décocha un uppercut, le faisant trébucher. Decker regarda comment allait Kendall : elle était assise par terre et se tenait la mâchoire.

— Ça va ?

Elle hocha la tête et Decker s'élança à la poursuite de l'individu, bien décidé à l'arrêter.

Leur agresseur se dirigea en courant jusqu'au parking de The Chateau, monta dans une berline Toyota grise et démarra. Decker chercha sa McLaren du regard : elle se trouvait dans la rangée suivante. Il avait une deuxième clé sur lui et put déverrouiller sa voiture, alors que la Toyota quittait le parking.

La McLaren de Decker était rapide, mais l'individu avait une longueur d'avance.

Lorsque Decker s'engagea sur la route, la voiture de leur agresseur était déjà hors de vue. Il partit dans la même direction et ne tarda pas l'apercevoir alors qu'il dépassait le sommet d'une colline. La Toyota dépassa une camionnette qui avançait lentement, mais le conducteur perdit le contrôle de sa berline, qui termina sa route dans un fossé.

Decker stoppa sa McLaren dans un crissement de pneus, alors que l'homme s'extrayait de sa voiture et prenait la fuite.

Il se mit à courir derrière lui, et le vit disparaître dans les bois. Lorsque Decker arriva à l'orée, il remarqua des empreintes de pas dans la neige et les suivit. Quelques minutes plus tard, il parvint à une rivière où les traces s'arrêtaient. Impossible de savoir dans quelle direction leur agresseur était parti...

Il aurait voulu continuer sa traque, mais il se souvint de l'air perdu de Kendall lorsqu'il l'avait laissée seule. Il fallait qu'il retourne auprès d'elle pour s'assurer qu'elle n'avait pas été blessée.

Il remonta dans sa voiture, revint se garer sur le parking, et courut à travers les arbres pour rejoindre Kendall. Quelques personnes s'étaient rassemblées autour d'elle.

— Pardon... Laissez-moi passer...

Il se fraya un chemin à travers la foule aussi doucement qu'il le put et parvint auprès de Kendall. Elle était assise sur un tronc d'arbre, et regardait Russ, qui avait posé la main sur son épaule.

— Je vais bien, déclara Kendall lorsqu'elle vit Decker.

— Tu en es sûre ? demanda Decker en s'accroupissant devant elle et en lui prenant les mains. Tu as reçu un coup violent sur la tête !

— Oui, répondit Kendall en se touchant la nuque à l'endroit où on l'avait frappée. Je vais avoir une bosse, mais je t'assure que ça va.

— Il me semble que tu devrais aller à l'hôpital, par précaution.

— Non, ce n'est pas nécessaire...

— C'est peut-être plus sérieux que tu ne le crois, insista Decker.

Il voulait être rassuré.

— Allons voir un médecin !

Il se leva, et l'aida à faire de même. Lorsqu'il la vit chanceler, il fut convaincu qu'il devait l'emmener aux urgences.

— C'est vrai, reconnut-elle, je suis un peu étourdie.

— Je peux appeler une ambulance, proposa une des personnes qui se trouvaient là.

— Non, répliqua Kendall d'un ton ferme. Je l'emmènerai à l'hôpital moi-même.

Decker la guida jusqu'à sa voiture, l'aida à s'asseoir dans son siège, attacha sa ceinture de sécurité, et s'assura qu'elle était bien installée. Elle ne semblait pas avoir de blessures graves, mais elles pouvaient le devenir si elles n'étaient pas traitées. Il ne voulait pas qu'elle risque d'avoir une hémorragie cérébrale.

Maintenant qu'il avait trouvé la femme avec laquelle il voulait passer le reste de sa vie, il allait la protéger.

# 7

Kendall n'attendait pas de Decker qu'il se comporte en superhéros, mais c'était pourtant ce qu'il avait fait. À sa connaissance, il n'avait jamais appris à se battre, mais il n'avait pourtant pas hésité à venir à son secours, à échanger des coups avec leur agresseur, et à le poursuivre comme s'il avait fait cela toute sa vie. Elle avait subi des examens médicaux, et il s'était avéré qu'elle allait bien. Elle en était d'ailleurs déjà convaincue avant d'aller à l'hôpital, et n'avait accepté de s'y rendre que pour rassurer Decker. Ironiquement, le coup qu'il avait reçu à la tête était plus violent, et il avait eu besoin de quelques points de suture.

Maintenant, le médecin leur avait donné l'autorisation de partir, et Decker avait décidé d'emmener Kendall chez lui. Elle n'avait pas protesté. Elle ne voulait pas être seule après ce qui venait de se passer. L'admiration que le courage de Decker avait suscitée en elle avait renforcé son attirance pour lui, et elle aurait bien eu envie de le prendre par la main pour l'attirer dans la chambre la plus proche.

— Papa m'a dit que Trey et son adjointe allaient venir nous voir demain matin, déclara Decker en s'effaçant pour la laisser entrer chez lui.

Le shérif Trey Colton était le cousin de Decker.

— Bien !

Elle se réjouissait de ne pas avoir à parler de leur agression ce soir.

— La Toyota que l'homme conduisait était une voiture volée, ajouta Decker.

Kendall entra dans le hall de la maison de Decker. Elle ne put s'empêcher de remarquer la taille des lieux, et l'impression d'espace qui s'en dégageait.

— Une si grande maison pour une seule personne ?

— J'ai l'intention d'avoir des enfants !

Ils en avaient déjà parlé. Elle aussi en voulait, mais c'était difficile à envisager avec un homme qu'elle connaissait finalement si peu.

Elle alla dans le salon, et admira les poutres apparentes et l'immense baie vitrée donnant sur un paysage qui, de jour, devait être superbe. Une longue console était placée contre le dossier d'un canapé faisant face à une cheminée en pierre. Deux fauteuils assortis étaient placés autour d'une grande table basse couverte de livres. Elle s'approcha pour en lire les titres : c'étaient pour la plupart des livres de voyage. Un bol en céramique contenant des œufs en pierres polies constituait la seule note décorative dans cet intérieur par ailleurs sobre, où dominaient les tons de marron et de beige. Un intérieur masculin, à l'image de Decker.

Elle le regarda, et admira son corps musclé, sa haute taille, son beau visage maintenant ombré d'une légère barbe à la fin de la journée.

— Tu veux boire une tisane avant d'aller te coucher ? demanda-t-il, la surprenant en train de le dévisager.

Il était tard, mais elle doutait fort de pouvoir vite s'endormir après les événements de la soirée.

— Avec plaisir !

Il continua à la regarder, et elle ne détourna pas les yeux.

Il finit par se retourner avec un petit sourire.

Elle le suivit dans la cuisine. La pièce qui communiquait directement avec le salon était, elle aussi, vaste et belle. Des plans de travail en granit couraient le long de deux murs, et recouvraient l'îlot central.

— Combien d'enfants aimerais-tu avoir ? demanda-t-elle.

— Autant que tu voudras !

Elle le regarda avec méfiance : il n'était pas question qu'elle enchaîne les grossesses !

— Un ou deux ? proposa-t-elle.

— Si c'est ce que tu veux, c'est parfait.

Sa réponse lui apprit qu'il serait un partenaire flexible dans leur mariage. Elle appréciait le fait qu'il soit attentionné et ne cherche jamais à lui imposer ses propres opinions.

Elle s'approcha de la fenêtre. Des lumières extérieures éclairaient le paysage endormi et l'orée de la forêt.

— Tu penses que cet homme s'en est pris à toi par hasard ? demanda Decker en remplissant la bouilloire d'eau.

Elle se retourna vers lui.

— Je n'arrête pas d'y repenser. Je n'arrive pas à voir qui pourrait me suivre et essayer de m'enlever.

— C'est insensé !

— C'est ce que je me dis. Je n'ai pas d'ennemi.

— Pas d'ancien petit ami qui pourrait vouloir se venger ?

— Non.

Kendall avait un caractère accommodant, et ses ruptures n'avaient jamais été conflictuelles. Le seul homme qu'elle ait fait souffrir - un ingénieur dans une compagnie d'aviation - était maintenant heureusement marié, et père de deux enfants. De plus, il vivait au Texas.

— J'ai vu cet homme pour la première fois le jour où ma mère et moi sommes sorties du magasin de robes de mariée, ajouta-t-elle.

— Alors, c'est peut-être un illuminé qui s'est pris d'un intérêt malsain pour toi.

Tout en parlant, il disposait des sachets dans deux mugs qu'il avait sortis.

— Peut-être...

— Kendall, je voudrais que tu viennes habiter avec moi.

Elle s'apprêtait à protester, mais il ajouta :

— Tu pourras avoir ta propre chambre, si tu préfères. Mais ici, tu seras en sécurité. Je veillerai sur toi.

Elle devait reconnaître que c'était une bonne solution, et il venait de lui prouver qu'il était tout à fait capable de la protéger. Mais elle n'était pas une faible femme. Certes, elle était encore un peu choquée après cette tentative d'enlèvement, mais demain, tout irait bien. Et les choses allaient un peu trop vite pour elle...

— Je t'accompagnerai chez toi demain afin que tu puisses

prendre quelques affaires, lorsque nous aurons vu Trey et son adjointe, déclara Decker.

Elle ne sut quoi répondre : il ne l'avait toujours pas entièrement convaincue.

— Nous pouvons essayer, d'accord ? Et tu pourras toujours partir si je te fais trop peur.

Elle sourit. Elle appréciait son humour pince-sans-rire. Et il savait se montrer très persuasif...

— C'est d'accord.

— Enfin !

Il glissa le bras autour de sa taille, l'attirant vers lui pour l'embrasser.

Il pensait certainement lui donner un léger baiser, mais Kendall sentit tout son corps s'enflammer et pencha la tête en arrière pour prolonger cet instant. Decker pressa sa bouche plus fortement et elle ouvrit les lèvres. Mais une douleur fulgurante la fit gémir, et elle s'éloigna avec un sursaut.

— Pardon, murmura Decker.

— Ça va, répondit-elle avec un sourire. Je me suis laissé emporter. Tu es plutôt séduisant en superhéros !

— Je vais essayer de l'être le plus souvent possible pour toi...

Il versa l'eau chaude dans les mugs et elle en prit un. Elle agita le sachet en se demandant si elle n'était pas sur le point de faire la plus grosse erreur de sa vie. Mais une chose était certaine : son corps, lui, n'avait pas la moindre hésitation.

Le lendemain matin, l'adjointe du shérif, Daria Bloom, prenait en note la description que Kendall lui faisait de l'homme qui avait tenté de l'enlever. Cette jeune femme métisse à la peau ambrée, aux yeux noisette et aux cheveux bruns coupés court avait un esprit vif et une attitude efficace qui suscitaient immédiatement le respect.

Trey avait posé les premières questions à Kendall et Decker, mais maintenant, c'était Daria qui prenait la relève. Il avait lui aussi la peau mate et des cheveux bruns.

— L'agresseur de Kendall et l'homme qui a tué Bianca Rouge

pourraient-ils n'être qu'une seule et même personne ? demanda Decker.

Pourquoi avait-il posé cette question ? Il était vrai qu'ils n'avaient pour le moment aucune piste, et devaient tout envisager.

— Je ne sais pas si ce qui est arrivé hier est lié à ce meurtre. Le fait qu'il y ait eu une tentative d'enlèvement me fait réfléchir..., répondit Daria. Mais il se peut également qu'il n'y ait aucun rapport entre ces deux affaires.

— En tout cas, nous avons une description de l'agresseur, remarqua Trey.

C'était déjà ça.

— Je me sentirais beaucoup mieux si nous arrivions à le retrouver, dit Kendall.

Elle ne voulait pas vivre sous la menace constante d'une agression ou d'un enlèvement.

— Nous allons faire notre possible pour mettre la main sur lui. N'ayez pas peur.

— Et si quelqu'un en voulait à ma famille ? demanda soudain Decker.

Kendall le regarda, bouche bée. Qui pouvait vouloir s'en prendre aux Colton ? Et pourquoi ? C'était possible, mais alors, pourquoi s'attaquer à elle ? Pour atteindre indirectement Decker ? Russ ?

— Tout est envisageable à ce point de l'enquête, déclara Trey. Nous n'avons pas beaucoup d'éléments. La police n'a trouvé aucun indice, que ce soit sur les lieux de l'agression ou dans la voiture : aucune empreinte, rien que nous puissions utiliser pour faire une analyse ADN. Nous sommes en train d'enquêter sur la voiture volée, mais nous n'avons rien de concret pour le moment.

L'identité de l'agresseur et ses motifs étaient pour le moment mystérieux... Et ils risquaient fort de le rester.

Plus tard dans la journée, Kendall s'arrêta chez ses parents après avoir chargé dans la voiture de Decker les affaires dont elle avait besoin. Elle avait appelé sa mère dans la matinée pour lui raconter l'agression dont elle avait été victime, et sa mère avait insisté pour la voir. Decker l'accompagnait. Son téléphone se mit à sonner alors qu'ils entraient dans la maison de ses parents, et il resta dans le hall pour prendre l'appel.

La mère de Kendall la serra dans ses bras.

— Ma chérie ! Je suis tellement soulagée que tu ailles bien !

Bernard était là lui aussi. Il avait l'air sombre.

— Pourquoi quelqu'un pourrait-il vouloir t'enlever ? demanda-t-il avec véhémence.

— Le shérif Colton et son adjointe pensent que c'est soit un déséquilibré qui a agi au hasard, soit quelqu'un qui en veut aux Colton.

— Au hasard ?

Sa mère jeta un coup d'œil à son père, qui évita son regard.

Kendall commençait à ressentir une impression étrange. Ses parents semblaient bizzarement nerveux. Elle comprenait qu'ils se soient fait du souci pour elle, mais maintenant, ils voyaient qu'elle allait bien. En toute logique, ils auraient dû être plus soulagés que troublés...

— C'est ce que dit la police, répliqua Bernard.

Marion le dévisagea, les lèvres pincées.

— Ce n'est qu'une hypothèse, lança-t-elle d'un ton aigre.

— Ils pensent aussi que l'attaque pourrait être dirigée contre les Colton, ajouta Bernard.

— Oui. Et cela encore n'est qu'une hypothèse. Mais il y en a une autre qui est beaucoup plus probable.

— Marion...

Que se passait-il donc ici ?

— Dis-lui, Bernard, déclara sa mère. Et je pense que tu devrais aussi en parler à Trey Colton et à Daria Bloom.

— Non.

Le ton de son père était catégorique.

Kendall les regarda alternativement.

— Me dire quoi ? Et pourquoi refuses-tu d'aller parler au shérif si tu sais quelque chose ?

— C'est certainement un déséquilibré, insista son père.

— Bon sang, Bernard, je refuse de me taire plus longtemps ! Ta fille a failli être enlevée !

— Mais que se passe-t-il ? s'écria Kendall.

Elle jeta un regard en arrière et vit que Decker était toujours au téléphone, concentré sur sa conversation, et qu'il n'avait certainement rien vu ni entendu de ce qui se passait dans le salon.

— C'est certainement quelqu'un qui en veut aux Colton, insista Bernard. Ils ne manquent pas d'ennemis dans cette ville !

— Je ne vois pas pourquoi quelqu'un déciderait de s'en prendre à moi pour atteindre indirectement Decker.

C'était certes possible, mais très peu probable.

— Notre entreprise a des problèmes financiers, Kendall, déclara sa mère. Cette tentative d'enlèvement était peut-être un avertissement.

— Ce ne sont que des ennuis passagers. Rien d'inquiétant, intervint son père.

— Quel type de problèmes ? demanda Kendall.

Était-ce la raison pour laquelle son père avait tellement insisté pour qu'elle épouse Decker ? Elle sentit la colère monter en elle alors qu'elle attendait une explication.

— Nous sommes au bord de la faillite, déclara Marion.

Bernard poussa un long soupir et se frotta les yeux.

— Marion, tu t'inquiètes trop.

— Ton père et moi avons hypothéqué la maison, et avons fait un gros emprunt pour sauver l'entreprise. Mais nous n'arrivons pas à le rembourser en ce moment. Nous risquons d'être expulsés prochainement et de mettre la clé sous la porte. La survie d'Hadley Forestry est menacée.

— Pourquoi ne m'avez-vous rien dit ? demanda Kendall en regardant son père.

Il fuyait son regard.

— Dis-lui ! intervint Marion, qui semblait révoltée par son attitude.

— Je pensais que j'allais trouver un moyen de m'en sortir...

— En me forçant à épouser Decker ?

Elle jeta un coup d'œil à Decker et vit qu'il était toujours au téléphone. Que penserait-il de tout cela ?

— Ce n'était pas mon idée. C'est Russ qui m'en a parlé.

— Et ça ne t'a jamais traversé l'esprit que le fait que j'épouse Decker pourrait régler tes problèmes financiers ?

— Je ne peux pas dire que je n'y ai pas pensé, murmura-t-il. Mais je ne t'aurais jamais demandé de faire cela pour sauver notre entreprise, Kendall.

Elle le crut, ce qui atténua quelque peu sa colère.

— C'est pour cela que tu m'as demandé de revenir travailler avec toi ?

— Oui. Et tu as un peu arrangé les choses. Mais pas assez pour faire une différence, répondit son père d'un ton las. Je suis en pourparlers avec des investisseurs, et j'envisage une réorganisation qui va m'obliger à licencier certains employés... Mais je ne suis pas certain que ça va suffire.

— Non, ça ne suffira pas, répliqua Marion. Nous allons tout perdre !

Sa mère était parfois un peu excessive. Kendall devait examiner la situation avec son père pour déterminer les mesures qu'il était possible de prendre pour sauver Hadley Forestry.

— Et si j'investissais tout l'argent que je possède ? demanda-t-elle.

— Non. Je refuse que tu utilises tes fonds personnels, répliqua Marion.

— De toute manière, cela ne suffirait pas, ajouta Bernard.

Cela voulait dire que les pertes de l'entreprise étaient considérables.

— Je n'arrive pas à croire que tu ne m'aies rien dit ! s'exclama Kendall. Tu aurais dû m'en parler dès que Russ a évoqué l'idée d'un mariage entre Decker et moi !

— Je me sens très coupable, Kendall. Mais je ne veux pas te mentir : c'est ton mariage avec Decker qui va sauver Hadley Forestry.

Il s'était certainement dit que Kendall allait le tirer de ses problèmes financiers dès qu'elle serait mariée, et elle devait bien admettre qu'il ne s'était pas trompé : elle n'aurait pas pu voir ses parents tout perdre sans rien faire. Mais elle ne pouvait pas non plus manipuler Decker de la sorte.

Elle le regarda et vit qu'il était toujours au téléphone.

— Je t'en prie, Kendall : ne lui dis rien pour le moment, la supplia son père.

Il craignait certainement que Decker n'annule le mariage s'il apprenait que les Hadley n'étaient pas aussi riches qu'il le pensait.

Bien que cela l'agace au plus haut point, elle devait bien reconnaître qu'elle-même ne savait pas quoi faire.

— Tout va bien ? demanda Decker qui venait de pénétrer dans le salon.

— Mes parents se font du souci pour moi, déclara Kendall.

Decker hocha la tête, et elle ne manqua pas de remarquer la lueur de soulagement qui brilla dans les yeux de son père. Elle n'allait rien dire... Pour le moment...

— Ne vous inquiétez pas, dit Decker en posant le bras sur ses épaules. Je vais veiller sur elle. Elle sera en sécurité.

— Il s'est lancé à la poursuite de mon agresseur, annonça Kendall avec une certaine fierté.

— Alors, tu seras plus en sécurité avec Decker, murmura Marion. Je ne veux pas te savoir seule chez toi.

Kendall voyait très bien ce que craignait sa mère : qu'une personne à laquelle Hadley Forestry devait de l'argent ne cherche à l'enlever pour obtenir le remboursement de sa dette.

— Je vais m'arrêter à The Lodge : j'ai un problème à régler là-bas, dit Decker. Tu peux venir avec moi ?

— Bien sûr qu'elle le peut ! s'exclama Bernard.

Kendall lui lança un regard courroucé, et il se reprit :

— Je veux dire : Kendall a tout son temps. Jusqu'à ce que le mariage ait eu lieu, je ne l'attends pas au travail !

Kendall demeura silencieuse pendant le trajet. Decker remarqua son trouble.

— Tu vas bien ? demanda-t-il.

Elle se retourna vers lui avec un petit sourire.

— Oui. Je pensais seulement à mes parents. Ils sont si inquiets !

— Tout ira bien... Pour toi comme pour eux. Tu n'auras qu'à les appeler chaque jour.

Il semblait si sûr de lui ! Mais il ignorait qu'elle était peut-être la cible d'un créancier qui voulait soutirer à son père de l'argent qu'il n'avait pas.

La neige s'était mise à tomber à gros flocons. Le paysage était très beau, mais les routes devenaient glissantes, et la visibilité de plus en plus réduite, d'autant plus que la nuit était tombée.

Decker s'engagea sur la route menant à The Lodge.

— Nous risquons d'avoir du mal à aller jusque chez moi tout à l'heure.

— Oh ! quel dommage : nous allons être obligés de dormir dans une suite luxueuse !

Cela lui faisait du bien de plaisanter... et d'oublier un instant les mensonges de ses parents.

— Il y en a une que j'affectionne particulièrement. J'y séjourne régulièrement.

Ils pénétrèrent dans le hall de l'hôtel. Kendall fut frappée par le faste des lieux, auxquels l'utilisation du bois comme matériau principal et l'immense cheminée en pierre apportaient une touche de chaleur. Deux réceptionnistes se tenaient derrière un long comptoir.

Un troisième homme attendait sur le côté, et les regardait s'approcher. Il était très élégamment vêtu d'un costume gris et d'une chemise blanche, et ses cheveux blonds étaient coupés court.

— Je te présente Seth Harris, chef de la réception, dit Decker lorsqu'ils arrivèrent près de lui.

Seth les salua.

— Kendall va s'installer dans ma suite, reprit Decker.

— Je sais qui vous êtes, déclara Seth en s'adressant à elle. Félicitations.

Il parlait du mariage, bien entendu. Elle ne put s'empêcher de se demander fugitivement ce qu'il en pensait.

Seth se tourna vers Decker.

— Molly Gilford devrait arriver d'un instant à l'autre.

Au moment même où il prononçait ces paroles, une femme blonde apparut. Tout en elle, de son carré net à son tailleur noir, respirait l'efficacité et le professionnalisme.

C'était certainement pour régler un problème avec elle que Decker était venu à The Lodge.

— Merci d'être passé, déclara Molly. Le client insiste pour avoir affaire à vous.

— Pas de problème. Il est logé dans quelle chambre ?

— La suite Primrose.

— Je suis allé lui parler, moi aussi, dit Seth. Je pense qu'il s'est un peu calmé.

— Merci, Seth.

Decker posa la main sur le dos de Kendall et la guida vers les ascenseurs.

— Que s'est-il passé ?

— Un présentateur célèbre a l'habitude de séjourner ici, et il est toujours très exigeant. Apparemment, ses œufs brouillés étaient trop cuits. Le chef en a fait d'autres pour lui, mais il estime que cela a pris trop de temps et que le service a été très lent.

— Pauvre chou !

Decker sourit alors qu'ils entraient dans l'ascenseur.

— Seth est un beau parleur. Il a l'art de calmer les clients et de trouver des solutions.

— J'imagine que c'est utile dans ce métier !

Ils sortirent au dernier étage, et se dirigèrent vers la porte où le nom « Primrose » était gravé sur une plaque dorée.

Decker frappa à la porte et, quelques secondes plus tard, un homme d'une cinquantaine d'années vint lui ouvrir.

— Decker Colton, dit-il pour se présenter. On m'a appris que vous n'étiez pas satisfait de votre petit déjeuner.

— Il leur a fallu une heure pour m'apporter ce que j'avais commandé !

— Le petit déjeuner de demain sera offert par la maison en guise d'excuse.

— C'est un peu tard pour cela. Celui d'aujourd'hui a été complètement gâché par l'incompétence de votre personnel !

— Je vais aller leur parler. Cela ne se reproduira plus.

— Vous devriez embaucher des gens qui ont plus de conscience professionnelle, et qui mettent leur fierté dans le travail bien fait. Je n'en attends pas moins d'un cinq-étoiles !

— Moi non plus, monsieur. Vous pouvez avoir l'assurance que je vais prendre vos remarques en compte, et que cela ne se reproduira plus.

L'homme sembla s'adoucir. Il regarda Kendall.

— C'est la personne qui a fait les œufs brouillés ?

— Non. Je vous présente ma fiancée, Kendall Hadley.

— Oh !

L'homme sembla un instant confus.

— Je vous présente mes excuses, madame.

— Il n'y a aucun problème, répondit-elle, se disant que cet individu serait plus heureux s'il ne voyait pas constamment le mauvais côté des choses.

Elle le connaissait pour l'avoir vu présenter l'émission d'information matinale qu'elle regardait parfois. Maintenant qu'elle savait qui il était vraiment, elle choisirait un autre programme !

Decker nota le numéro de son portable et le tendit à l'homme.

— Appelez-moi demain pour me dire ce que vous voulez pour le petit déjeuner, et je m'assurerai personnellement que tout sera comme vous le désirez.

L'homme hocha la tête, clairement satisfait de s'être prouvé qu'il avait du pouvoir.

— Merci.

— Je vous en prie. Je vous souhaite une bonne soirée !

Sur ces paroles, Decker s'éloigna avec Kendall.

— Ce genre de choses arrive souvent ? demanda-t-elle.

— Non. La plupart des clients sont heureux de profiter des installations de l'hôtel.

— Je détesterais avoir affaire aux râleurs.

— Je me prête au jeu. Je sais comment m'y prendre avec eux. Ça ne me dérange pas.

Il l'arrêta avant qu'elle entre dans l'ascenseur.

— Viens !

Elle le suivit jusqu'à une porte à double battant située à l'extrémité du couloir. Il sortit un badge, l'ouvrit, et lui fit signe d'entrer.

— Que fais-tu ? lui demanda-t-elle en pénétrant dans la pièce.

— Je voulais te montrer ma suite.

Il actionna l'interrupteur, et elle découvrit une pièce au luxe simple et raffiné. Une lampe posée sur une console adossée au canapé éclairait la pièce d'une lumière chaleureuse. Un second sofa était placé de l'autre côté de la table basse. En face, une baie vitrée occupait tout un pan de mur et donnait sur un large balcon couvert. Une table avec quatre chaises était placée devant.

Decker vint auprès d'elle.

— C'est beau, tu ne trouves pas ? demanda-t-il à voix basse.

Parlait-il de cette pièce magnifique ou de la neige ?

— Oui, tout est très beau.

Il glissa le bras autour de sa taille et, posant la tête contre la sienne, regarda les flocons tomber.

Elle sentit la chaleur se répandre en elle.

— Lorsque nous avons rénové l'hôtel, j'ai embauché un excellent décorateur d'intérieur.

Kendall décela des accents de fierté dans sa voix. Elle s'écarta de lui pour pouvoir le regarder. Elle savait qu'il était humble, mais il aimait manifestement les belles choses.

— Visiblement, tout cela compte beaucoup pour toi, dit-elle en désignant la pièce et la vue.

Tout d'abord, il la dévisagea avec ce regard imperturbable qu'il avait souvent. Quelques secondes passèrent. Il prit son temps, et se mit à observer silencieusement la neige qui tombait.

Enfin, il se tourna vers elle. L'expression de ses yeux avait changé maintenant : elle était chargée d'émotions qu'elle avait du mal à déchiffrer.

— Ce n'est pas ce que tu penses.

Que voulait-il dire par là ?

— Je ne comprends pas.

Il se tourna vers la fenêtre.

— Les montagnes... La roche... Quand j'étais petit, tout cela me fascinait.

Il parlait avec son cœur, elle le voyait bien. Elle dut se mettre en garde : elle ne devait pas s'attacher à lui ainsi, tomber amoureuse... Enfin non, ce n'était pas de l'amour... Juste un prolongement de son béguin d'adolescente.

— Avant que mon père lance cette station de sports d'hiver, l'endroit n'avait rien de touristique.

— Tu le préférais ainsi ?

— Non.

Il la regarda droit dans les yeux.

— C'est moi qui ai fait de cette station ce qu'elle est aujourd'hui. Mon père avait un rêve. Je l'ai réalisé.

— Oui. Mais c'était *son* rêve.

Elle se rendit compte seulement après avoir parlé qu'elle l'avait peut-être vexé.

Decker se détourna.

— Et tu penses que je ne le sais pas ? répliqua-t-il.

— Si. Mais tu vis *son* rêve, pas le tien.

— Cette station est à moi autant qu'à lui.

Il la regarda, manifestement mécontent qu'elle ose suggérer qu'il ne faisait que suivre la volonté de son père.

Il avait certes joué un rôle déterminant pour faire de son hôtel le palace de renom qu'il était aujourd'hui, mais il ne pouvait pas nier qu'il avait suivi la voie tracée par Russ. Elle se doutait qu'il ne le savait que trop bien, et que cette idée le mettait mal à l'aise.

— J'ai les mêmes sentiments envers mon père, reconnut-elle. Ce n'est pas exactement la même chose, mais si je suis revenue ici, c'est parce qu'il me l'a demandé.

Elle détourna la tête. Maintenant, elle savait ce qui avait poussé Bernard à le faire : il avait besoin de son aide pour sauver l'entreprise...

# 8

La neige tombait maintenant à gros flocons et le vent s'était levé. Decker avait déjà reçu deux appels du personnel de la réception pour l'informer que des clients étaient bloqués sur la petite route menant à l'hôtel, et il avait envoyé quelqu'un les chercher. Maintenant, Kendall et lui étaient assis autour de la table, et parlaient de leur enfance. La pièce n'était éclairée que par la lueur des flammes dans la cheminée à gaz, et par les guirlandes lumineuses suspendues dehors au balcon, qui faisaient briller les flocons d'un éclat argenté. Une douce musique de jazz contribuait à rendre l'ambiance confortable et chaleureuse.

Kendall lui parla du jour où ses parents l'avaient emmenée au festival annuel de la montagne qui avait lieu chaque été dans la région. Des artistes locaux tenaient des échoppes pour présenter leurs créations, et on y vendait toutes sortes d'objets et produits alimentaires. Il y avait également des spectacles qui se succédaient sur un podium. Elle se souvenait avoir aperçu Decker là-bas avec sa famille. Il avait dix-sept ans à l'époque, et il était bien sûr accompagné d'une fille.

Decker eut un pincement au cœur parce qu'il ne se rappelait pas l'avoir vue ce jour-là. Mais il se souvenait de sa petite amie de l'époque : ils avaient rompu juste avant qu'il entre à l'université.

— J'étais amoureuse de toi, lui avoua Kendall. Pendant toutes mes années de lycée, en fait...

— Et plus maintenant ! la taquina-t-il.

Elle sourit et ne dit rien, se contentant de tremper ses lèvres dans son verre de vin et de le reposer sur la table.

Decker se leva d'un bond et lui prit la main.

Il l'emmena à l'écart, l'attira à lui, et se mit à danser.

— C'est pour cela que tu as accepté de me rencontrer ? demanda-t-il. Parce que tu étais toujours amoureuse de moi ?

— Comme je te l'ai déjà dit, j'étais curieuse de te revoir.

— Et tu es à nouveau amoureuse ?

— Ah, tu aimerais bien le savoir !

Il fut saisi par l'éclat de son sourire.

— Tu pourrais me le dire. Dans un peu plus de quinze jours, nous serons mariés !

— Je peux changer d'avis d'ici là !

En entendant son ton ironique, il se dit qu'elle avait pris sa décision une fois pour toutes.

— Quand mon père saura que tu as définitivement accepté, il sera ravi !

— Bien ! Alors peut-être que nos parents nous laisseront enfin tranquilles ! dit-elle en glissant les bras derrière son cou.

Il sentit la chaleur monter en lui. Ils allaient si bien ensemble !

Il n'essaya pas de contrôler sa réaction. Il l'embrassa doucement d'abord, tout en continuant à danser avec elle sur un rythme langoureux.

Elle pencha la tête en arrière, l'invitant à approfondir leur baiser.

Il posa les mains sur ses fesses et la plaqua contre lui, savourant la sensation de ses seins pressés sur son torse. Elle s'écarta un peu, interrompant leur long baiser.

Les yeux de Kendall étaient voilés par la passion, et le désir qu'il y lisait faisait écho à celui qui montait en lui. L'alchimie qui existait entre eux était indéniable. C'était comme une étincelle qui avait jailli subitement... Ou comme un feu qui couvait depuis leurs années de lycée. Il l'avait toujours trouvée très belle. Simplement, il n'avait jamais eu la chance de la connaître vraiment. C'était étrange de constater à quel point un simple dîner avait tout changé.

Il lui prit la main et la conduisit vers sa chambre. Là encore, tout un pan de mur était occupé par une baie vitrée donnant sur une terrasse.

Elle commença à se dévêtir et il l'imita, tout en admirant la grâce de ses mouvements. Elle se glissa sous la couette, et il vint la rejoindre.

Il n'avait pas envie de hâter les choses, et prit le temps de la tenir blottie dans ses bras. Ils étaient l'un contre l'autre, étroitement enlacés, et regardaient la neige tomber alors que le désir montait en eux. Les flocons étaient toujours plus épais, mais ils étaient au chaud, l'un contre l'autre...

Il se mit sur le côté pour caresser les cheveux de Kendall, échangea un long regard avec elle, puis l'embrassa. Il prit son temps avant de s'allonger sur elle. Elle écarta les jambes, et le désir se fit soudain dévorant. Il entendait sa respiration rauque et saccadée, et sut qu'elle était animée par le même sentiment d'urgence que lui.

Il la pénétra lentement, avec l'intention de donner une importance particulière à ce moment. Il ne savait pas trop pourquoi. Il se laissait seulement guider par son instinct, et par la magie de l'instant.

Il se mit à aller et venir en elle, et ne put résister au besoin d'aller toujours plus vite, plus profondément. Il était encouragé par les gémissements de Kendall, et la façon dont elle lui offrait son sexe en s'arc-boutant contre lui. Il ne leur fallut pas longtemps pour être emportés par la jouissance.

Ils restèrent ensuite un instant silencieux, essayant de calmer leur respiration et de reprendre pied dans la réalité. Enfin, il s'allongea à côté d'elle et la prit dans ses bras. Jamais auparavant il n'avait connu un tel sentiment de plénitude. Il allait épouser une femme superbe et fonder une famille. C'était exactement ce qu'il voulait, ce qui manquait dans sa vie.

— Comment te sens-tu ? lui demanda-t-il avec tendresse.

Elle s'arrêta de caresser son torse du bout des doigts, et leva la tête vers lui.

— Ce n'est pas évident ?

— Tu te sens bien, je le sais. Mais je veux parler du reste...

Elle reposa la tête sur son épaule, et recommença à le caresser. Puis elle finit par dire :

— Très bien ! d'une voix calme, mais joyeuse.

Il l'embrassa sur le front.

— Moi aussi.

Elle cessa de le caresser, et il vit qu'elle avait fermé les yeux et se blottissait contre lui, l'air satisfait.

— J'imagine que nos parents vont être très heureux que nous nous entendions si bien, dit-il. Mon père tout particulièrement !

Kendall ne répondit rien. Mais un instant plus tard, elle s'éloigna de lui pour se coucher sur le dos, et il vit qu'elle fixait le plafond du regard, apparemment perdue dans de sombres pensées.

— Que se passe-il ?

Elle le regarda et fit un sourire qui se transforma en une petite moue. Il voyait bien que quelque chose la troublait.

— Ma chérie, qu'y a-t-il ?

Il se mit sur le côté pour pouvoir la regarder.

— Rien.

— Si ! Dis-moi...

Elle demeura un instant silencieuse, puis secoua la tête.

— Je suppose que je suis simplement un peu stressée...

À cause du mariage ? C'était peut-être vrai, mais il avait le sentiment que ce n'était pas tout. Elle semblait déjà préoccupée lorsqu'elle avait quitté la maison de ses parents.

— De quoi as-tu parlé avec tes parents lorsque j'étais au téléphone ?

— De tout et de rien...

— Ça a pourtant duré.

Et il avait eu l'impression que la conversation était animée. Il avait senti une certaine tension lorsqu'il était entré dans le salon.

— Mes parents n'arrêtent pas de me poser des questions sur nous deux, et de me demander si nous nous entendons bien.

— Oh !

Il se pencha pour déposer un baiser sur sa joue.

— Dans ce cas, parle-leur de ce soir. Ils comprendront une fois pour toutes !

Elle le frappa avec son oreiller.

— Je ne vais certainement pas leur raconter ça !

Il rit. Il avait vraiment trouvé la compagne parfaite.

Quelques jours plus tard, Kendall attendait sur le parking où Decker et elle s'étaient garés pour aller faire leur randonnée. Une certaine routine s'était établie : Decker et elle passaient leurs journées à travailler – elle avait dû batailler pour convaincre son père de la laisser venir au bureau, mais avait finalement réussi – puis ils se retrouvaient pour passer la soirée et la nuit ensemble. Toute la journée, elle attendait ce moment avec impatience.

Leur agresseur semblait s'être volatilisé, et elle commençait à penser que son accident l'avait convaincu de mettre un terme à ses méfaits.

Aujourd'hui, elle avait prévu d'aller voir ses loups. Elle avait contacté le parc national des Montagnes Rocheuses, et ils avaient enfin désigné un biologiste pour l'accompagner dans ses observations. Ainsi, s'ils voyaient la meute, la présence du loup gris dans la région serait officiellement reconnue. Quelques randonneurs avaient déjà fait des signalements, mais les autorités n'avaient pas encore corroboré ces informations.

Puisqu'elle ne serait pas seule, Decker avait fini par se laisser convaincre de ne pas l'accompagner, et de rester travailler.

— J'espère que tu ne vas pas être un de ces maris trop possessifs ! s'était-elle exclamée.

— Non. Je veux seulement que tu sois en sécurité.

— Tu ne peux pas rester avec moi vingt-quatre heures sur vingt-quatre. Alors, fais-moi confiance, d'accord ?

Et il avait accepté de la laisser partir.

Elle vit un 4×4 avec le logo du parc national ralentir, et mettre son clignotant. Le conducteur se gara derrière sa Land Rover. Elle l'attendait au départ du chemin, son sac à dos déjà sur les épaules. Le temps était couvert, et elle s'était habillée en conséquence.

Le biologiste s'appelait Ben Kennedy. Lorsqu'il sortit de son véhicule, elle vit qu'il s'agissait d'un homme costaud, qui semblait avoir une quarantaine d'années. Il prit son sac à dos et vint la rejoindre. Elle se sentait en sécurité : celui qui l'avait agressée n'essaierait certainement pas de s'en prendre à elle avec cet homme à ses côtés.

— Je suis désolé de mon retard, déclara Ben en s'approchant. Il y avait beaucoup de circulation pour sortir de Lakewood.

— Pas de problème. Allons-y ! déclara-t-elle en se mettant en marche.

Ben engagea la conversation, et lui demanda comment elle avait découvert cette meute.

— Si nous parvenons à les observer aujourd'hui et à déterminer où se trouve leur tanière, ça sera vraiment une étape importante pour notre agence, dit-il.

Elle hocha la tête.

— Je peux vous certifier que je les ai vus, déclara-t-elle.

À vrai dire, devoir passer par une agence fédérale pour que ses observations soient officialisées l'agaçait. Pourquoi sa parole ne suffisait-elle pas ? Elle aurait pu envoyer des photos.

— Je vous crois. Je suis désolé qu'il faille suivre tout ce processus ! Mais parlez-moi plutôt de la meute.

Elle lui raconta tout ce qu'elle avait expliqué à Decker, et ajouta :

— Je suis très impressionnée par l'attention que les deux parents apportent à leur portée. Les humains ne font pas mieux !

— Oui, c'est vrai. J'aime beaucoup étudier les loups. C'est ma spécialité, et c'est pour cela qu'ils m'ont envoyé.

Kendall se réjouit que l'agence ait choisi une personne compétente.

Ils atteignirent l'endroit où il fallait quitter le sentier, et elle l'emmena là où Decker et elle avaient pu observer les loups. Mais cette fois, ils n'y étaient pas.

— Nous allons devoir être très discrets, mais je peux vous conduire jusqu'à leur tanière.

Lorsqu'ils arrivèrent à proximité, ils se tapirent derrière les arbres. Kendall entendit les loups avant même de les voir.

— Waouh, murmura Ben, c'est incroyable !

Les parents avaient la tête tournée dans leur direction, ce qui signifiait qu'ils les avaient entendus approcher. Mais ils ne semblaient pas se sentir menacés.

— À partir de maintenant, c'est notre agence qui va prendre le relais de votre travail. Nous allons mettre une puce sur un des loups, et je vous promets de vous tenir au courant de nos observations.

Elle regarda une dernière fois ses chers loups, en se disant qu'elle ne les verrait certainement plus jamais. Mais Ben connaissait son travail, et c'était à lui qu'incombait maintenant la tâche de les surveiller. Ils rebroussèrent chemin, et elle laissa ses pensées se tourner vers Decker, et la soirée qu'ils allaient passer ensemble.

Lorsqu'elle quitta le biologiste, Kendall alla chez elle prendre quelques affaires qui lui manquaient. Puis elle se mit en route pour se rendre chez Decker.

Au bout d'une dizaine de minutes, elle remarqua une voiture derrière elle. Elle était certaine que personne ne l'avait suivie ce matin jusqu'à son point de rendez-vous avec Ben, mais il était possible que celui qui l'avait agressée ait monté la garde près de sa maison.

Son cœur se mit à battre plus vite. Elle était presque arrivée au niveau de l'embranchement menant chez Decker, et ne savait quelle décision prendre. Elle pouvait aller voir la police, mais que ferait-elle si l'homme tentait de lui faire quitter la chaussée ? Elle tourna sur la petite route et accéléra. La voiture derrière elle fit de même.

On la suivait bien...

— Oh ! non ! s'écria-t-elle tout en sentant son sang se glacer.

Elle conduisit aussi vite qu'elle le put sur la route sinueuse, mais elle ne parvint pas à distancer la voiture.

Elle s'approcha d'elle jusqu'à presque toucher son pare-chocs, et elle sentit son cœur faire un bond dans sa poitrine.

C'était exactement ce qu'elle craignait : le conducteur allait tenter de la faire sortir de la route pour l'enlever.

Elle allait arriver au niveau de l'allée menant à la maison de Decker.

— Mon Dieu, faites que le portail soit ouvert ! pria-t-elle à voix haute.

Elle avait appelé Decker au moment où elle partait de chez elle, donc il devait s'attendre à la voir arriver d'un instant à l'autre.

Elle se rapprochait de l'allée, retenant son souffle.

Lorsqu'elle vit que le portail était ouvert, elle poussa un soupir de soulagement et s'engagea dans l'allée, prenant le tournant si brusquement qu'elle érafla l'aile de sa voiture contre un montant métallique. Elle savait qu'il y avait des caméras de surveillance, et que son poursuivant serait filmé s'il la suivait.

La voiture continua son chemin. Kendall stoppa le moteur devant la maison de Decker, sortit de son véhicule et se rua vers la porte, jetant un coup d'œil derrière elle pour s'assurer que personne ne l'avait suivie. Heureusement, elle était seule.

Elle entra et referma la porte à double tour, avant de s'adosser contre le battant en fermant les yeux et en poussant un soupir.

Elle entendit du bruit et sursauta. C'était Decker. Il pressa quelques boutons sur le boîtier fixé au mur près de la porte, pour refermer le portail et mettre l'alarme en marche.

— Qu'y a-t-il ? demanda-t-il, les sourcils froncés.

Elle se jeta dans ses bras. Là, enfin, elle se sentait en sécurité. Il la serra contre lui, puis lui frotta le dos.

— Tout va bien maintenant, lui dit-il d'un ton rassurant.

Elle s'écarta et leva la tête vers lui.

— Il m'a encore suivie… Il m'a presque fait sortir de la route !

Le visage de Decker s'assombrit.

— J'aurais dû être avec toi.

— Tu ne peux pas m'accompagner tout le temps ! répliqua-t-elle en tentant de sourire.

Elle se dégagea et alla poser son sac sur une chaise du salon. Il la suivit.

— Au moins, ne conduis plus seule. Je vais mettre un de mes chauffeurs à ta disposition.

— J'accepte avec plaisir !

— C'était le même homme ? demanda-t-il.

— Je n'ai pas vu le conducteur. Ce n'était pas la même voiture.

Il la regarda en fronçant les sourcils.

— Ce n'est pas bon… Ce n'est pas une attaque au hasard, Kendall… Quelqu'un t'en veut personnellement. La question est : pourquoi ?

Kendall craignait de connaître la réponse : son père avait dû emprunter de l'argent à quelqu'un qui ne reculait devant rien pour être remboursé.

— Tu es certaine que personne ne te veut du mal ?

— À moi ? Non.

Au moins, elle pouvait répondre sincèrement à cette question. Elle n'avait pas d'ennemis… contrairement à son père.

Il s'approcha d'elle et posa les mains sur ses épaules.

— Nous allons devoir être très prudents jusqu'à ce que nous sachions qui t'en veut, et pourquoi.

Elle se contenta de hocher la tête. Oh oui, elle allait faire attention ! Et elle ne refuserait pas l'aide de Decker.

Il s'éloigna d'elle pour téléphoner à Trey. Kendall l'écouta parler à son cousin, et comprit que la police allait rechercher la voiture qui l'avait suivie. Lorsque Decker raccrocha, il revint la prendre dans ses bras, et elle posa les mains contre son torse.

Quand elle leva les yeux vers lui, son cœur fit un bond : dans le regard de Decker, elle lisait chaleur et tendresse, mais aussi force et détermination.

Il avait tout ce qu'elle rêvait de trouver chez un homme. Peut-être plus encore. Et cela lui faisait peur…

Il fallait qu'elle sache ce à quoi elle s'engageait.

— Decker, je peux te poser une question personnelle ?

— Bien sûr ! Tu peux tout me demander.

Elle pouvait poser sa question. Mais allait-il lui répondre ?

— Tu penses pouvoir tomber amoureux un jour ? demanda-t-elle.

Son visage se ferma. Il demeura un instant silencieux avant de répondre.

— Amoureux ?

— Oui. Tu penses que c'est possible ?

À nouveau, il prit son temps avant de parler.

— Je ne pense pas que cela m'arrivera un jour.

Était-il excessivement pessimiste, ou seulement sincère ? Ainsi, il pensait qu'il ne serait jamais amoureux d'elle ?

— Et si moi, je tombe amoureuse ? murmura-t-elle.

— Alors, tu n'auras rien à craindre, Kendall : je ne te ferai jamais de mal. Je veux que notre mariage soit pour la vie.

Elle aurait dû être satisfaite d'entendre cela, mais elle se sentait incroyablement dépitée.

Il pencha la tête. Visiblement, il avait deviné sa déception.

— Hé, si jamais cela devait m'arriver un jour, c'est de toi plus que toute autre que j'aimerais tomber amoureux !

À nouveau, elle se dit qu'elle aurait dû s'estimer heureuse, mais ces paroles ne firent qu'augmenter son trouble.

— Je suis fatiguée. Je vais me faire couler un bain et me coucher tôt.

Elle s'éloigna de lui, et contourna le sofa pour éviter d'avoir à le frôler en passant.

Alors qu'elle sortait de la pièce, il l'appela.

— Kendall !

— Tout va bien, Decker. Je voudrais seulement être seule ce soir.

Il la laissa partir, et elle fut soulagée. Elle était elle-même surprise de constater à quel point cette brève conversation l'avait attristée. Peut-être devrait-elle lui parler des problèmes financiers de son père. Alors, certainement, il mettrait un terme à leurs fiançailles, et trouverait une autre compagne... Et elle échapperait à ce qui risquait d'être un désastre pour elle. Parce qu'elle savait maintenant qu'elle risquait fort de tomber follement amoureuse de lui.

# 9

Decker avait mal dormi. Il ne cessait de repenser à la tristesse qu'il avait lue dans les yeux de Kendall. Il s'était efforcé d'être honnête avec elle, mais leurs sentiments étaient manifestement différents. Elle pensait pouvoir tomber amoureuse… *de lui*. Cela le mettait mal à l'aise. Allait-elle, comme d'autres femmes, devenir exigeante et en attendre trop de lui ?

Mais au moment même où cette pensée lui traversa l'esprit, il eut la certitude que cela n'arriverait jamais. Kendall n'était pas comme les autres. Pour lui, elle était unique. Pourquoi n'arrivait-elle pas à le voir ? Ils s'entendaient exceptionnellement bien, sur tous les plans.

Peut-être Kendall voulait-elle simplement dire qu'elle avait des sentiments pour lui ? Il en avait pour elle. Ils allaient si bien ensemble ! Alors, pourquoi semblait-elle si inquiète ?

Son père fit irruption dans son bureau comme il en avait coutume, mais plus brusquement encore que d'habitude.

— Il faut que nous parlions.

— Tu ne peux pas frapper ?

Russ avait refermé la porte du bureau et s'avançait vers lui.

— Je viens d'apprendre que Bernard Hadley est au bord de la faillite.

Decker fut saisi. La famille de Kendall était une des plus fortunées de la région.

— Tu en es sûr ?

— Oui. On vient de me le confirmer : il est criblé de dettes.

Decker ne lui demanda pas comment il avait obtenu ces informations. Son père avait toujours eu ses sources personnelles.

— Alors, quel est le problème ?

Pourquoi Russ était-il si excité ? Son père avait eu l'idée de ce mariage pour des raisons financières, mais, même si elles n'existaient plus, cela restait malgré tout une excellente idée.

— *Quel est le problème ?* répéta son père. Ils sont ruinés !

— Tu ne t'étais pas renseigné sur leur situation financière avant de parler de ce mariage à Bernard ?

Decker savait que sa question allait agacer son père.

Il avait raison. Le visage de Russ s'empourpra.

— Je ne pensais pas avoir à le faire. Leur fortune semblait bien établie. Que s'est-il passé ?

— Tu en as parlé à Bernard ?

— Non, répliqua Russ dont la colère montait, mais ce mariage ne se fera pas.

Decker se laissa aller contre le dossier de son fauteuil. Il était très surpris par la réaction de son père.

— Tu veux que j'annule le mariage parce que le père de Kendall a des difficultés financières ? Il s'en remettra !

— Oui. Avec l'argent des Colton !

Russ posa les deux mains sur le bureau de Decker, et se pencha vers lui.

— Il aurait pu m'en parler au lieu de nous jeter sa fille à la figure !

Decker commençait à perdre patience. Il se leva.

— C'est toi qui es allé lui parler de ce mariage, papa.

Russ se redressa.

— Et alors ? Il aurait dû me dire qu'il était ruiné !

— Pourquoi ? Le seul but de cet arrangement est donc que vos deux entreprises prospèrent ? Peut-être que Bernard a tout simplement pensé que Kendall et moi nous entendrions bien... au-delà de l'aspect financier.

Dès qu'il prononça ces paroles, il se rendit compte que, jusque-là, lui-même n'avait considéré cette union que sous cet angle... Mais il comprenait maintenant que Kendall était beaucoup plus pour lui.

— Bien sûr que le but de ce mariage est de développer l'entreprise ! répliqua Bernard d'un air incrédule.

Decker se leva et s'approcha de lui.

— Écoute-moi bien : d'abord, je n'épouserai jamais quelqu'un seulement pour te permettre de gagner de l'argent. Il faut que j'aie envie de passer le reste de ma vie avec cette femme, que je l'aime ou non.

Il vit le visage de son père se teinter de surprise.

— Ensuite, poursuivit Decker, Kendall a son mot à dire elle aussi. Elle ne se marierait pas avec moi si elle ne pensait pas la même chose.

— Tu crois ça ? Elle connaissait probablement les problèmes financiers de Hadley Forestry avant d'accepter de te rencontrer.

Decker n'avait pas pensé à cela. Était-ce le cas ? Lorsqu'il repensait aux moments que Kendall et lui avaient passés ensemble, à leurs conversations, il n'arrivait pas à croire qu'elle ait pu agir de façon aussi intéressée.

— Elle m'en aurait parlé si elle avait été au courant !

— Ah bon ? Tu penses qu'elle aurait laissé sa famille passer après un homme qu'elle connaît à peine ?

Russ avait marqué un point. Il fallait que Decker réfléchisse à cela. En son for intérieur, il ne pensait pas que Kendall puisse agir avec tant de duplicité. Mais il était vrai qu'elle s'était comportée étrangement ces derniers temps…

— Il faut annuler le mariage ! déclara Russ.

— Je vais parler à Kendall.

Russ pinça les lèvres.

— À quoi cela va-t-il servir ? Les Hadley sont ruinés. Nous ne pouvons pas envisager une alliance avec eux.

— Et alors ? Pourquoi faut-il que pour toi, l'argent passe toujours avant tout ? Tu es vraiment cupide !

Son père recula d'un pas, l'air incrédule.

— Comment oses-tu me parler de la sorte ?

— Tu ne sais juger les gens que par le solde de leur compte en banque !

Decker était excédé par l'attitude de son père.

— Tu ferais bien de faire attention, Decker ! Je peux revenir sur ma décision de te confier The Lodge.

— Vas-y ! hurla Decker. Je suis fatigué que tu me menaces constamment de me retirer la direction de l'hôtel ! Fais-le, et cherche quelqu'un qui fera mieux le travail que moi ! Essaie donc de confier un morceau de ton précieux empire à quelqu'un qui ne fait pas partie de la famille !

Une fois n'était pas coutume, son père demeura sans voix. Il se contenta de regarder Decker avec des yeux ronds, sous le choc.

— J'ai toujours fait ce que tu voulais ! J'ai abandonné tous mes rêves pour réaliser les tiens !

— Quels rêves ? souffla Russ d'un air méprisant. Tu as toujours voulu travailler dans cette entreprise !

— Non, papa. J'ai fait des études de management, mais je n'avais pas particulièrement envie de me mettre au service de riches snobs !

— Qu'est-ce qui t'arrive ? C'est Kendall qui t'a mis ces idées en tête ?

— Elle m'a ouvert l'esprit sur beaucoup de choses.

Son père pointa le doigt sur lui.

— Il faut annuler ce mariage !

Sinon quoi ? Il allait le licencier ? Pour la première fois de sa vie, Decker se moquait complètement de ce que pensait son père, ou ce qu'il ferait en représailles.

— Si les Hadley ont des ennuis, nous pourrions essayer de les aider.

— Les aider ? hurla Russ. Avec l'argent des Colton ? Je préférerais mourir !

— D'accord. J'en ai assez entendu, déclara Decker en quittant la pièce.

Il fallait qu'il voie Kendall.

Bernard Hadley expliqua à Kendall que le responsable des stocks avait surestimé la demande, et que c'était ainsi qu'avaient commencé les ennuis financiers de l'entreprise. Il avait licencié son employé et tenté de résoudre le problème, mais le fléchissement des ventes observé au cours des deux dernières années n'avait fait qu'accroître le problème. La santé financière de Hadley Forestry semblait irrémédiablement compromise.

— J'ai fait un emprunt qui nous a offert quelques mois de sursis, mais les ventes sont toujours au plus bas.

Il était assis à son bureau et elle lui faisait face, debout.

— J'ai vu que tu avais souscrit un second prêt.

Le visage de Bernard se ferma, et il ne répondit pas. Jusque-là, il n'avait fourni à Kendall que des explications très évasives.

— Papa, il faut que tu me dises la vérité, déclara Kendall en s'appuyant à deux mains sur le bureau. À qui d'autre as-tu emprunté de l'argent ?

Bernard se leva et alla regarder par la fenêtre.

— Je sais que tu as pris un second prêt, papa. Parle-moi d'Aegis Corporation.

Elle avait fait des recherches sur Internet mais n'avait rien trouvé.

— C'est une société écran qui appartient au casino Royal Haven.

Avec un soupir, il se dirigea vers le sofa et s'assit.

Kendall le rejoignit. Son père avait emprunté de l'argent à un casino ?

— J'ai rencontré son dirigeant par l'intermédiaire d'un entrepreneur qui est un de nos principaux clients, déclara son père. Je lui ai expliqué ma situation, et je lui ai dit qu'on m'avait appris qu'il cherchait parfois à placer son argent. Il m'a répondu que c'était le cas, mais qu'il devait réfléchir aux conditions. J'ai pensé que c'était une réaction normale.

— Et quelles étaient ces conditions ? demanda Kendall, craignant d'entendre la réponse.

— Un intérêt, ainsi que la fourniture gratuite de bois à chaque fois qu'il en aurait besoin.

Il était normal de demander un intérêt, mais la seconde clause était pour le moins surprenante… et semblait indiquer que le dirigeant du casino avait l'intention de garder indéfiniment son père sous son emprise.

— Il a également ajouté qu'il tenait à être remboursé rapidement, dit son père.

— Et laisse-moi deviner : tu as demandé un délai…

— Je devais m'acquitter de ma dette en quatre versements. Je lui ai payé seulement la moitié du premier, et je suis en retard pour le second.

— Je pensais que la vente des pins infestés par le dendroctone avait apporté des liquidités ?

— C'est ce qui m'a permis d'effectuer la moitié du premier versement. Si seulement Emilio Elardi acceptait de me laisser un peu de temps, je pourrais le rembourser !

— Tu le lui as demandé ?

— Oui. Il s'est contenté de me rappeler ses conditions, et m'a mis en garde, en me disant que je devais les respecter. C'est tout.

— Il t'a mis en garde ? Que veux-tu dire ? demanda-t-elle, sentant l'inquiétude monter en elle.

— Lors de notre second contact, pour la signature du contrat, il m'a demandé si j'étais certain de pouvoir tenir mes engagements. À l'époque, j'en étais convaincu. Il a poursuivi en disant que c'était un point essentiel, parce que si ça n'était pas le cas, cela compromettrait la bonne marche de ses affaires, et il n'aimait pas ça.

— Il a dit qu'il n'aimait pas ça…, murmura Kendall.

Un frisson la parcourut.

— Oui. J'ai trouvé cela étrange, mais le client qui m'avait parlé de lui était un ami, et je n'ai pas pensé un seul instant qu'il ait pu me conseiller d'aller voir une personne peu recommandable.

— Il ne savait peut-être pas que cet homme était un voyou…

Une question lui vint soudain à l'esprit.

— Tu l'as déjà rencontré ?

— Emilio ? Non, pas personnellement. Chaque semaine, deux de ses hommes viennent me demander de lui rembourser l'argent que je lui dois.

— C'est tout ? Ils se contentent de demander ?

— D'une manière faussement amicale, oui. La dernière fois qu'ils sont venus, c'était il y a un peu plus de quinze jours, et ils m'ont dit que si je ne leur versais pas l'argent que je leur devais, M. Elardi serait forcé de garantir son investissement…

On pouvait donner à ces mots le sens que l'on voulait… Elardi pensait-il pouvoir protéger son investissement en enlevant la fille de son débiteur et en lui réclamant une rançon ? Les dates correspondaient. Kendall avait vu un homme la suivre pour la première fois il y avait environ deux semaines. Il n'avait essayé de la kidnapper que quelques jours plus tard. Elardi avait laissé du temps à Bernard, puis il était passé à l'action.

Un coup frappé à la porte du bureau tira Kendall de ses pensées. La secrétaire de son père passa la tête par la porte.

— Je suis désolée de vous interrompre, mais M. Colton est ici. Il aimerait parler à Mlle Hadley.

— Merci, dit Kendall en se levant. Nous allons trouver une solution, papa.

Il leva les yeux vers elle.

— Je me fais surtout du souci pour toi...

— Tout ira bien, répondit-elle en lui pressant l'épaule.

Elle sortit.

Decker attendait auprès de la secrétaire. La jeune femme était installée dans un hall sur lequel donnaient les bureaux de Kendall et de son père.

Kendall sourit en voyant Decker. Comme toujours, elle eut un coup au cœur en remarquant sa prestance et son beau visage.

— Bonjour, dit-elle en déposant un rapide baiser sur ses lèvres. Quelle bonne surprise !

Il ne lui sourit pas en retour.

— Il faut que nous parlions.

Cela n'augurait rien de bon... Elle s'efforça de calmer son inquiétude.

— D'accord. Allons dans mon bureau.

Elle ouvrit la porte et le fit entrer, ne devinant que trop bien ce qui allait suivre.

Decker referma la porte et s'approcha d'elle, l'air sombre.

— Il faut que je te pose une question, et que tu me répondes franchement.

— D'accord. J'ai toujours été sincère avec toi.

Il cligna des paupières. Visiblement, il avait des doutes.

— Ta famille rencontre-t-elle des problèmes financiers en ce moment ?

Elle ne fut pas surprise par sa question, mais eut du mal à répondre. Il fallait qu'elle dise la vérité, pourtant.

— Oui.

Lorsqu'elle lut la déception sur son visage, elle se hâta d'ajouter :

— Je viens seulement de l'apprendre. Tu te souviens de la conversation que j'ai eue avec mes parents pendant que tu étais au téléphone ? C'est à ce moment-là qu'ils me l'ont dit.

Le regard de Decker resta grave, et son visage impassible.

— Ton père le savait ?

— Oui.

— Et tu voudrais vraiment que je croie qu'il ne t'a rien dit ?

— Decker, je te jure que je ne savais rien ! Lorsque mon père est venu me proposer de te rencontrer, j'ignorais tout des difficultés de l'entreprise !

— Tu as accès aux documents comptables, non ?

Elle hocha la tête.

— Oui, mais ce n'est pas mon travail. Je ne les regarde jamais.

— Ton père a dû voir un bon moyen de se sortir d'affaire lorsque le mien est venu lui faire part de son idée de mariage !

— J'ai pensé cela moi aussi… et je ne peux pas dire que cela m'ait fait plaisir !

Le fait que son père ait eu des motivations financières pour accepter la proposition de Russ était indéniable.

— Quand tu as accepté de me rencontrer, tu voulais seulement sauver l'entreprise familiale ?

— Non, je ne savais rien, Decker.

Visiblement, il ne la croyait pas !

— Et si, véritablement, tu viens seulement de l'apprendre, pourquoi ne m'en as-tu pas parlé ?

Elle n'arrivait pas à le regarder dans les yeux, et se dirigea vers la fenêtre de son bureau. Elle comprenait qu'il soit contrarié.

— Je ne sais pas… Je pense qu'au fond de moi, je craignais que tu annules le mariage…

— Et qu'alors, l'entreprise de ton père fasse faillite ? répliqua Decker d'un ton cinglant.

Elle ne lui répondit pas immédiatement.

— Je crois que je voulais tout de même que le mariage ait lieu…

Elle se retourna vers lui et ajouta :

— Pas pour mon père... Pour moi.

Il la regarda durement pendant un instant, comme s'il se demandait s'il devait la croire ou non.

— Mon père m'a demandé d'annuler. Nous nous sommes disputés ce matin.

— Ton père est au courant ?

— C'est lui qui me l'a appris.

Et il avait dû aller voir Decker pour lui ordonner de mettre un terme à son projet. Apparemment, Decker n'avait pas accepté, puisqu'il venait de lui dire qu'ils s'étaient querellés. Hésitait-il ? Avait-il pris une décision maintenant ?

— Et c'est ce que tu veux faire ? finit-elle par demander.

Il prit un instant pour lui répondre.

— Je ne sais pas. La seule chose dont je suis certain, c'est que je n'agirai comme mon père me le demande que si je suis moi-même convaincu que c'est la bonne décision.

C'était nouveau... Mais elle se faisait peu d'illusions sur sa décision finale, maintenant que ce mariage ne présentait plus le moindre intérêt pour les affaires des Colton.

— Je ne savais rien des difficultés de Hadley Forestry lorsque j'ai accepté de t'épouser.

— Le moment où tu l'as appris importe peu. Ce qui compte, c'est que tu le savais, et que tu ne m'as rien dit.

C'était vrai.

— Je ne l'ai pas fait immédiatement parce que je craignais que tu ne veuilles plus m'épouser. Je vois bien que tu ne veux ce mariage que pour des raisons financières !

À ces mots, il pivota sur ses talons, et se dirigea vers la porte.

Elle ne s'était pas attendue à ce qu'il réagisse ainsi. C'était comme si elle venait de l'insulter en lui disant que les sentiments n'avaient jamais eu de place dans sa décision de l'épouser.

— Decker ! s'écria-t-elle en le suivant jusqu'à la porte. Decker, attends !

— J'ai besoin de réfléchir, lança-t-il par-dessus son épaule.

Il se dirigea vers l'ascenseur, pressa le bouton d'appel, et se retourna pour la regarder. Il semblait extrêmement déçu.

Elle avait un poids sur la poitrine, et la gorge serrée. Elle n'avait jamais eu l'intention de le blesser. À vrai dire, elle ne pensait d'ailleurs pas que cela soit possible. Avait-il pour elle plus de sentiments qu'il ne voulait bien l'avouer ?

Elle remarqua soudain que la secrétaire et son père étaient témoins de la scène. Bernard semblait contrarié et attristé.

Elle retourna dans son bureau, s'assit, et se prit la tête dans les mains.

Et maintenant, qu'allait-il se passer ?

La journée parut interminable à Decker. Il ne parvenait pas à se concentrer sur son travail et, après avoir dû calmer la colère d'un autre client particulièrement pénible, il quitta l'hôtel plus tôt que d'habitude.

Il était maintenant assis devant le bar de son salon, un verre de whisky à la main, et essayait de se détendre. Il avait allumé la télévision mais n'y prêtait pas attention. C'était plutôt un bruit de fond. Il ne comprenait pas qu'il ait été si blessé que Kendall ne lui ait rien dit des soucis financiers de son père. Cela n'aurait pas dû le toucher à ce point.

La raison de sa contrariété n'était pas l'argent : c'était le fait que Kendall ait manqué de franchise envers lui, et lui ait délibérément caché les problèmes de Hadley Forestry.

Pour Decker, le point clé était de savoir si Kendall avait choisi de l'épouser pour aider son père. Si elle disait vrai, elle ignorait que l'entreprise était proche de la faillite lorsqu'elle avait accepté de le rencontrer. Mais au fond, cela n'était qu'un détail, car même lorsqu'elle avait été mise au courant, elle n'en avait rien dit. Avait-elle l'intention de ne révéler ces faits à Decker qu'après leur mariage, en espérant qu'il se sentirait forcé de venir au secours de son père ?

— Tu as encore besoin de réfléchir ?

Il se retourna. Kendall était dans l'embrasure de la porte. En la voyant si belle, il eut un coup au cœur, et cela lui déplut.

— Je suis heureux que tu sois revenue à la maison ce soir.

Il était sincère : Kendall était toujours menacée par un inconnu.

Elle entra dans la pièce et vint s'asseoir à côté de lui devant le bar.

— Tu veux boire quelque chose ? lui demanda-t-il.

Elle considéra son verre de whisky à moitié vide, et secoua la tête.

— Je n'aime pas boire quand je ne me sens pas bien.

Pourquoi ne se sentait-elle pas bien ? Parce que Hadley Forestry allait faire faillite ? Il devait bien reconnaître que s'il était à sa place, il irait très mal. Il n'imaginait pas avoir à vendre The Lodge. Il avait mis trop de lui-même dans ce projet.

— Decker, j'étais tiraillée entre mon père et toi...

Il le regarda, et lut du tourment dans son regard.

— Ses problèmes ont commencé il y a bien longtemps, et il n'en a parlé à personne. Avant de venir ici, je suis allée voir ma mère, et elle m'a dit qu'elle-même n'avait eu vent des difficultés financières de l'entreprise que très récemment. C'est elle qui a insisté pour que mon père m'en parle, le jour où tu étais au téléphone.

Même s'il s'était promis de ne plus lui faire confiance, il eut la certitude qu'elle ne mentait pas.

— Aujourd'hui, mon père m'a parlé de celui qui a investi dans l'entreprise. Il s'agit d'un certain Emilio Elardi, le propriétaire du casino Royal Haven. Il possède une société écran, Aegis Corporation, et c'est elle qui lui a prêté de l'argent. Les clauses du contrat sont étranges : mon père doit les rembourser en quatre versements, et il est tenu de leur fournir du bois sans limite de temps ou de volume.

— Une société écran ?

Cela semblait bizarre. Bernard avait-il accepté de l'argent sale ? Étant donné que quelqu'un avait tenté d'enlever Kendall, c'était probable.

Kendall baissa les yeux. Elle semblait totalement désemparée.

— Mon père m'a expliqué qu'Emilio envoie régulièrement deux de ses hommes réclamer les sommes dues. Ils l'ont averti que M. Elardi serait forcé de garantir son investissement si cela devenait nécessaire.

— D'où cette tentative d'enlèvement... dit-il, sentant la colère monter en lui.

— Oui...

— Pourquoi ton père ne s'est-il pas adressé à une banque traditionnelle ?

— Il l'a fait. Ils ont refusé de lui prêter de l'argent.

Parce que sa situation financière était trop compromise. Decker se passa les doigts dans les cheveux. Voilà qui allait plaire à Russ !

— Je n'avais jamais entendu parler de M. Elardi ni d'Aegis Corporation jusqu'à ce matin. Je suis venue ce soir pour te le dire... Et pour t'annoncer que j'ai décidé que je ne t'épouserai pas.

— Kendall...

Que pouvait-il dire ? Lui non plus n'était plus certain de vouloir que ce mariage ait lieu.

— Je ne peux pas t'épouser si tu doutes de moi, et que tu penses que je le fais pour l'argent.

— Nous n'annulons rien du tout.

Pas pour le moment, du moins. Il avait encore besoin de réfléchir. Il était troublé de constater que le mensonge de Kendall l'avait autant affecté. Jamais il n'avait eu une réaction semblable avec une autre femme. Il ne parvenait pas à s'expliquer pourquoi, mais cela le tracassait...

— Alors, demande à un de tes avocats de rédiger un contrat de mariage, et je le signerai, déclara Kendall.

Elle ferait cela ? Dans ce cas, Russ se laisserait certainement convaincre que le mariage pouvait avoir lieu, mais ses conditions promettaient d'être draconiennes.

— Je pense qu'il est préférable que je retourne chez moi pour le moment.

— Non, dit Decker en lui prenant les mains. Non, Kendall. Je veux que tu restes avec moi. Ici, tu seras en sécurité.

— Mais tu as dit que tu avais besoin de...

— Non. Reste.

Elle le regarda, visiblement réticente.

— Je t'en prie, reste ! Tu peux dormir avec moi, si tu veux, ou dans une autre chambre. Tu choisis. Je veux seulement que tu sois avec moi pour que je sache que tu es en sécurité. Cet Emilio Elardi a l'air dangereux... Plus que nous le pensions. Il a embauché un professionnel. Reste, Kendall, tu veux bien ?

— Comment pourrais-je refuser si tu me le demandes comme ça ?

Elle eut un pâle sourire, mais son regard demeura triste.

— Tu es une femme forte et déterminée ! dit-il en déposant un baiser sur ses lèvres.

Elle répondit à son baiser, et il sentit son corps s'enflammer. Vite, il s'écarta. Ce n'était pas le moment.

# 10

Bernard Hadley avait finalement choisi de mettre la police au courant de ses démêlés avec Emilio Elardi, et le shérif Trey Colton et son adjointe, Daria Bloom, se présentèrent le lendemain matin chez Decker.

— Bonjour ! dit Trey en leur serrant la main.

Daria les salua également.

— Nous vous voyons un peu trop souvent ces derniers temps ! remarqua Kendall.

— C'est vrai, répondit Daria en se tournant vers Decker. À ce propos, nous n'avons rien de neuf à vous apprendre sur le meurtre de Bianca Rouge.

— Inutile de faire le point cette semaine, donc, répliqua Decker.

— Votre père m'a parlé d'Emilio Elardi, dit Trey à Kendall.

Il avait un visage grave, et elle se demanda s'il souriait souvent. En cela, Decker lui ressemblait, sauf lorsqu'il était avec elle. Elle avait remarqué qu'il adoptait une attitude réservée avec la plupart des gens, surtout avec son père.

— J'ai fait quelques recherches, qui ont mis au jour des éléments inquiétants, poursuivit Trey.

Kendall eut un coup au cœur. *Inquiétants ?* Elle aurait préféré que ses soupçons concernant le propriétaire du casino soient infondés. Elle sentit le regard de Decker posé sur elle et se retourna vers lui. Il avait l'air sombre, préoccupé. Se faisait-il du souci pour elle ?

— Elardi a déjà eu des problèmes avec la justice, expliqua Daria.

— Et son nom est apparu dans d'autres affaires, ajouta Trey.

Kendall tenta de maîtriser un sursaut de colère : comment

son père avait-il pu faire des affaires avec un homme pareil ? Bernard n'était pas stupide : il avait fait de brillantes études et était devenu un entrepreneur respecté. Elle ne comprenait pas comment cela avait pu arriver. Il semblait s'être fait mener par le bout du nez !

— Une femme récemment arrêtée pour trafic de drogue prétend qu'elle travaille pour lui, leur apprit Trey.

— Et l'informateur qui a permis cette arrestation est certain qu'Elardi est lié à un réseau qui a des ramifications au Mexique, ajouta Daria.

— Quel est le lien avec l'attaque dont Kendall a fait l'objet ? demanda Decker.

Trey demeura impassible.

— Peut-être aucun, mais Elardi est violent. Sa femme a déjà appelé la police parce qu'il la battait.

— Ils se querellaient pour une histoire d'argent, expliqua Daria. Apparemment, il contrôle la moindre de ses dépenses, et ne lui laisse aucune liberté.

— Ce qui a attiré notre attention, c'est que son épouse a disparu peu après, dit Trey. La dernière fois qu'on l'a vue, elle était chez son coiffeur... Et comme par hasard, Elardi a un alibi en or !

— Elardi a été inquiété après le coup de fil de sa femme ? demanda Decker.

— Il a été interrogé, et remis en liberté, dit Trey. Et sa femme n'a jamais eu l'occasion de déposer plainte officiellement.

Kendall regarda Decker : visiblement, ils avaient affaire à un homme très dangereux.

— Et ce n'est pas tout, ajouta Daria. Elardi est lié à un enlèvement avec demande de rançon. La personne kidnappée n'a jamais été retrouvée.

Kendall en eut le souffle coupé. Elle avait véritablement peur, maintenant.

— La famille de la victime a travaillé avec le FBI pour organiser la remise de rançon. Les ravisseurs leur avaient ordonné de laisser l'argent dans un lieu précis, et d'aller récupérer la victime ailleurs. Mais elle n'était pas là, et son corps n'a jamais été retrouvé.

Kendall en avait la nausée.

— Le FBI avait placé des agents en embuscade dans les deux endroits, ajouta Trey. Ceux qui se trouvaient là où la rançon a été déposée ont vu un homme vêtu de noir qui portait une cagoule prendre l'argent, et s'enfuir à moto.

— La famille de la victime était riche, ou elle avait emprunté de l'argent à Elardi ? demanda Decker.

— Ils lui devaient de l'argent, répondit Daria. Ce qui est intéressant, c'est qu'Elardi leur avait été recommandé par un entrepreneur local.

— C'est ainsi que mon père a été mis en contact avec lui ! s'exclama Kendall.

— Nous allons rencontrer cet entrepreneur cet après-midi, déclara Trey. Rien ne permet pour le moment d'affirmer qu'il est impliqué. Il ne sait peut-être rien des démêlés d'Elardi avec la justice.

— Pourquoi Elardi n'a-t-il pas été arrêté ? demanda Kendall.

— Il n'y a aucune preuve contre lui : ce n'est pas illégal de prêter de l'argent. Et aucun lien n'a jamais été établi entre Elardi et l'enlèvement ou la demande de rançon.

Kendall se dit qu'elle avait échappé de peu au même sort…

Le lendemain, Decker ne parvenait pas à se concentrer sur son travail : il ne cessait de penser à Kendall. D'après lui, il n'était pas prudent qu'elle reste seule en ce moment, et il était heureux de l'avoir convaincue de rester chez lui. Malgré le différend qui les opposait, il voulait être certain qu'elle était en sécurité. Il n'était pas disposé à lui faire confiance et n'était pas certain d'y parvenir un jour, mais il n'était pas prêt non plus à la laisser partir.

Aux alentours de midi, il entendit quelqu'un frapper à sa porte, et Russ entra. Il n'avait pas attendu d'être invité à le faire, mais il y avait tout de même du progrès…

Decker tenta de déterminer dans quel état d'esprit se trouvait son père. Il semblait plutôt calme… Pour le moment.

— Les réservations ont augmenté ? demanda Russ.

— Je dois voir Remy dans la semaine. Il va peut-être avoir quelques idées.

— Il est très compétent. C'est certainement le meilleur directeur de la communication que The Chateau ait eu !

Russ se tenait debout en face de Decker, semblant réfléchir à quelque chose.

— À propos de notre dernière conversation, commença-t-il d'un ton hésitant, je n'avais pas encore digéré la nouvelle...

Decker resta sans voix. Son père lui présentait des excuses ? Craignait-il que Decker ne quitte l'entreprise ?

— C'est bon. Je ne peux pas dire que cela m'ait fait plaisir non plus.

— Tu as l'intention de repousser le mariage ?

C'était donc ce que Russ désirait.

— Je n'ai pas encore pris de décision, papa. Kendall et moi nous entendons très bien. Du moins, nous nous entendions très bien jusqu'à ce que tout cela arrive...

Decker sentit l'amertume le gagner à nouveau, alors qu'il se disait une fois de plus qu'il n'était pas certain de pouvoir refaire confiance à Kendall un jour.

— Oui, cela fait beaucoup de choses à assimiler... Mais, fiston, je pense vraiment qu'il vaut mieux que ce mariage ne se fasse pas.

Comme son père lui parlait avec calme, Decker décida de ne pas se braquer.

— Kendall avait-elle entendu parler des problèmes de Hadley Forestry lorsque j'ai évoqué l'idée d'un mariage entre vous pour la première fois ? demanda Russ.

— Elle dit que non.

— Tu ne la crois tout de même pas, j'espère ! Il s'agit d'un mariage arrangé, pas d'une histoire d'amour ! Pour elle, sa famille compte plus que toi.

Decker poussa un soupir, contrarié que son père ait probablement raison. Après tout, Kendall et lui se fréquentaient depuis très peu de temps. Il était normal qu'elle se soucie plus de sa famille que de lui !

— Je sais bien que Kendall semble avoir toutes les qualités, poursuivit son père. Mais pense à l'avenir de l'entreprise. Pense à notre réputation.

*La réputation...* Tôt ou tard, le monde apprendrait que Bernard s'était associé avec un malfrat, et les conséquences seraient terribles pour Hadley Forestry. Cela pourrait également avoir de graves répercussions sur l'entreprise des Colton.

— Je viens d'entendre que Bernard avait accepté l'argent d'un propriétaire de casino. Tu en sais plus là-dessus ? demanda son père.

Comment l'avait-il appris ? Decker ne lui posa pas la question. Il n'avait pas envie de parler de cela avec son père.

— Tu le lui demanderas.

Russ s'assit sur le coin du bureau.

— Tu pourrais au moins calmer le jeu avec Kendall, prendre ton temps, non ?

— C'est déjà fait.

Il n'avait pas exprimé les choses en ces termes, mais il avait pris ses distances.

— Mais elle vit toujours chez toi...

— Quelqu'un la suit.

Russ hocha la tête.

— J'en ai entendu parler. C'est une grande fille. Elle peut prendre soin d'elle toute seule. Dis-lui de partir avant qu'elle bouleverse ta vie. Nous n'avons pas besoin de cela pour le moment : nous n'avons pas encore réussi à nous remettre complètement du meurtre de Bianca Rouge...

Decker ne répondit pas. Il n'aimait pas entendre son père parler de la sorte, mais il n'avait pas envie de se quereller à nouveau.

— Pense aux affaires, fiston.

— C'est ce que je fais, papa. Je ne laisserai rien ternir l'image de The Lodge. Tu as ma parole.

— Bien. Je sais que tu avais l'intention de placer de l'argent dans l'entreprise de Bernard, mais Dieu merci, nous avons découvert ce scandale à temps ! Si tu épouses une femme comme Kendall, cela pourrait vraiment avoir des conséquences néfastes pour l'empire Colton.

*Une femme comme Kendall ?* Decker eut du mal à se contenir.

— Comme je te l'ai dit, j'ai calmé le jeu avec elle. Estime-toi heureux, papa.

Il avait besoin d'être seul.

— Quand la police aura mis la main sur celui qui la menace, je prendrai une décision.

— Tu vois ce que je veux dire, n'est-ce pas ? reprit Russ. Kendall a peut-être grandi dans un milieu privilégié, mais tout cela est fini pour elle. Maintenant, nous ne faisons plus partie du même monde.

Decker se laissa aller contre le dossier de son fauteuil, éberlué que son père puisse dire de telles énormités sur le ton de l'évidence. Sa réussite sociale lui était montée à la tête. Decker appréciait l'opulence dans laquelle sa famille vivait, mais jamais il n'aurait le mépris de son père pour ceux qui n'avaient pas eu autant de chance.

Après avoir pris le temps de la réflexion, Kendall avait décidé qu'elle ferait tout pour que son mariage avec Decker ait lieu. Elle avait des sentiments pour lui, et ne voulait pas le perdre pour un malentendu. Son instinct lui soufflait qu'ils étaient faits l'un pour l'autre, et elle allait se battre pour regagner sa confiance.

Elle se rendit à The Lodge pour avoir une conversation à cœur ouvert avec lui. L'assistante de Decker n'était pas à son bureau. La porte de celui de Decker était ouverte, et elle entendit la voix de Russ Colton s'élever.

— Pour elle, sa famille compte plus que toi.

Elle tendit l'oreille, sentant son cœur se serrer.

— Pense à notre réputation.

Decker ne répondit rien à cela, ce qui la peina un peu plus.

— Tu pourrais au moins calmer le jeu avec Kendall, poursuivit Russ.

— C'est déjà fait, conclut Decker.

Ah bon ? Kendall n'avait pas compris cela ! Elle dut contrôler sa respiration. La conversation se poursuivit, et elle surprit au passage quelques bribes de phrases qui la blessèrent toujours un peu plus.

— C'est une grande fille. Dis-lui de partir avant qu'elle bouleverse ta vie.

Encore une fois, Decker ne répondit rien. Kendall n'en revenait pas : c'était comme si, par son silence, il donnait raison à son père !

— Pense aux affaires, fiston. Si tu épouses une femme comme Kendall, cela pourrait vraiment avoir des conséquences néfastes pour l'empire Colton.

— Comme je te l'ai dit, j'ai calmé le jeu avec elle, dit Decker. Estime-toi heureux, papa.

Kendall retint une exclamation, et se couvrit la bouche de sa main.

Elle attendit que Decker prenne sa défense, mais il demeura silencieux. Comment pouvait-il penser qu'elle allait le tirer vers le bas, ruiner sa réputation ? Ce mariage n'était donc vraiment pour lui qu'une transaction, une transaction qui, maintenant, ne devait pas aboutir ?

— Tu as vu les derniers chiffres de la semaine ? demanda soudain Decker, changeant radicalement de sujet.

Il était passé à tout autre chose avec une facilité déconcertante. Lorsqu'ils étaient ensemble, il se comportait comme si Kendall comptait pour lui, mais tout cela n'était qu'apparence. Maintenant qu'elle n'était plus riche, elle n'était plus rien à ses yeux.

Elle entendit Russ déclarer :

— Je me faisais du souci à ton propos, mais maintenant, je vois bien que tu es l'homme dont j'ai besoin ici.

— Tu sais tout ce que cette entreprise représente pour moi. Tu n'aurais jamais dû en douter, répondit Decker.

Kendall ne voulait pas en entendre plus. Visiblement, Decker n'avait pas le moindre sentiment pour elle : il ne se souciait que de ses affaires, et d'obtenir l'assentiment de son père.

Elle tourna les talons, et faillit heurter l'assistante de Decker.

— Bonjour, Kendall. Vous vouliez voir Decker ?

— Non, répondit-elle en se dirigeant rapidement vers l'ascenseur.

Comment avait-elle pu être aussi aveugle ? Decker avait joué la comédie, lui avait fait la cour, lui avait fait croire qu'il était honnête et sincère, alors qu'il voulait seulement que les Colton et les Hadley unissent leur fortune. L'alliance parfaite.

Dans l'ascenseur, elle ravala ses larmes, puis se dirigea vers son véhicule en courant. Mais dès qu'elle eut refermé la portière, elle ne put retenir ses sanglots. L'intensité de sa réaction la surprenait.

Elle n'aimait pas Decker, alors pourquoi avait-elle eu si mal en l'entendant parler ainsi à son père ? Ou plutôt, en l'entendant ne *pas* parler ? C'était ses silences, ce qu'il n'avait pas dit, qui l'avait le plus blessée. Lorsqu'elle l'avait entendu, sa voix était calme, plutôt basse, comme si la déception lui avait ôté un peu de son énergie. Kendall, la compagne idéale, avait perdu tout attrait pour lui, et ce mariage n'était plus qu'une mauvaise idée.

Cette conversation ravivait toute la douleur qu'elle avait ressentie lorsqu'elle avait découvert que son ancien compagnon la trompait. Elle détestait penser que ce qu'elle croyait être de l'amour n'avait jamais existé, et détestait plus encore le sentiment de tristesse et d'humiliation que cela lui faisait ressentir. C'était le pire.

Elle arriva chez Decker, et se mit à faire ses bagages.

Decker se rendit chez Kendall environ une heure après que son père avait quitté son bureau. Ils avaient parlé chiffres pendant quelques minutes, puis son père était parti. Un peu plus tard, son assistante était venue lui faire signer quelques documents, et lui avait demandé s'il avait vu Kendall.

— Elle était ici ?

— Oui. Je l'ai croisée alors qu'elle se dirigeait vers l'ascenseur. Elle semblait très pressée.

Son cœur avait fait un bond dans sa poitrine.

— Je lui ai demandé si elle voulait vous voir, et elle m'a répondu que non. J'ai trouvé cela étrange, ajouta son assistante.

Lui aussi. Ou plutôt non : elle avait dû surprendre sa conversation avec son père. Russ Colton avait tenu des propos durs à son égard.

Decker se rendit d'abord chez lui, mais Kendall avait déjà pris ses affaires et était partie. Maintenant, il était devant sa porte d'entrée, et sonnait pour la seconde fois.

Elle ne répondit pas. Pourtant, sa voiture était dans le garage. Elle était à l'intérieur, mais ne voulait pas lui parler.

— Kendall ! cria-t-il. Je sais que tu es là !

Elle ne répondit toujours pas.

Il fit le tour de la maison, regardant à l'intérieur par les baies vitrées. Soudain, il l'aperçut qui l'observait, debout, immobile.

Il leva la main pour la saluer.

Elle croisa les bras, restant là où elle se trouvait.

— Laisse-moi entrer, Kendall ! cria-t-il.

Elle demeura immobile.

— Je ne partirai pas d'ici avant de t'avoir parlé, insista-t-il.

Elle laissa retomber ses mains, l'air exaspéré, et alla ouvrir la porte arrière.

Il entra dans la cuisine.

— Tu as entendu ma conversation avec mon père tout à l'heure, déclara-t-il.

Elle pinça les lèvres et fronça les sourcils, l'air buté.

— Il a une manière de s'exprimer parfois très agressive, dit-il.

— Jamais tu ne lui as donné tort, répliqua-t-elle d'une voix tendue.

— Je ne voulais pas me disputer avec lui.

— Je vois bien que pour toi, il est plus important de plaire à ton père qu'à moi.

Elle leva les mains en l'air, l'air excédé.

— Et tu sais quoi ? Ça ne fait plus rien. C'est terminé : je ne veux plus jamais te revoir !

Plus jamais ?

— Kendall, sache que je n'approuve pas du tout ce qu'il a dit...

— Ah bon ? Pas même quand il a déclaré que m'épouser pourrait avoir des conséquences néfastes pour l'entreprise ? J'imagine que ça risquerait de rebuter tes riches clients, non ?

— Non. Je n'étais pas du tout d'accord.

— Vraiment ? Et si les gens apprenaient que mon père s'est associé avec un malfrat ? demanda-t-elle. Ça ne serait pas très bon pour tes affaires !

Il ne pouvait pas le nier, alors il se tut.

— Et il paraît que je n'appartiens plus au même monde que les Colton, ajouta-t-elle.

— Ce n'est pas vrai, Kendall. Tu n'es pas responsable de ce qu'a fait ton père !

— Merci, je me sens soudain beaucoup mieux ! répliqua-t-elle d'un ton sarcastique.

— Je me doute de ce que tu as pu penser en entendant cette conversation, admit-il. Les mots de mon père dépassent parfois sa pensée. Il s'en remettra.

— Ça ne sera pas nécessaire, Decker. Comme tu l'as dit, tu as calmé le jeu avec moi. Tu es venu ici seulement parce que tu te sens coupable.

— Non. Je suis venu parce que je voudrais que tu reviennes vivre chez moi.

Elle eut un petit rire.

— Certainement pas ! Je n'ai pas envie de voir comment tu obéis bien aux ordres de ton père !

— Je ne suis pas à ses ordres.

— Alors pourquoi lui as-tu dit que tu avais calmé le jeu avec moi ?

— Parce que c'est le cas.

Il se passa les doigts dans les cheveux. Comment pouvait-il s'expliquer ?

— Ça aurait été sympathique de ta part de me mettre au courant, remarqua-t-elle sur le ton de l'ironie.

— J'ai simplement besoin d'un peu de temps.

— De temps pour quoi ? Le mariage est annulé, Decker. Je ne veux plus t'épouser.

Il la regarda sans répondre, comprenant qu'elle pensait vraiment ce qu'elle disait. Il avait été vraiment stupide de douter d'elle !

— Attendons quelques jours pour y voir plus clair, proposa-t-il. Je n'ai rien décidé pour le moment, et tu devrais prendre le temps de la réflexion, toi aussi. Ne t'occupe pas de mon père et de ce qu'il pense : malgré ce que tu imagines, ce n'est plus lui qui dicte mes décisions. J'ai pris la résolution d'agir selon ma conscience dans tous les domaines... Y compris en ce qui concerne nos relations.

— Eh bien, j'agis selon ma conscience moi aussi, et j'ai décidé de ne pas t'épouser. Et maintenant, pars, s'il te plaît.

L'avait-il vraiment perdue ? Il ne parvenait pas à s'y résoudre.

— Kendall...

— Je t'en prie, Decker, pars. Je sais que tu ne voulais ce mariage que pour le bien de ton entreprise, et, dans l'état actuel des choses, ce n'est plus du tout une bonne idée. Pour quelle autre raison pourrais-tu vouloir m'épouser ?

— Parce que je m'entends bien avec toi... Que nous avons beaucoup de choses en commun... Et que nous avions décidé de fonder une famille.

Elle le regarda fixement. Sa colère semblait s'être calmée, mais elle avait l'air plus résolu que jamais.

— Après avoir entendu ta conversation avec Russ, ça ne me suffit plus, dit-elle.

Elle en voulait plus. Elle voulait l'amour...

— Et dorénavant, je refuse d'être traitée comme un atout financier.

— Tu n'as jamais été cela pour moi, déclara Decker d'une voix rauque.

En son for intérieur, il sentait qu'il ne disait pas tout à fait la vérité. Il l'avait tout d'abord considérée ainsi, et il en avait honte maintenant. Il avait placé son entreprise au premier plan... parce qu'il ne pensait pas pouvoir trouver un jour l'amour véritable.

— Je n'ai jamais voulu te traiter ainsi, corrigea-t-il. Il est vrai que mon entreprise est importante pour moi, mais au fil du temps, la façon dont j'ai envisagé notre mariage a beaucoup changé...

Il la vit cligner des paupières, comme s'il était enfin parvenu à la toucher.

— Je n'ai jamais considéré ce mariage uniquement comme l'union de deux familles puissantes, ajouta-t-il. J'ai toujours voulu avoir des enfants avec une femme qui serait une compagne agréable, avec laquelle je m'entendrais bien... Et je sais que ce sera le cas.

— Je ne vivrai pas avec toi, Decker... Et je ne vais pas me marier avec toi. Pas à la fin du mois, en tout cas.

Il y avait du progrès : au moins, elle ne lui disait plus qu'elle ne l'épouserait jamais.

# 11

Decker ne se manifesta pas pendant les deux jours qui suivirent. Mais ce matin, lorsque Kendall arriva dans son bureau, elle y trouva six bouquets de roses rouges. Dans l'un d'eux, il y avait une carte.

*Dîner ce soir ?*

— Il sait ce qu'il veut !

Kendall se retourna, et vit que sa mère venait d'entrer. Elle alla la serrer dans ses bras.

— Qu'est-ce qui t'amène ? demanda-t-elle.

— Je voulais te parler de ton père, répondit Marion en s'asseyant sur le canapé.

Kendall vint s'installer à côté d'elle.

— Tu vas bien ? lui demanda sa mère.

— Oui.

— Tu as vu Decker ces derniers jours ?

— Non.

Sa mère parcourut le bureau du regard.

— Que se passe-t-il ?

— Il m'a proposé d'aller dîner avec lui.

— Et tu vas accepter ?

— Je ne sais pas.

Tout en prononçant ces paroles, elle comprit qu'elle en avait trop envie pour pouvoir refuser.

— Probablement.

Elle prit son téléphone et envoya un message à Decker.

Oui

Il répondit immédiatement.

Je viendrai te chercher à 5 heures. Le restaurant est assez loin

Où allait-il l'emmener ?

— Tu as entendu les derniers commérages ? lui demanda sa mère.

— Non... Et je ne sais pas si j'en ai envie !

— Il paraît que Russ Colton dit à qui veut l'entendre que Decker a rompu vos fiançailles... Et tout le monde en ville parle également des mauvaises fréquentations de ton père, ajouta Marion, l'air préoccupé.

Son père s'était mis lui-même dans cette situation, et Kendall ne le plaignait pas outre mesure.

— Ton père ne voulait pas en arriver là, déclara sa mère. Il était tellement désespéré qu'il s'est précipité dans cet accord avec Emilio Elardi sans réfléchir aux conséquences. Cette entreprise est son bébé, et il est prêt à tout pour la sauver !

— Oh ! je l'ai bien compris ! Même à organiser un mariage avec Decker !

— Et à nous cacher la vérité... Mais les choses sont ce qu'elles sont, Kendall. Maintenant, il faut que nous essayions ensemble de redresser la situation.

Sa mère avait raison. Il fallait qu'ils se sortent au plus vite de cette association avec Emilio Elardi, et qu'ils trouvent un moyen de redresser l'entreprise et de rétablir sa réputation.

Elle entendit un bruit de conversation de l'autre côté de la porte : son assistante disait à un livreur qu'elle n'attendait aucun colis.

— Je ne fais qu'apporter ce qu'on me confie ! répliqua l'homme avant de s'en aller.

Kendall se leva, méfiante.

— Mary, éloignez-vous de ce paquet. Venez par ici.

Étant donné les circonstances, mieux valait être prudente.

Mary fit ce qu'elle lui avait demandé.

Kendall alla inspecter le colis : l'adresse de l'expéditeur lui était totalement inconnue. Elle prit le carton et le secoua. Quelque chose bougea à l'intérieur, mais légèrement seulement.

Le paquet n'était pas très lourd… Pas léger non plus… Deux ou trois kilos peut-être.

— Appelons un gardien, déclara-t-elle.

Elle retourna vers Mary et sa mère qui se tenaient debout dans son bureau, l'air inquiet.

Avant que Kendall les rejoigne, une explosion assourdissante retentit.

Kendall sentit le souffle la pousser en avant et elle tomba à terre, roulant sur le sol. Elle entendit sa mère pousser un hurlement. Son assistante fut la première à se précipiter vers elle.

— Ça va ? demanda sa mère en tombant à genoux à ses côtés, l'air hagard.

Kendall n'avait pas l'impression d'être blessée.

— Je pense…

Mary appela les secours pendant que sa mère l'inspectait de la tête aux pieds. La déflagration avait été violente, mais il y avait peu de dégâts matériels. Si Kendall avait eu le colis en main, elle aurait vraisemblablement été blessée, mais pas tuée. Celui qui avait envoyé le paquet voulait surtout lui faire peur.

Au cours des cinq minutes qui suivirent, des secouristes arrivèrent, et vérifièrent qu'elle allait bien. Kendall était encore sous le choc, et n'avait toujours pas vraiment compris ce qui lui était arrivé.

La police vint également sur les lieux, et un officier interrogea Kendall, sa mère et son assistante. Kendall lui expliqua le contexte dans lequel cet attentat avait eu lieu, évoquant la tentative d'enlèvement dont elle avait fait l'objet, et les recherches entreprises par le shérif.

— Nous travaillerons avec lui, déclara le policier.

Soudain, Kendall vit Decker apparaître dans l'embrasure de la porte. Il se précipita vers elle.

— Comment vas-tu ? demanda-t-il en lui prenant les mains et l'examinant, pour voir si elle n'était pas blessée.

— Je vais bien… Comment as-tu appris ce qui m'était arrivé ?

Kendall sentait que sa mère les observait avec intérêt.

— Trey m'a appelé. Il avait entendu l'appel radio.

Elle eut chaud au cœur en pensant qu'il avait tout laissé pour être à ses côtés.

— Tu es blessée ? demanda-t-il sans cesser de l'inspecter du regard.

— Non, je vais bien. Je suis juste un peu choquée.

— C'était un autre avertissement, déclara sa mère.

La secrétaire sortit de la pièce pour faire du café, et Kendall vit que Trey était arrivé. Il était en train de parler avec le policier qui l'avait interrogée.

— Les choses deviennent très inquiétantes, déclara Marion. Pourquoi Elardi s'en prend-il à toi, et pas à Bernard ?

Une lueur d'angoisse brillait dans ses yeux.

— Pour le faire souffrir, répliqua Decker.

En se retournant vers Kendall, il ajouta :

— Tu n'es en sécurité nulle part.

Elle ne pouvait pas le contredire : Elardi avait réussi à l'atteindre sur son lieu de travail. Que ferait-il la prochaine fois ?

Soudain, Bernard, qui était en réunion à l'extérieur de l'entreprise, fit irruption dans la pièce. Il avait le souffle court et les yeux hagards.

— Oh ! mon Dieu ! Tu vas bien !

Il se baissa pour l'embrasser sur le front, et déclara en se redressant :

— Elardi vient de m'appeler. Il m'a dit que la prochaine fois, Kendall ne s'en sortirait pas, et que ça ne serait pas à l'hôpital que j'irais la voir.

Ainsi, Elardi pensait qu'elle serait blessée ? Fort heureusement, il avait échoué dans son projet !

Decker se leva.

— Je pense que Kendall devrait rester chez moi.

— Moi aussi, déclara Bernard.

Kendall le menaça du regard. Essayait-il encore de la jeter dans les bras de Decker ? Elle vit à l'expression du visage de sa mère que la même idée lui avait traversé l'esprit. Elle se tourna vers Decker qui la considérait, le visage impassible, attendant sa réponse.

Elle n'allait tout de même pas s'écrier « Bien sûr, c'est d'accord ! ». Il fallait qu'il sache qu'elle n'avait pas changé d'avis.

Dans la pièce adjacente, les techniciens avaient terminé leur inspection du dispositif explosif utilisé, et Trey entra dans le bureau de Kendall.

— Comment allez-vous tous ? demanda-t-il en s'approchant de Decker.

— Ça va à peu près.

— Les techniciens ont confirmé qu'il s'agissait d'un dispositif de faible puissance, à peine plus qu'un gros pétard, mais qui aurait pu causer des blessures aux mains et au visage, leur expliqua Trey. La bombe était destinée à faire peur, pas à tuer... Mais Kendall a eu de la chance !

— Je ne pense pas qu'elle devrait rester seule, insista Decker.

— Je suis d'accord, confirma Trey.

— Moi aussi, ma chérie, ajouta sa mère. Pourquoi n'acceptes-tu pas la proposition de Decker ? Jusque-là, il t'a protégée efficacement.

Kendall ne savait pas quoi faire. Elle n'était pas en sécurité au travail. Elle ne l'était pas chez elle non plus. Decker avait raison : partout, elle était menacée. Mais l'hôtel de Decker et sa maison étaient tous deux équipés d'un système de sécurité très performant.

— Je vais rester dans une chambre de The Lodge, finit-elle par dire.

— C'est bien, répondit Decker. L'hôtel est très bien surveillé. Je voudrais seulement que tu me promettes de ne pas sortir de l'hôtel sans me prévenir.

Sa demande était raisonnable.

— C'est d'accord.

Decker ne cessait de penser à Kendall. Il n'était pas seulement obsédé par l'idée de la savoir en danger : elle lui manquait. Deux jours seulement s'étaient écoulés depuis qu'elle avait reçu ce colis piégé. Il l'avait laissée seule la plupart du temps. Mais maintenant, il n'y tenait plus. Il ne comprenait pas pourquoi il avait tant envie de la voir, mais c'était ainsi. Il lui envoya encore des fleurs, et avait bien recommandé au personnel de satisfaire le moindre de ses désirs.

Il leva la tête et vit Liam Kastor pénétrer dans le hall où se trouvait le bureau de son assistante. Elle vint annoncer son arrivée à Decker.

— Vous pouvez le faire entrer, dit-il avant même qu'elle puisse parler.

Decker était curieux de savoir ce que son futur beau-frère, policier à Roaring Springs, avait à lui dire.

Il se leva et contourna son bureau pour aller lui serrer la main.

— Merci de me recevoir sans rendez-vous, déclara Liam.

— C'est la moindre des choses que je puisse faire pour toi ! Comment allez-vous, Sloane et toi ?

— Bien. La date du mariage est choisie, mais je vais laisser Sloane te l'annoncer elle-même. Ce sera une cérémonie intime.

— Je ne la manquerais pour rien au monde !

— Sloane a entendu parler de ton prochain mariage avec Kendall Hadley. Où en êtes-vous ?

— Il y a un petit contretemps, mais je suis certain que tout va s'arranger.

— Oui, tout le monde sait maintenant que Bernard Hadley s'est endetté auprès d'Emilio Elardi. Cet homme est-il aussi dangereux qu'on le dit ?

— J'en ai bien l'impression ! La police et Trey sont en train d'enquêter.

— Sloane m'a dit que, d'après elle, Russ allait mettre son veto à ce mariage.

— Il n'a pas son mot à dire.

Liam eut l'air surpris.

— Tu épouserais Kendall sans son consentement ?

— Oui. J'ai pris une décision, et je m'y tiens.

Liam émit un petit sifflement.

— Eh bien, ce n'est pas le Decker Colton dont Sloane m'avait parlé !

— Tu veux dire celui qui fait tout ce que son père lui demande ? Oui, grâce à Kendall. Elle m'a ouvert les yeux sur bien des choses...

Liam hocha la tête avec un sourire.

— Je connais ça : on pensait ne jamais pouvoir tomber amoureux, et un jour...

Decker se sentit piqué par cette réflexion. Amoureux ? Lui ? Il avait une vision très claire de ses relations avec Kendall : ils allaient très bien ensemble. Point. Kendall était certainement la meilleure épouse qu'il puisse trouver, et il était très satisfait de son choix. Mais de l'amour ? Non !

— Qu'est-ce qui t'amène aujourd'hui, Liam ?

Liam eut un petit rire.

— Je vois : tu n'as pas envie d'en parler.

Il glissa la main dans la poche de sa veste et en sortit quelques photos.

— J'enquête sur une disparition.

Decker prit la première photo, et crut qu'il s'agissait de Bianca Rouge.

— Cette jeune femme est April Thomas, expliqua Liam. Elle s'est rendue à Roaring Springs pour y chercher du travail, et depuis, sa famille ne l'a plus revue. Puisque April et Bianca se ressemblent beaucoup, je me suis dit qu'il y avait peut-être quelque chose à creuser, et j'ai voulu voir si toi ou un de tes employés la reconnaîtrait.

— Elle lui ressemble beaucoup, c'est certain… On peut tout à fait la confondre avec Bianca.

Liam lui montra un second cliché. Sur celui-ci, Decker constata que les cheveux et les traits d'April n'étaient pas tout à fait semblables.

— Non, je n'ai vu aucune autre jeune femme qui ressemblerait à Bianca… Mais je peux te présenter à mes employés, et tu pourras les interroger.

Il conduisit Liam jusqu'au bureau de Molly Gilford, la responsable de la relation clientèle. Elle était très appréciée des clients, et Decker avait ses qualités professionnelles en haute estime. Si quelqu'un avait remarqué April, ce serait certainement Molly.

— Bonjour, Decker ! lui dit-elle lorsqu'il entra.

Elle lui sourit et se tourna vers Liam pour le saluer.

Decker lui expliqua l'objet de leur visite, et Liam lui montra les photos.

— Non, je suis désolée : je ne la reconnais pas. Mais vous dites qu'elle cherchait du travail ici, à Roaring Springs ?

— Oui.

— Alors, je vais vous emmener voir le service des ressources humaines.

— Je vous accompagne, déclara Decker en leur emboîtant le pas.

Lorsqu'ils arrivèrent dans le bureau du responsable des ressources humaines, Molly présenta Liam à Curtis Shruggs, qui se leva pour les saluer. C'était un homme mince, de taille moyenne, aux yeux bleus qui étincelaient sous des cheveux poivre et sel.

— Bonjour, Curtis, lui dit Decker. Je te présente Liam Kastor : il enquête sur une disparition.

Liam lui montra les photos pendant que Molly entamait une conversation avec l'assistante de Curtis, Shelly Bates.

— Vous avez déjà vu cette femme ? demanda Liam à Curtis.

— Non, jamais.

Liam alla ensuite poser la même question à Shelly.

Shelly examina les photos pendant quelques secondes.

— Oui, je pense l'avoir déjà rencontrée...

Elle leva la tête.

— C'est bien elle. Du moins, je le pense... Pourquoi me posez-vous cette question ?

— Elle a disparu, répondit Liam.

Le visage de Shelly s'assombrit soudain.

— Oh ! C'est terrible !

— Elle a séjourné ici ? demanda Molly en utilisant l'ordinateur de Shelly pour le vérifier.

— Non. Elle s'est présentée à l'hôtel pour trouver du travail il y a un peu plus d'un an. Je lui ai donné un formulaire à remplir, mais elle n'est jamais venue le rapporter.

— Cela explique pourquoi je ne trouve pas son nom dans notre système, remarqua Molly.

— Êtes-vous certaine qu'il s'agisse bien d'elle ? demanda Liam.

Shelly avait semblé hésitante.

— Elle ressemble beaucoup à la jeune femme à laquelle j'ai donné un formulaire... Mais cela fait plus d'un an !

— Merci, dit Liam. Vous nous avez bien aidés.

Decker se retourna, et vit Curtis qui les regardait. Il n'avait rien dit et semblait tendu. Était-il pressé de se remettre au travail ?

— Voulez-vous que je vous emmène voir d'autres employés ? proposa Molly. Peut-être que quelqu'un l'aura remarquée...

— Bonne idée !

— Je te laisse avec Molly, dit Decker. Il faut que je retourne travailler.

Lorsqu'il fut dans son bureau, il se demanda si celui qui avait tué Bianca Rouge avait encore frappé. Était-elle la victime d'un tueur en série ?

Kendall n'aurait jamais pensé qu'elle se plairait autant à The Lodge. Decker l'avait installée dans la suite qu'il affectionnait, celle où ils avaient déjà passé la nuit. Le room service était très rapide et les repas délicieux. Aujourd'hui, elle avait pris la télécabine pour se rendre à The Chateau et y avait passé le plus clair de la deuxième journée. Elle avait mis Decker au courant de ce déplacement, ainsi qu'il le lui avait demandé, et il avait chargé un membre de la sécurité de l'hôtel de l'accompagner. Ils devaient se retrouver pour dîner ensemble à The Lodge.

Lorsqu'elle pénétra dans le hall majestueux de l'hôtel pour le retrouver, elle le vit qui l'attendait près des ascenseurs. Avec son costume gris clair et sa chemise blanche qu'il portait sans cravate, il était incroyablement beau.

Elle-même était simplement vêtue d'un pantalon en soie blanche et d'un chemisier du même tissu.

Elle prit le bras de Decker, et se laissa guider vers la salle de restaurant. Tout en l'escortant, il se tourna vers elle pour lui sourire, et elle sentit son cœur cogner contre sa poitrine. Elle se réjouissait vraiment de dîner avec lui, et espérait que ce moment passé ensemble allait apaiser les tensions qu'il y avait entre eux.

Des chandeliers en cristal et des tableaux de maîtres décoraient la salle à l'atmosphère feutrée. Des serviteurs en uniformes noirs s'affairaient pour satisfaire les moindres désirs de clients fortunés.

Decker la conduisit vers une table à l'écart des autres. Elle était située près d'une fenêtre et offrait une vue sur les pistes pendant la journée. Mais maintenant que la nuit était tombée,

Kendall pouvait seulement voir les lumières extérieures trouer l'obscurité de loin en loin.

— Merci d'avoir accepté que nous dînions ensemble.

— Je n'ai plus grand-chose à faire depuis que mon père a décrété qu'il était trop dangereux que j'aille travailler !

Elle se rendit compte que sa réponse pouvait être vexante : elle semblait presque sous-entendre qu'elle n'avait accepté son invitation que parce qu'elle s'ennuyait.

— Je veux dire…

— Ne t'inquiète pas. Comment s'est passée ta journée à The Chateau ?

Elle sourit à ce souvenir.

— Je pense que je m'habituerais très vite à être une femme gâtée !

— C'est ce que tu serais si tu m'épousais.

Elle se sentit soudain mal à l'aise. Visiblement, il n'avait pas abandonné cette idée. Elle ne comprenait pas pourquoi… D'ailleurs, pensait-il seulement ce qu'il disait ?

— Oublions ce mariage arrangé, déclara Decker. Reprenons tout du début.

— C'est ce que tu veux ?

Kendall avait du mal à le croire.

— Oui.

— Tu veux dire : comme si nous étions amoureux ? Tu m'avais dit que tu pensais que cela n'arriverait jamais.

— C'est toujours le cas, répliqua-t-il d'une voix bourrue. Je sais seulement que lorsque tu n'es pas là, tu me manques. Et j'ai toujours envie d'avoir une famille. Je t'ai déjà dit dès le début que notre mariage était bien plus pour moi qu'une transaction financière avantageuse.

— M'épouser ne serait *pas* une transaction avantageuse, lui rappela-t-elle.

— Je peux faire en sorte que cela le devienne, répliqua Decker.

— Ton père ne sera pas d'accord.

— Peut-être pas…

— Et il ne voudra pas de ce mariage.

Il fit une petite grimace.

— Cela ne le regarde pas. C'est peut-être lui qui a eu l'idée de nous présenter l'un à l'autre au départ, mais c'est moi qui ai pris la décision de t'épouser.

— Il pourrait te retirer les responsabilités qu'il t'a confiées.

— Il ne le fera pas. En revanche, je n'exclus pas de partir. S'il continue à vouloir me dicter la façon dont je dois mener ma vie, c'est ce que je ferai.

Kendall entendit sa conviction dans sa voix. Elle la voyait sur son beau visage, dans ses yeux noirs pleins de chaleur… et cela lui plut.

Lorsqu'elle avait accepté d'épouser Decker, elle avait pensé qu'elle n'engageait pas son cœur. Mais maintenant, elle savait que c'était faux. Elle craignait de tomber follement amoureuse de lui, et de souffrir comme par le passé.

— Nous avons encore un peu de temps, reprit Decker.

Elle sourit.

— Pas beaucoup…

— Liam Kastor est passé aujourd'hui.

— Ah bon ? Pourquoi ?

— Pour enquêter sur la disparition d'une jeune femme… Elle ressemble beaucoup à Bianca Rouge, celle qui a été assassinée à The Lodge.

— Oh ! Tu penses que les deux affaires sont liées ?

— C'est ce qui me tracasse depuis que Liam m'a montré sa photo.

Kendall avait l'impression que Decker avait besoin de parler de tout cela avec une personne en qui il aurait confiance, et elle se sentait flattée que ce soit elle.

— Cette jeune femme allait postuler pour un emploi à The Lodge, mais elle n'en a jamais eu l'occasion : elle a disparu avant.

— Si ces deux affaires sont liées, il pourrait y avoir un tueur en série à Roaring Springs…, murmura Kendall.

— Oui. C'est ce qui me trouble…

— Liam a interrogé d'autres personnes que toi ?

— Oui. Shelly Bates, une de nos employées du service des ressources humaines, pense l'avoir vue.

La conversation se poursuivit, et leur entente était manifeste : Kendall pouvait presque deviner les pensées de Decker avant qu'il les exprime, et elle avait le sentiment qu'il lisait tout aussi facilement en elle.

Après le repas, Decker la conduisit vers les ascenseurs.

— Tu veux monter avec moi ? demanda-t-elle.

Elle n'avait pas envie que ce moment à deux se termine si vite. Il y avait un lien fort entre eux, et elle était certaine qu'il ressentait la même chose, qu'il le veuille ou non. Il ne croyait peut-être pas à l'amour fou, mais elle, oui, et elle voulait voir où irait cette relation.

— Tu en es sûre ? demanda-t-il calmement.

— Oui.

Ils avaient déjà passé plusieurs nuits ensemble. Pourquoi se priverait-elle d'une chose aussi délicieuse ?

Elle voulait tout oublier pour un temps, seulement profiter de l'instant...

Il entra dans l'ascenseur après elle, et elle ne détourna pas le regard lorsqu'elle lut le désir dans ses yeux. Ils montèrent en silence, tout près l'un de l'autre, sans cesser de se dévisager.

Dans le couloir, il marcha près d'elle, mais sans la toucher... Pour le moment.

Elle ouvrit la porte de sa suite et entra. Il la suivit. La porte se referma, et elle prit la décision de laisser le reste du monde et tous ses soucis de l'autre côté du battant.

Decker ôta sa veste, et alla la poser sur l'accoudoir du canapé. Kendall quitta ses chaussures et décida d'enfiler des vêtements plus confortables. Elle choisit d'abord une chemise de nuit à manches longues, mais se ravisa lorsqu'elle en remarqua une beaucoup moins couvrante : elle avait un décolleté profond, de simples bretelles, et épousait étroitement les formes de son corps.

Elle enfila celle-là, et rejoignit Decker. Il était pieds nus, et avait déboutonné le haut de sa chemise.

Lorsqu'il posa le regard sur elle, elle eut la satisfaction de constater que sa nuisette avait eu l'effet désiré.

Il s'assit sur le canapé et lui fit signe de venir s'installer près de lui. Elle se blottit tout contre lui, et dut reconnaître qu'elle s'était rarement sentie aussi bien. Plus rien d'autre ne comptait.

Elle leva la tête et le vit qui la regardait. Leurs regards se croisèrent... Puis il l'embrassa doucement. Elle sentit son souffle chaud et doux sur sa peau lorsqu'il la caressa de ses lèvres. Il n'approfondit pas leur baiser, préférant laisser monter le désir. Elle glissa la main dans sa chemise pour sentir son torse musclé sous ses doigts.

Il s'écarta un peu, mais ce fut pour la prendre dans ses bras et la soulever. Elle se laissa faire, contemplant son visage alors qu'il la portait dans la chambre.

Il la mit debout, recula, et commença à se dévêtir. Elle resta immobile, sans cesser de le regarder.

— Tu ne te déshabilles pas ? demanda-t-il.

Elle secoua la tête.

— Non. Je veux que ce soit toi qui le fasses.

Le désir crispait les traits de son visage, et allumait une lueur sauvage dans ses yeux.

— Il y a quelque chose là-dessous ?

— À toi de le découvrir...

Lorsqu'il fut nu, il s'approcha d'elle. Il souleva sa chemise de nuit, et vit qu'elle ne portait rien d'autre.

Kendall eut le souffle coupé en remarquant la lueur de désir sauvage qui s'alluma dans ses yeux. Il lui saisit les cheveux à pleines mains et lui fit pencher la tête en arrière, pour l'embrasser fiévreusement. Puis il la poussa vers le lit, la fit basculer dessus, et s'allongea sur elle. Alors elle ne pensa plus à rien, s'abîmant dans leurs étreintes. Decker lui fit l'amour, lentement, prenant son temps, jusqu'à ce qu'aucun d'eux ne puisse tenir plus longtemps.

Alors, il s'enfonça en elle avec plus de force encore, plusieurs fois, les laissant tous deux hors d'haleine et délicieusement comblés.

La dernière pensée consciente de Kendall avant qu'elle se blottisse contre lui fut qu'elle ne pourrait jamais oublier cet homme. Elle espérait qu'elle n'aurait pas à le faire, mais la vie était si incertaine...

# 12

Decker fut réveillé par des coups sonores frappés à la porte. Il sentit Kendall s'étirer auprès de lui. Elle dormait allongée sur le côté, une main sur son torse. La sensation de sa peau nue, douce et soyeuse contre son corps le fit immédiatement réagir. Mais les coups reprirent avec force.

Il s'écarta d'elle et vérifia l'heure d'un coup d'œil. Qui pouvait frapper ainsi à 6 heures du matin à peine ? Kendall et lui s'étaient endormis très tard, après une nuit qu'il n'oublierait jamais. Ils avaient laissé tomber toutes leurs défenses, et s'étaient complètement abandonnés au simple bonheur d'être ensemble, et de se donner du plaisir l'un à l'autre.

Il enfila son pantalon et se dirigea vers la porte, alors que des coups plus forts retentissaient. Il devait s'agir d'une urgence...

Il ouvrit la porte, et découvrit le visage furibond de son père.

— Tu es ici avec elle ! s'écria Russ en entrant sans y être invité. Bon sang, mais que fais-tu ?

Decker referma la porte, et vint faire face à son père. Fallait-il vraiment qu'ils aient cette discussion ici et maintenant ?

— Je suis un grand garçon, papa... Plus un enfant auquel tu peux dicter toutes tes volontés.

— Alors, tu as vraiment passé la nuit avec elle ?

Juste à cet instant, Kendall sortit de la chambre en nouant la ceinture d'un peignoir autour de sa taille.

— Inutile de le nier ! s'écria Russ.

— Pardon ? répliqua Kendall.

La situation menaçait de s'envenimer… et très rapidement. Decker s'interposa entre son père et Kendall.

— Il faut que tu cesses de voir cette fille, Decker ! Immédiatement !

— Non. Et maintenant, pars !

— Je ne partirai pas avant elle ! Je ne la veux pas dans mon hôtel !

Kendall semblait atterrée. Elle restait debout, bouche bée, comme pétrifiée.

Decker devait se contenir pour ne pas en venir aux mains.

— Sors de cette chambre !

— Je t'interdis d'épouser cette fille !

— C'est toi qui l'as choisie. Ce n'est pas ma faute si tu n'avais pas vérifié auparavant qu'elle correspondait à tes critères ridicules !

— Oui, et c'était une erreur ! Maintenant, je ne peux que limiter les dommages, et cela implique que je t'empêche de faire à ton tour une erreur colossale !

Decker avait du mal à contenir sa colère.

— Pendant toutes ces années, j'ai fait tout ce que tu attendais de moi. Et maintenant, lorsque j'agis selon ma conscience, tu essaies de m'en empêcher !

Decker se pencha vers son père et pointa le doigt vers son visage.

— Je refuse que tu continues à me dicter la moindre de mes actions ! C'est à moi de décider quelle femme je veux fréquenter, et si je veux l'épouser ou non. C'est clair ? Je ne supporterai plus que tu t'immisces ainsi dans ma vie ! Et si tu me demandes de choisir entre agir selon mes convictions et toi, sache que je préfère rester fidèle à moi-même !

Le visage de Russ devint écarlate. Personne ne lui avait jamais parlé ainsi, et surtout pas Decker.

— C'est mon entreprise ! J'ai parfaitement le droit de dire comment j'entends qu'on la dirige, et je ne m'en priverai pas !

— Mais cela ne te donne pas pour autant le droit de choisir qui je peux ou ne peux pas épouser. Et si Kendall veut bien de moi, nous allons nous marier à la fin du mois.

D'écarlate, le visage de Russ devint livide. Pendant quelques secondes, il sembla incapable de parler.

— Tu n'es qu'un gamin ingrat ! Tu n'as eu qu'à tendre la main, et je t'ai tout donné. Et voilà comment tu me remercies ?

— Quand j'ai pris la direction de The Lodge, l'hôtel était loin d'être ce qu'il est aujourd'hui. Personne ne peut gérer cet établissement mieux que moi, et tu le sais bien.

— Si tu épouses cette femme, tu peux dire au revoir à The Lodge.

Decker se rendit soudain compte qu'il ne pouvait plus vivre ainsi, sous l'emprise constante de son père.

— Eh bien, puisque j'ai décidé d'épouser Kendall, je vais t'épargner le souci de me licencier. Je démissionne.

Decker se retourna et se dirigea vers Kendall.

— Habille-toi. Nous partons

— Comment ça, tu démissionnes ? Tu ne peux pas démissionner ! hurla Russ. Tu ne peux pas quitter cette entreprise ! Elle compte pour toi autant que pour moi !

Decker lui fit face.

— À vrai dire, je n'aurais jamais cru que tu penses cela, étant donné la façon dont tu me traites. Mais c'est fini, papa. Tant que tu agiras de la sorte avec moi, je ne reviendrai pas.

— Je te déshérite, Decker ! hurla Russ.

— Bien. Je ferai ma fortune tout seul.

Il claqua la porte de la chambre et alla s'habiller pendant que Kendall rangeait ses affaires dans son sac.

— Je n'arrive toujours pas à croire ce que je viens d'entendre ! déclara-t-elle tout en s'affairant.

— C'est pourtant vrai… Et j'aurais dû faire ça plus tôt !

— Je ne veux pas que tu démissionnes à cause de moi.

Il s'approcha d'elle.

— Ce n'est pas à cause de toi, Kendall. Depuis que je travaille ici, mon père n'a cessé de mettre son nez dans mes affaires, de me donner des ordres, et de poser des ultimatums. Je l'ai laissé faire, parce que l'hôtel était important pour moi, et que je voulais réussir à en faire quelque chose de bien.

Il poussa un soupir.

— Mais maintenant, je vois qu'au cours de toutes ces années, j'ai oublié l'essentiel : être fidèle à moi-même. Mon père doit comprendre que je ne peux pas continuer ainsi. Et il ne le fera que s'il se rend compte du vide laissé par mon absence.

— J'espère que tu as raison...

— Je suis certain que oui.

Il se pencha vers elle et déposa un baiser sur ses lèvres.

— Et c'est grâce à toi.

— À moi ?

Elle chercha son regard.

— Oui. Tu es une femme extraordinaire, Kendall. Et le fait que ta famille connaisse des difficultés financières ne change rien à cela. J'ai honte que mon père se comporte de la sorte. Il n'a pas le droit de te juger ni de parler de toi en ces termes. Il se montre sous son pire jour !

Le sourire qui illumina son visage lui fit chaud au cœur. Elle posa la main sur sa joue.

— Et tu es un homme extraordinaire, Decker ! Je vois bien que tu n'es pas comme ton père !

— C'est rassurant !

Lorsqu'ils furent prêts à partir, Decker sortit de la chambre avant Kendall, et eut la surprise de constater que Russ n'avait toujours pas quitté leur suite. Son père n'avait donc pas la moindre retenue ?

— Alors, tu vas vraiment faire ce que tu as dit ? lui demanda Russ.

— Nous allons partir. Je ne veux pas discuter avec toi tant que tu seras incapable de me répondre calmement.

Il s'arrêta devant son père.

— Et ne reparle plus jamais de Kendall en ces termes. Je ne le supporterai pas.

La lueur d'arrogance qui brillait dans les yeux de Russ s'affaiblit quelque peu.

— Que t'arrive-t-il ?

— Une bouffée d'air frais.

Il saisit la main de Kendall. Elle considérait Russ avec défiance.

— Demain matin, tu seras déjà revenu ! cria Russ lorsqu'ils s'éloignèrent.

— Non, papa. Je ne veux plus travailler pour un tyran.

Il aida Kendall à faire entrer sa valise dans l'ascenseur.

Russ les suivit.

— Mais je suis ton père !

— Je ne le sais que trop bien ! répliqua Decker en se retournant.

Russ se tenait debout, devant la porte.

Decker passa le bras autour de la taille de Kendall, pour signifier clairement à son père quel camp il avait choisi. Russ les considérait, immobile, bouche bée, comme s'il n'arrivait toujours pas à comprendre ce qui se passait.

Les portes de l'ascenseur se refermèrent.

Une autre tempête de neige s'abattit sur la région cet après-midi-là, mais cela n'empêcha pas Trey de proposer à Kendall, ses parents et Decker de se réunir. Il voulait leur donner des nouvelles de l'entrevue qu'il avait eue avec l'homme qui avait mis Bernard Hadley en contact avec Emilio Elardi. Decker avait insisté pour que la rencontre ait lieu chez lui, car il pensait que Kendall y serait en sécurité.

Kendall était près de la fenêtre, et contemplait la neige qui tombait au-dehors. Elle se retourna, et balaya le salon du regard. Decker et Trey discutaient debout dans un coin de la pièce, alors que ses parents s'étaient assis sur le canapé.

Puis Decker vint à ses côtés et glissa le bras autour de sa taille, comme pour lui signifier qu'il était là pour la soutenir.

— Nous avons fait quelques progrès sur l'affaire Elardi, commença Trey. J'ai réussi à contacter l'entrepreneur qui a mis M. Hadley en contact avec Elardi. Il s'agit d'un certain Antonio Garcia, qui est spécialisé dans la construction de maisons individuelles. Il a été très surpris lorsqu'il nous a vus débarquer dans son bureau, mais il a immédiatement accepté de coopérer. M. Garcia recevait une commission pour toutes les personnes qui contactaient Elardi par son intermédiaire. À l'en croire, leurs relations s'arrêtaient là.

— Elardi avait-il précisé à quel genre de personnes M. Garcia pouvait proposer ses services ?

— Oui, répondit Trey. Il voulait des emprunteurs qui ne

pouvaient pas obtenir de crédit auprès des banques, et qui ne savaient plus vers qui se tourner.

Et Antonio Garcia n'avait pas trouvé cela suspect ? songea Kendall.

— Comment ont-ils fait connaissance ? demanda-t-elle à son père.

— Je ne sais pas. Antonio ne me l'a jamais dit.

— J'ai posé cette question à M. Garcia, intervint Trey, et il m'a répondu qu'il avait construit une petite maison d'invités pour Elardi... Mais à vrai dire, il ne m'a jamais donné le sentiment de savoir quel homme était véritablement Elardi.

— Alors, Antonio Garcia vous semble de bonne foi ?

— Pas complètement non plus... Je trouve étrange qu'il ait accepté de l'argent d'un homme comme Elardi... Il a bien voulu nous donner une copie de ses relevés de compte : les sommes qu'il a perçues en commission y figurent... et elles sont assez importantes pour lui donner envie de se taire. À moins qu'il n'ait peur d'Elardi...

— Je le comprendrais tout à fait ! s'exclama Kendall.

— Et il y a autre chose, poursuivit Trey. Nous avons mis Garcia sur écoute, et nous l'avons fait suivre. Il a rencontré Elardi après notre visite. Nous avons réussi à surprendre leur conversation, et la tentative d'enlèvement dont Kendall a fait l'objet a été évoquée. Elardi a même reconnu qu'il avait loué les services d'un homme de main pour intimider Kendall.

Kendall retint son souffle. Même si les informations de Trey ne faisaient que confirmer leurs soupçons, elles demeuraient difficiles à entendre.

Sa mère pencha la tête et se mit à pleurer sans bruit. Lorsque Bernard tenta de la réconforter, elle se dégagea et se leva. Kendall alla la prendre dans ses bras. Par-dessus son épaule, elle vit son père les regarder, l'air consterné.

— Nous avons le nom de cet homme, poursuivit Trey en se retournant vers Decker lorsque sa mère parvint enfin à retenir ses larmes. Il a un casier.

Trey sortit une photo de la poche de sa veste, et Kendall

s'approcha de lui pour la voir. Elle montrait un homme avec d'épais cheveux noirs et des yeux foncés.

— Voici l'homme qu'Emilio a engagé, déclara Trey.

Decker vint auprès d'elle pour regarder lui aussi le cliché. Comme souvent, sa proximité fit monter en elle une vague de chaleur.

— Tu le reconnais ? demanda Decker.

Elle secoua la tête.

— Je ne l'ai jamais vu de près. L'homme qui m'a attaquée avait la même stature, mais c'est tout ce que je peux dire... Si ce n'est qu'il avait lui aussi les cheveux bruns.

Elle regarda Trey.

— Il mesure combien ?

— Un mètre quatre-vingt-cinq.

Elle hocha la tête.

— Ça pourrait être lui... Mais à chaque fois que je l'ai vu, il portait des lunettes. Je ne suis pas certaine que je le reconnaîtrais.

— Nous n'avons aucun autre élément pour le moment. Nous sommes à sa recherche.

Kendall se sentit soulagée qu'ils aient au moins identifié son agresseur. Avec un peu de chance, ils mettraient la main sur lui avant qu'il frappe à nouveau...

Deux jours plus tard, Decker reçut un appel téléphonique de son père. Avant même de décrocher, il sut à quoi s'attendre. Cela faisait un certain temps que Russ s'était retiré de la direction de The Lodge. Très certainement, il se trouvait face à un problème qu'il était incapable de résoudre sans son aide.

— Bonjour, dit-il d'une voix neutre.

— Bonjour, fiston, répondit Russ. Il faut que nous parlions. Tu peux venir ?

Decker regarda Kendall, qui l'attendait dans le hall. Il était prévu qu'il l'emmènerait à son bureau pour qu'elle puisse y rencontrer le biologiste chargé d'observer ses loups. Après l'explosion du colis piégé, elle ne voulait plus se déplacer seule.

— Parler de quoi ? Je suis occupé, répondit Decker, qui sentait monter en lui l'excitation qu'il ressentait dès qu'il s'agissait de The Lodge.

— J'ai besoin de toi. Il y a des problèmes que je ne peux pas régler seul.

Decker ne répondit pas.

— Je t'en prie, poursuivit Russ. Je sais que j'ai dépassé les bornes la dernière fois que nous nous sommes parlé.

« Parlé » ? Il voulait dire « querellés » !

— Effectivement, tu les as dépassées... Et de très loin !

— Quand peux-tu venir ? demanda son père, préférant ignorer son commentaire.

— Je dois emmener Kendall chez Hadley Forestry. Je peux être là vers 17 heures.

— Ça sera trop tard. Une des remontées mécaniques ne fonctionne plus, et j'ai des problèmes avec le contrat de maintenance.

Cette panne signifiait que les skieurs ne pouvaient pas se rendre à la station. C'était un problème majeur. Decker sentit son excitation monter : The Lodge avait besoin de lui... Maintenant.

— Decker..., reprit son père après quelques instants de silence.

— Oui.

— Il faut que nous parlions de toute façon. Je t'en prie, viens.

— D'accord. J'arrive.

Il n'attendit pas que son père raccroche. Il le fit lui-même, et regarda Kendall.

Avant même qu'elle parle, il comprit qu'elle était déçue. Tout dans sa posture – sa tête penchée sur le côté, ses sourcils froncés – indiquait son agacement.

— Une remontée mécanique est en panne et mon père ne sait pas quoi faire. Les touristes n'ont pas accès à la station.

Comment pouvait-il lui faire comprendre l'urgence de la situation ? Leur entreprise avait beaucoup souffert des conséquences du meurtre de Bianca Rouge... Et il avait The Lodge dans la peau. Il se sentait un attachement inconditionnel pour cet hôtel.

— Je peux aller seule à la réunion, déclara Kendall.

À la tension qu'il entendit dans sa voix, il comprit que ce n'était pas vrai.

Il se dirigea vers elle, et lui prit la main.

— Ma chérie, je sais ce que ces loups représentent pour toi, mais peux-tu repousser ta réunion ?

— Ben n'est disponible à aucun autre moment de la semaine. D'ailleurs, il est venu exprès de Lakewood. Non, je ne peux pas déplacer ce rendez-vous.

— Il faut que j'aille voir mon père. Tous les efforts que j'ai faits pour redresser The Lodge vont être ruinés en une journée.

— Je comprends.

Il voyait bien que c'était faux. Mais il avait pris sa décision.

— Je dois aller le voir. Je suis désolé. Il se passe ce que j'espérais : mon père est en train de se rendre compte qu'il ne peut pas gérer cette station sans moi.

C'était précisément la raison pour laquelle un mariage de raison lui convenait si bien : il avait besoin d'une femme qui comprenne qu'il doive laisser tomber tout le reste lorsque de telles difficultés se présentaient.

Il sentit que Kendall évaluait mentalement la situation, essayant de déterminer quelles priorités – les siennes ou celles de Decker – étaient les plus importantes.

Il vit son attitude changer. Elle se redressa et le regarda, l'air froid, professionnel et efficace.

— Vas-y, dit-elle en quittant son manteau.

Decker ressentit un pincement de culpabilité. Il avait conscience que donner la priorité à The Lodge pouvait dégrader leur relation, mais il n'avait pas le choix. S'il laissait passer l'occasion que Russ lui offrait, il craignait qu'elle ne se représente plus jamais… D'autant que le problème évoqué par Russ pouvait porter le coup de grâce à The Lodge.

— Kendall…

— Vas-y.

Il partit, avec un creux au ventre.

Alors qu'il se rendait chez son père, Decker ne parvenait pas à se libérer du sentiment qu'il avait trahi Kendall. Il se sentait la proie d'émotions si fortes qu'il en avait le tournis. Lui qui était habitué à garder son flegme en toutes circonstances ne savait comment les gérer. Jamais il ne s'était senti aussi troublé.

Depuis quand donner la priorité aux affaires était-il devenu un problème ?

Arrivé devant la porte du bureau de son père, il marqua un temps d'arrêt pour tenter de se ressaisir. Lorsqu'il entra, il vit Russ lever les yeux de l'écran de son ordinateur, et le soulagement se peindre sur son visage.

— Merci d'être venu, Decker, déclara son père en venant vers lui.

— Je n'ai pas encore accepté de travailler à nouveau pour toi.

Il devait rester ferme sur ses principes.

Russ posa la main sur son dos.

— Je le sais bien. Allons nous asseoir.

Decker le suivit jusqu'à la table de réunion. Des papiers étaient disposés dessus.

— Je t'ai nommé P-DG. Tu n'as qu'à signer ces documents. Tu peux demander à un avocat de les examiner au préalable si tu le désires.

Decker regarda son père avec surprise. Il ne s'attendait pas à cela, et devait bien reconnaître que c'était une offre très tentante. Russ devait vraiment vouloir qu'il revienne, sinon il ne serait pas allé si loin. Mais pour Decker, il y avait une condition sine qua non.

— Et Kendall ? demanda-t-il.

— Je t'ai dit que j'avais dépassé les limites.

— Ça ne me suffit pas. Je veux être certain que tu ne la traiteras plus jamais comme tu l'as fait.

— Tu as ma parole. L'attachement que j'ai pour cette entreprise m'empêche parfois de réagir raisonnablement, et les ennuis financiers des Hadley m'ont fait paniquer.

Decker pouvait comprendre cela. Il appréciait également la franchise de son père. Russ présentait rarement des excuses, mais Decker voyait bien que cette fois-ci, elles étaient sincères.

— Je me rends compte maintenant que ton mariage avec Kendall n'est pas une menace pour l'empire Colton, poursuivit Russ. Tu ne voudrais jamais compromettre ce que nous avons bâti au prix de tant d'efforts !

— J'ai tout de même l'intention de voir si je peux investir

dans l'entreprise des Hadley. Réussir à la redresser serait un beau challenge !

Russ fit une petite grimace. Visiblement, il n'était pas ravi d'entendre cela.

— Tu me fais confiance ? demanda Decker.

Russ cilla.

— Oui, fiston. Je crains seulement que tu n'injectes de l'argent dans cette entreprise pour faire plaisir à Kendall, et non parce que ça serait un bon placement.

— Cela pourrait être les deux à la fois, papa. Je n'essayerais jamais de sauver une affaire qui n'en vaudrait pas la peine.

Au bout de quelques secondes, Russ hocha la tête.

— C'est entendu.

D'un geste de la main, il désigna la table.

— Et si tu signais, afin que nous puissions nous mettre au travail et régler les problèmes qui se sont accumulés depuis ton départ ?

Lorsque Kendall avait téléphoné à Ben pour le prévenir qu'elle ne pourrait se rendre à Hadley Forestry, il lui avait proposé de venir la retrouver chez Decker. Il lui apprit que les loups se portaient bien et que la femelle allait bientôt donner naissance à une nouvelle portée. Ben avait abandonné l'idée de mettre une puce sur l'un des animaux, mais il était allé les observer régulièrement, tout en veillant à ne jamais les effrayer.

Maintenant qu'il était parti, elle avait enfilé une chemise de nuit et une robe de chambre, et regardait un film. Il était plus de 21 heures et Decker n'était toujours pas rentré. Il ne l'avait même pas appelée.

Elle tenta d'oublier sa contrariété, sans y parvenir complètement. Elle savait que Decker avait accepté de l'épouser car il pensait qu'elle accepterait de jouer les seconds rôles, et qu'elle le laisserait consacrer toute son énergie à son entreprise. Au départ, elle n'avait pas pensé que cela serait un problème dans la mesure où elle était bien déterminée à ne pas engager ses sentiments :

elle ne voulait plus souffrir. Mais plus le temps passait, plus elle comprenait que c'était illusoire…

Elle entendit la porte d'entrée s'ouvrir, et jeta un coup d'œil par-dessus son épaule. C'était Decker. Il ôta sa veste, la déposa sur le dossier d'une chaise, et s'avança vers elle.

— Bonsoir, dit-il de cette voix rauque qui la faisait frissonner à chaque fois.

— La journée a été occupée ? demanda-t-elle sans cesser de regarder la télévision.

— Il y avait beaucoup de problèmes à résoudre.

Il vint s'asseoir à côté d'elle.

— Kendall, je suis désolé d'avoir dû partir aussi brusquement.

Elle balaya son excuse d'un geste de la main.

— C'est fait. Finalement, Ben est venu me rejoindre ici. Comment s'est passée l'entrevue avec ton père ?

— Il m'a nommé P-DG de The Lodge. Il m'a également présenté ses excuses.

Elle se tourna vers lui.

— Il a reconnu que l'attachement qu'il avait pour cette entreprise l'empêchait parfois de réagir raisonnablement.

— Mais il ne cessera jamais de penser que tu t'es marié avec quelqu'un qui est indigne de toi ! répliqua-t-elle.

Le souvenir des insultes de Russ ravivait sa colère. Pour qui se prenait-il ?

Decker soutint son regard.

— Non, il ne pensera pas cela. Surtout lorsque j'aurai sauvé Hadley Forestry de la faillite.

— C'est ce que tu as l'intention de faire ? demanda-t-elle, sentant l'espoir renaître en elle.

— Oui. J'aimerais en parler à ton père.

— Si tu veux, nous pourrons aller le voir demain matin.

— Je ne suis pas libre : il faut que j'aille à l'hôtel.

Kendall sentit le même pincement au cœur que lorsque Decker était parti tout à l'heure. Elle détourna le regard.

Comment pouvait-il la faire systématiquement passer au second plan avec une telle facilité ?

Elle était peut-être trop susceptible mais elle ne pouvait s'empêcher de se sentir triste et déçue.

— Je vais me coucher, dit-elle en se levant. Dans la chambre d'amis.

— Kendall...

— Bonne nuit, Decker.

Elle quitta la pièce, espérant qu'il n'allait pas la suivre pour essayer d'arranger les choses. Il ne le fit pas.

Elle avait besoin d'être seule. Au cours des jours précédents, tout allait si bien que l'espoir était monté en elle. Elle avait cru un instant que Decker et elle formeraient un couple harmonieux, mais maintenant, elle comprenait qu'elle s'était trompée. Decker n'était qu'une erreur de plus...

# 13

Lorsque Kendall se réveilla le lendemain matin, elle chercha Decker à tâtons dans le lit à côté d'elle. Elle venait de faire un rêve délicieux, où ils étaient ensemble. Lorsque sa main rencontra le vide, la réalité s'imposa à elle : elle avait dormi dans la chambre d'amis, et Decker était probablement déjà reparti au travail.

Elle se leva et prit une longue douche, se demandant comment elle allait remplir sa journée. Tant que son agresseur n'était pas sous les verrous, elle ne voulait pas sortir de la maison, mais il y avait une multitude de choses à faire ici : elle pouvait aller dans la salle de gym, regarder des films, choisir un livre dans l'immense bibliothèque de Decker, inviter sa mère à manger... Ou peut-être des amies...

Le temps s'était rafraîchi. Elle enfila un jean et un sweat-shirt, et descendit au rez-de-chaussée. Elle vit qu'il y avait du café fumant et s'en servit une tasse, qu'elle alla boire en regardant les nouvelles du matin à la télévision.

La porte d'entrée s'ouvrit, et elle vit apparaître Decker, un grand vase empli de fleurs dans les bras.

— Tu es déjà levée ? Et moi qui voulais te faire une surprise !

— Mais je *suis* surprise ! Je te croyais au travail.

Il alla dans la cuisine et déposa le vase, avant de revenir près d'elle et de se pencher pour déposer un baiser sur ses lèvres.

— Je t'attendais. Je voulais que tu viennes avec moi.

Au travail ? Avec lui ? L'odeur de son eau de toilette, son souffle chaud et la caresse de ses yeux bruns la déstabilisaient complètement.

— Je t'avais promis de te faire visiter la station, dit-il. Nous n'avons pas encore eu le temps de le faire.

— J'ai déjà presque tout vu !

— Oh non ! Allez, viens !

Après tout, cela valait mieux que rester seule ici.

— C'est d'accord.

Kendall espérait qu'elle parvenait à maintenir une apparence de calme, mais la perspective de passer la journée avec Decker l'excitait. Il fallait seulement qu'elle se souvienne qu'il était un habile homme d'affaires qui n'avait pas l'habitude de perdre : il avait décidé qu'elle devait l'épouser, et il faisait tout pour qu'elle accepte.

Le chauffeur de Decker les conduisit jusqu'à The Lodge. Pendant le trajet, il appela son assistante pour lui annoncer qu'il n'allait pas être disponible pendant les deux heures à venir, mais qu'elle pouvait l'appeler s'il y avait une urgence.

— Tu es prête à marcher un peu ? lui demanda-t-il.

— Avec plaisir !

Elle avait aimé la randonnée qu'ils avaient faite ensemble pour aller voir les loups. Les alentours de l'hôtel étaient loin d'être aussi sauvages, mais elle se réjouissait à l'idée de ce moment… D'autant plus qu'elle aurait Decker pour elle toute seule.

Il commença par l'emmener voir la construction la plus ancienne de la station, qui avait été le tout premier hôtel.

— Maintenant, c'est ici que vivent les employés qui veulent rester sur place, expliqua-t-il.

Elle observa le vieux bâtiment dont le caractère avait su être préservé. Elle aurait adoré vivre dans un endroit aussi beau.

— Pine Peak offre de très belles pistes de ski de descente, mais une partie du domaine est également dédiée aux sports de glisse extrêmes, lui expliqua-t-il.

Tout d'abord, il l'emmena près des chalets de luxe disséminés dans les arbres, à l'écart des pistes. Puis il prit une motoneige. Kendall monta derrière lui, noua les bras autour de sa taille, et il démarra.

Lorsqu'ils arrivèrent au bas des pistes, Decker stoppa l'engin. Ils en descendirent et elle le suivit jusqu'à un terrain cerné de gradins. Ils s'y installèrent et regardèrent pendant un moment les évolutions de trottinettes des neiges sur un parcours d'obstacles fait de rampes, de virages et de tremplins. Kendall n'était pas particulièrement intéressée par le spectacle, mais la joie de Decker faisait plaisir à voir.

— C'était mon idée ! expliqua-t-il. Je voulais organiser des événements sportifs autour des sports de glisse.

Il se tourna vers elle, et sentit vraisemblablement son manque d'enthousiasme.

— Bon, j'ai compris : on continue !

Il lui prit la main et la conduisit vers la motoneige. Elle grimpa à nouveau dessus, heureuse d'être tout contre lui. Elle se demanda s'il ressentait lui aussi ce même frisson d'excitation.

Il suivit une piste à vive allure. Après un tournant, il s'arrêta devant une pente très abrupte et lisse, semblable à un large toboggan de glace. Des gens la dévalaient dans de petites structures métalliques allongées, dont la forme rappelait celle d'un bateau.

Le conducteur de l'une d'elles perdit le contrôle de son engin, qui alla s'enfoncer dans la neige de l'autre côté de la pente.

— C'est fou ! s'exclama-t-elle.

— Je suis certain que ça va devenir un sport très populaire. Tu veux essayer ?

— Certainement pas !

Il se mit à rire et elle comprit qu'il voulait la taquiner. Elle lui donna une petite tape alors qu'il se remettait en route. Il se dirigea vers le départ d'une remontée mécanique où une file de skieurs attendaient de pouvoir goûter à la joie des sommets.

Il alla voir l'opérateur du télésiège, qui le reconnut immédiatement et les installa sur le premier siège disponible. Elle s'assit contre Decker pour se laisser gagner par sa chaleur. Leurs regards se croisèrent, et elle lut dans ses yeux tout le plaisir qu'il avait à lui faire partager son enthousiasme pour cette station. Elle sentit le désir monter en elle.

Decker posa sa main gantée sur son menton et l'embrassa profondément. Kendall se sentit emportée par cette caresse pleine de tendresse. Lorsqu'il se recula, la sincérité de l'émotion qu'elle lut sur son visage lui donna le tournis. Elle ne se trompait pas : il avait des sentiments pour elle. Pourquoi refusait-il de l'admettre ?

Soudain, il tourna la tête.

— Nous avons failli ne pas les voir !

Elle suivit son regard et remarqua trois personnes qui faisaient du snowkite. Ils glissaient sur un terrain en pente douce. Le spectacle était très beau. Les skieurs étaient manifestement expérimentés et effectuaient des figures pleines de grâce.

— Tu vois ? The Lodge est bien plus qu'un hôtel de luxe avec quelques clients célèbres.

— Oui. Je le comprends maintenant. Je vois aussi à quel point tu es fier de cet endroit... à juste titre.

— Merci. Venant de toi, le compliment me touche beaucoup.

— Pourquoi « venant de moi » ?

— Parce que je ne veux pas que tu penses que The Lodge passe avant toi, ni avant aucun de mes proches. Mais ce domaine vient tout juste après, c'est certain.

Elle sourit, voyant bien qu'il était sincère.

— Je comprends.

Quant à savoir si elle pourrait s'en accommoder, c'était autre chose...

Decker était suspendu entre ciel et terre, heureux de faire découvrir à Kendall ce qui comptait pour lui, et la place qu'elle occupait dans sa vie. Lorsqu'ils arrivèrent en haut de la pente, ils ne descendirent pas du télésiège mais retournèrent à la station.

— Decker ?

— Oui ?

— Je crois que je t'aime, murmura-t-elle.

Il n'était pas préparé à entendre cela. Pourquoi cette déclaration ? Et pourquoi maintenant ?

Elle n'avait pas dit qu'elle l'aimait... Seulement qu'elle *croyait* qu'elle l'aimait. C'était le problème : on ne savait jamais vraiment quand on tombait amoureux.

— Tu veux dire que tu m'apprécies beaucoup, répliqua-t-il d'un ton léger.

— Non. Je pense vraiment que je t'aime.

Il la regarda, troublé.

— Pourquoi dis-tu cela ?

Elle posa la main sur sa cuisse, et la caressa. Au bout de quelques secondes, elle leva les yeux vers lui.

— Parce que je ne me lasse pas d'être avec toi. Je suis si bien ! Et quand nous nous éloignons l'un de l'autre... j'ai mal.

— Quand je vais travailler ?

Elle venait pourtant de lui dire qu'elle avait compris.

— Non. Quand tu me laisses alors que nous avions prévu de faire des choses ensemble.

— Tu veux parler de ta réunion avec Ben ?

Pourquoi avait-elle commencé cette conversation en lui disant qu'elle l'aimait ?

— Non... En fait, ce que j'essaie de te dire, Decker, c'est que j'ai peur. Je t'aime et tu ne m'aimes pas. J'ai l'impression de reproduire ma dernière relation, et c'est cela qui m'angoisse.

Ah, elle voulait parler de son insécurité.

— Ce n'est pas du tout pareil, Kendall : je ne te tromperai jamais. Je serai toujours là pour toi. Je te promets que nous aurons toujours cette relation de confiance.

Elle posa la tête sur son épaule.

— Tu parles comme si nous allions passer notre vie ensemble !

— C'est le cas.

Elle leva la tête.

— Seulement si j'accepte de t'épouser.

— Tu vas le faire.

Il sourit, pour alléger l'atmosphère.

Elle ne répondit pas et le regarda d'un air sérieux. Waouh ! Elle était têtue. Elle ne l'épouserait que si elle était certaine de faire le bon choix.

— Qu'attends-tu de moi pour accepter de m'épouser ? demanda-t-il.

— Une demande en mariage qui vienne du cœur.

# 14

Lorsqu'ils furent de retour à l'hôtel, Kendall ne savait toujours pas si ses paroles avaient poussé Decker à réfléchir. En lui disant qu'elle l'aimait, elle l'avait surpris, ce qui était plutôt positif : il allait devoir réfléchir à la nature de ses propres sentiments, et éventuellement remettre en question la certitude qu'il avait de ne jamais tomber amoureux. Peut-être allait-il enfin se rendre compte que ce qu'ils partageaient n'avait rien d'anodin.

— Decker...

Kendall et Decker se retournèrent pour voir Remy Colton s'approcher d'eux. Le cousin de Decker occupait le poste de directeur de la communication de The Chateau. Grand, les cheveux châtain clair, il portait un costume impeccable.

— Te voilà enfin ! déclara Remy.

— Je suis désolé pour le retard, répondit Decker en lui serrant la main.

— Pourquoi voulais-tu me voir ?

— Tu es expert en communication, et notre établissement a beaucoup souffert du meurtre de Bianca Rouge. Je voulais examiner avec toi quelques pistes pour essayer de redresser la situation.

— Avec plaisir. Mais si tu préfères, nous pouvons nous voir à un autre moment : tu as l'air très occupé aujourd'hui.

Decker échangea un regard de connivence avec Kendall.

— Non, c'est parfait maintenant.

Kendall remarqua que Remy avait surpris leur regard, mais Decker sembla ne se rendre compte de rien.

— Kendall pourrait également assister à cette réunion, déclara-t-il.

Il se retourna vers le comptoir de la réception, où Seth, le responsable de l'accueil, était en train d'expliquer à une employée comment se comporter avec un client difficile.

— Pourriez-vous vérifier si la salle de conférences est libre ? leur demanda Decker.

Seth indiqua à la jeune femme, qui devait être nouvellement embauchée, comment vérifier la disponibilité de la salle. Pendant qu'elle s'y employait, Seth se tourna vers Decker et Remy.

— Quel est l'objet de votre réunion ?

Kendall se dit que la question était étrange. En quoi cela lui importait-il ?

Decker sembla remarquer son étonnement.

— Seth et Remy sont demi-frères, lui expliqua-t-il.

Seth et Remy échangèrent un sourire complice.

— Ah ! s'exclama Kendall. Je vois !

— Je voudrais évoquer un problème de communication. Le meurtre de Bianca Rouge a eu des conséquences désastreuses sur nos réservations. J'aimerais que Remy me donne son avis sur la stratégie à adopter.

Kendall savait que Decker était ouvert à toute suggestion. Si elle-même avait envisagé de venir passer quelques jours dans une station comme celle-ci, elle ne pensait pas qu'un meurtre – qui ne s'était même pas déroulé sur les lieux – l'aurait fait changer d'avis : Bianca Rouge n'avait fait que séjourner à The Lodge. Mais il était vrai que cela pouvait être dérangeant : dans l'esprit de certains, le nom de l'hôtel était maintenant associé à la prostitution de luxe.

Decker guida Kendall vers la salle de conférences et referma la porte avant d'aller s'asseoir à côté d'elle, en face de Remy.

— En fait, j'ai une idée, déclara Kendall. Dans mon travail, j'essaie de trouver des moyens de préserver les écosystèmes. Là, vous essayez de préserver les réservations de votre clientèle huppée.

Elle vit les yeux de Decker briller... Était-ce d'admiration ?

— Et donc... ? demanda Remy.

— Pourquoi ne pas organiser un gala pour l'association Choisir de vivre ? Elle lutte contre la traite des êtres humains, et aide les victimes à commencer une nouvelle vie. Cela signifierait clairement que l'éthique est une valeur essentielle à vos yeux.

Decker demeura un instant silencieux.

— Nous pourrions sembler trop désireux de faire oublier qu'une call-girl a été tuée après avoir rendu visite à un de nos clients, dit-il enfin.

— Je vais y réfléchir avec mon équipe, déclara Remy. L'idée mérite d'être creusée.

— À propos d'événements, tu vas aller à l'inauguration de Bree ? lui demanda Decker.

Leur cousine dirigeait une galerie de peinture.

— Oui, j'y serai... Comme la plupart des membres de la famille, j'imagine.

Decker jeta un coup d'œil à Kendall.

— Tu voudras m'y accompagner ?

— Avec plaisir !

Elle ne put s'empêcher de lui sourire largement, et songea qu'elle devait avoir l'air follement éprise de lui... Ce qui était vrai.

— J'ai l'impression d'être de trop, lança soudain Remy. Pour parler d'autre chose, il y a du nouveau dans l'enquête sur l'agression de Kendall ?

— Oui, répondit Decker. Trey pense avoir identifié le coupable.

— J'espère qu'il sera vite derrière les barreaux, répartit Remy. Ce n'est pas rassurant de le savoir en liberté.

D'autant plus que cet homme était très probablement en train de chercher un moyen de lui nuire, songea Kendall. Elle regarda Decker. Au moins, il y avait quelqu'un qui essayait de la protéger.

Elle croisa son regard et s'y abîma pendant un long moment.

— J'ai l'impression que vos projets de mariage avancent, déclara Remy. Les mariages arrangés sont parfois de grandes réussites, à en juger par vous deux.

— Je suis heureux de pouvoir le confirmer, répliqua Decker.

Kendall resta silencieuse.

— Kendall a encore quelques réticences, mais j'essaie de la convaincre.

Remy eut un petit rire.

— Vous feriez mieux de vous méfier, Kendall. Lorsque mon cousin décide d'obtenir quelque chose, plus rien ne l'arrête ! Il n'a pas son pareil en affaires.

En affaires, oui... Mais il s'agissait d'une histoire personnelle.

Decker entra dans la galerie que sa cousine Bree venait d'ouvrir. Elle se trouvait sur la 2e Rue de Roaring Springs, dans un ancien quartier industriel devenu très branché. Un vieil entrepôt rénové de deux étages procurait maintenant un cadre épuré et lumineux aux œuvres exposées. À l'intérieur, des gens déambulaient ou se regroupaient pour bavarder, une flûte de champagne à la main.

— C'est ta cousine qui a peint ces tableaux ? demanda Kendall.

— Bree vend ses œuvres et celles d'autres artistes. Les siennes sont là-bas, dit-il en les désignant d'un coup de menton.

Il admira une fois encore Kendall dans sa robe de cocktail blanche sans manches, qui épousait sa silhouette longiligne avant de s'évaser au niveau du genou.

Elle alla regarder plus attentivement les tableaux de Bree. Certains étaient abstraits, et d'autres représentaient des paysages.

— J'aime beaucoup ce qu'elle fait.

— Elle a toujours été très douée.

Ils parcouraient la galerie à pas lents.

— Et cet endroit est si beau !

— Oui. Bree vit juste au-dessus.

Decker aperçut ses parents, Bernard et Marion, ainsi que bon nombre de membres de la famille Colton.

Phoebe et Skye Colton étaient ensemble. Decker avait du mal à les distinguer l'une de l'autre : les jumelles étaient minces, avec des formes pleines et de longs cheveux roux. Mais si elles se ressemblaient comme deux gouttes d'eau, leurs personnalités étaient très différentes : Skye était exubérante, alors que Phoebe était beaucoup plus réservée. Il suffisait d'observer l'attitude de chacune pour pouvoir les différencier.

Trey Colton était en conversation avec le maire, alors que son cousin Mason Gilford et la femme de celui-ci, Elaine, admiraient un tableau. Mason était le directeur des ventes de l'empire Colton, mais il se murmurait qu'il s'estimait spolié d'une partie de son héritage, et qu'il en concevait une certaine amertume. Decker avait également entendu dire que le couple essayait d'avoir un bébé. Même si on décidait de ne pas y prêter attention, il était difficile d'ignorer les commérages de cette petite ville.

Decker trouva enfin la maîtresse des lieux : Bree était en train de parler à un couple qu'il ne reconnut pas. Vêtue d'une robe de soie noire décorée de motifs floraux dorés, elle était très élégante.

— Voici Bree, déclara Decker en la désignant à Kendall.

Bree l'aperçut et lui fit un signe de la main accompagné d'un large sourire. Elle mit un terme à la conversation et se dirigea vers eux. Ses yeux dorés illuminaient son visage.

— Elle est vraiment magnifique ! murmura Kendall.

Lorsqu'elle arriva vers eux, Bree serra Decker dans ses bras.

— Félicitations ! s'exclama-t-il. Cette exposition est une réussite !

— Merci, Decker.

Elle fit un pas en arrière et sourit à Kendall.

— Vous devez être la jolie fiancée dont j'ai tant entendu parler !

Apparemment, la nouvelle de leur mariage s'était largement répandue.

— Ces œuvres sont superbes ! s'exclama Kendall.

— Merci ! répondit Bree en balayant l'endroit du regard. L'art est toute ma vie !

— Cela se voit, répliqua Decker. Quant à ce lieu, il est vraiment exceptionnel.

— Oui, je suis très heureuse d'avoir réussi à trouver un espace qui mette aussi bien les œuvres en valeur. J'ai eu beaucoup de chance !

— Tu as travaillé dur, et c'est un succès bien mérité, répliqua Decker.

— Je pourrais aussi dire cela de toi, Decker !

Il se contenta de sourire.

Un invité s'approcha de Bree et lui posa une question sur une œuvre exposée.

— Veuillez m'excuser…, dit-elle à Decker et Kendall, avant de se diriger vers la toile en question.

— Bree m'impressionne ! déclara Kendall.

— C'est quelqu'un de remarquable. Elle a monté cette galerie toute seule. Elle a commencé par vendre ses toiles, et dès qu'elle a eu du succès et une certaine reconnaissance sur le marché, elle a préféré épargner l'argent gagné pour l'investir dans cette galerie.

Kendall alla rejoindre ses parents, et Decker la suivit. Elle serra sa mère dans ses bras.

— J'ignorais que vous seriez ici ! s'exclama-t-elle.

— Tu sais bien que ta mère aime les expositions de peintures, répliqua son père. Decker, comment allez-vous ?

— Très bien, répondit Decker.

— Et toi, Kendall ? demanda sa mère d'un air inquiet.

— Je vais bien, maman. Decker prend soin de moi.

— Le mariage est toujours d'actualité ? demanda Bernard.

Decker vit le visage de Kendall se fermer.

— Oui, répondit-il.

— Nous en parlons, corrigea Kendall.

Bernard se rembrunit. Visiblement, il était déçu qu'il n'y ait encore rien de certain.

— Kendall...

Russ s'était approché d'eux. Decker vit Kendall esquisser un sourire. Elle semblait déterminée à faire preuve de bonne volonté, même si Russ s'était mal comporté envers elle la dernière fois qu'ils s'étaient vus.

— Kendall, j'aimerais vous présenter mes excuses pour la façon dont je vous ai parlé.

— Je vous remercie, monsieur Colton.

— Je me trompe, ou j'ai entendu dire que vous n'étiez pas encore certaine d'épouser mon fils ?

— Vous ne vous trompez pas : je n'ai pas encore pris ma décision.

— J'espère que le mariage se fera, déclara Bernard.

— Je n'en doute pas, répliqua Russ d'un ton caustique.

— Papa..., intervint Decker.

Russ leva la main en signe d'apaisement.

— Tu es entièrement maître de tes choix, fiston. Je te demande seulement de ne pas prendre de décision financièrement hasardeuse.

Il faisait allusion à l'argent que Decker avait l'intention d'investir dans Hadley Forestry.

Decker se tourna vers Kendall.

— Tu veux du champagne ?

— Avec plaisir.

Il la conduisit vers le buffet, et ils prirent chacun une flûte sur le plateau que leur présenta un serveur. Puis ils se mirent à l'écart, et observèrent les invités.

Soudain, on entendit un bruit retentissant et un projectile vola. Avant que Decker puisse réagir, une brique s'écrasa sur le sol et une pluie d'échardes de verre s'abattit sur Kendall et lui. Elle reçut un gros morceau sur le visage.

Elle poussa un cri et tomba sur Decker. Il la retint et l'aida à s'asseoir. Elle avait été touchée près de l'œil droit... Beaucoup trop près. Un filet de sang coulait sur son visage.

— Appelez les urgences ! s'écria-t-il.

Il chercha autour de lui ce qu'il pouvait mettre sur la blessure. Quelqu'un lui tendit un petit tas de serviettes en papier, et il le pressa doucement sur la joue de Kendall.

Il vit Trey se précipiter à l'extérieur, vraisemblablement pour s'élancer à la poursuite de celui qui avait lancé le projectile.

— Decker ?

— Je suis là, ma chérie. Reste tranquille, les secours arrivent.

— La blessure est profonde ?

Il n'arrivait pas bien à voir avec le sang qui coulait.

— Ne t'en fais pas, tout ira bien.

— Je ne vois pas de mon œil droit, et j'ai la tête qui tourne. J'ai l'impression que je vais m'évanouir.

À ces mots, l'angoisse le saisit. Avait-elle été gravement touchée ?

— Tu ne vois pas bien à cause du sang. Essaie de rester calme.

Bree s'était précipitée vers eux. Elle s'agenouilla auprès de Kendall.

— Oh ! mon Dieu ! Que s'est-il passé ?

— Quelqu'un a lancé une brique à travers la vitrine, expliqua Decker. Kendall a été blessée par un éclat de verre.

— Oh ! Kendall, je suis désolée !

— L'ambulance arrive ? demanda Decker

Il ne s'était passé qu'une ou deux minutes depuis l'accident, mais l'attente lui semblait interminable. Il n'aimait pas l'aspect de la blessure de Kendall, et il voulait qu'elle soit soignée au plus vite.

Une voix s'éleva.

— Pas encore...

Trey apparut, tout essoufflé.

— Kendall va bien ? demanda-t-il.

— Elle a été blessée par un éclat de verre, répondit quelqu'un.

— Celui qui a lancé la brique était déjà parti lorsque je suis sorti, déclara Trey

Bree leva les yeux vers Trey. Elle semblait très préoccupée.

— Mais qui ferait une chose pareille ? s'exclama Trey

Bree se mordit la lèvre.

— Tu le sais ? demanda-t-il.

— Non, répondit Bree en se redressant, mais j'ai reçu des menaces.

— Quel genre de menaces ?

— Surtout des appels téléphoniques. Quelqu'un me disait que je méritais une leçon.

— Tu as des ennemis ? Quelqu'un qui aurait une raison de t'en vouloir ? demanda Trey.

Bree secoua la tête.

— Je me suis posé la question, mais je ne vois vraiment personne.

Soudain, le hurlement de sirènes s'éleva, et la foule s'écarta pour laisser passer les secouristes. Decker ne put rien faire de plus que les regarder donner les premiers soins à Kendall, puis l'installer sur un brancard, et la conduire dans l'ambulance.

Il entra derrière elle.

— Decker ? dit-elle.

— Je suis là, ma chérie. Je reste avec toi.

Il lui prit la main. L'inquiétude qu'il ressentait pour son œil lui tordait le ventre.

Kendall se réveilla sur un lit d'hôpital. Les médecins avaient refermé sa blessure, lui disant qu'elle avait eu de la chance : elle avait failli perdre l'œil.

— Kendall ?

La voix de Decker la rassura et calma un peu son angoisse. Il pressa les lèvres sur sa bouche avec tendresse.

Elle leva la main et toucha prudemment son pansement.

— Le médecin a dit que ton œil n'avait pas été touché, mais que tu devrais subir une petite opération plus tard pour enlever la cicatrice.

Kendall poussa un soupir de soulagement : ce n'était rien à côté de ce qu'elle avait craint.

Il lui prit la main et l'embrassa à nouveau.

— J'ai eu très peur, ma chérie.

— Moi aussi.

— Je suis tellement soulagé que ce ne soit pas trop grave !

Elle sentit son cœur se gonfler d'espoir.

— Ça veut dire que, finalement, tu m'aimes ? demanda-t-elle doucement.

— J'aime être avec toi.

Elle s'efforça de ne pas laisser paraître sa déception. Avec un pincement au cœur, elle répondit sur un ton qu'elle essaya de garder léger :

— C'est un bon début !

# 15

Kendall fut autorisée à sortir de l'hôpital le lendemain. Elle avait un large pansement sur tout un côté du visage, mais elle était très soulagée que ses blessures ne soient pas plus graves. Decker l'emmena dans sa suite à The Lodge, et malgré ses protestations, il la porta lui-même jusqu'à la chambre. Il l'installa sur le grand lit et lui recommanda de se reposer. Puis il demanda au personnel de vérifier régulièrement qu'elle allait bien, et ordonna qu'un agent de sécurité reste posté devant la porte de sa suite.

Elle passa le reste de la journée au lit, tantôt à dormir, tantôt à regarder la télévision, mais maintenant, elle se sentait assez forte pour se lever. Lorsqu'elle se mit debout, elle eut instantanément le tournis et se retint au montant du lit. Elle était sur le point de se recoucher lorsque la porte s'ouvrit, et que Decker entra.

Il hâta le pas en la voyant. Il avait dû remarquer sa grimace. Il vint auprès d'elle et glissa le bras autour de sa taille.

— Comment vas-tu ?

— J'ai la tête qui tourne un peu.

— Retourne te coucher.

— Je commence à en avoir assez. J'aimerais prendre un bain.

— D'accord, je vais en faire couler un. Et ta blessure ? Elle te fait mal ?

— Un peu...

Il l'aida à se rasseoir sur le lit. Puis il déposa un léger baiser sur ses lèvres.

Il lui sourit et, malgré sa fatigue, elle sentit tout son corps s'embraser.

— Attends-moi ici, lui dit-il.

Il alla dans la salle de bains et elle l'entendit faire couler l'eau. L'odeur de la lavande parvint jusqu'à elle, et elle comprit qu'il avait mis un galet dans la baignoire. Quelques minutes plus tard, il revint et, la prenant dans ses bras, il la souleva.

Kendall se délectait d'être ainsi choyée alors qu'il la portait vers la salle de bains. Mais rien dans l'attitude de Decker ne suggérait qu'il soit lui aussi ému de la sentir tout contre lui.

Il lui lâcha les jambes et l'aida à se mettre debout.

Elle se déshabilla, et il lui tint la main lorsqu'elle entra dans l'eau.

— Hum…

Elle se laissa aller contre l'arrière de la baignoire et ferma les yeux.

— Tu as toujours été si attentionné ?

— Avec les femmes ? Non. Avec mon travail ? Oui.

Elle sourit, mais fit la grimace en sentant sa blessure tirer.

— Désolé ! dit-il en riant.

Elle ouvrit les yeux pour le regarder. Il était assis sur un banc et la regardait avec dans les yeux la même étincelle que lorsqu'ils allaient faire l'amour.

— Que penses-tu qu'il serait arrivé si nous étions sortis ensemble au lycée ? demanda-t-elle.

— Nous aurions tout arrêté au moment d'entrer à l'université, et nous en serions au même point maintenant, répliqua Decker.

Elle dut reconnaître qu'il avait raison.

Ils continuèrent à parler pendant quelques minutes de leurs années de lycée et d'université. Cette conversation les rapprocha un peu plus, et elle eut l'impression de le connaître encore mieux. Puis l'eau commença à se rafraîchir.

— Je suis prête à sortir !

Il l'aida à se lever et lui tendit une serviette. Elle se sécha, avec une conscience aiguë de sa nudité. Sans le vouloir, elle laissa tomber la serviette, et resta immobile lorsqu'elle vit qu'il la mangeait du regard. Il s'approcha d'elle.

Il la prit dans ses bras et l'embrassa. Très vite, ils voulurent aller plus loin. Il la souleva et la porta jusqu'à son lit où il la déposa avec délicatesse, avant de se dévêtir rapidement.

Il s'allongea auprès elle et l'embrassa comme s'il voulait la dévorer. Elle lui répondit avec une même fougue jusqu'à ce que la douleur la fasse tressaillir. Elle poussa un petit cri.

— Pardon, dit Decker d'une voix rauque.

— N'arrête pas, je t'en prie !

Elle caressait ses bras musclés sur toute leur longueur.

— J'ai peur de te faire mal.

Il prit un téton entre ses lèvres, et commença à l'agacer du bout de la langue.

— Ça, ça ne me fait pas mal !

Il eut un petit rire.

Elle lui caressa ensuite les épaules, puis enfouit les doigts dans son épaisse chevelure, alors qu'il entreprenait d'exciter l'autre téton.

Il descendit ensuite jusqu'à son ventre sans cesser de déposer de petits baisers sur sa peau. Lorsqu'il arriva à son sexe, elle s'agrippa à ses cheveux. S'il continuait ainsi, elle allait jouir beaucoup trop vite.

Il dut le sentir car il continua à descendre le long de sa cuisse, puis jusqu'à ses genoux et sa cheville. Puis il leva la tête pour la regarder d'un air taquin.

Cette fois, ce fut elle qui rit.

Avec un large sourire, il revint se placer entre ses jambes et l'embrassa tendrement. Ce n'était pas assez pour elle. Il faisait beaucoup trop attention à ne pas lui faire mal.

Plus Kendall le connaissait, plus elle l'aimait et l'estimait. Il n'était pas seulement son compagnon, mais aussi son meilleur ami. À lui, elle pouvait tout dire. Jamais elle ne se lassait de sa présence. Et faire l'amour avec lui était comme une célébration de cette entente presque magique.

Elle lui caressa les fesses, épousant leurs courbes, savourant la sensation de ses muscles tendus, l'attirant toujours plus près d'elle.

Il comprit ce qu'elle attendait et la pénétra d'une poussée profonde, l'emplissant de tout son sexe gonflé. Lorsqu'il se mit à aller et venir, elle l'accompagna, s'arc-boutant pour qu'il l'emplisse le plus complètement possible.

Leur plaisir atteint bientôt son paroxysme et les emporta tous les deux.

Ensuite, elle se blottit contre lui, goûtant pleinement la sensation de langueur de son corps satisfait.

— Tu penses que nous aurions fait ça lorsque nous étions au lycée ? lui demanda-t-il.

Elle sourit.

— Oui, mais ça n'aurait pas été aussi bien !

— Tu veux dire que ça aurait été maladroit et peu satisfaisant ?

— Je ne sais pas. Avec combien de filles as-tu couché avant d'aller à l'université ?

Il eut un sourire malicieux.

— Pas autant que tu dois le croire. Deux.

— Seulement deux ?

— Oui. J'étais difficile. Mais je fantasmais sur toi.

Elle se mit sur le coude.

— Tu mens !

— Pas du tout !

— Moi aussi, je pensais tout le temps à toi, confessa Kendall.

— Tu me l'as dit.

Elle lui donna une petite tape et redevint sérieuse.

— Je suis heureuse que nous ne soyons pas sortis ensemble au lycée. Ce qui nous lie est spécial. Cela aurait pu être différent à l'époque.

Il devint lui aussi sérieux et se tut. Kendall savait ce qu'il se disait : ce lien, c'était peut-être de l'amour. Et elle voyait bien qu'il essayait de repousser cette idée.

Elle posa la tête sur son épaule, préférant ne pas intervenir. Elle savoura ce moment, en espérant qu'il avait franchi un nouveau pas pour s'affranchir de ses anciennes convictions.

Decker laissa Kendall dormir et alla travailler. Ensuite, il avait prévu de rendre une visite surprise à Elardi. Il prit trois de ses agents de sécurité avec lui, d'anciens militaires en qui il avait toute confiance. Avec la clientèle riche et célèbre qui fréquentait l'hôtel, il avait besoin de gardes du corps efficaces et entraînés.

Ils se rendirent ensemble dans une petite ville de montagne voisine, et entrèrent dans le casino Royal Haven. C'était un bâtiment en brique qui occupait tout un îlot du centre-ville. Toutes les vitres du rez-de-chaussée étaient protégées par des stores, alors que des fenêtres hautes et étroites garnissaient la façade de l'étage supérieur.

L'intérieur était typiquement celui d'un casino : des néons tapageurs brillaient, et l'on entendait des sonneries diverses tinter de toute part. Des gens étaient assis devant des machines à sous ou au bar. Decker chercha comment accéder aux bureaux de la direction qui se trouvaient vraisemblablement à l'étage. Accompagné de ses agents de sécurité, il traversa la salle principale, et se dirigea vers un large escalier situé au bout. Deux hommes vêtus de costumes noirs étaient en haut des marches. L'un était chauve et très large d'épaules. L'autre, plus jeune, avait une épaisse chevelure blonde. Ils vinrent tous deux leur bloquer le chemin lorsqu'ils atteignirent la dernière marche.

— Je suis venu voir M. Elardi pour affaires, déclara Decker.

— Il vous attend ?

— Non, mais je suis certain qu'il sera intéressé par ce que j'ai à lui dire.

— Votre nom ?

— Decker Colton.

— Et vos amis ?

— Ils assurent ma sécurité.

Le plus âgé des deux hommes les regarda attentivement avant de faire signe à son partenaire.

Quelques minutes plus tard, l'homme revint.

— M. Elardi va vous rencontrer. Suivez-moi.

Decker lui emboîta le bas et ils se dirigèrent vers une porte à double battant située au bout d'un couloir. Il y avait d'autres portes sur chaque côté, mais toutes étaient fermées. Decker se demanda s'il s'agissait de chambres, ou de bureaux pour les employés d'Elardi.

Lorsque Decker entra dans la pièce, il vit Elardi assis derrière un large bureau en bois. Quatre hommes costauds, d'aspect inquiétant, étaient également présents. Deux étaient assis sur un canapé, un autre était debout près du bureau, et le dernier était appuyé à un bar.

Elardi se leva.

— Monsieur Colton, dit-il en se dirigeant vers lui, et en lui tendant la main.

Decker la serra. Pour l'instant, tout allait bien.

— Je vous remercie de me recevoir.

— J'ai entendu parler de vous et de votre famille. À quoi dois-je l'honneur de votre visite ?

— Je souhaiterais investir dans Hadley Forestry. J'en ai parlé à Bernard Hadley, et il semblerait qu'il ait contracté un emprunt auprès de vous.

— C'est exact.

Elardi semblait parfaitement à son aise.

— Je suis ici pour négocier un arrangement.

— Les termes du contrat signé par Bernard Hadley étaient très clairs.

— J'ai lu le contrat. Il ne mentionnait pas d'enlèvement au cas où Bernard ne paierait pas sa dette à temps.

Decker prenait un risque en disant cela, mais il n'avait pas peur.

Elardi continua à considérer Decker et ses hommes d'un air impassible.

— Bien sûr que non, dit-il enfin. Qui ferait une chose pareille ?

— Vous, répliqua Decker, tout aussi calmement.

— Vous avez la preuve de ce que vous avancez ?

— Pas encore. Mais cela ne saurait tarder… À moins que vous n'acceptiez ma proposition.

Elardi eut un sourire sans joie.

— Et quelle est-elle ?

— Que vous divisiez le taux d'intérêt consenti par deux, et que vous annuliez la condition selon laquelle Hadley Forestry doit vous fournir en bois gratuitement sans limite de temps.

Elardi se mit à rire.

— C'est une proposition grotesque, monsieur Colton. Vous ne vous attendez tout de même pas à ce que je l'accepte !

— Si. La police a identifié l'homme que vous avez engagé pour kidnapper Kendall. Il ne tardera pas à parler.

— Je ne vois pas ce que vous voulez dire. Je ne veux aucun mal à la fille de Bernard Hadley.

— Vous connaissez sa fille ? demanda Decker. Je ne pense pas que vous l'ayez déjà rencontrée. Jusque très récemment, elle-même n'avait jamais entendu parler de vous.

— Bernard l'a mentionnée.

— Ah bon ? Je crois surtout que vous avez enquêté pour trouver un moyen de faire pression sur lui, au cas où vous auriez besoin de le forcer à payer.

— Bernard a signé librement le contrat qui nous lie. Il en a compris et approuvé les termes.

— Ils sont inadmissibles ! répliqua Decker. Si vous acceptez mes propres termes, je vous paierai sur-le-champ toutes les sommes qui restent dues.

— Et qu'obtiendrez-vous en retour ?

— Soit des parts dans l'entreprise, soit un remboursement de Bernard Hadley.

— Vous lui en avez parlé ? demanda Elardi.

— Non, pas encore.

— Et pourquoi ?

Decker ne voulait pas entrer dans les détails.

— J'ai mes raisons.

— Ces raisons pourraient-elles avoir un rapport avec Kendall ? Elle est très belle. Je pense que je pourrais être tenté d'aider sa famille, moi aussi.

Pourquoi Elardi jouait-il ainsi avec lui ? Il devait savoir que Kendall vivait chez lui, et qu'il était question qu'ils se marient.

Il était temps d'être clair.

— Monsieur Elardi, si vous pensez que ma famille n'a pas les ressources nécessaires pour régler cette situation, je vous conseille de reconsidérer la question.

Cela sembla faire mouche et, pour la première fois, le visage d'Elardi trahit une certaine tension. Il semblait évaluer la menace que constituait Decker.

— Si vous n'acceptez pas ma proposition, je réglerai le problème d'une autre manière, reprit Decker. Nous avons des liens étroits avec plusieurs personnes d'influence qui pourraient vous rendre la vie très difficile.

Elardi fit un pas vers lui.

— Vous osez venir ici pour me menacer ?

Deux des agents de sécurité de Decker avancèrent à ses côtés, pendant que le troisième restait derrière lui.

Les hommes debout près d'Elardi plongèrent la main sous leur veste, et ceux qui étaient assis se levèrent d'un bond. Elardi fit un signe de la main pour leur indiquer de ne pas sortir leurs armes.

— Je vous donne vingt-quatre heures pour prendre une décision.

Sur ces mots, Decker sortit, flanqué de ses gardes du corps.

Kendall se réveilla de sa sieste avec une énergie renouvelée. Elle allait beaucoup mieux maintenant : sa blessure ne la faisait presque plus souffrir, et elle sentait ses forces revenir. Elle se leva et vit un ruban rouge noué à un montant du lit. Un message y était accroché.

Intriguée, elle se précipita vers la note.

*Quand mon père est venu me faire part de son idée d'un mariage arrangé avec toi, ma première réaction a été de dire non.*

Mais pourquoi Decker lui racontait-il cela ? Le ruban rouge courait sur le sol. Elle le suivit du regard et remarqua un autre message. Elle alla le lire.

*J'aime la façon dont tu savoures ce que tu manges.*

Elle sourit, et s'arrêta lorsqu'elle sentit sa blessure se tendre. Le ruban la mena ensuite vers la pièce principale. En voyant Decker assis à la table près de la fenêtre, tenant l'autre extrémité du ruban, elle sourit encore. Elle avait deviné ce dont il s'agissait.

Elle se dirigea vers le troisième message, attaché à une lampe placée sur la console.

*J'aime faire l'amour avec toi.*

Elle alla ensuite vers le canapé et lut :

*J'aime le lien qui nous unit.*

Elle jeta un coup d'œil à Decker. Il la regardait avec une telle intensité qu'elle en eut un frisson.

L'avant-dernier message disait :

*Je suis sûr que toi aussi, tu as conscience de ce lien.*

Oh oui !

Le dernier message était près de la main de Decker qui tenait le ruban.

Elle regarda d'abord Decker dans les yeux. Tout son corps tremblait d'anticipation. Elle demanda :

— Depuis combien de temps attends-tu ici ?

— Environ une heure.

Elle lut le dernier message.

*La nuit dernière m'a convaincu plus que jamais que tu es la femme de ma vie.*

La nuit dernière l'avait convaincue, elle aussi.

— Veux-tu m'épouser ? demanda-t-il.

Il ne lui avait pas dit qu'il l'aimait, mais cela transparaissait dans chacun de ses messages. Il avait encore du mal à mettre ce mot sur ses sentiments. Elle décida alors que, malgré cela, elle ne voulait pas le laisser partir.

— Oui.

Il eut un sourire éclatant, se leva, et l'attira contre lui. Il l'embrassa tendrement.

— Je pense chacun des mots que j'ai écrits.

— Je le sais, murmura-t-elle en l'embrassant.

— Tu sais, je vais...

Elle le força à s'interrompre en déposant un baiser sur ses lèvres.

— Faire tout ce qui est en mon pouvoir pour...

Elle l'arrêta à nouveau.

— Être le mari que tu mérites. Je voudrais te rendre heureuse.

Elle s'écarta de lui et lui prit le visage entre les mains.

— Je le sais, Decker.

Cette fois, ce fut lui qui l'embrassa. Puis il la souleva dans ses bras et l'emporta dans la chambre.

Elle sentit qu'il avait laissé tomber la garde, et lui avait ouvert son cœur. Mais elle doutait qu'il ait réussi à mettre un mot sur ses sentiments profonds, qu'il ait compris leur force. Elle espérait seulement que cela arriverait un jour.

# 16

Le jour suivant, Decker alla travailler, sans pouvoir cesser de penser à Kendall et à la nuit qu'ils avaient passée ensemble. Il avait la sensation que quelque chose avait changé en lui, que les sentiments qu'il éprouvait pour elle venaient du plus profond de lui-même. Cela le perturbait tant qu'il lui tardait d'aller travailler pour ne plus penser à Kendall... Mais il ne parvint pas pour autant à la chasser de ses pensées. Elle était là, tout le temps, dans son cœur.

À 9 heures du matin, il reçut un appel téléphonique d'Elardi. Il avait décidé d'accepter son offre. Decker était donc retourné dans son casino et avait signé avec lui un nouveau contrat rendant caduque celui passé avec Bernard Hadley.

Et maintenant, il arrivait dans les locaux de Hadley Forestry pour annoncer la bonne nouvelle à Bernard. Il était impatient de s'atteler à la tâche et de remettre l'entreprise à flot. Mais surtout, il lui tardait d'aller retrouver Kendall et de lui apprendre que tous les problèmes de son père étaient réglés.

Bernard sortit de son bureau et serra la main de Decker.

— Je ne vous attendais pas aujourd'hui. Où est Kendall ? Elle va bien ?

— De mieux en mieux ! Je l'ai installée dans ma suite à The Lodge

— Quel soulagement ! Venez. Entrez dans mon bureau.

Bernard lui montra le chemin, puis se retourna vers lui.

— J'ai rencontré Emilio Elardi, annonça Decker de but en blanc.

Bernard eut l'air inquiet.

— Il s'est montré menaçant ?

— Nous sommes parvenus à un accord.

— Quelle sorte d'accord ?

— Je lui ai entièrement remboursé l'emprunt qu'il vous a consenti, en ajoutant quelques conditions : il a réduit le taux d'intérêt, et supprimé la clause concernant la fourniture de bois gratuite.

— Comment avez-vous fait pour qu'il accepte ?

Bernard se ravisa.

— Aucune importance, poursuivit-il. Je ne veux pas le savoir. Mais je peux vous assurer de toute ma gratitude.

— Avec plaisir.

— Cela signifie-il que Kendall ne court plus aucun risque ? demanda Bernard.

— Je le suppose... J'aimerais que nous parlions de mon rôle dans votre entreprise, Bernard. J'aimerais vraiment travailler avec vous.

— Et quelle fonction souhaiteriez-vous occuper ? Directeur général ?

— Non. P-DG. Je dois avoir toute liberté pour prendre des décisions stratégiques.

— Mais j'aurai mon mot à dire, j'espère ?

— Bien entendu. Mais je souhaiterais avoir un contrôle absolu sur l'entreprise, du moins jusqu'à ce que la situation soit redressée.

— Qu'entendez-vous par « contrôle absolu » ?

— Je viens d'investir une très grosse somme d'argent dans Hadley Forestry. Je veux pouvoir prendre toutes les décisions nécessaires pour que ce placement soit rentable. Maintenant, si cela ne vous convient pas, vous pouvez toujours me rembourser ce prêt au lieu de le rembourser à Elardi. Je ne veux pas vous forcer à quoi que ce soit.

— Je vous en remercie, Decker. Si c'est la solution que je choisis, vous accepterez tout de même de m'aider à gérer l'entreprise ?

Decker craignait que Bernard ne lui fasse cette demande. Étant donné l'ampleur des sommes investies, il fallait soit que Bernard lui rembourse ces fonds assez rapidement, soit qu'il soit certain d'être entièrement libre de faire ce qu'il estimerait nécessaire, surtout en matière de finance et de stratégie.

— Je suis désolé, Bernard, mais j'ai besoin que vous choisissiez une de ces deux solutions.

Bernard fronça les sourcils.

— Si j'ai bien compris, soit je vous confie la direction de l'entreprise, soit je vous rembourse l'argent que vous venez de verser ?

— C'est cela.

— Je n'interviendrai pas, Decker. Je vous laisserai entièrement libre, du moment que j'adhère à vos choix.

Decker poussa un soupir.

— C'est bien là le problème ! Si je prends une décision que j'estime nécessaire, même si elle ne vous plaît pas, il faut que je sois libre de l'appliquer.

— Je vous promets que je n'interférerai pas avec vos choix. Vous avez ma parole.

Cela ne suffisait pas à Decker. En homme d'affaires avisé, il n'accordait aucun traitement de faveur aux membres de sa famille ou à ses amis. Il ne connaissait pas assez Bernard, et ne savait rien de la façon dont il menait Hadley Forestry. Il ne pouvait pas accepter un tel arrangement.

— Je suis désolé. J'ai investi une somme si conséquente dans Hadley Forestry que je tiens à avoir un accord écrit.

Le visage de Bernard s'assombrit.

— Ma fille va vous épouser ?

— Oui. Je l'ai demandée en mariage, et elle a accepté.

— Alors, vous ne me laissez pas le choix. Je vais appeler mes avocats pour qu'ils rédigent un contrat.

Lorsque Decker revint à The Lodge, il trouva Kendall allongée sur le canapé, en train de lire. Il aima son sourire lorsqu'elle le vit entrer. Elle posa le livre sur le côté et s'assit sur le canapé. Il s'approcha d'elle et se pencha pour l'embrasser.

— Bonjour !

Ce simple contact raviva le souvenir de la nuit dernière, de sa demande en mariage, du moment où elle avait dit oui, de la communion qu'il y avait eu entre eux lorsqu'ils avaient fait l'amour… Il avait l'impression de fondre dès qu'elle posait la main sur lui.

— Bonjour ! répondit-elle d'une voix un peu rauque.

Et il sut qu'elle ressentait la même chose.

— J'ai de bonnes nouvelles.

— Oh ! J'aime les bonnes nouvelles !

— Je reviens de Hadley Forestry. J'ai été voir ton père. Je voulais lui apprendre que j'avais remboursé l'argent qu'il devait à Elardi, et que j'allais prendre la direction de l'entreprise, le temps d'en faire à nouveau une affaire rentable.

Le visage de Kendall s'illumina.

— C'est vrai ?

Puis son sourire disparut.

— Attends… Tu as rencontré Elardi ?

— Oui. Hier. Et nous avons signé un contrat ce matin.

Elle resta bouche bée.

— Pourquoi ne m'as-tu rien dit ?

— Je ne voulais pas que tu t'inquiètes… Et j'avais également envie de te faire la surprise. Et quand je te vois maintenant, je me dis que j'ai eu raison !

Cela semblait lui faire tellement plaisir ! Plus que tout, il voulait la rendre heureuse.

— Elardi a accepté ?

— Je ne lui ai pas vraiment laissé le choix. Je lui ai expliqué que Trey avait identifié son homme de main, et qu'on ne tarderait pas à remonter jusqu'à lui.

— Alors, non seulement je ne suis plus menacée, mais tu as aussi sauvé l'entreprise de mon père !

Il était toujours penché vers elle, une main appuyée sur le dossier du canapé, et elle noua les bras autour de son cou.

— Quel type d'arrangement as-tu trouvé avec mon père ? Tu lui avais fait part de ton intention d'aller voir Elardi ?

— Non. Je n'en avais parlé à personne. Je vais devenir P-DG de Hadley Forestry.

L'expression du visage de Kendall devint soudain soucieuse.

— P-DG ?

— Oui. Il faut que j'aie l'entière liberté de prendre toutes les décisions nécessaires pour sauver l'entreprise.

Elle fronça les sourcils.

— Mon père accepte de te laisser la direction de Hadley Forestry ?

— Seulement le temps de redresser les finances.

— Officiellement, c'est lui qui restera à la tête de l'entreprise, non ?

— Non. C'est moi. Temporairement.

Elle se leva.

— Mais... Vous allez signer un contrat ?

Il hésita avant de répondre.

— Oui.

Elle semblait en colère maintenant.

— J'ai fait ça pour toi, Kendall.

— Pour moi ? Mon père a construit Hadley Forestry à partir de rien ! Tu vas lui prendre le travail de toute une vie !

— Il a pratiquement mené cette entreprise à la faillite !

Kendall se détourna en mettant la main sur la bouche.

— Je pensais que cela te ferait plaisir, ajouta Decker. Je te promets que je vais redresser votre entreprise.

Elle pivota pour lui faire face.

— Tu n'as pas déjà assez à faire avec The Lodge ? Peut-être qu'en écartant mon père de la direction de Hadley Forestry, tu auras la certitude d'être beaucoup trop occupé pour tomber amoureux de moi. Tu vas travailler quatorze à seize heures par jour, tu ne seras jamais à la maison, et nous nous verrons à peine !

Jamais Kendall n'avait semblé aussi blessée.

Il fit un pas vers elle.

— Ma chérie, je suis désolé ! Je pensais vraiment bien faire ! Je ne dirigerai pas l'entreprise pendant très longtemps : il s'agit seulement de la remettre sur les rails, et ensuite, je redonnerai la direction à ton père. Je veux seulement être certain de pouvoir gérer Hadley Forestry comme je le veux, sans interférence de ton père.

— C'est *son* entreprise, pas la tienne ! lança-t-elle.

— Et je dois le laisser la mener à sa perte ?

Il vit que ces paroles n'avaient fait qu'attiser sa colère.

— Pourquoi penses-tu que mon père a accepté tes conditions ? Il n'aurait jamais fait cela s'il avait eu le choix !

— Et il a pris une sage décision, répliqua Decker.

Kendall souffla et pivota sur ses talons avant de sortir de la pièce. Elle était à la porte de la chambre lorsqu'il la rejoignit et lui prit la main, la forçant à s'arrêter. Decker ne pouvait pas laisser cette dispute se terminer ainsi. Il n'avait pas pensé un seul instant que Kendall pourrait être contrariée. Pouvait-il se permettre de ne pas avoir le contrôle absolu de Hadley Forestry ? Il avait l'impression que cela lui ferait courir un très gros risque... Mais lorsqu'il regardait Kendall, il se sentait obligé de le prendre.

— Hé..., dit-il en l'attirant doucement à lui.

Elle refusait de le regarder.

Quelques secondes se passèrent avant que Decker parle.

— Je renonce à être P-DG si cela te contrarie autant.

Elle tourna lentement le visage vers lui, comme à contrecœur. Elle était si belle, si sexy, même avec son bandage. L'œil bleu qu'il voyait briller le regardait avec méfiance.

— Je vais investir dans l'entreprise et en assurer la direction conjointement avec ton père, jusqu'à ce qu'elle soit à nouveau rentable.

Sans rien dire, elle continua à le regarder. Il n'aurait pu dire si elle le croyait.

— Honnêtement, Kendall, je ne pensais pas que cela te ferait du mal. Je vais retourner voir ton père, et demander qu'un nouveau contrat soit rédigé.

— Tu ferais cela pour moi ?

— Bien sûr. Tu vas être ma femme.

— Et s'il n'est pas d'accord avec tes décisions ?

— Alors, il faudra que je me montre très convaincant.

Elle cligna des paupières. Sa colère semblait s'apaiser, et sa méfiance disparaître. Mais elle ajouta :

— Mais si tu as tort, et qu'il a raison ?

— Je n'aurai pas tort.

En affaires, cela n'arrivait jamais.

Kendall se sentait réconfortée par sa conversation avec Decker. Il n'en avait peut-être pas conscience, mais il montrait tous les signes d'un homme follement amoureux. Sinon, pourquoi aurait-il accepté de changer ses projets pour elle ?

Il s'était comporté avec une tendresse à son égard qui l'avait surprise.

Elle était assise contre lui sur le canapé, en train de regarder un film, lorsque soudain, des coups frappés à la porte retentirent.

Bien sûr, c'était Russ. Et il avait l'air très mécontent.

— Je viens tout juste d'entendre parler de l'accord que tu as signé avec Bernard ! s'écria-t-il en entrant.

Decker referma la porte, et Kendall se retourna pour saluer Russ.

— Qui t'en a parlé ? demanda Decker.

— Un des agents de sécurité que tu avais emmenés. Tu as l'intention de te mettre à dos un criminel notoire ?

— Non. J'ai assaini une situation difficile.

Russ réfléchit un instant avant de demander :

— Elardi a accepté tes conditions ?

— Oui.

Russ hocha la tête, l'air satisfait.

— Et Bernard ?

— Lui aussi, répondit Decker d'un air assuré.

— Et ces conditions sont... ?

— Nous en parlerons demain. Il est tard.

— Je me fais du souci, Decker. Que...

— Nous en avons déjà parlé, papa.

— Quelles conditions ? répéta Russ d'un air impérieux.

Kendall se leva et alla vers eux.

— Decker et mon père dirigeront conjointement l'entreprise jusqu'à ce qu'elle soit à nouveau rentable. Cela pose-t-il un problème ?

Russ la regarda un instant avant de se retourner vers Decker.

— Tu seras P-DG de l'entreprise ?

— Non. Mais Bernard me laissera faire ce que je veux.

Kendall vit que Russ bouillait de colère, mais à son actif, il sut rester calme. Et soudain, cette colère sembla s'évanouir comme s'il avait soudain entrevu une opportunité nouvelle.

— Je n'aurais jamais cru qu'un jour, une femme pourrait influencer tes décisions, déclara-t-il.

Cette réflexion toucha Decker, même s'il sut le cacher.

— Je ne dis pas que c'est mal, poursuivit Russ. En fait, cela pourrait te donner une motivation supplémentaire.

Il eut un petit rire.

— Mon fils est en train de tomber amoureux ! s'exclama-t-il en regardant Kendall.

Le visage de Decker se figea.

Russ lui donna une tape sur l'épaule.

— Assure-toi seulement de tirer un bénéfice de cet investissement, fiston.

Avec un autre rire, Russ se dirigea vers la porte, l'ouvrit, et déclara en les regardant :

— Nous nous reverrons au plus tard le jour du mariage !

# 17

Alors qu'il était auprès de Kendall, superbe dans sa robe noire ajustée, Decker ne cessait de repenser aux paroles de son père.

« Mon fils est en train de tomber amoureux. »

Russ avait semblé si sûr de lui !

Il regardait à peine le très beau bâtiment ancien où ils étaient réunis pour le mariage de Liam et Sloane. Les mariés n'étaient toujours pas arrivés. Le temps s'était radouci et le soleil brillait dans un ciel sans nuages. C'était une belle journée pour un mariage.

Il se retourna et croisa le regard de Kendall. Elle avait toujours l'œil couvert d'un petit bandage. Mais même ainsi, il la trouvait magnifique. Il eut une fois encore pleinement conscience de l'intensité de leur relation, plus forte encore depuis la nuit dernière. Il détourna le regard et surprit son frère Wyatt et Russ en train de les regarder.

Wyatt fit une réflexion, et Russ et Mara se mirent à rire. Disait-il que son frère avait l'air d'un amoureux transi ?

Decker avait toujours eu beaucoup d'admiration pour son grand frère. Lorsqu'il le voyait là, avec son stetson crème d'où dépassaient quelques mèches de cheveux bruns éclairées de fils argentés, il se dit qu'il avait vraiment l'air heureux : il avait su tracer sa route, et devenir le rancher accompli qu'il rêvait d'être.

Bailey Norton, la fiancée de Wyatt, était debout auprès de lui. Ses longs cheveux cascadaient sur ses épaules, son rire résonnait en notes argentines, et ses yeux bruns étincelaient de joie.

Les jumelles Skye et Phoebe étaient en grande conversation.

Decker se demandait parfois ce qu'elles pouvaient encore trouver à se dire. Elles semblaient ne pas pouvoir se passer l'une de l'autre.

Le frère adoptif de Decker, Fox Colton, bavardait avec Wyatt et leurs parents. Wyatt et Fox avaient beaucoup de points communs : ils géraient tous les deux un ranch, et aimaient la vie au grand air.

Il ne manquait que Blaine, le jeune frère de Decker, qui n'avait pas pu venir assister au mariage.

Un membre de la famille de Liam leur fit signe qu'il était temps d'entrer dans la salle.

Decker et Kendall s'avancèrent et s'assirent du côté de la famille de la mariée. Wyatt s'installa derrière eux, avec sa fiancée.

— Maman m'a parlé de ton mariage, lui souffla Wyatt. Tu es certain que c'est ce que tu veux ?

— Oui.

— Tu ne le fais pas pour papa, j'espère ?

Russ et Mara, qui s'étaient assis devant eux, se retournèrent.

— Je t'assure que non ! répliqua Russ. Tu as bien vu la façon dont il la regarde !

— Oui. C'est difficile de ne pas le remarquer !

Wyatt croisa le regard de Bailey, et lui fit un clin d'œil.

Ils formaient un beau couple, tous les deux, mais Decker n'était pas d'humeur à remarquer ce genre de choses. Il n'aimait pas qu'on le taquine à propos de Kendall.

Kendall avait surpris leur échange, et Decker remarqua qu'elle souriait.

— Ça semble d'ailleurs faire plaisir à Kendall, fiston, déclara Russ.

Il avait dû voir l'expression de Kendall, lui aussi.

— Laisse-le tranquille, Russ ! s'exclama Mara. Il n'a jamais été amoureux avant. Je suis certaine que ça lui fait un peu peur !

Wyatt et Bailey étouffèrent un petit rire.

Soudain, les conversations se turent, et Decker vit Liam arriver. Sloane l'attendait à l'entrée de la salle, avec sa fille Chloe devant elle, qui tenait un panier empli de fleurs. Sloane était très belle dans sa robe de mariée toute simple. Ses cheveux bruns étaient arrangés en un chignon d'où s'échappaient quelques mèches.

Elle portait un chapeau à voilette, et sa fille était vêtue d'une tenue assortie.

Le juge qui allait procéder au mariage les attendait debout, et une harpiste se mit à jouer alors qu'ils s'avançaient vers lui.

Sloane se pencha pour parler à Chloe. La petite fille – qui n'avait que deux ans – se mit alors à jeter maladroitement des pétales de fleurs sur le sol.

Après un bref discours d'accueil, le juge leur fit réciter les vœux qu'ils avaient rédigés l'un pour l'autre, et les déclara unis par les liens du mariage. Puis ils signèrent les registres et se retournèrent vers l'assistance en se tenant la main.

Decker les applaudit, avec toutes les personnes présentes.

Les taquineries de la famille de Decker avaient amusé Kendall. Elle sentait que les Colton étaient très proches les uns des autres, et qu'il y avait une grande spontanéité dans leurs relations. Elle ne s'y attendait pas : c'était une famille très en vue, et Russ ne brillait pas par sa modestie. Mais l'amour qu'il avait pour ses enfants était évident, tout comme les liens très forts qui unissaient Wyatt et Decker.

La cérémonie était terminée, et ils se trouvaient maintenant réunis pour la réception qui se tenait dans l'immense demeure de Russ et Mara. Des notes joyeuses de country music résonnaient dans une pièce voisine.

Decker était en train de parler avec le marié pendant que Bailey et Wyatt jouaient au billard. Russ et Mara discutaient, Skye et Fox jouaient aux fléchettes, et Phoebe les regardait, assise sur un tabouret haut. L'ambiance était celle d'une chaleureuse réunion de famille.

— Comment va ton œil ? demanda Sloane à Kendall.

Kendall regarda le joli visage en forme de cœur de Sloane.

— Oh ! tout va bien ! Les médecins m'ont dit qu'on verrait à peine la cicatrice, peut-être même pas du tout.

— Quel soulagement ! Qui a pu faire une chose pareille ? s'écria Sloane.

— Certaines personnes font vraiment peur ! renchérit Kendall.

Elle regarda Decker. Elle était heureuse qu'il soit là pour la protéger.

— Mes anciens beaux-parents ont tenté de me faire disparaître. Alors, crois-moi, je sais ce que tu veux dire ! soupira Sloane. Liam m'a sauvée.

Elle sourit à son mari.

Il lui sourit en retour, et glissa le bras autour de sa taille. Ses yeux verts brillaient d'une lueur joyeuse.

La conversation resta un instant en suspens alors que Liam et Sloane échangeaient un long regard plein d'amour. Kendall remarqua que Wyatt et Bailey faisaient de même, et elle les admira un instant. Wyatt était un très bel homme avec un physique très masculin, alors que Bailey était mince et sexy. Wyatt était visiblement très sensible à cela, à en juger par la façon dont il la regardait, et dont il la touchait comme malgré lui alors qu'ils se déplaçaient autour du billard.

Soudain, Decker demanda à Liam :

— L'enquête sur le meurtre de Bianca Rouge avance ?

— Pas de nouvelle piste… Tu dois toujours faire face à une baisse des réservations ?

— À vrai dire, je n'ai pas encore vu d'amélioration notable, répondit Decker.

Il jeta un coup d'œil à Kendall.

— Nous allons organiser un gala pour une association le mois prochain. Cela nous permettra de faire parler de l'hôtel et de redorer son image, tout en soutenant une cause qui en vaut la peine.

Chloe tira sur la robe de Sloane.

— Maman !

— Je dois l'accompagner aux toilettes.

Sloane prit la main de Chloe et s'éloigna. Fox arriva sur ces entrefaites et entama une conversation avec Liam. Ils allèrent ensemble vers le bar, laissant Kendall seule avec Decker.

Kendall recommença à observer Wyatt et Bailey, et s'aperçut que Decker suivait son regard.

— Comment se sont-ils rencontrés ? demanda-t-elle.

— Sur le circuit du rodéo. C'était avant que Bailey aille à l'université et devienne vétérinaire.

— Cela fait si longtemps qu'ils sont ensemble ? Je pensais...

— Non, l'interrompit-il. Ils se sont mariés il y a plusieurs années, mais ils viennent tout juste de se retrouver. Bailey avait des problèmes avec son passé, et il lui a fallu du temps pour régler ces histoires.

Que pouvait-elle avoir à régler ? Lorsqu'on les voyait ensemble, on se disait qu'ils n'auraient jamais dû être séparés.

— Ils ont l'air si amoureux l'un de l'autre ! Tu crois que les gens pensent la même chose quand ils nous regardent ? demanda-t-elle.

Il tourna brusquement la tête vers elle. Peut-être qu'elle était un peu trop insistante. Il venait déjà d'endurer les taquineries de sa famille !

— Je ne sais pas. Qu'en penses-tu ? demanda-t-il, rejetant la balle dans son camp.

Puis il ajouta d'un air sombre :

— D'après ma famille, oui.

Elle rit doucement et se tourna vers lui, glissant les mains sur son torse.

— Ne t'inquiète pas : il y a des choses pires que tomber amoureux !

Il se rembrunit encore un peu.

— Pourquoi résistes-tu autant ? lui demanda-t-elle.

— Je ne résiste pas !

— Alors, tu penses vraiment que tu n'es pas en train de tomber amoureux ?

— Je commence à me poser la question, finit-il par admettre d'un air bougon.

Kendall sourit, mais sa joie se ternit lorsqu'elle remarqua que la conversation entre Mara et Russ était devenue tendue. Decker se retourna vers eux, comme toutes les autres personnes présentes dans la salle. Mara était manifestement contrariée.

— Pourquoi ne m'en as-tu pas parlé ? s'écria-t-elle.

Russ semblait contrit.

— Je suis désolé. Il m'a demandé de ne rien dire.

— Et tu pensais que cela m'incluait ? Je suis sa mère ! J'ai tout autant que toi le droit de savoir !

— Mara... Je suis désolé.

Decker se dirigea vers eux.

— Laisse-nous un instant, papa.

Russ regarda sa femme, puis Decker.

— S'il te plaît, papa.

Russ marmonna quelque chose, puis quitta la pièce.

— Maman, que se passe-t-il ?

— Blaine a appelé ton père.

Elle était tellement bouleversée que sa voix en tremblait.

— Il lui a dit qu'il était revenu aux États-Unis.

Le plus jeune frère de Decker s'était engagé dans l'armée, et aucun membre de sa famille ne l'avait revu depuis presque deux ans.

— Il a appelé Russ, mais pas moi !

Mara était visiblement blessée que son fils ait préféré parler à Russ qu'à elle.

— Il n'a pas voulu lui dire où il se trouvait pendant tout ce temps, seulement qu'il faisait partie des forces spéciales.

— Peut-être qu'il n'a pas le droit d'en parler, maman, déclara Decker d'un ton réconfortant. S'il est dans les forces spéciales, ses missions doivent certainement rester secrètes.

— Je le sais, mais il aurait pu appeler sa mère pour lui dire qu'il allait bien et qu'il allait bientôt revenir à la maison !

— Connaissant Blaine, il n'a pas voulu te faire de peine. Il a appelé papa parce que tu aurais certainement essayé d'en savoir plus... Mais tu es sa mère et il t'aime. Tu le sais bien !

Mara semblait un peu apaisée.

— Mais Russ aurait dû me dire qu'il avait appelé ! protesta-t-elle.

— C'est vrai, acquiesça Decker.

— Cela fait très longtemps que je ne lui ai plus parlé...

Decker sourit et serra sa mère dans ses bras.

— Allez, tu t'en remettras. Papa n'a pas voulu te faire de peine !

Il fallut une bonne heure avant que Mara pardonne son silence à Russ, mais la soirée fut ensuite excellente. Lorsque Decker et Kendall repartirent, ravis de ce moment en famille, la température s'était considérablement rafraîchie.

Decker aida Kendall à monter dans la voiture, puis il s'installa derrière le volant et se mit en route. Il veillait à respecter les limites de vitesse, mais il lui tardait d'être de retour à The Lodge pour être seul avec Kendall. Elle était enfoncée dans le siège de sa McLaren, l'air heureuse et un peu endormie. Il commençait à bien la connaître, et l'aimait quelle que soit son humeur. Il se rendit compte qu'il ferait n'importe quoi pour elle... N'importe quoi pour la rendre heureuse.

Était-ce ça, l'amour ?

Soudain, un bruit fort retentit, immédiatement suivi d'un autre, et Decker perdit le contrôle de sa voiture. Il eut l'impression que deux pneus venaient d'éclater. Kendall poussa un cri effrayé alors que la voiture quittait la chaussée. Le châssis bas de la McLaren heurta un obstacle, et la secousse fut telle que Decker ne réussit pas à ramener la voiture sur la route. Elle s'écrasa contre un arbre.

Quelques secondes plus tard, il reprit ses esprits et regarda comment allait Kendall. Elle porta la main à la tête, près de son bandage.

— Tu vas bien ? demanda-t-il en détachant sa ceinture de sécurité pour pouvoir se pencher vers elle.

— Je me suis cognée contre le montant de la portière. Que s'est-il passé ?

— J'aimerais bien le savoir !

Sous le choc, la portière du passager s'était ouverte, et laissait entrer l'air froid. Decker défit la ceinture de Kendall, se demandant ce qui avait bien pu faire éclater les pneus. Il regarda au-dehors, et ne vit rien. Les bruits qu'il avait entendus ressemblaient à des détonations...

Il prit son téléphone pour appeler Trey. Alors qu'il lui parlait, il aperçut une ombre dans le rétroviseur.

— Decker ? Tout va bien ? demanda Trey.

— Nous venons d'être attaqués sur la route !

Il sortit de la voiture en voyant un homme s'approcher de la portière de Kendall. Il se précipita de son côté, mais l'homme avait déjà commencé à tirer Kendall à l'extérieur de la voiture. Elle se débattait, alors qu'il pointait une arme sur sa tempe.

— Il a fallu que tu te mêles de tout ça ! À cause de toi, la police est à mes trousses. Tu mérites de mourir !

— Nous sommes sur la route qui mène à The Lodge ! s'écria Decker avant de lancer son téléphone de toutes ses forces sur le visage de l'homme.

Il le toucha à l'œil. Kendall réussit à se dégager, et courut se mettre à l'abri derrière la voiture.

Decker s'approcha de l'homme au moment où il tournait son arme vers lui. Il lui asséna un coup sur la main, et l'empêcha d'utiliser l'autre pour le frapper. Il voyait nettement le visage de leur agresseur maintenant : il avait des cheveux bruns, des yeux noirs, et une peau grêlée par l'acné. Il était presque aussi grand que Decker.

— Je vais vous tuer ! hurla l'homme. Tous les deux !

Decker lui attrapa le poignet et le frappa contre la portière ouverte.

L'homme hurla de douleur et son arme tomba dans la McLaren.

Decker lui envoya un coup de poing dans l'estomac. Il fallait qu'il garde l'avantage : cet homme était très dangereux.

Leur assaillant se plia en deux de douleur, et Decker lui décocha un coup de pied, le projetant à terre. Puis il se pencha pour se saisir de l'arme tombée dans la voiture. Alors qu'il l'attrapait, il sentit l'homme enrouler son bras autour de son cou, et commencer à l'étrangler.

Puis soudain, son assaillant relâcha la pression, et tomba.

Decker se retourna, l'arme à la main. Kendall avait ramassé une pierre et avait frappé l'homme à la tête.

Decker pointa l'arme sur l'homme à terre, qui le regarda en clignant des paupières, complètement étourdi.

Soudain, ils entendirent le hurlement de sirènes.

Quelques instants plus tard, Daria apparut, accompagnée d'autres policiers. Trey arriva sur les lieux peu après. Il avait dû lancer un message d'alerte.

Daria passa les menottes à l'homme et l'emmena, alors que Trey leur demandait :

— Vous allez bien ?

— Oui, répondit Kendall.

Decker sentit le soulagement l'envahir. Mais il ne put s'empêcher de lui demander :

— Tu en es sûre ?

— Certaine !

— Tout s'enchaîne à merveille ! s'exclama Trey. Je viens d'avoir un appel d'un policier du comté où se trouve le casino d'Elardi. Ils viennent de l'arrêter. Cet après-midi, un témoin l'a identifié comme étant le commanditaire d'un enlèvement. Il aurait ensuite lui-même tué la personne séquestrée.

— Qui est ce témoin ?

— Un de ses hommes de main. Apparemment, il a entendu parler de la tentative d'enlèvement de Kendall, et il savait que la police avait identifié le ravisseur. Cela l'a décidé à passer aux aveux.

Kendall se laissa aller contre Decker en poussant un soupir.

— Oh ! Quelle bonne nouvelle !

— Le témoin va certainement faire de la prison, mais cela ne sera pas grand-chose en comparaison de ce qui attend Elardi, poursuivit Trey. Il va passer de nombreuses années derrière les barreaux.

Maintenant, ils n'auraient plus à être constamment sur le qui-vive, à se demander si Elardi avait décidé de se venger.

— J'ai l'impression que tu vas devoir acheter une nouvelle voiture, remarqua soudain Kendall en considérant la McLaren.

— Je vais appeler un remorqueur, déclara Trey. Ensuite, je vous raccompagnerai à The Lodge.

Il tardait à Decker d'être chez lui. Au départ, c'était pour se retrouver seul avec Kendall, pour une nuit romantique… Mais maintenant, il espérait seulement un moment de calme et de paix en sa compagnie.

# 18

Le lendemain matin, Kendall se réveilla en entendant le vent siffler au-dehors. Elle ouvrit les yeux et vit Decker. Elle regarda son beau visage endormi un instant, puis se redressa et jeta un coup d'œil par la fenêtre. Le jour s'était levé depuis longtemps, mais elle ne voyait pas au-delà de quelques mètres : tout était plongé dans un épais brouillard.

Elle se rallongea. Decker ouvrit les yeux et croisa son regard. Un lent sourire se dessina sur ses lèvres.

— Bonjour, ma beauté !

Le son de sa voix un peu enrouée, encore lourde de sommeil et pourtant pleine de tendresse fit monter en elle ce frisson de plaisir maintenant habituel.

— Bonjour !

— J'ai l'impression que nous allons passer la journée au lit ! dit-il.

— Hum... Ça serait délicieux ! Regardons un film !

— Tu veux commencer par le petit déjeuner ou le déjeuner ? demanda-t-il en disposant les oreillers derrière son dos, et en saisissant le téléphone.

— Un brunch.

Ils n'avaient pas beaucoup mangé hier soir, et elle avait faim.

— Avec des fruits, ajouta-t-elle.

— Et du bacon ?

Il lui tendit la télécommande de la télévision.

Elle la prit et alluma l'écran.

— Et des œufs !

— Le chef fait des toasts à l'avocat et aux œufs brouillés délicieux.

Il appela le room service.

— C'est Decker. J'aimerais commander un brunch.

Et il se mit à égrener une liste de plats qui lui mirent l'eau à la bouche.

Lorsqu'il eut terminé, il se laissa aller contre les coussins pendant qu'elle cherchait un film. Elle choisit une comédie romantique. Puis elle arrangea ses oreillers et s'installa contre lui. Le film était commencé depuis une demi-heure lorsqu'ils entendirent frapper à la porte.

Decker se leva, enfila un jean et alla l'ouvrir. Un jeune homme vêtu d'un costume noir et d'une chemise blanche entra en poussant une table roulante. Decker le guida vers la chambre, et l'homme dressa la table, prenant la peine d'étendre dessus une nappe blanche et de la décorer de quelques fleurs.

Kendall se sentait un peu mal à l'aise qu'un étranger la voie au lit et, malgré sa chemise de nuit, elle tenait les couvertures remontées sur elle... Elle était pourtant certaine que le groom avait l'habitude de ce genre de situations.

Decker lui donna un pourboire, et il repartit.

Après avoir enlevé son jean, Decker ôta les cloches des assiettes et retourna dans le lit. Pendant qu'ils regardaient le film, il entreprit de la nourrir, commençant par des fraises et quelques gorgées de champagne.

Il semblait prendre sa tâche très à cœur, laissant ses doigts caresser ses lèvres alors qu'il portait les fraises à sa bouche. Il lui fit ensuite goûter le toast à l'avocat et aux œufs, qui était délicieux.

Alors qu'il s'apprêtait à lui en donner une autre bouchée, elle l'arrêta.

— Attends, c'est ton tour maintenant !

Écartant les couvertures, elle se mit à califourchon sur lui et, prenant un toast, l'approcha de sa bouche. Il mordit dedans.

Elle regarda ses lèvres se refermer sur la nourriture, et ne les quitta pas des yeux alors qu'il la mâchait, l'avalait...

Incapable de résister, elle se pencha sur lui et l'embrassa.

La tension monta. Il plongea les doigts dans ses cheveux, et lui rendit son baiser avec passion.

Kendall s'écarta et considéra le visage de Decker, ses yeux voilés par le désir. Elle prit une gorgée de champagne. Elle se sentait belle et sensuelle… Elle lui en fit boire une gorgée, puis reposa la flûte.

Maintenant, c'était de lui qu'elle avait faim. Elle suivit du pouce la courbure de ses lèvres, qu'elle aimait tant. Puis elle prit son visage entre ses mains et l'embrassa avec recueillement. Elle voulait qu'il sente la force de son amour.

Il tira sur sa chemise de nuit et elle se souleva pour qu'il puisse la lui ôter. Maintenant, elle n'avait plus que sa culotte sur elle. Elle s'installa sur son sexe dur, se frottant contre lui. Puis elle posa les mains sur son torse, et se pencha sur lui pour l'embrasser encore, tout en continuant à se mouvoir sur le même rythme que lui.

Il lui caressa le dos sur toute sa longueur, et la fit frissonner. Puis il lui enveloppa les fesses de ses mains et la pressa contre lui en gémissant doucement.

Kendall poussa un soupir de plaisir tant la sensation était agréable. Elle l'embrassa encore et encore, sans parvenir à se rassasier de lui.

— Je suis si bien avec toi ! murmura-t-il.

— J'ai l'impression de m'abandonner complètement, dit-elle en l'embrassant. Si ce n'est pas de l'amour, je ne sais pas ce que c'est.

Les mots étaient sortis malgré elle. Elle le sentit se raidir.

Il leva les yeux vers elle. Il semblait un peu perturbé, même si – elle en était certaine – il ne voulait pas le lui montrer. Pour lui faire oublier ses paroles, elle déposa de petits baisers sur son visage en y mettant toute sa tendresse pour lui. Puis, lorsqu'elle lui caressa les lèvres de sa langue, il les ouvrit, et l'embrassa avec passion.

Elle tira sur son boxer. Il souleva les hanches pour l'aider à le lui ôter. Alors elle se mit sur ses genoux et commença à descendre sa culotte, tout en le regardant.

Decker semblait hypnotisé.

Elle enleva sa culotte et se remit à califourchon sur lui. Elle lui caressa le torse, savourant la sensation de ses muscles compacts. Puis elle se mit à se frotter contre son sexe dur.

Sa respiration se fit haletante. Il la souleva, et elle guida son sexe en elle.

Kendall gémit en se laissant retomber sur lui. Elle avait l'impression que de petites étincelles jaillissaient dans tout son corps. Un frisson la parcourut. Il fallait qu'elle s'arrête, ou elle allait jouir tout de suite.

Mais Decker avait d'autres projets. Il commença à soulever et abaisser les hanches, et elle se laissa aller contre lui. Ses poussées devenaient plus fortes, plus profondes.

Kendall ne put contrôler ses sensations. Elle pencha la tête en arrière et sentit tout son corps se contracter, incapable de retenir le cri guttural qui sortit du fond de sa gorge.

Il cria lui aussi. Alors que la passion s'apaisait, elle continua à se mouvoir sur lui. Elle sentait un autre orgasme monter en elle. Elle continua à aller et venir sur lui, enfonçant son sexe en elle aussi profondément qu'elle le pouvait, tout en le regardant dans les yeux. Une autre vague plus forte encore l'emporta. Elle déferla dans son corps tout entier, et la délivra du plaisir qui devenait presque insoutenable.

Elle se laissa retomber contre lui, puis s'allongea à côté de lui alors que de petites ondes la parcouraient encore. Sa jouissance avait été extraordinairement intense. Était-il possible de mourir de plaisir ?

Decker lui caressa les cheveux, et elle posa la main sur son torse. Elle avait besoin d'un moment avant de revenir sur terre.

Quelques minutes plus tard, elle se tourna vers lui, et croisa son regard. Il avait l'air rassasié et détendu.

— C'était comment pour toi ? demanda-t-elle.

Il sourit.

— C'est vraiment la peine de le demander ?

— Ça a été incroyable !

Il ne dit rien, et elle le laissa à ses pensées. Elle s'installa confortablement contre lui, et regarda le film pendant un moment.

— Tu as déjà eu autant de plaisir avec quelqu'un d'autre ? demanda-t-il.

— Jamais, répondit-elle en le regardant.

Il semblait songeur.

— Et tu as déjà eu les mêmes sentiments pour quelqu'un d'autre ? demanda-t-il.

Il avait visiblement besoin de le savoir pour comprendre ses propres sentiments.

— Non.

Il n'y avait aucune comparaison possible.

— Et toi ? poursuivit-elle.

Après un long silence, il répondit d'une voix calme.

— Non.

Kendall n'insista pas. Mais elle songea : *Alors, tu m'aimes ! Tu m'aimes vraiment !*

Kendall s'endormit à côté de Decker alors qu'ils regardaient le film. Il était encore sous le choc du plaisir extraordinaire qu'il avait ressenti. Et manifestement elle ressentait la même chose. Cela devait vouloir dire quelque chose...

*Si ce n'est pas de l'amour, je ne sais pas ce que c'est.*

Les paroles de Kendall le hantaient... Ou plutôt, elles le mettaient au défi. Pendant si longtemps, il avait été convaincu qu'il ne connaîtrait pas l'amour. Il doutait même qu'il existe vraiment. La vie n'était pas une succession de joies. Elle était difficile. Il fallait survivre. Et les relations humaines étaient compliquées. Il fallait faire avec les humeurs et les personnalités de chacun, et les contes de fées semblaient faire abstraction de cela.

Decker avait besoin de preuves avant de croire. Et il n'avait pas la moindre preuve que les sentiments qui existaient entre Kendall et lui étaient cet amour véritable. Il n'aurait jamais de preuves.

Il tourna la tête et la regarda dormir. Ses cheveux blonds étaient emmêlés et son visage était doux et tranquille. Le bandage couvrait toujours son œil droit. Elle avait la main posée sur son torse, et la bague en diamant qu'il lui avait offerte y brillait.

Comment pouvait-il savoir ce qu'il ressentait pour elle ? À quel test pouvait-il se soumettre ?

Pourrait-il vivre sans elle ?

Alors qu'il repensait à tout ce qui s'était passé au cours de ces quatre dernières semaines, il eut sa réponse : il ne pourrait pas être heureux sans elle. Elle rendait sa vie intéressante et gaie.

Il voulait passer le reste de sa vie avec elle... Pas seulement parce qu'elle ferait une bonne épouse et une bonne mère pour ses enfants. Il voulait passer le reste de sa vie *avec elle*.

Kendall ouvrit les yeux juste à cet instant. Elle vit qu'il la regardait, et un doux sourire se dessina lentement sur ses lèvres.

— Je t'aime, murmura-t-il.

Et lorsqu'il prononça ces paroles, il sut qu'il disait vrai.

Elle continua à sourire. Elle ne semblait pas surprise.

— Je le sais. Mais je suis heureuse que tu aies fini par l'admettre.

Il se pencha et l'embrassa. Ce geste avait maintenant pour lui une signification tout autre : c'étaient tous ses sentiments qu'il mettait dans son baiser.

Il l'embrassa jusqu'à ce qu'ils sentent à nouveau la passion monter en eux. Puis il roula sur elle. Elle écarta les jambes et, sans interrompre leur baiser, il s'enfonça en elle.

— Decker... Oh ! souffla-t-elle.

— Je sais. C'est pareil pour moi...

Il se mit à aller et venir.

— Encore ! Encore ! s'écria-t-elle.

Bientôt, ils furent à nouveau emportés par le plaisir. Il s'enfonça en elle toujours plus fort, poussé par le besoin de satisfaire cet amour intense... Comme si c'était possible.

Ils jouirent ensemble, rapidement.

Puis il se laissa doucement retomber contre elle, et sentit leurs souffles se mêler. Il en savoura la chaleur, savoura le plaisir de sentir cette femme merveilleuse tout contre lui, et la sensation de ne plus faire qu'un avec elle.

# 19

Kendall se préparait dans la petite pièce attenante à l'église où Decker et elle allaient se marier, et s'observait dans le miroir. La robe lui semblait aussi belle que le jour où elle l'avait vue dans le magasin avec sa mère.

Sa mère vint auprès d'elle.

— Tu es vraiment très belle !

Kendall sourit.

— Mais il te manque une chose.

Kendall se tourna vers sa mère. Elle avait un collier de perles à la main.

— Elles appartenaient à ton arrière-arrière-grand-mère.

Elle attacha le collier autour de son cou en disant :

— Elle a donné ces perles à sa fille – ton arrière-grand-mère – le jour de son mariage. Puis ton arrière-grand-mère en a fait cadeau à ma mère, qui me les a transmises le jour où j'ai épousé Bernard.

Kendall porta la main à son cou.

— Tu ne m'avais jamais raconté cette histoire !

— Je n'en ai jamais eu l'occasion. J'ai toujours su que je te donnerais ce collier le jour de ton mariage. Ton arrière-arrière-grand-mère l'avait reçu de son époux pour leur premier anniversaire de mariage, en 1874.

— Ces perles sont superbes !

Kendall regarda dans le miroir et remarqua le très beau fermoir ouvragé, orné de saphirs et de diamants.

— Lorsque tu as choisi cette robe, je me suis dit qu'elles iraient à merveille, et j'ai eu beaucoup de mal à garder le secret. Je savais que ça serait parfait !

Kendall se retourna et prit sa mère dans ses bras.

— Merci, maman !

— Je t'aime, ma chérie. J'espère que tu seras très heureuse avec Decker. Je l'ai été avec ton père presque tout le temps... Sauf lorsqu'il a momentanément perdu la tête et signé des contrats douteux !

Kendall éclata de rire.

— C'est l'heure.

Kendall et sa mère se retournèrent, et virent Bernard dans l'embrasure de la porte.

— Je vais m'asseoir, dit Marion.

Elle déposa un baiser sur la joue de Kendall et partit.

Kendall alla prendre le bras de son père.

— Tu es prête ? demanda-t-il.

— Oui.

Elle se dirigea avec son père jusqu'à l'entrée de l'église. Elle retint sa respiration tant l'endroit était beau. Le soleil frappait les vitraux et projetait des éclats de couleurs sur la pierre. Les bancs en bois avaient été décorés de fleurs, et d'énormes bouquets avaient été placés près de l'autel.

La petite église était bondée. L'assistance se leva, et l'on entendit résonner la marche nuptiale.

Kendall s'avança au bras de son père. Decker était debout au pied de l'autel, auprès du pasteur. Il tenait ses mains croisées devant lui. Lorsqu'elle le vit, si beau dans son habit, elle en oublia tout le reste. Il n'y avait plus que lui. Elle était si heureuse !

Son père la mena jusqu'à l'autel, et invita Decker à lui prendre la main.

La musique s'arrêta, et le pasteur commença la cérémonie par un mot d'accueil.

— Nous sommes ici rassemblés pour unir Decker et Kendall par les liens du mariage. Beaucoup d'entre vous ont été surpris par l'annonce de cette union, puisque cela ne fait qu'un mois que Decker et Kendall sortent ensemble, mais ils se connaissent depuis bien plus longtemps.

Le pasteur s'adressa ensuite à eux.

— Et il s'avère que vous formez un couple remarquable.

Kendall sourit à Decker, qui lui répondit. Il y eut quelques murmures d'approbation dans la salle.

— Nous ne pouvons pas dire que c'est le destin qui a fait se croiser leurs chemins, puisque tout a commencé par une proposition de mariage arrangé. Le souvenir que Kendall avait de Decker l'a poussée à accepter de le rencontrer, et le souvenir que Decker avait de Kendall a fait qu'il a consenti lui aussi à un premier dîner. Mais quelque chose s'est passé pendant le mois qui a suivi.

Le pasteur s'adressa ensuite aux mariés.

— C'est l'amour et uniquement l'amour qui vous a menés ici aujourd'hui. N'oubliez jamais que vous êtes venus ici librement, au nom de l'amour, parce que c'est lui qui va permettre à votre couple de durer.

La cérémonie se poursuivit par une lecture et l'échange des consentements. Kendall avait l'impression de vivre un rêve.

— Decker et Kendall vont maintenant échanger leurs alliances, reprit le pasteur. Ils ont voulu rédiger eux-mêmes leurs vœux. Decker, tu veux commencer ?

Decker approcha l'alliance de son annulaire en déclarant :

— Kendall, je te donne cette alliance. Elle est le signe que tu m'as appris à aimer. Je promets de t'être fidèle, de t'aimer, de te respecter, et d'avoir conscience chaque jour du bonheur que j'ai de vivre avec toi.

Kendall dut refouler les larmes qui perlaient à ses yeux. Decker ne lui avait pas montré les vœux qu'il allait prononcer. Elle avait également tenu les siens secrets. Ils avaient seulement décidé de commencer tous les deux par « je te donne cette alliance », et de se faire une promesse.

Il lui passa la bague au doigt.

Kendall prit l'alliance de Decker, et la plaça à l'extrémité de son annulaire.

— Decker, je te donne cette alliance, signe de mon amour pour toi. Je ne voulais pas être amoureuse de toi, mais tu m'as montré que je pouvais te donner mon cœur et mon âme. Je te promets d'être ton aimée, ton amie, ta compagne, ton soutien, et d'être à tes côtés tous les jours de ma vie.

— Désormais vous êtes unis par les liens du mariage.

Le pasteur sourit, puis dit à Decker :

— Vous pouvez embrasser la mariée.

Decker s'approcha d'elle et l'embrassa tendrement. Les invités applaudirent.

Decker n'aurait jamais pensé qu'il ferait un mariage d'amour, et il avait l'impression d'être l'homme le plus heureux de la terre.

La réception avait lieu à The Chateau. Le bal était maintenant commencé, et Kendall et lui passaient de groupe en groupe pour dire quelques mots à chacun de leurs invités. Il ne se lassait pas de la regarder, et remarqua qu'elle faisait de même.

— Tu la dévores des yeux !

Il se retourna, et vit Skye près de lui.

— Cela me fait plaisir de te voir si heureux ! s'exclama-t-elle. Je me faisais du souci pour toi.

— Il ne fallait pas !

Skye regarda Kendall, qui était encore en train de lancer un coup d'œil à Decker.

— Elle est vraiment formidable ! Nous l'aimons tous beaucoup.

— J'en suis heureux.

— Même papa l'adore !

Decker roula les yeux.

— C'est parce qu'il pense que Hadley Forestry va me faire gagner beaucoup d'argent !

— Bien sûr ! L'empire Colton est son premier enfant.

Decker regarda la salle de bal. Kendall et son père, tout comme Russ et Mara, faisaient partie des couples qui dansaient. Wyatt et Bailey sautillaient avec entrain au milieu d'eux.

Phoebe apparut de l'autre côté.

— Skye et moi avons beaucoup aimé préparer cette soirée.

— Bravo ! C'est très réussi !

C'était vrai. Le buffet et la décoration étaient très raffinés.

Sloane s'approcha de lui.

— Papa m'a dit qu'il y avait parmi les invités un entrepreneur qui n'est pas content de son fournisseur de bois de construction actuel, dit-elle en désignant quelqu'un. Il s'appelle Nicolas Stone. Papa l'a invité au mariage pour que tu puisses lui parler.

Decker poussa un soupir ironique.

— Il n'y a que papa pour faire ça !

Mais il se dirigea tout de même vers Nicolas Stone.

L'homme le vit arriver.

— Decker Colton ? demanda-t-il.

— Oui. Merci d'être venu, répondit Decker en lui serrant la main.

— Félicitations !

— Je vous remercie.

— Votre père m'a invité pour que je puisse vous parler. Je lui ai dit que cela pouvait attendre, mais il a insisté.

Decker hocha la tête.

— Cela lui ressemble tout à fait ! Comment puis-je vous aider ?

— Je dirige l'entreprise Stone Homes.

Decker en avait entendu parler. Il s'agissait d'un très gros entrepreneur du Colorado.

— Actuellement, j'ai un fournisseur de bois de construction dont je suis mécontent. J'aurais aimé travailler avec Hadley Forestry.

— Avec grand plaisir. Je suis certain que nous pouvons nous entendre.

— Je suis très intéressé par votre bois de décoration, reprit Stone. C'est pour cela que j'avais l'intention de vous contacter. Puis j'ai rencontré Russ, et il m'a dit que vous étiez devenu co-dirigeant de l'entreprise.

— C'est cela.

— Bien. J'aimerais que nous fixions un rendez-vous lorsque vous serez rentré de votre voyage de noces.

Stone sortit une carte de visite, que Decker glissa dans sa poche.

— Et maintenant, profitez de cette soirée ! lui dit Stone.

Decker n'arrivait pas à croire à sa chance. Il remercia Stone et alla retrouver Kendall. Elle était assise à une table avec sa mère et Sloane.

Il lui tendit la main.

— J'aimerais passer quelques instants avec mon épouse.

Elle lui prit la main et se leva.

— J'aimerais passer quelques instants avec mon époux.

Les premières notes d'un slow s'élevaient. Wyatt et Bailey étaient déjà sur la piste de danse, et Decker guida Kendall jusque-là. Il vit Liam prendre la main de Sloane et les suivre.

— Qui était cet homme à qui tu parlais ? demanda Kendall.

— Notre nouveau client. Stone Homes cherche un nouveau fournisseur de bois de construction. Nous allons nous rencontrer bientôt et voir comment nous pouvons travailler ensemble.

Elle le regarda, bouche bée.

— C'est une excellente nouvelle !

— J'ai l'impression que je ne vais pas être obligé de participer à la direction de l'entreprise, après tout. Du moins, pas pendant longtemps... Et j'aimerais passer moins de temps à The Lodge, et plus avec toi. J'ai pris la décision de rentrer le soir à une heure décente. Qu'en penses-tu ?

— Que cela ne ressemble pas du tout à Decker Colton !

Elle se mit à rire.

— Mais ça me va tout à fait !

— Je devrai parfois rester un peu plus longtemps, mais je pense que le plus souvent, ce sera possible.

Elle eut un sourire éclatant pour réponse, et elle noua les bras autour de son cou.

Decker l'embrassa.

Elle lui souffla :

— Continue comme ça, et nous allons devoir partir très vite !

— Pourquoi pas, répliqua-t-il en l'embrassant plus longuement.

— Decker...

— Nous pourrions commencer à faire une famille, murmura-t-il.

— Ce n'est pas la peine de hâter les choses. Je voudrais profiter de toi un moment.

Il la tint tout contre lui alors qu'ils continuaient à danser.

— Quand voudrais-tu avoir des enfants ? reprit-il quelques instants plus tard.

Il y avait beaucoup de choses dont ils n'avaient pas encore parlé. Après tout, ils ne se connaissaient vraiment que depuis un mois.

— Dans un an peut-être... Et toi ?

— Ma chérie, je suis heureux lorsque tu es heureuse.

Il s'arrêta de danser.

— À propos de partir tôt…, reprit-il.

Elle regarda autour d'elle avec un air de connivence, comme si elle cherchait un moyen de s'esquiver.

— Je connais un chemin, lui dit-il sur le ton de la conspiration.

Il lui prit la main et la conduisit vers les portes menant aux cuisines. Il ne s'était jamais senti plus vivant que maintenant, et il savait que Kendall partageait ce sentiment. Il allait aimer sa nouvelle vie… Sa nouvelle vie avec elle.

REGAN BLACK

# Un message menaçant

*Traduction française de*
CHRISTINE BOYER

BLACK ROSE

HARLEQUIN

*Titre original :*
A SOLDIER'S HONOR

*Ce roman a déjà été publié en 2020.*

© 2018, Regan Black.
© 2020, 2025, HarperCollins France pour la traduction française.

# 1

Tout en se garant devant chez elle, Bethany Trend jeta un coup d'œil à l'horloge de son tableau de bord. Son fils Caleb était à l'entraînement de football pour encore une bonne demi-heure. Et elle avait demandé à une amie de le reconduire à la maison à la fin de sa séance afin de pouvoir faire quelques courses et lancer le dîner. Avant de décharger la voiture, elle s'octroya un petit moment pour admirer la vue. De grands nuages blancs glissaient paresseusement dans le ciel bleu du New Jersey. L'automne était sa saison préférée. Les canicules estivales étaient finies et les rigueurs de l'hiver encore loin.

Si elle se dépêchait un peu, elle aurait le temps de confectionner des cookies aux pépites de chocolat – Caleb en raffolait. L'adolescent était plus enclin à se confier lorsqu'il se régalait d'un repas à son goût, Bethany s'en était aperçue depuis longtemps. Lui concocter de bons petits plats lui avait permis de survivre à l'année de ses treize ans, d'apaiser ses angoisses et son agressivité d'alors. Heureusement, cette crise n'avait duré que quelques mois et son fils semblait désormais beaucoup mieux dans sa peau.

Pourtant, à trois semaines de son quinzième anniversaire, Caleb paraissait de nouveau se replier sur lui-même. Il avait tendance à la tenir à distance et à s'enfermer des heures dans sa chambre. Certes, il continuait à bien travailler en classe, à faire du sport et à voir ses amis, mais quelque chose avait changé. Peut-être avait-il rencontré une fille, peut-être découvrait-il les affres d'un premier amour. Bethany l'ignorait puisqu'il ne lui disait plus rien.

Elle rangea ses emplettes dans les placards de la cuisine et rassembla les ingrédients nécessaires pour ses cookies. Tout en s'activant, elle se demandait si elle devait s'inquiéter. Elle comprenait que son fils ait envie d'affirmer son indépendance. Sa propre adolescence n'était pas si loin. Elle se souvenait de ses ambivalences d'alors, de ses tiraillements entre son désir de se détacher de ses parents, de s'opposer à eux, et son besoin vital de leur amour, de leur soutien et de leur tendresse. La métamorphose d'un enfant en adulte n'était simple ni pour lui ni pour son entourage.

Bethany coupa le beurre en morceaux pour le ramollir avant d'allumer le four. Une pointe de culpabilité la tourmentait. Les meilleurs desserts du monde ne compenseraient jamais le fait que Caleb avait grandi sans père. Depuis le jour de sa naissance, il était un cadeau de la vie et l'élever seule ne lui avait jamais posé de problème. Il avait été un adorable bébé et un charmant petit garçon. Il grandissait bien, il était à présent un magnifique adolescent qui promettait de devenir un homme formidable.

Mais il n'avait jamais vu son père.

Comme elle malaxait le beurre et le sucre avec un œuf, elle s'efforça de se rassurer un peu, de se donner bonne conscience. Si elle ne lui avait jamais dit *qui* était son père, elle ne lui avait pas tout caché non plus. Au fil des ans et de ses questions, elle lui avait assuré que son papa était quelqu'un de bien, un homme intègre, investi corps et âme dans une brillante carrière militaire. Elle lui avait répété à maintes reprises qu'il prenait soin de son fils et subvenait à ses besoins. Mais qu'il était contraint de le faire à distance.

Caleb n'avait jamais demandé à connaître son identité. Il ne s'était jamais mis en colère à ce sujet, n'avait jamais insisté pour le rencontrer. De nombreux enfants reprochaient à leur mère de les avoir élevés seule, après un divorce par exemple, et de les avoir tenus éloignés de leur père. Mais pas Caleb. Oui, elle avait de la chance. Son fils était vraiment un garçon extraordinaire.

Pourtant, alors qu'elle mêlait à sa pâte des pépites de chocolat, elle s'interrogeait : l'absence de son père expliquait-elle que le lien entre eux se soit un peu relâché ? Et, en ce cas, comment devait-elle réagir ?

Elle s'interdit de commencer à s'angoisser inutilement, sans rien savoir du problème de Caleb. Il ne lui avait pas dit ce qui le préoccupait. Se perdre en vaines conjectures n'aiderait personne.

Mais elle espérait qu'il s'agissait d'une fille...

Maintenant, elle allait tenter d'amadouer son fils avec des cookies. Avec un peu de chance, ces douceurs rempliraient leur office et l'aideraient à renouer le dialogue. Tout en déposant des noix de pâte sur une plaque de cuisson, elle se rappela que depuis sa naissance elle avait réussi à surmonter toutes les difficultés de la maternité en solo. Des poussées dentaires aux maladies infantiles en passant par les sorties avec les copains, l'argent de poche et l'heure du coucher, elle avait tout géré. Et elle s'était montrée à la hauteur.

Révéler à Caleb toute la vérité à propos de son père risquait de l'exposer, elle, à un océan de souffrances mais, s'il le fallait, elle le ferait.

L'important était qu'il continue à se sentir en sécurité, valorisé et aimé. Plutôt que de ressasser le passé, lui expliquer les circonstances qui avaient poussé à faire ce choix faciliterait sans doute les choses.

Au moment précis où elle sortait les cookies du four, une sonnerie lui signala l'arrivée de l'adolescent. Il était à l'heure, ce qui lui parut de bon augure.

— Je suis rentré ! cria-t-il en claquant la porte.

— Et moi, je suis dans la cuisine.

Elle se retourna lorsqu'il apparut, son sac à dos sur l'épaule, ses chaussures à crampons à la main. Son short et son T-shirt étaient couverts de boue. Il était en sueur. Comme il passait la main dans ses cheveux ébouriffés, un grand sourire éclaira son visage. Une petite fossette, héritée de son père, creusait sa joue. Bethany sentit son cœur se serrer. Son fils était sa joie, sa raison de vivre, le centre de son univers. Pourtant, le remords assombrissait son amour fou et sa fierté. Elle se reprochait d'avoir gardé Caleb pour elle toute seule pendant toutes ces années, de l'avoir privé de son père.

Non, elle devait cesser de penser à sa place. Elle attendrait que l'adolescent se confie à elle et elle répondrait alors à ses questions avec honnêteté, sans rien lui cacher... S'il les posait. Pourtant elle ne savait pas comment elle réussirait à se justifier. Depuis le début, depuis la découverte de sa grossesse, laisser le père de Caleb en dehors de l'équation lui avait paru la meilleure décision pour tout le monde. À vingt ans, ils étaient tous les deux trop jeunes pour se marier, pour vivre ensemble. L'expérience se serait forcément soldée par un désastre.

Par la suite, chaque année, à l'approche de l'anniversaire de Caleb, elle s'était demandé si elle devait mettre le sujet sur le tapis, lui proposer de faire la connaissance de son père, de lui donner une place dans sa vie. Et, chaque année, elle avait trouvé une bonne raison pour retarder l'échéance.

L'idée de partager l'enfant n'était pas le problème. Elle craignait surtout de revivre les tourments qui l'avaient poussée à faire ce choix, au départ. Désormais, Caleb et elle formaient une équipe très soudée. Elle lui avait apporté la stabilité et l'avait protégé des incertitudes que connaissaient les familles de militaires.

Elle lui sourit.

— As-tu passé une bonne journée, mon chéri ?

Il haussa les épaules.

— Pas mal.

Après avoir déposé sur le guéridon de l'entrée le courrier qu'il avait pris dans la boîte aux lettres en passant, Caleb se dirigea vers la buanderie. Il jeta ses chaussures à crampons et son sac dans un coin avant de retirer ses chaussettes et ses protège-tibias.

— Les cookies seront prêts bientôt ? demanda-t-il.

— Dans une dizaine de minutes, répondit-elle en s'armant d'une spatule pour décoller la première fournée de la plaque. Cela te laisse le temps de prendre une douche. Mais dépêche-toi si tu ne veux pas que je les mange tous.

Il s'élança dans l'escalier.

Elle examina rapidement le courrier, tout en réfléchissant au menu du dîner. Elle optait pour des spaghettis, rapides et faciles à préparer, lorsqu'une enveloppe ornée du sceau officiel d'un organisme gouvernemental attira son attention.

En tant que fonctionnaire chargée de négocier les marchés pour le compte de l'administration fédérale, Bethany avait évidemment entendu parler du piratage des fichiers du personnel militaire. Depuis une semaine, toutes les conversations au bureau tournaient autour de cette cyberattaque. Comme la plupart de ses collègues, elle se doutait que les fichiers des fonctionnaires avaient subi le même sort que ceux de l'armée.

Ce pli apportait certainement la confirmation formelle que des données la concernant avaient été piratées.

Avec un gros soupir, elle ouvrit l'enveloppe et déplia la feuille qu'elle contenait. Elle comprit tout de suite qu'il ne s'agissait pas d'un courrier officiel, même si le logo de l'enveloppe l'avait laissé penser.

Le message rédigé à la main la glaça :

*Vos relevés bancaires prouvent que votre salaire n'est pas votre seule source de revenus...*

*Votre petit secret sera bientôt connu de tous.*

Bethany sentit le sang se retirer de son visage. Les jambes tremblantes, elle se laissa tomber sur un tabouret. Non sans mal, elle s'efforça de recouvrer ses esprits. Elle n'avait qu'un secret, et Caleb méritait d'apprendre l'identité de son père de la bouche de ce dernier ou de celle de sa mère. Et non par un courrier anonyme émanant d'un hacker.

Manifestement, quelqu'un avait eu accès à ses comptes bancaires et compris que le père de Caleb lui versait chaque mois de l'argent pour contribuer à l'éducation de son fils. Mais qui s'intéresserait à ce genre de choses ? D'autant qu'elle n'avait rien à se reprocher. Elle avait toujours déclaré au fisc les montants de cette pension alimentaire.

Comme elle tendait la main vers son téléphone, elle interrompit son geste. Fallait-il vraiment appeler le père de Caleb ? Le prévenir ? Depuis quinze ans, il lui avait mille fois répété que si elle ou leur fils avaient besoin de quoi que ce soit, il serait là. Qu'ils pourraient toujours compter sur lui.

Ces trois lignes sur ce papier à en-tête justifiaient-elles réellement qu'elle lui passe un coup de fil ? Mieux valait sans doute demander à son avocat de le contacter via le bureau de sécurité. Mais en réalité sa principale inquiétude n'était pas là.

Pour s'occuper les mains, elle s'attela à la vaisselle. Prendre le temps de la réflexion avant de téléphoner à qui que ce soit semblait indispensable. Sa priorité était Caleb. Elle devait le protéger et respecter ses sentiments. Ses supérieurs savaient déjà ce que l'auteur de cette lettre menaçait de révéler au monde entier. Si des revenus non liés à son travail pouvaient paraître louches aux yeux d'un observateur extérieur, une rapide enquête prouverait qu'ils n'avaient en réalité rien d'occulte ni de malhonnête.

Voilà quinze ans que Bethany vivait l'existence d'une mère célibataire. Ses journées commençaient tôt et finissaient tard. Elle n'avait ni le temps ni l'énergie de s'adonner à des activités répréhensibles. D'ailleurs, sa dernière relation amoureuse remontait à plusieurs mois. Par ailleurs, aucun des contrats actuellement sur son bureau, aucune des négociations dont elle était chargée, ne concernait des dossiers sensibles.

Personne n'avait donc de raison de s'intéresser à sa situation financière ou à la pension alimentaire que lui versait le père de son enfant.

Alors pourquoi tentait-on de l'effrayer de cette façon ?

Elle eut beau tourner la question dans sa tête, elle ne trouva pas de réponse satisfaisante. En réalité, elle s'inquiétait surtout de l'impact de la nouvelle sur Caleb. Au fond de son cœur, elle avait toujours su que le destin la rattraperait et lui présenterait un jour la facture. L'heure des comptes avait sonné. Son fils lui reprocherait sévèrement de lui avoir caché si longtemps la vérité. Il la détesterait. Elle devait envisager cette éventualité avec lucidité : une fois au courant de tout, l'adolescent aurait sans doute envie de voir si l'herbe n'était pas plus verte chez son père. Et il était maintenant en âge de donner son avis – et d'être entendu – si son père ou la famille de ce dernier réclamaient un droit de garde.

Bethany essuya une larme qui glissait sur sa joue. Elle s'ordonna de cesser d'imaginer le pire. Mieux valait recouvrer son sang-froid et réfléchir à la suite de façon rationnelle.

Cela dit, il était possible que cette menace pose un réel problème au père de Caleb, en risquant de mettre un coup d'arrêt à sa brillante carrière. Oui, elle devait le prévenir.

En entendant son fils couper l'eau à l'étage, elle soupira.

Il était temps de lui parler de son père et de sa famille paternelle. Il n'était pas question qu'il apprenne qui ils étaient par un tiers. L'idéal serait qu'ils le fassent ensemble, son père et elle.

Elle comprit que téléphoner au père de Caleb serait d'une grande simplicité, comparé au véritable défi en jeu dans cette histoire : préserver la confiance de son fils...

Il était près de 23 heures lorsque le major Matthew Riley et son supérieur, le général James Knudson, sortirent du bar pour rejoindre le chauffeur de ce dernier qui les attendait sur le parking. Peu de temps après sa mutation au Pentagone – l'édifice qui abritait le quartier général de la Défense américaine –, Knudson avait décidé que jouer au football tous les lundis soir contribuerait à souder ses troupes et à entretenir leur moral.

Organiser ces rencontres et trouver un bar près du stade disposé à les accueillir après les matchs avaient été la première tâche dont Matt avait été chargé en tant qu'adjudant du général. Il lui avait fallu également convaincre les militaires qu'ils apprécieraient ces moments de convivialité. Plusieurs semaines après le début de la saison, ses efforts semblaient porter leurs fruits. Non seulement personne ne se plaignait de ces rendez-vous hebdomadaires, mais quelques épouses venaient désormais assister aux matchs, encouragées par le général qui avait précisé que toute conversation professionnelle serait interdite.

Issus de tous les horizons, les hommes défendaient chacun l'équipe de sa ville natale, forcément différente de celles de ses collègues, dénigrant à l'envi les équipes rivales. Toutes les rencontres sportives provoquaient donc des discussions animées. Elles étaient essentielles à l'esprit de corps. Matt avait appris cette leçon de management à l'époque où il avait pris pour la première fois le commandement d'un bataillon.

Large d'épaules et un peu plus grand que Matt, le général James Knudson avançait d'un pas assuré. Tout en parlant, il scrutait les alentours, preuve que les automatismes acquis sur les terrains de guerre ne se perdaient pas facilement.

— Je me sens toujours un peu coupable lorsque je siffle l'équipe locale, déclara-t-il.

La nuit s'était rafraîchie pendant qu'ils se trouvaient à l'intérieur du bar. Matt releva le col de son manteau pour se protéger des morsures du vent glacé et enfonça les mains dans ses poches.

— N'est-ce pas à cause du proverbe : « À Rome, vis comme les Romains » ?

— Certainement, répondit Knudson. Vous savez, j'ai beaucoup bourlingué dans ma vie, l'armée m'ayant envoyé aux quatre coins du monde. Et pourtant, au fond, je suis resté le petit garçon de la côte Ouest qui crie et tape dans ses mains pour encourager son équipe dès qu'elle sort des vestiaires.

— J'adorerais voir ça, répondit Matt en riant.

Knudson lui lança un regard de biais.

— Vous mettriez ces images sur Internet, je parie.

— Non, monsieur, répondit Matt avec gravité. Je me contenterais de les faire circuler en interne.

Les éclats de rire du général fusèrent dans l'obscurité alors qu'ils approchaient de sa limousine.

Comme son chauffeur se précipitait pour lui ouvrir la portière, le général demanda :

— Avez-vous besoin que je vous reconduise chez vous ?

— Non, merci, monsieur, dit Matt en sortant son smartphone. Le Uber que j'ai commandé va arriver d'un instant à l'autre.

Le seul regret de Matt à propos de son affectation à Washington concernait sa voiture de sport, une Chevrolet Camaro de 1967 – un bijou qu'il avait lui-même restauré – qu'il était obligé de laisser au garage six jours sur sept.

— Déjà lassé de ma compagnie ?

Des crissements de pneus couvrirent la réponse de Matt. Des phares l'aveuglèrent tandis qu'une berline fonçait vers eux, manquant de peu d'emboutir les véhicules garés.

Matt mesura aussitôt le danger et, malgré ses protestations, il poussa le général Knudson dans l'habitacle.

— Allongez-vous entre les deux banquettes ! lui cria-t-il avant de claquer la portière.

La tête dans les épaules, Matt rejoignit le chauffeur de la voiture garée derrière la limousine et lui ordonna d'appeler la police.

— Tout de suite, monsieur.

D'instinct, Matt chercha son arme de service, mais il se rappela brusquement qu'il n'était pas armé.

Au moment où la berline sombre passait devant eux en trombe, un objet fut lancé par la vitre ouverte, l'obligeant à se baisser. Puis la voiture fila vers le bout du parking,

Matt la suivit des yeux dans l'espoir de voir quelle direction elle allait prendre ou, mieux, sa plaque d'immatriculation. En vain, malheureusement. Il lâcha un juron. La marque et le modèle du véhicule ne suffiraient pas à la police pour retrouver ce chauffard. Les voitures noires ou bleu marine étaient légion dans le coin.

Le projectile avait heurté le pare-brise de la limousine du général avant de retomber près de Matt.

Quant à la berline, elle s'éloignait à toute vitesse vers le centre-ville, ses restaurants et ses boutiques. Elle ne tarderait sans doute pas à se fondre dans la circulation.

Matt entendait déjà des sirènes approcher.

Le chauffeur du général se tourna vers lui :

— Que dois-je faire ? demanda-t-il. Rester ou partir ?

— Attendez un peu. Je me sentirai mieux si vous retournez chez Knudson, protégé par une escorte.

Avec un signe de tête, l'homme entra dans la limousine. Sans doute expliqua-t-il au général que la menace était écartée car la portière arrière s'ouvrit brusquement.

Knudson sortit de la voiture.

— Que s'est-il passé, Riley ?

— Je ne suis pas sûr de l'avoir bien compris, monsieur.

D'un air perplexe, il brandit l'objet qui avait été lancé par la vitre ouverte.

Il s'agissait d'un ballon de base-ball orné de deux mots griffonnés au feutre.

*Vous allez payer.*

Usé et cabossé, le ballon n'était pas neuf, loin de là. Matt n'était pas enquêteur, mais il doutait qu'il permette aux autorités d'avancer.

Sur ces entrefaites, des gyrophares envahirent le parking, éclairant les voitures garées. Matt, le général Knudson et son chauffeur rapportèrent en détail l'incident dont ils venaient d'être témoins. Ils le racontèrent d'abord aux hommes de la police d'Alexandria de l'État de Virginie, les premiers arrivés sur place, puis à ceux de la police de Washington DC, dépêchés sur les lieux dès que l'identité de la personne ciblée avait été connue.

Les policiers d'Alexandrie glissèrent le ballon de base-ball dans un sac et l'étiquetèrent. À en juger à leurs expressions, ils ne pensaient pas qu'un vieux ballon de base-ball lancé par un inconnu à bord d'une berline anonyme leur donnerait de quoi travailler.

— Un conducteur ivre peut-être ? suggéra l'un d'eux.

— J'en doute, répondit Matt. Il n'a pas accroché un seul véhicule en prenant la fuite.

Les policiers griffonnèrent des notes et leur demandèrent des renseignements personnels et professionnels avant de les laisser partir. Matt fut soulagé de voir la limousine du général s'éloigner, escortée par deux voitures de patrouille.

En regardant l'application sur son smartphone, il se rendit compte que le Uber qu'il avait commandé l'avait attendu cinq minutes au point de rendez-vous avant de s'en aller. Avec un soupir, il apprit qu'il devrait payer la course pour avoir déplacé quelqu'un pour rien. Tandis qu'il retournait au bar pour appeler un autre taxi, son esprit se repassait en boucle l'incident afin de l'examiner sous tous les angles.

À ses yeux, l'attaque n'avait aucun sens. Pourquoi tenter de casser un pare-brise à l'aide d'un vieux ballon ? Et pourquoi ne pas avoir envoyé ce message sibyllin de trois mots par une lettre ou un coup de fil anonyme, par mail ou même par SMS ? La démarche aurait été plus simple, non ? Ce ballon avait sans doute une signification particulière, mais elle lui échappait pour l'instant. Il en parlerait à Knudson, dès demain.

Quand le taxi le déposa devant son immeuble, Matt était

fatigué. Il se félicita que les briefings du mardi aient été retardés d'une heure, en raison des matchs du lundi soir.

Comme il entrait dans son appartement plongé dans la pénombre, une vague de tristesse le submergea. Il éprouvait ce sentiment chaque fois qu'il s'installait dans un nouvel État pour assumer de nouvelles fonctions. Bien qu'il ait emménagé dans cette petite résidence depuis près de trois mois, cette mélancolie ne se dissipait pas.

Washington, la capitale fédérale du pays, était une ville très animée. Elle regorgeait de parcs, de musées, de cinémas, de monuments. Mais l'effervescence ambiante ne faisait que souligner ce qui lui manquait le plus : une famille pour se détendre à la fin de la journée.

Il était plus facile d'oublier ce qu'il n'avait pas lorsqu'il vivait dans une caserne avec ses hommes ou quand il était déployé à l'étranger. Beaucoup de soldats étaient logés avec femme et enfants dans les bâtiments mis à leur disposition par l'armée de terre. Fils de militaire et fier de l'être, Matt avait toujours apprécié la fraternité qui régnait sur les bases militaires. Dans un environnement civil, sa solitude était plus criante.

Il feuilleta le courrier qu'il avait laissé sur la table quand il était rentré pour se changer avant le match. Comme il prenait connaissance de la lettre officielle à propos de la récente cyberattaque visant les dossiers du personnel militaire, il poussa un juron. Bien sûr, il avait été prévenu de ce piratage informatique, mais quelque part son esprit renâclait à accepter que la meilleure armée du monde ait pu être victime d'une telle attaque.

Rédigée en termes choisis, empreints de jargon juridique et d'allégations pour affranchir les autorités de toute véritable responsabilité, la missive promettait de retrouver les coupables.

— Bonne chance, les gars, murmura Matt.

La deuxième page donnait des instructions sur la procédure à suivre pour s'enregistrer auprès du service de surveillance et de protection de l'identité.

Matt sourit. Comment confier la protection de ses données à un ministère récemment piraté ? Protéger des informations personnelles, en particulier son numéro de sécurité sociale ou ceux de ses cartes de crédit, semblait de plus en plus difficile. Cet incident prouvait qu'aucun système n'était infaillible.

Le seul risque auquel l'exposait ce piratage informatique était que quelqu'un, autre que son avocat et les enquêteurs chargés de son dossier d'habilitation, apprenne qu'une femme élevait son enfant. Un fils qu'il n'avait jamais vu. Il lui envoyait de l'argent tous les mois, depuis sa naissance, même si elle ne lui avait jamais rien demandé et si elle ne souhaitait pas qu'il s'implique dans sa vie.

Bizarrement, songer au goût prononcé pour l'indépendance de Bethany éclaira un peu son humeur. Matt avait toujours admiré son côté autonome et émancipé jusqu'à ce qu'elle s'en serve pour le tenir éloigné de Caleb.

Cela dit, il ne voyait pas en quoi ce fils, qu'il n'avait jamais rencontré ni reconnu officiellement, présenterait un quelconque intérêt pour le hacker qui avait violé les fichiers personnels des militaires. Les numéros des cartes de crédit et de sécurité sociale étaient des informations plus monnayables et donc plus intéressantes.

Matt rangea la lettre avec les factures et des papiers dont il s'occuperait plus tard. Il regagna sa chambre, trop fatigué pour apprécier la vue nocturne du canal de Washington et de sa marina.

Demain, à la première heure, il appellerait son avocat, au cas où quelqu'un tenterait de suivre l'argent qu'il envoyait à Bethany tous les mois. La diffusion de l'information ne présenterait pas beaucoup de risques de chantage, mais il préférait être préparé à tout. Son arrangement avec Bethany était légal, et seules les personnes qui avaient besoin de le savoir étaient dans la confidence. Si d'autres en entendaient parler, Bethany et lui en seraient sans doute gênés, mais ce ne serait pas la fin du monde.

À moins que l'histoire ne se retrouve dans la presse de caniveau et que sa mère l'apprenne avant qu'il n'ait eu la possibilité de lui en parler. Matt poussa un juron.

Il devait téléphoner en urgence à ses parents pour les mettre au courant. Ils ne méritaient pas de découvrir qu'ils avaient un petit-fils via une lettre anonyme émanant d'un pirate informatique. La famille Riley prendrait très mal ce genre de choses. Encore une fois, l'événement ne provoquerait pas une guerre mondiale, mais le clan, à commencer par ses frères et sœurs, lui reprocherait vertement son attitude, Matt en était certain.

Il se déshabilla et plia avec soin ses vêtements. Comme il se laissait tomber sur le lit, il regarda fixement le plafond. Il était trop tard pour appeler sa mère ce soir et de toute façon il avait intérêt à prévenir Bethany d'abord, au cas où sa mère insisterait pour faire la connaissance de l'enfant que Matt leur avait caché...

Il pesa les options, se demandant comment procéder. Valait-il mieux attendre, en espérant pouvoir maintenir le statu quo... ou en parler à ses parents au plus vite au risque de les blesser, sans être certain qu'ils l'auraient appris autrement ?

Troublé et inquiet, il retourna dans la cuisine pour se remplir un verre d'eau. Le mieux était sans doute de contacter son père pour lui révéler l'existence de Bethany et de Caleb. Toute sa vie, Matt avait su pouvoir s'appuyer sur lui, sur sa sagesse, son calme et sa perspicacité. Benjamin Riley aurait peut-être pitié de son fils et l'aiderait à annoncer la nouvelle à sa mère, à trouver les mots pour expliquer pourquoi il ne leur avait rien dit de sa paternité.

Sans doute prenait-il ses désirs pour des réalités.

Général en retraite de l'armée américaine, le père de Matt estimait que les choix et les actes d'un homme avaient des conséquences, bonnes et mauvaises, et qu'il fallait toujours les assumer. Quand Ben avait rencontré l'amour de sa vie, Patricia, il l'avait épousée et ensemble ils avaient élevé leurs cinq enfants avec ce principe comme pierre angulaire. Pour eux, la vie de famille d'un officier de carrière ne se réduisait pas à des règles strictes et à de hautes aspirations militaires. Au sein de leur foyer, il y avait toujours beaucoup d'amour, de rires, de querelles et de larmes.

Si Matt avait gardé de merveilleux souvenirs de cette vie familiale riche, épanouissante et ouverte sur le vaste monde, il n'avait jamais été capable de convaincre Bethany de suivre ce modèle parental et de fonder une famille avec lui.

Son père en serait certainement déçu.

Matt prit soudain conscience que le piratage des fichiers n'était rien comparé à ce que serait la réaction du clan Riley en apprenant qu'il avait gardé l'existence de son fils secrète depuis près de quinze ans. Récemment, sa mère avait fait des allusions peu subtiles sur la joie qu'elle aurait à devenir grand-mère. Elle serait furieuse de découvrir que Matt lui avait caché quinze ans durant qu'elle l'était déjà.

Après avoir rangé son verre dans le lave-vaisselle, il retourna vers le lit. Ses quatre frères et sœurs lui en voudraient beaucoup de ne pas les avoir mis dans la confidence.

Il avait été stupide, se dit-il en continuant de ruminer la question, d'évaluer les ramifications et les conséquences des options possibles, de tergiverser sur l'attitude à prendre. Certes, la cyberattaque précipitait les événements, mais tôt ou tard le secret aurait été éventé, l'affaire aurait éclaté au grand jour. Fatalement. Depuis que Bethany lui avait envoyé la première photo de Caleb et avait adressé un certificat de naissance de leur fils au bureau du JAG, le juge avocat général, chargé des questions juridiques des militaires, quinze ans plus tôt, Matt avait su que ce jour arriverait. Il était même incroyable que cela ne se soit pas produit plus tôt.

Puisque ce secret n'en serait bientôt plus un, le mieux était de couper l'herbe sous le pied du hacker. D'abord et avant tout, Bethany et lui devaient dire à Caleb qui était son père et lui donner un aperçu complet de son arbre généalogique. Matt craignait un peu de s'aventurer sur ce terrain sans bien savoir où il mettait les pieds. Pourtant, son fils était sa priorité absolue. Par la suite, il réfléchirait avec Bethany à la façon dont Matt et ses parents pourraient s'intégrer dans la vie de Caleb.

Depuis quinze ans, Matt avait souvent été tenté de se décharger de ce fardeau, de le confier à l'un de ses frères et sœurs ou à un ami. Il avait toujours réussi à se taire. À en croire les nouvelles que lui donnait régulièrement Bethany, Caleb était un garçon formidable, bien dans sa peau, qui poussait comme une asperge ces dernières années. Mais bien sûr, dans l'état actuel des choses, Matt n'avait pu montrer à personne les photos qu'elle lui avait envoyées. À part lui, seul le JAG les avait vues.

Sa famille et ses amis ne seraient pas contents d'apprendre qu'il leur avait menti par omission, mais ils s'en remettraient.

— Ils s'en remettront, cria-t-il à l'appartement vide.

S'emparant de son téléphone, il commençait à composer

le numéro de Bethany avant de se rappeler l'heure. Autrefois, Bethany était un oiseau de nuit, mais son travail et ses obligations maternelles avaient sans doute changé ses habitudes. Il regrettait de ne plus rien savoir d'elle, d'être obligé de faire des suppositions. Il mourait d'envie de la revoir, autant qu'il rêvait de faire la connaissance de son fils. Et les années n'y avaient rien changé. Tous deux lui manquaient terriblement.

Il se glissa dans son lit. Alors qu'il réglait son réveil pour le lendemain matin, son smartphone vibra. Bouche bée, Matt vit apparaître sur l'écran le visage souriant de Bethany. Il avait trouvé cette photo sur les réseaux sociaux. Peut-être était-elle toujours un oiseau de nuit, après tout.

— Allô ?

— Nous avons un problème, asséna-t-elle sans préambule.

La déclaration de Bethany n'avait rien de particulièrement tendre ou d'érotique, mais le simple fait d'entendre le son de sa voix le fit frissonner.

— Oui, la cyberattaque est embêtante, commença-t-il en se ressaisissant. Mais ce n'est pas la fin du monde. La probabilité que le hacker fasse le rapprochement entre nous deux est très faible. Une chance sur un million. Ce qui nous donne le temps de mettre une stratégie au point.

— La catastrophe s'est déjà produite, répondit-elle d'un ton neutre.

Matt ne put en croire ses oreilles.

— Quoi ? Que veux-tu dire ?

— J'ai reçu aujourd'hui une menace explicite, rédigée sur du papier à en-tête officiel.

— Je ne comprends pas, dit Matt.

Le petit soupir de Bethany lui rappela les moments de complicité volés qu'ils avaient partagés lorsqu'ils étaient jeunes. Des moments qui s'étaient brutalement interrompus quand elle est tombée enceinte.

Il avait toujours rêvé de l'épouser. Certes, il ne s'attendait pas à ce que l'aventure conjugale soit un chemin de roses mais, avec Bethany à ses côtés, il se sentait prêt à affronter tous les écueils de la vie à deux. Avec sa voix douce dans l'oreille, il s'imagina avec elle dans ce lit, tous les deux en train de faire des choses beaucoup plus amusantes que de parler d'une cyberattaque.

— Matt ? Es-tu là ?

Il se redressa et se pinça le haut du nez pour s'obliger à revenir à la réalité.

— Quel genre de menace ?

— Vu l'enveloppe ornée du sceau de mon administration, je m'attendais à une lettre officielle m'informant des mesures à suivre pour limiter les risques liés à ce piratage informatique. Mais j'ai découvert trois lignes manuscrites, m'annonçant que mes revenus ne correspondaient pas au montant de mon salaire et que bientôt mon secret n'en serait plus un.

— Et ces trois lignes étaient écrites sur papier à en-tête officiel ? C'est vraiment bizarre.

Autant que d'envoyer une menace via un vieux ballon de base-ball.

— Oui, acquiesça-t-elle.

Il devina qu'elle espérait une réponse plus réfléchie.

— Légalement, tu n'as rien à te reprocher.

— Je le sais, répondit-elle. En fait, je ne m'inquiète ni pour mon travail ni pour mon habilitation. Mais pour Caleb.

Elle s'interrompit, et il se la représenta se mordillant les lèvres.

— Et aussi pour ta mère, ajouta-t-elle.

— Moi aussi, reconnut-il.

— Tu ne lui en as jamais parlé ? demanda Bethany.

Plaisantait-elle ?

— Si je l'avais fait, tu l'aurais su.

— C'est probable, oui, dit-elle.

Les parents de Matt avaient la réputation de défendre sans relâche la famille, ses valeurs et son équilibre dans le cadre militaire.

— De mon côté, j'ai reçu aujourd'hui le courrier officiel concernant cette cyberattaque, poursuivit-il. Je me disais que, dans ce contexte, mieux valait prendre les devants et annoncer à mes parents qu'ils avaient un petit-fils avant qu'un hacker ne s'en charge via une lettre anonyme. Je pensais les appeler demain. *Après* en avoir discuté avec toi, bien sûr.

— Merci.

— Je t'aurais téléphoné plus tôt, mais je suis rentré à la maison il y a moins d'une demi-heure et je craignais de te réveiller.

— Je n'arrivais pas à dormir, je réfléchissais à la conduite à tenir, répondit-elle. Écoute, si ça ne t'ennuie pas, j'aimerais en parler à Caleb avant que tu n'en informes qui que ce soit d'autre.

Lui demandait-elle sa permission ou des conseils pour annoncer la nouvelle à leur fils ?

— Bien sûr. Comment va-t-il ?

La dernière conversation téléphonique qu'ils avaient eue à propos de Caleb remontait à trois ans, quand le garçon s'était cassé le poignet au cours d'un match de football. La plupart du temps, Bethany se contentait de lui envoyer des photos, deux ou trois fois par an, accompagnées d'informations relatives à ses résultats scolaires – Caleb était bon élève – ou à ses succès sportifs.

Ces aperçus de la vie de Caleb n'avaient jamais suffi à Matt, mais il respectait les souhaits de Bethany, les règles qu'elle lui imposait. Il n'exigeait rien d'elle parce que, quinze ans plus tôt, elle avait tout abandonné, renoncé à tout, pour permettre à Matt de poursuivre ses études à l'Académie militaire de West Point et, par la suite, sa carrière dans l'armée de terre. Il souffrait terriblement d'être privé de son fils, mais il n'avait jamais voulu se battre pour obtenir un droit de visite ou une garde alternée parce que Bethany s'était sacrifiée pour lui. Il estimait qu'il n'avait donc pas le droit de lui demander quoi que ce soit d'autre.

— Il va bien, c'est un garçon formidable. Je ne veux simplement pas que quelqu'un d'autre que moi, que nous, lui apprenne qui tu es. Je ne sais pas trop comment il va réagir, ajouta-t-elle.

L'inquiétude perceptible derrière les mots de Bethany le surprit. En quinze ans, il ne l'avait sentie hésiter que deux fois. Lors de la première, elle se demandait si elle parviendrait à concilier son statut de mère avec ses objectifs de carrière.

— Quelque chose a changé pour lui, ces derniers temps ? s'enquit-il

— Non, rien n'a changé, répondit-elle un peu trop vite. Il passe toujours sa vie entre le collège et le terrain de foot. Comme beaucoup d'adolescents.

Matt aurait voulu la bombarder de questions, lui réclamer des détails, mais il se l'interdit à temps et préféra changer de sujet.

— Il conduit ? demanda-t-il, cherchant à savoir si son fils avait hérité quelque chose de lui.

— Il prend des leçons, il va bientôt passer son permis. Nous nous en occuperons la semaine prochaine, pendant les vacances de la Toussaint.

Matt se souvint à quel point lui-même avait été heureux le jour où il avait obtenu le sien.

— A-t-il déjà eu l'occasion de tenir un volant ?

Caleb admirait-il les voitures de sport ? S'intéresserait-il à sa Chevrolet Camaro ? s'interrogeait-il. Dans l'hypothèse où tous deux auraient l'occasion de faire connaissance.

— Mon père le laisse conduire son 4x4 et le tracteur sur leur propriété. Il a encore un peu de mal à manier la boîte de vitesses manuelle, mais il s'améliore.

— C'est normal, cela prend du temps, dit-il. Auras-tu de quoi lui acheter une voiture ? Je peux envoyer plus d'argent...

— Nous en reparlerons le moment venu, coupa-t-elle d'une voix sévère qui ressemblait étrangement à celle de Patricia Riley. Nous avons encore le temps... un an ou davantage.

Matt avait toujours pensé que les deux femmes s'entendraient bien. Elles s'étaient rencontrées une fois à West Point lors d'une journée portes ouvertes et semblaient s'être appréciées. Bien sûr, sa mère n'avait pas deviné à l'époque à quel point Bethany était vitale pour lui. Si cette dernière ne l'avait pas forcé à garder l'existence de Caleb secrète...

En tout cas, Matt n'avait aucune idée de la réaction qu'aurait sa mère lorsqu'elles se reverraient.

Et elles se reverraient. Dès que Patricia saurait qu'elle avait un petit-fils, elle ferait des pieds et des mains pour accueillir Caleb au sein du clan Riley.

— Écoute, Matt, je t'ai appelé pour te mettre au courant de cette lettre anonyme et de la menace qu'elle représente, dit-elle. J'en discuterai avec l'équipe de sécurité de mon service, demain.

— Bien.

— Matt, je voudrais que tu sois là.

Perplexe, il fronça les sourcils.

— Quand tu montreras cette lettre à la sécurité ?

— Non. J'aimerais que tu sois là, avec moi, quand j'en parlerai à Caleb. Il vaudrait mieux que nous le fassions ensemble. Tous les deux.

Il étreignit le téléphone.

— Tu es sérieuse ?

— Oui. Si nous le lui apprenons ensemble, il comprendra la situation. Il se sentira valorisé et il aura la certitude que nous avons toujours voulu ce qui valait mieux pour lui.

— Bien sûr.

*Je vais le rencontrer. Je vais faire la connaissance de mon fils.*

Le cœur de Matt se mit à battre à grands coups dans sa poitrine. Il devrait trouver les bons mots, lui parler vrai. Après toutes ces années passées à attendre ce moment, à imaginer Caleb et à s'interroger, il allait enfin pouvoir le regarder dans les yeux, peut-être même le serrer dans ses bras ou l'embrasser.

Submergé par trop d'émotions, il avait du mal à parler.

— Dis-moi quand et où, réussit-il à balbutier. J'y serai.

— Chez moi, si ça te va. Caleb finit l'entraînement vers 18 heures et nous passerons à table à 19 heures.

Matt était déjà en train de d'évaluer mentalement la distance entre Washington et la maison de Bethany dans le New Jersey, de calculer à quelle heure il devrait quitter son travail pour arriver à l'heure. Il parlerait au général Knudson dès demain matin, mais il serait chez elle à l'heure dite. Il était exclu de ne pas y être.

— Dès que Caleb saura tout, es-tu d'accord pour que je révèle son existence à mes parents ? demanda-t-il.

— Il paraît difficile de t'en empêcher, non ?

Il aurait préféré rencontrer son fils sans y avoir été forcé par les événements, à cause d'une menace envoyée via une lettre anonyme. Bethany n'avait pas d'ennemis, contrairement au général Knudson ou même au père de Matt. Tous deux ayant mené de longues carrières au sein de l'armée et fréquenté les hautes sphères du commandement, ils s'étaient naturellement fait beaucoup d'ennemis, qu'il s'agisse de soldats mécontents ou d'hommes politiques.

Il soupira. Il n'était sans doute pas simple pour Bethany d'accepter l'intrusion de la famille Riley dans la vie de son fils.

Il se sentit obligé de la rassurer.

— Je ne vois aucune raison pour laquelle quelqu'un voudrait nous cibler tous les trois, déclara-t-il. Quelle que soit la personne qui a envoyé cette menace, elle découvrira bientôt qu'elle n'avait rien à y gagner. Si tu veux que nous attendions encore un peu pour cette rencontre, ces révélations, je suis d'accord.

— Non, répondit-elle avec calme, même si ce dîner en famille ne devait pas l'amuser. J'ai trop souvent repoussé l'échéance. Il n'est pas question que Caleb apprenne par quelqu'un d'autre qui tu es.

— D'accord.

Une fois de plus, il la laissait décider de tout.

— Je serai là à 19 heures.

— Merci, Matt.

— Merci à toi.

Elle aurait pu gérer la situation seule et se contenter d'en informer Matt après coup. Au fil des ans, elle lui avait clairement fait comprendre qu'elle n'avait besoin de personne pour élever Caleb.

— Je sais que cette annonce va tout changer, reprit-elle. J'aimerais seulement que ces bouleversements ne s'opèrent pas du jour au lendemain. Caleb aura besoin de temps pour digérer les événements.

Elle lui faisait comprendre qu'elle ne supporterait pas qu'il demande la garde alternée de l'adolescent...

— Bien sûr, dit-il. Je n'ai jamais souhaité qu'une chose : que Caleb et toi soyez heureux.

— Et je t'en remercie, conclut-elle avant de raccrocher.

Posant son smartphone sur son torse, Matt ferma les paupières. Il se remémora la Bethany d'autrefois, la jeune femme athlétique qu'il avait rencontrée quand ils étaient cadets à l'Académie militaire de West Point. Il revit ses grands yeux bruns brillants de vie et d'excitation à l'idée de relever les défis à venir. Comme tous les cadets avant lui, il était entré à West Point avec sa carrière comme unique ambition.

Bethany lui avait donné envie de davantage. Réussir sa vie ne signifiait plus uniquement atteindre ses objectifs professionnels, même s'il était fier de ses succès militaires. Elle lui avait inculqué le sens du collectif, le désir de se dépasser pour l'équipe. La rencontrer lui avait permis de devenir meilleur sur tous les plans, dès le premier jour.

Matt éteignit la lumière, mais il ne parvint pas à trouver le sommeil. Son esprit passait du ballon de base-ball lancé au général Knudson à la lettre anonyme adressée à Bethany. Le fait qu'ils aient tous deux reçu des menaces au cours des dernières vingt-quatre heures l'amenait à s'interroger sur les mobiles du hacker qui avait attaqué les fichiers des données du personnel et sur l'identité du destinataire des informations.

Qui gagnerait à exercer ce genre de pression ? Et combien d'autres militaires et leurs familles se sentaient exposés et vulnérables, ce soir ?

Il lut les rapports au fur et à mesure qu'ils arrivaient avec un optimisme prudent et une confiance croissante. Ses premiers avertissements avaient été lancés et avaient atteint leurs cibles. Des coups de semonce, pour ainsi dire. Maintenant il attendait leur effet retour, il était impatient de voir comment lesdites cibles réagiraient.

Il les imaginait en train de se débattre, de chercher à l'identifier et de se perdre en vaines conjectures. Ils poursuivraient les pistes qu'il leur avait concoctées avant de s'apercevoir qu'elles menaient toutes à des impasses. Savoir qu'il manipulait comme des marionnettes des gradés de la plus puissante armée du monde était assez jouissif.

Ses projets étaient enfin en train de prendre tournure, de se concrétiser. Après des années de préparatifs, il estimait qu'utiliser à son profit cette cyberattaque était un charmant clin d'œil du destin. Triés sur le volet, ses hommes avaient été minutieusement préparés aux tâches à venir. Il leur avait délibérément donné une cause qu'ils étaient capables de comprendre et de défendre. Il avait placé sur l'échiquier les joueurs clés et les pions pour sa revanche ultime.

Ses supérieurs avaient toujours sous-estimé son charisme. Ces prétentieux n'avaient jamais vu l'intérêt de modifier leurs paramètres pour améliorer le moral des troupes, de manière à garantir le succès sur tous les champs de bataille.

Tant pis pour eux.

Les compétences qu'ils n'appréciaient pas, lui les utiliserait sans vergogne pour opérer des ravages au sein de l'armée tant au niveau individuel qu'institutionnel. Il en éprouvait un plaisir pur. Il s'agissait d'une juste vengeance, d'une compensation pour tout ce qu'ils lui avaient pris.

Il se leva de son bureau pour contempler la nuit à travers les baies vitrées. À cette extrémité du complexe, il n'y avait personne d'autre à des kilomètres à la ronde. Pas âme qui vive. Il avait gagné cette solitude à la sueur de son front. Il avait travaillé dur pour sortir cet endroit tranquille et impénétrable du désert.

Bientôt, sa première cible se mettrait à découvert, s'exposerait. Ce n'était plus qu'une question de temps.

Une fois Matt Riley dans sa ligne de mire, le premier coup de feu de cette guerre serait tiré avec une précision brutale et irréversible.

# 2

Bethany passa une nuit très agitée. Elle eut beaucoup de mal à s'endormir, et quand elle y parvint enfin ses rêves se muèrent rapidement en cauchemars. Ils étaient centrés sur la peur du changement et de l'inconnu, et il n'était pas difficile de deviner ce qui les avait déclenchés. Dans le dernier, elle entendait Caleb énoncer à un juge des affaires familiales les raisons pour lesquelles il ne voulait plus vivre avec elle. Le juge venait de décider que Caleb passerait les quinze prochaines années de sa vie avec son père et d'interdire à Bethany tout contact avec son fils lorsque la sonnerie du réveil retentit.

Les yeux battus, l'angoisse au ventre, elle se leva. Dans un état second, elle se doucha et s'habilla pour le travail en tentant de se convaincre que ces horribles rêves n'avaient rien de prémonitoire. Matt voulait le bonheur de Caleb et il était trop honnête pour chercher à lui voler son fils.

L'estomac noué, elle ne réussit qu'à grand-peine à avaler quelques gorgées de thé tandis que Caleb engloutissait un grand bol de céréales pour son petit déjeuner. Elle avait conscience qu'ils vivaient leur dernier jour normal en tant que famille de deux personnes. Ce soir, après avoir fait la connaissance de son père, son fils la regarderait différemment. Il la jugerait avec sa sévérité d'adolescent et l'accablerait sans doute de reproches. Ils avaient toujours été proches, mais soudain Bethany doutait que leurs relations parviennent à survivre à la tourmente programmée.

— Ça va, maman ? Tu n'as pas l'air en forme.

D'un sourire, elle écarta son inquiétude.

— Je n'ai pas très bien dormi, voilà tout, répondit-elle, consciente qu'il s'agissait d'un euphémisme.

En proie à un regain de culpabilité, elle tentait d'évaluer l'impact des révélations de ce soir sur Caleb.

Contrairement aux autres jours, il passa un coup d'éponge sur la table et rinça son bol avant de le placer dans le lave-vaisselle sans qu'elle ait à le lui demander. Ce comportement spontané éclaira un peu sa sombre matinée.

Elle s'assura qu'elle avait tout ce qu'il fallait dans son sac pendant que Caleb hissait le sien sur l'épaule.

— Un poulet à la grecque te ferait plaisir pour le dîner ?

Il s'immobilisa et lui lança un regard interrogateur.

— Tu le mets au menu chaque fois que nous avons des invités, lui rappela-t-il.

— Pas toujours, affirma-t-elle. Mais là, j'en ai envie. Et toi ?

— D'accord, très bien... Au fait, l'entraîneur nous a prévenus que la séance se terminerait par une course d'endurance, ce soir. Je rentrerai peut-être un peu plus tard que d'habitude à la maison. Ne t'inquiète pas.

— Ah bon ? Quand t'a-t-il dit ça ?

— Je dois y aller, maman. Je vais rater le bus.

Avant qu'il s'éloigne, elle se précipita pour le prendre dans ses bras et l'embrasser.

— Bonne journée, mon chéri. Je t'aime.

— Je t'aime aussi, lança Caleb en se dirigeant vers la porte.

De plus en plus nerveuse, elle le regarda courir jusqu'à l'arrêt du bus au coin de la rue. Si Caleb rentrait plus tard que d'habitude, elle avait des chances de se retrouver en tête à tête avec Matt, une situation qu'elle avait réussi à éviter depuis qu'elle lui avait annoncé sa grossesse.

Elle hésita à téléphoner à l'entraîneur pour le prier de dispenser Caleb de cette course d'endurance mais, si elle le faisait, non seulement il lui faudrait aller le récupérer à la fin du cours mais, surtout, elle devrait affronter ses inévitables questions. Mieux valait appeler Matt et repousser sa venue d'une demi-heure. Soulagée d'avoir trouvé la solution, elle partit pour le bureau.

La discussion avec son superviseur se déroula mieux qu'elle

ne l'avait espéré. Elle lui montra la missive, un peu surprise par le sérieux avec lequel il prit la menace qu'elle contenait. Elle lui expliqua que, depuis quinze ans, le père de son fils lui envoyait chaque mois une pension alimentaire. Ils se rendirent ensuite dans le bureau des responsables de la sécurité afin qu'elle puisse leur raconter l'incident. Elle leur remit la lettre anonyme et l'enveloppe pour des analyses plus approfondies.

Elle ne pensait pas qu'ils en tireraient grand-chose, mais elle convint avec eux qu'il était préférable d'essayer. Lorsqu'elle regagna enfin son propre bureau, elle découvrit deux messages sur sa table, laissés par son assistante. Tous deux émanaient du collège de Caleb. Comme elle sortait son smartphone de son sac, elle s'aperçut que la surveillante générale de l'établissement avait cherché plusieurs fois à la joindre et lui demandait de la rappeler au plus vite.

Inquiète maintenant, elle composa le numéro du collège.

— Bethany Trent, à l'appareil, dit-elle lorsque la responsable prit l'appel. J'ai reçu...

— Bonjour, madame. Je vous mets en relation avec la directrice, ne quittez pas.

Enfin, elle reconnut la voix d'Andrea Ingle, la directrice.

— Bethany ?

Elle avait rencontré Andrea bien avant que Caleb intègre le collège et elle la considérait comme une amie.

— Que se passe-t-il ?

— Je suppose que Caleb n'est pas à la maison avec toi ?

À ces mots, le sang de Bethany se glaça dans ses veines et son cœur se mit à battre à grands coups dans sa poitrine.

— Non. Je suis au travail, dit-elle d'un ton désespéré. Je ne comprends pas. Je l'ai vu monter dans le bus.

— En effet, il est bien entré dans l'établissement à l'ouverture des portes, mais il n'était pas présent en classe d'espagnol, ce matin, répondit Andrea.

Bethany jeta un coup d'œil à l'horloge de son bureau. Le cours d'espagnol avait commencé il y a plus de deux heures, alors qu'elle se trouvait avec son superviseur.

— Conformément à tes instructions, nous avons essayé de te

joindre dès que nous avons constaté sa disparition. Nous n'avons pas encore prévenu les autorités.

— Merci, Andrea. Tu es donc certaine qu'il n'est pas quelque part dans le collège ?

— Nous avons fouillé à deux reprises les salles du bâtiment et les terrains de sport. À mon avis, il est parti juste après l'appel.

Où qu'il soit, il était en sécurité, Bethany voulait s'en convaincre. Et, dès qu'elle l'aurait retrouvé, elle lui passerait un savon dont il se souviendrait sa vie durant, se promit-elle.

— Veux-tu que je contacte la police ? reprit Andrea.

— Non, non, pas encore. J'ai installé sans le lui dire une application sur son smartphone qui me permet de savoir précisément où il se trouve, à tout moment. Laisse-moi d'abord tenter de le localiser par ce biais. Ses amis sont-ils toujours en classe ?

— Oui, répondit Andrea. Je me suis entretenue avec eux. Ils ne savent pas où est Caleb ni pourquoi il aurait voulu fuguer. Tiens-nous au courant.

— Bien sûr, promis.

Après avoir raccroché, Bethany cliqua sur l'application téléchargée sur son téléphone. Ses mains tremblaient lorsqu'elle découvrit que le smartphone de Caleb était quelque part, près de Philadelphie.

Elle l'appela aussitôt, mais l'adolescent ne prit pas l'appel. Elle lui envoya un texto mais, là encore, elle n'obtint aucune réponse. Perplexe, elle chercha en vain une explication logique à son comportement. Caleb avait-il surpris sa conversation avec Matt, hier soir ? Avait-il mal pris la situation ? Avait-il fugué pour exprimer sa colère ?

Non. Hier soir, alors qu'il se régalait de spaghettis puis de cookies, il lui avait paru détendu et ce matin il était de très bonne humeur.

Mais, en décortiquant l'attitude de son fils depuis vingt-quatre heures, elle se rendit compte qu'il lui avait joué la comédie. Il n'avait pas séché ses cours sur un coup de tête. Il avait planifié cette escapade.

Dans l'attente d'une réponse de Caleb, elle téléphona à son entraîneur. Quand il lui annonça qu'il n'y avait pas de séance ce soir, une sourde terreur s'empara d'elle. Caleb avait menti en lui expliquant pourquoi il rentrerait tard à la maison.

Accablée, elle se rassit. La colère et le chagrin avaient balayé son inquiétude. À quoi jouait Caleb ?

En principe, lorsqu'un élève ne se présentait pas au collège, ses parents en étaient informés après 18 heures. En raison de sa situation particulière avec Caleb, Bethany avait demandé à être immédiatement contactée si une personne autre que ses parents posait des questions sur Caleb ou tentait de venir le chercher à l'école.

Elle n'était pas paranoïaque au point d'imaginer que Matt tenterait de prendre l'adolescent au collège sans l'avoir prévenue, elle, au préalable. Mais elle ne comprenait pas ce que fabriquait son fils et elle se perdait en conjectures.

Quoi qu'il ait en tête, Caleb avait prévu une journée entière pour le faire. Pourquoi avait-il programmé cette fugue aujourd'hui ? Et pourquoi s'était-il rendu à Philadelphie ? Entre le manque de sommeil, la fureur et l'incompréhension, elle avait du mal à réfléchir.

Et pour ne rien arranger, Matt venait dîner, ce soir. Que Caleb sèche ses cours le jour où elle voulait le présenter à son père tombait vraiment mal.

Sur un pressentiment, elle consulta le compte bancaire de l'adolescent. Elle le lui avait ouvert dès qu'il avait commencé à tondre la pelouse dans le quartier pour gagner de l'argent de poche afin de lui apprendre à gérer ses économies. Comme son fils était mineur, elle y avait accès. Lorsqu'elle passa en revue ses dernières activités, elle eut du mal à en croire ses yeux.

Une fois de plus, elle décrocha son téléphone mais, cette fois, elle appela le Pentagone.

— J'aimerais parler au major Matthew Riley, s'il vous plaît, dit-elle à la standardiste.

Il lui fallut un certain temps pour atteindre Matt, mais quand il prit l'appel elle alla droit au but.

— Le dîner est annulé.

— Bethany ?

— C'est bien moi.

Son cœur battait la chamade et tout en elle la pressait de passer à l'action, de partir sur l'heure à la recherche de son fils.

— Pardonne-moi d'être aussi brusque, mais je pense que Caleb est en route pour venir te voir.

— Quoi ? Tu lui as déjà dit ce que nous comptions lui révéler, ce soir ?

— Non, pas du tout. Mais il a séché l'école et fugué, Matt. Pour la première fois de sa vie.

S'ordonnant de parler moins vite, elle lui résuma les faits.

— J'ai consulté son compte en banque. Il y a deux jours, il a acheté un billet de train pour Washington DC. Il ne répond pas à mes appels ni à mes SMS. L'application que j'ai sur mon smartphone me montre qu'il se trouve actuellement près de Philadelphie.

— Tu as chargé une application pour le surveiller sans qu'il le sache via son téléphone portable ?

Le reproche à peine voilé la mit en colère.

— Excuse-moi, cria-t-elle. Combien d'adolescents as-tu élevés ?

— Aucun, reconnut-il. Ce n'est pas faute d'avoir postulé, si ma mémoire est bonne.

Elle prit une profonde inspiration.

— J'ai eu tort de dire ça, désolée. Je suis inquiète, voilà.

— Et furieuse.

L'était-il, lui aussi ?

— Et furieuse, oui, admit-elle.

— Tu crois donc qu'il a séché l'école et fugué pour se rendre à Washington afin de me rencontrer ?

— C'est la seule explication possible. Il est parti seul, pas avec des amis.

— D'accord. S'il est à Philadelphie, maintenant, il ne va pas tarder à arriver à Washington. Je vais tout de suite me rendre à la gare pour l'attendre au bout du quai.

— Merci, dit-elle, intensément soulagée.

— Je lui demanderai de t'appeler en débarquant du train. Je le reconduirai chez toi et nous dînerons ensemble comme prévu.

Sans bien comprendre pourquoi, elle n'avait plus très envie de ce repas à trois.

— Rien ne t'y oblige, Matt. Caleb a acheté un aller-retour.

— Préfères-tu venir à Washington et dîner avec lui chez moi ? s'enquit-il.

— Non.

— Écoute, je n'ai pas l'intention de le laisser repartir en train.

— Matt, tu n'as vraiment pas à...

— Bethany, j'avais prévu de venir, de toute façon. Et j'ai envie de parler avec lui. Caleb et moi arriverons vers 19 heures.

— D'accord, dit-elle, vaincue. Préviens-moi quand tu l'auras récupéré, d'accord ?

— Promis.

— Encore une chose...

— Oui ?

Elle ferma les yeux, luttant contre les larmes.

— Dis-lui qu'il sera puni.

Matt tenta de dissimuler son éclat de rire derrière une quinte de toux.

Bethany n'en fut pas dupe.

— Ce n'est pas drôle.

— Si, répliqua-t-il. Mon premier acte de père concernera donc la discipline.

Son humour allégea un peu la tristesse de Bethany.

— Je voulais que nous lui annoncions la nouvelle ensemble.

— Je sais. Écoute, je m'efforcerai de garder les questions difficiles pour toi.

— Encore une fois, ce n'est pas drôle.

Alors pourquoi avait-elle envie de rire ?

— As-tu une idée de la façon dont il m'a retrouvé ? demanda Matt. Et pourquoi il a décidé de venir aujourd'hui plutôt qu'un autre jour ?

— Aucune. J'espère qu'il se confiera à toi.

Cela semblait étrange de le souhaiter, vu les circonstances, mais elle était sincère. Clairement, ils étaient entrés dans une nouvelle ère.

— Je t'envoie tout de suite son numéro de portable par texto. Merci, Matt. Je suis consciente des désagréments que te crée cette histoire.

— Ne dis pas ça.

La gentillesse de son ton la fit frissonner. Elle tenta de se persuader que cette réaction idiote était provoquée par le stress.

— Je te laisse pour prévenir les responsables de son collège. Je ne veux pas qu'ils s'inquiètent inutilement.

— D'accord.

Et pourtant, après avoir raccroché, elle resta un bon moment assise, paralysée par la peur. La soirée à venir la terrifiait, et elle se demandait comment évolueraient par la suite ses relations avec Caleb. Certes, elle était sa mère, pas une copine, mais depuis le premier jour de sa vie tous deux formaient une équipe très solide, qu'elle avait crue indestructible. Elle s'est efforcée de lui donner une vie stable, tout en lui répétant que son père était un homme bon qui effectuait un travail formidable au sein de l'armée.

En plus de cette stabilité, Bethany avait apporté à Caleb des racines en l'encourageant à nouer des relations avec sa famille à elle. Elle s'était toujours efforcée de le valoriser, de lui montrer qu'il était aimé. Elle n'avait eu de cesse de développer sa curiosité, de lui créer des occasions de découvrir divers centres d'intérêt. L'adolescent partageait avec Matt et sa mère sa passion pour l'histoire.

Le jour qu'elle redoutait depuis quinze ans était arrivé. Qu'elle le veuille ou non, elle devait à présent accepter que le père et le fils fassent enfin connaissance. Depuis le départ, Matt avait respecté toutes les limites qu'elle avait fixées. Il avait accepté qu'elle élève Caleb seule. Il méritait de rencontrer son fils dans de bonnes conditions.

Curieusement, jusqu'à maintenant, elle n'avait jamais eu l'impression de faire preuve de possessivité ou d'égoïsme. Au contraire, elle avait estimé qu'en donnant à Matt la possibilité de poursuivre ses études à West Point puis de mener une brillante carrière militaire sans être gêné par un enfant, elle s'était montrée généreuse, altruiste, et qu'elle avait rendu service à son fils comme à son père.

Mais à présent elle avait le sentiment de leur avoir fait à tous deux un cadeau empoisonné.

Matt rassembla ses pensées avant de se diriger vers le bureau du général. Cette conversation lui donnerait un avant-goût de ce qui l'attendait lorsqu'il parlerait de Caleb à ses parents. Cet échange à venir lui semblait surréaliste.

Il donna un petit coup à la porte ouverte.

— Auriez-vous un instant à m'accorder, monsieur ?

— Entrez, répondit Knudson.

Son sourire normalement jovial semblait plus lent que d'habitude à se manifester.

— Avez-vous reçu des nouvelles de la police ?

— Non, monsieur. J'aimerais vous parler d'une autre affaire, plus personnelle.

Il referma la porte et s'avança vers le bureau.

— Et visiblement grave, observa Knudson. Asseyez-vous.

— Merci.

Matt décida d'aller droit au but.

— Voilà. J'ai un fils.

C'était la première fois qu'il en parlait à quelqu'un. Une vague de fierté le souleva.

— Il a quinze ans, ajouta Matt, réfléchissant à voix haute. Sa mère l'a élevé seule. Elle a toujours tenu à ce que ma paternité reste secrète, même si je contribue à l'éducation de l'enfant depuis le début.

— Eh bien, voilà un comportement responsable qui vous honore.

— Merci, monsieur.

— Je suppose que vous avez convenu avec elle d'un arrangement légal ?

— Oui, monsieur. Et je l'ai signalé à chacune de mes enquêtes d'habilitation de sécurité.

— Très bien, dit Knudson en se frottant le menton. Pourquoi la situation devient-elle problématique, à présent ?

Matt poussa un gros soupir.

— Il semble qu'il ait appris que j'étais son père. Et pas par moi ni par sa mère.

— La cyberattaque est-elle en cause ?

— Peut-être, bien que je ne voie pas comment un gamin de quinze ans aurait eu accès à mes dossiers personnels. Sa mère vient de m'annoncer qu'il avait séché les cours pour venir à Washington en train. Dans l'espoir de faire ma connaissance, sans doute. Il devrait arriver à la gare dans une demi-heure.

Le général éclata de rire.

— Apparemment, il est bien de l'étoffe des Riley, alors.

— Peut-être, reconnut Matt, essayant de ne pas sourire. Seule ma mère pourrait vous le confirmer.

Il faudrait déjà qu'elle sache qu'il avait un fils.

— Votre mère est une femme admirable, poursuivit Knudson. Ben et Patricia sont des amis, des amis très chers.

Il étudia Matt un long moment.

— Je suppose que je suis la première personne à qui vous en parlez ?

— Oui, monsieur. En dehors du bureau du juge et des enquêteurs de l'habilitation de sécurité.

Le regard de Knudson redevint sérieux.

— Si je peux me permettre un conseil...

— Je vous en prie, monsieur.

— Pour faire passer la pilule, quand vous l'annoncerez à votre mère, peut-être devriez-vous montrer un peu de remords d'avoir gardé si longtemps cette nouvelle secrète. Quelles que soient les raisons qui vous y ont poussé.

— Très bien. Merci, monsieur.

Matt avait l'intention de le faire et plus encore.

Face à Knudson, il avait cherché à être efficace pour gagner du temps. Mais bien sûr, avec sa mère, il prendrait davantage de gants. Il avait déjà acheté des chocolats. Il s'était promis de lui apporter des fleurs chaque fois qu'il la verrait jusqu'à la fin des temps.

— Prenez votre journée, poursuivit Knudson. Mais si vous lui faites visiter le Pentagone, j'aimerais le rencontrer.

Matt l'en remercia avant de quitter le bureau à la hâte pour se rendre à la gare. Au moment où il y parvint, le train de Caleb n'était pas encore à quai et Matt poussa un soupir de soulagement. S'il n'était pas arrivé à temps, Bethany l'aurait écorché vif.

Il n'était pas si facile d'essayer de repérer un adolescent au milieu des dizaines de passagers qui descendaient du train et remontaient le quai jusqu'au hall. Il n'avait vu Caleb que sur des photos prises à l'école ou avec son équipe de football. La gare était remplie de monde, et il faillit manquer un jeune homme qui passait seul, le visage baissé sur son smartphone.

Matt composa le numéro de Caleb.

L'adolescent qui se trouvait en face de lui balaya l'écran du doigt pour répondre.

— Allô ?

Matt l'entendit au téléphone une demi-seconde après avoir vu la bouche de Caleb prononcer le mot.

— Bonjour, Caleb.

Le garçon ressemblait tellement à sa mère qu'il en fut troublé. Il avait hérité les grands yeux bruns de Bethany, mais ses cheveux blond foncé à lui. Matt avait remarqué leurs ressemblances sur les photos, mais dans la vraie vie elles lui parurent attendrissantes.

*Et maintenant ?*

Le regard de Caleb se promena dans la foule avant de se poser sur lui.

Le souffle coupé, la gorge serrée, Matt resta un instant tétanisé. Son cœur battait à tout rompre dans sa poitrine. Ce jeune homme était son fils, se dit-il, bouleversé. *Mon fils*. Submergé par un trop-plein d'émotions, il était pétrifié.

Il était son père, bon sang. Il devenait urgent de se ressaisir. Il s'avança vers Caleb. Il aurait aimé le prendre dans ses bras pour l'étreindre contre lui avec force. Mais, se rappelant à temps que le garçon ne le connaissait pas et ne s'attendait pas à le voir là, il se contenta de lui tendre la main.

— Matt Riley. Je suis si heureux de te rencontrer.

Les yeux écarquillés, le gamin lui serra la main sans cesser de le dévisager. Il semblait sans voix.

Comme Matt, il avait l'air à la fois stupéfait et très ému.

— Tu es bien Caleb, n'est-ce pas ? lança Matt.

L'adolescent hocha la tête.

— Bien, dit Matt, s'efforçant de sourire. Ta maman, Bethany Trent, m'a demandé de venir te chercher.

À la mention de sa mère, Caleb blêmit.

— Elle sait déjà que je suis ici ?

Matt opina.

— Il paraît que tu n'as pas répondu à ses appels ni à ses SMS ?

— En principe, mon téléphone est éteint pendant les heures de classe.

*En principe.* Matt se souvint que sa propre mère acceptait mal ce genre d'excuses.

— Sais-tu qui je suis, Caleb ?

Son fils déglutit avec difficulté et hocha de nouveau la tête.

— Bien, dit Matt. Avant toute chose, appelle ta mère pour lui dire que tu vas bien.

Quand il le vit commencer à rédiger un texto, il posa la main sur son épaule.

— Téléphone-lui plutôt. Et actionne le haut-parleur.

— Bien, monsieur.

Lorsque Bethany répondit, ils l'entendirent d'abord pousser un gros soupir de soulagement. Mais il ne fallut pas longtemps avant qu'une colère fulgurante chasse son euphorie.

— Je suis heureuse que tu sois sain et sauf, Caleb, dit-elle. Matt et moi avons décidé qu'il te ramènerait à la maison. Nous discuterons alors ensemble de la situation.

— Maman, j'ai seulement...

— Ce soir, Caleb, le coupa-t-elle. Ne pense pas que tu vas t'en sortir comme ça. En attendant, comporte-toi bien avec Matt. Je t'aime.

— Oui, maman. Je t'aime aussi.

Il glissa son smartphone dans sa poche et regarda Matt.

— Voilà.

— Ta mère m'a chargé de t'annoncer que tu serais puni.

— C'est certain, répondit Caleb avec un haussement d'épaules. J'imaginais avoir au moins quelques heures de répit avant qu'elle l'apprenne. En principe, les parents ne sont prévenus des absences de leurs enfants qu'en fin de journée.

Matt ignorait tout des procédures scolaires concernant le retard ou l'absence des élèves et il s'en moquait. Il dévorait son fils des yeux. Caleb lui avait tellement, tellement, manqué.

— Alors, commença-t-il, espérant ne pas commettre d'impairs.

Si j'ai bien compris, ton voyage à Washington n'était pas une sortie scolaire organisée par ton collège. Avais-tu un plan ?

Caleb baissa la tête.

— En quelque sorte...

— Tu pensais te balader tout seul dans la ville ?

— Je voulais vous chercher et faire votre connaissance, oui.

Mal à l'aise, il se balançait d'un pied sur l'autre.

— Je croyais que nous aurions un peu de temps pour discuter avant que ma mère s'aperçoive que je n'étais pas là où je devais être, poursuivit-il.

Pourquoi Caleb avait-il souhaité venir à sa rencontre ce jour-là plutôt qu'un autre ? s'interrogea Matt.

— Comment savais-tu que je vivais ici ? demanda Matt.

Caleb se détourna.

— Maman m'a dit que vous...

— Non, sûrement pas.

L'adolescent releva la tête.

— Quoi ?

— Ta mère ne t'a jamais dit mon nom et encore moins où j'habitais.

Sans répondre, Caleb se contenta d'un nouveau haussement d'épaules. Bethany l'aurait certainement réprimandé pour avoir menti, mais Matt n'avait pas envie de commencer ses relations avec son fils par des reproches et des leçons de morale.

Il poursuivit :

— Bethany m'avait invité à dîner ce soir afin que nous puissions te l'annoncer ensemble.

— J'aurais dû m'en douter, murmura-t-il. Ma mère prépare toujours un poulet à la grecque quand quelqu'un vient dîner.

Matt n'était pas sûr de tout comprendre.

— Viens, sortons de la gare, dit-il en lui indiquant d'un geste la direction.

Il résista à l'envie de poser son bras sur les épaules de l'adolescent.

— Travaillez-vous vraiment au Pentagone ? demanda Caleb. Pourrais-je le visiter ?

— Pas aujourd'hui.

Inexplicablement inquiet, Matt promenait les yeux autour de lui.

— Qui t'a donné ces renseignements sur moi ?

— J'ai reçu une photo de vous via Snapchat avec votre nom et votre grade. Un portrait de vous en uniforme, précisa-t-il.

Matt savait à quelle application Caleb faisait référence. En règle générale, les messages disparaissaient quelques instants après leur ouverture par le destinataire.

— Et tu pensais que c'était moi qui te l'avais envoyé ?

— Non, répondit Caleb.

— L'expéditeur avait-il un nom d'utilisateur ?

— Est-ce important ? Tout ce qu'il m'a appris était manifestement vrai.

— Quand as-tu reçu ces messages ?

L'adolescent pencha la tête pour y réfléchir.

— Le premier, il y a environ deux semaines.

Au moment où les fichiers du personnel militaire avaient été piratés.

— D'autres ont suivi ?

Comme Caleb opinait, Matt demanda :

— Les as-tu enregistrés ?

Caleb fronça les sourcils.

— Non, il faut payer pour le faire ! J'ai pris des notes.

En proie à un mauvais pressentiment, Matt avait envie de quitter au plus vite cette gare et d'entraîner son fils dans un espace plus sûr, à l'abri des regards. Plutôt que de prendre le métro pour rejoindre le Pentagone ou son appartement, il décida d'être moins prévisible.

— Où as-tu laissé ces notes ?

— Dans un tiroir à la maison. Et je les ai enregistrées dans le *cloud*.

— Très bien.

Les enquêteurs auraient des éléments sur lesquels travailler. Encore faudrait-il qu'ils considèrent qu'envoyer quelques clichés à un gamin soit un crime.

— J'avais l'impression d'un jeu de piste, poursuivit Caleb. Les photos étaient en quelque sorte des indices. Ensuite, je n'avais qu'à creuser pour trouver le reste. Je n'ai rien fait de mal.

— À part sécher tes cours, prendre un train sans autorisation pour te rendre seul dans une ville inconnue et mentir à ta mère.

— Elle aussi m'a menti, rétorqua Caleb, le regard plein de ressentiment. Toute... Ma... Vie, ajouta-t-il en articulant chaque mot.

— Tu n'es qu'au début de ta vie, répliqua Matt. Et maintenant, tout va changer. Pour nous trois.

Pendant qu'ils avançaient le long du trottoir, slalomant entre les touristes, Matt s'efforçait de garder Caleb contre lui.

— Vous êtes fâché contre moi, marmonna l'adolescent.

Il commençait à traîner des pieds, obligeant Matt à ralentir. Ils n'étaient pas encore en sécurité, et Matt, sans pouvoir expliquer pourquoi, sentait un danger planer au-dessus de leurs têtes.

— Non, je ne suis pas en colère contre toi.

En revanche, il en voulait beaucoup à l'individu qui avait poussé son fils à prendre tous ces risques. Et il n'était pas vraiment ravi que Bethany l'ait tenu si longtemps à l'écart.

Il posa la main sur l'épaule de Caleb, attendant que ce dernier se tourne vers lui.

— Dans cette histoire, tu as fait preuve d'intelligence et de débrouillardise, mais tu as eu tort de sécher les cours et d'inquiéter ta mère.

— Avez-vous déjà inquiété la vôtre ?

— Plus d'une fois, avoua Matt.

— Ah bon ? J'ai été élevé avec l'idée que les militaires étaient des hommes honnêtes, intègres.

— Certes, mais je ne suis pas né dans cet uniforme.

En tout cas, Bethany et Patricia avaient des normes similaires en matière d'éducation. Pas étonnant qu'il soit encore amoureux de la mère de son fils.

Surpris par la brusque tournure de ses pensées, Matt se demanda d'où elles sortaient. Rencontrer enfin Caleb devait le perturber profondément. Quoi qu'il en soit, ce n'était pas le moment de s'interroger sur ses sentiments envers Bethany. L'urgence était de continuer d'avancer. Il était certain que quelqu'un les observait, même s'il ne parvenait pas à repérer une filature.

S'il arrivait quelque chose à Caleb, le jour où il avait enfin la possibilité de faire sa connaissance, il ne se le pardonnerait jamais. Et Bethany lui en voudrait éternellement.

Comme ils passaient devant un fast-food, il s'arrêta.

— As-tu faim ?

Ils entrèrent et commandèrent des sandwichs et des sodas. Il était tôt pour déjeuner et beaucoup de tables étaient libres. Matt entraîna Caleb vers le fond de la salle. Il prit le siège qui lui permettait de surveiller la porte.

Matt envoya un texto à son bureau, proposant à ses collègues de rapporter le déjeuner pour tout le monde. Caleb et lui pourraient ainsi se retrouver loin des regards indiscrets pour parler et décider de la suite.

— Vous avez l'air furieux, dit Caleb.

— Quand je réfléchis, mon visage prend toujours une expression sombre, expliqua Matt. Mais je ne suis pas en colère.

Il refusait de transmettre son inquiétude à son fils.

— En tout cas, il est fou que tu sois venu justement aujourd'hui, dit-il en essayant de sourire. Ta mère et moi comptions vraiment tout te dire, ce soir. Et officialiser la nouvelle, dès demain.

Caleb glissa sa paille dans le trou du couvercle de son soda et aspira avec bruit. Matt ne réagit pas. Il n'avait pas envie d'infliger des cours de bonnes manières à son fils le jour où il le rencontrait enfin.

— Comment se passe ta saison de football ? demanda-t-il.

Caleb releva brusquement la tête.

— Parce que maintenant, ça vous intéresse ? Vous avez brutalement envie de jouer les pères ?

Matt en rêvait depuis le début.

Il s'interdit d'accabler Bethany, de la désigner comme responsable de la situation.

— J'aimerais te connaître, Caleb. Tu es venu vers moi, sans doute parce que tu en avais également envie. Alors, allons-y, faisons connaissance. Pose-moi toutes les questions que tu souhaites, j'y répondrai. Je n'ai rien à cacher.

Caleb plissa les yeux.

— Pourquoi m'avoir si longtemps ignoré ? Vous ne vouliez pas de moi ?

— Bien sûr que je voulais de toi ! s'exclama Matt.

L'adolescent se pencha vers lui et baissa la voix.

— Alors, où étiez-vous, toutes ces années ?

Et Matt comprit pourquoi Bethany n'avait pas voulu affronter cette conversation seule.

*Sois un homme, Riley.*

— Depuis que j'ai appris que ta mère était enceinte, il n'y a pas eu un jour où je n'ai pensé à toi et souhaité être avec toi. Comment as-tu découvert qui j'étais ?

— Je vous l'ai dit. Grâce aux photos.

— Et comment crois-tu que la personne qui te les a envoyées se les soit procurées ?

Une expression perplexe assombrit le visage de Caleb.

— Je n'en sais rien, je n'y ai pas réfléchi.

— Les dossiers du personnel militaire ont été piratés récemment. À peu près au moment où tu as commencé à recevoir des messages via cette application. La raison pour laquelle le hacker avait des renseignements à te communiquer est que, depuis ta naissance, j'envoie à ta mère tous les mois une pension alimentaire pour contribuer à ton éducation.

Il préférait ne pas faire allusion à la lettre de menace que Bethany avait reçue, la veille.

Le regard de Caleb se rétrécit alors qu'il étudiait Matt.

— Alors, qu'est-ce qui cloche chez vous pour que ma mère n'ait pas eu envie que vous viviez avec nous ?

— Tu lui poseras la question. Nous nous sommes rencontrés à West Point. Nous étions dans la même classe de cadets et nous avons vite sympathisé.

Matt sourit en se remémorant cette époque.

— Nous étions jeunes et nous nous aimions, poursuivit-t-il. Mais, lorsqu'elle a découvert sa grossesse, elle a dû prendre des décisions difficiles. Elle a fait ce qu'elle pensait être le mieux pour elle et, finalement, pour toi.

Elle avait sorti Matt de leurs vies et il en avait été ravagé.

— J'ai respecté ses choix, mais j'ai insisté pour l'aider.

Caleb pressa du ketchup sur ses frites.

— Ma mère ne m'avait jamais dit qu'elle était allée à West Point.

— Elle n'a pu suivre la scolarité que pendant trois semestres, dit Matt. Quand elle est tombée enceinte, elle a été transférée dans une autre école.

— Pourquoi ne m'avez-vous reconnu à ma naissance ?

À l'époque, Bethany lui avait rappelé le règlement intérieur de l'Académie militaire de West Point, très strict. Si leurs supérieurs avaient appris sa grossesse, tous deux auraient été exclus de l'établissement. Un tel renvoi aurait interdit à Matt d'embrasser une carrière militaire et aurait compliqué la suite des études de Bethany. Matt était prêt à assumer, à quitter la plus prestigieuse des écoles militaires américaines pour poursuivre ses études ailleurs avec Bethany. Elle avait refusé, affirmant qu'il devait suivre les traces de son père, reprendre le flambeau. En fait, prétextant qu'il s'agissait de son corps, elle lui avait imposé ses choix et il avait été obligé de s'y plier.

Pourtant, ce n'était pas à Matt de le dire à Caleb.

— Je voulais le faire, répondit-il enfin. Et j'aurais aimé convaincre ta mère de me laisser l'épouser pour que nous formions une famille.

Caleb l'observa à nouveau et apparemment il jugea l'explication sincère.

— Elle peut être assez têtue.

— Son portrait illustre la définition du mot dans le dictionnaire, renchérit Matt, faisant s'esclaffer Caleb.

Son rire inattendu rappela Bethany à Matt. Il en voulait à celle-ci d'avoir gardé Caleb pour elle, de l'avoir privé du bonheur de vivre avec son fils pendant toutes ces années, de lui avoir interdit de le connaître. Heureusement, cette amertume se dissipa vite.

Il n'aurait pas été honnête de lui faire porter l'entière responsabilité de la situation. Il aurait eu la possibilité à l'époque de revendiquer ses droits paternels, d'exiger un droit de visite et il aurait probablement dû le faire.

Avaient-ils tous deux choisi la facilité, privilégié sa carrière à lui et son désir d'indépendance à elle ? Quoi qu'il en soit, ils pouvaient à présent faire un autre choix, de décider d'un nouveau départ pour leur avenir en tant que famille.

— Pourquoi regardez-vous sans cesse ce qui se passe dehors, dans la rue ?

Il était observateur, remarqua Matt avec fierté. Il hésita à lui faire part de ses inquiétudes mais, anticipant la réaction de Bethany, il se l'interdit à temps. Caleb n'avait que quinze ans. Mieux valait rester flou.

— Le fait que tu aies eu la capacité de m'identifier maintenant semble lié au piratage informatique dont les fichiers du personnel militaire ont été la cible. La coïncidence est trop énorme. Quelque chose ne va pas.

Caleb se retourna pour observer à son tour la rue avant de reporter son attention sur son hamburger.

— Vous pensez que j'ai été suivi ?

*Manipulé, plutôt.* Matt garda cette hypothèse pour lui. Elle paraissait un peu tirée par les cheveux.

— Cette éventualité m'a traversé l'esprit.

Supposer que cette situation ait été le résultat d'une action délibérée de quelqu'un qui avait utilisé les informations compromises lui déplaisait. D'eux trois, seul Matt n'avait pas été menacé par le hacker. Il était furieux que des civils innocents aient été visés et pas lui.

Caleb esquissa un petit sourire

— C'est cool. J'ai l'impression d'être dans un *James Bond*.

Matt aurait dû s'en douter.

— Il ne s'agit pas d'un film, Caleb. Si quelqu'un t'a utilisé ou a manipulé, il faut tout de suite y mettre un terme.

— Vous regrettez que je vous aie retrouvé alors.

— Non, je n'ai pas dit ça.

Son appétit envolé, Matt enveloppa les restes de son sandwich pour plus tard. Il ne pouvait pas espérer que Caleb l'accepte instantanément ni qu'il croie que Matt l'aimait et avait toujours voulu faire partie de sa vie.

— Pendant toutes ces années, je n'avais que quelques photos de toi, je connaissais tes résultats scolaires et certains de tes exploits sportifs. Ce n'était pas assez. J'ai toujours eu envie de faire ta connaissance. Tu pourras le demander à ta mère ce soir autour du poulet à la grecque. Elle te le confirmera.

— Je le ferai.

— Bien.

Une serveuse vint leur apporter les hamburgers qu'il avait commandés pour le personnel.

— Si tu n'as pas terminé, nous allons mettre ton repas dans une boîte à emporter et tu le finiras au Pentagone avec les employés du général.

— Sérieux ? Nous allons déjeuner au Pentagone ?

Matt acquiesça.

— Va demander une boîte pour chacun de nous. Pendant que j'appelle une voiture.

Caleb se dépêcha de se rendre au comptoir. Matt s'apprêtait à réserver un Uber via l'application sur son smartphone quand il reçut un texto indiquant que la limousine du général les attendait devant le fast-food. Si, dans le passé, il aurait regretté que son supérieur se mettre en quatre pour lui faciliter la vie, il fut heureux d'accepter ce service, aujourd'hui.

Il ne se trouvait pas sur une zone de combat, mais il se sentait sous pression. Savoir qu'il avait une équipe derrière lui, des hommes pour protéger ses arrières, le rassurait, même s'ils occupaient tous des postes administratifs.

# 3

Tout l'après-midi, Bethany reçut des messages et des selfies de Caleb et de Matt. Apparemment, son fils déjeunait au Pentagone avec le général Knudson et son personnel.

La journée de Caleb s'apparentait davantage à une récompense qu'à une punition infligée à un adolescent qui avait fugué et séché ses cours. Mais, en tant que mère, elle était consciente que son fils vivait un grand moment.

Avec son père.

Elle avait envie d'être en colère, mais elle n'y parvenait pas. Certes elle s'inquiétait de l'escapade non autorisée de Caleb à Washington – et elle lui demanderait des comptes pour cela – mais, en voyant sur une photo le père et le fils réunis, elle avait fondu, attendrie. Ils se ressemblaient tant. Quand ils souriaient, ils avaient tous deux la même petite fossette sur la joue gauche.

En quelques heures, son univers avait été bouleversé. Imaginer Caleb avec Matt la glaçait et la réchauffait en même temps. Toute la journée, elle avait oscillé entre culpabilité et regrets. Elle se remémorait toutes les étapes importantes de la vie de son fils auxquelles Matt aurait dû être associé.

Au fil des ans, elle avait laissé passer de nombreuses occasions de faire entrer Matt dans leur vie, sous prétexte de protéger Caleb, de lui éviter toute perturbation. Ce choix avait porté ses fruits, pensa-t-elle. L'adolescent avait des amis qu'il connaissait depuis la maternelle, il faisait partie d'une équipe de football avec laquelle il voyageait, il avait vécu une enfance normale. Il n'avait pas connu les difficultés auxquelles étaient confrontées les progénitures de militaires, obligées de déménager tous les deux ou trois ans. D'ailleurs, elle avait apporté à son fils tant de stabilité et de confiance en lui qu'il n'avait pas hésité à prendre le train tout seul pour aller retrouver son père.

Cela dit, si elle voulait faire preuve d'un minimum d'honnêteté intellectuelle, elle devait reconnaître que Matt ne s'était jamais plaint d'avoir dû changer d'école et de copains en permanence. Il avait été élevé dans une famille de militaires et il avait sans doute été programmé pour intégrer l'Académie de West Point dès sa plus tendre enfance. Bethany aussi, à une époque, avait prévu de poursuivre une carrière militaire, de trouver peut-être un mari soldat et, dans un idéal lointain, d'avoir un jour un enfant de lui.

Un jour. Pas à vingt ans. Pas avant d'avoir terminé ses études, voyagé et effectué professionnellement quelque chose d'important. Lorsqu'elle s'était retrouvée enceinte par accident, elle en avait été totalement désemparée. Matt avait été presque ravi d'apprendre sa grossesse alors qu'elle en avait été terrifiée. Rien ne l'avait préparée à devenir mère célibataire.

Il lui avait tout de suite proposé de l'épouser, même s'il leur aurait été interdit de se marier tant qu'ils étaient cadets, élèves à West Point. Si elle l'aimait à la folie, elle avait toujours su qu'elle devait refuser, qu'il lui faudrait se débrouiller toute seule pour élever l'enfant. Matt se destinait à une carrière militaire. Il serait appelé à servir son pays aux quatre coins du monde. Si elle avait accepté d'être sa femme, elle serait restée, elle, cantonnée à la maison, à attendre de ses nouvelles. Une telle perspective ne l'avait jamais emballée. De plus, elle avait craint que Matt ne se soit senti piégé si elle l'avait forcé à lui passer la bague au doigt parce qu'elle était enceinte. Ou qu'elle lui en veuille. Et elle n'avait pas eu envie que l'un d'eux en vienne à reprocher à l'autre des choix qu'il n'aurait pas pris dans d'autres circonstances. Cela aurait mis un terme regrettable à ce qui avait commencé comme une belle amitié.

Voilà pourquoi, et même si ce choix avait été difficile, elle avait décidé de s'éloigner de Matt, de renoncer à ses propres rêves, pour se lancer dans la maternité et relever ce nouveau défi. Avec Caleb, elle avait découvert qu'élever un enfant était une aventure.

Elle était encore au bureau quand un texto lui apprit qu'ils quittaient Washington. À travers les photos qui accompagnaient ce SMS, elle mesura l'enthousiasme de Caleb en découvrant le bolide de Matt, un magnifique coupé Camaro, un modèle de 1967 que Matt avait lui-même restauré, précisait l'adolescent.

Entre son travail au Pentagone et sa voiture de sport, il avait tout pour plaire à Caleb. Comme si elle avait besoin que Matt soit plus charismatique qu'il ne l'était déjà pour son fils. *Leur* fils. Il était grand temps qu'elle adapte son vocabulaire à la nouvelle donne.

En rentrant chez elle, elle s'arrêta à la supérette pour acheter de quoi compléter le dîner. La grande nouvelle qu'ils avaient projeté d'annoncer à Caleb avait été éventée, mais le sujet était loin d'être clos. Leur fils leur demanderait des explications, il y aurait des questions difficiles. Ils n'auraient peut-être pas de réponses pour toutes. Visiblement, quoi que Matt ait déjà dit à Caleb, l'adolescent avait placé son père sur un piédestal.

Tout en circulant entre les rayons, elle rumina ces sombres pensées. Elle prit une bouteille de vin. Elle l'ouvrirait plus tard pour se détendre, une fois Caleb couché et Matt parti. Pour agrémenter les cookies qui restaient de la veille, elle acheta de la glace à la vanille pour le dessert.

C'était de la corruption pure et simple, elle en était consciente.

Quand elle arriva à la caisse, son chariot était tellement rempli qu'un observateur extérieur aurait eu l'impression qu'elle préparait une fête pour une douzaine de convives. Mais elle ne faisait que couvrir les bases, pensa-t-elle avec pragmatisme.

Il s'agissait de leur premier dîner en famille, et il se devait d'être mémorable. Matt attendrait-il d'être seul avec elle pour lui asséner un : « Je te l'avais bien dit » ? Était-il en train d'expliquer à Caleb qu'elle seule était responsable de la situation, que c'était elle qui avait tenu Matt éloigné de leur vie ? De toute façon, son fils était sans doute parvenu à cette conclusion sans l'aide de son père.

À la maison, elle mit le poulet au four avec les légumes. Dès que le dîner fut lancé, elle se servit un verre d'eau dans l'espoir de se calmer. Caleb la détestait-il maintenant qu'il savait qu'elle l'avait sciemment privé de son père pendant quinze ans ? Il se sentait sûrement trahi, et par la suite elle aurait bien du mal à de défendre certaines valeurs comme la droiture, l'honnêteté ou l'intégrité…

Elle avait perdu toute crédibilité pour lui faire la morale.

Et elle ignorait toujours comment Caleb avait entendu parler de Matt, au départ. Lorsqu'elle avait posé la question à Matt, il avait balayé le sujet d'un revers de main en lui disant qu'il lui raconterait tout lorsqu'ils seraient ensemble. Espérait-il vraiment apaiser ainsi ses angoisses ?

Elle prépara des amuse-gueules pour l'apéritif. Caleb voudrait grignoter quelque chose dès son arrivée et Matt en aurait sans doute envie, lui aussi. Elle trancha du fromage et éplucha quelques carottes qu'elle disposa sur une assiette avant de les remettre au réfrigérateur. Quand ils arriveraient, tout serait prêt.

Sortant de la cuisine, elle traversa la salle à manger et le salon pour s'assurer que tout était parfait. Elle ne voulait pas donner à Matt une raison quelconque de critiquer la maison ou son rôle de mère. Tout était propre et bien rangé, grâce à de bonnes habitudes enracinées, saupoudrées d'un peu de créativité. Par acquit de conscience, elle vérifia que la chambre d'amis était prête, au cas où Matt insisterait pour passer la nuit ici.

Le souhaiterait-il ? En tout cas, elle n'avait pas l'intention de lui proposer de rester.

Elle sentit ses joues s'embraser à l'idée de Matt dormant au bout du couloir, à quelques pas de sa propre chambre. Voilà des années qu'elle ne l'avait pas vu et pourtant il était toujours l'homme qu'elle désirait le plus au monde, l'homme qu'elle tenait en haute estime, qu'elle considérait comme au-dessus de tous les autres. Et il continuait à jouer le rôle principal dans ses rêves érotiques. Bien sûr, ce secret-là, elle l'emporterait dans sa tombe. Personne ne le saurait jamais.

Un bruit de moteur dans la rue la poussa vers les grandes baies vitrées de la salle à manger. Un frisson lui parcourut l'échine quand le coupé noir entra dans la cour et s'arrêta devant le perron. Elle se surprit à retenir ses larmes lorsque le père et le fils sortirent de la voiture. *Des larmes de joie*, se dit-elle. Il s'agissait d'un événement heureux.

Caleb, son sac à dos sur l'épaule, entraîna Matt vers la porte d'entrée. Côte à côte, leur ressemblance était étonnante, jusque dans leur façon de marcher. Actuellement, Caleb était mince, tout en longueur, mais elle voyait déjà poindre chez lui la charmante version de Matt quand il était à West Point.

Vêtu d'une chemise grise et d'un pantalon noir, sa veste à la main, Matt semblait plus en forme que jamais. Il n'était pas surprenant qu'aucun autre n'ait trouvé grâce aux yeux de Bethany. Aucun ne lui arrivait à la cheville. Matt était unique, l'homme qu'elle avait toujours aimé. L'homme qu'elle aimait toujours.

*Idiote*, se réprimanda-t-elle. Son amour pour Matt était impossible, elle le savait bien. Caleb était sa priorité. En tout cas, l'adolescent avait besoin de savoir que, si elle se réjouissait que tout se soit bien terminé, son comportement depuis vingt-quatre heures était inadmissible.

Comme un autre véhicule passait lentement devant chez elle, Matt tourna automatiquement la tête dans cette direction. Elle suivit son regard, mais elle ne reconnut pas cette voiture. Horrifiée, elle vit soudain la vitre derrière le conducteur s'abaisser et le canon d'un pistolet apparaître, pointé vers eux.

Avec un hurlement, elle s'élança vers l'entrée pour leur ouvrir la porte. Elle entendit Matt ordonner à Caleb de courir se réfugier dans la maison. Des coups de feu claquèrent. Caleb se rua à l'intérieur, Matt sur les talons. Sous l'impact d'une balle, le vitrail au-dessus de la porte d'entrée explosa en une pluie d'éclats colorés.

— Baissez-vous ! cria Matt.

Il ferma du pied ce qui restait de la porte.

— Reculez-vous, reculez-vous !

Il les repoussa au fond du hall d'entrée, près du salon.

Bethany se laissa tomber sur le sol et palpa rapidement son fils à la recherche de blessures éventuelles.

— As-tu été touché ? Que s'est-il passé ?

— Je vais bien, je n'ai rien, assura-t-il.

Elle s'aperçut que sa main était rouge de sang.

— Tu saignes, insista-t-elle en soulevant sa chemise.

— Ce n'est pas moi, maman. C'est Matt.

Dans un état second, elle entendit Matt appeler le 911, raconter ce qui venait de se passer, sans oublier de décrire la voiture de l'assaillant, avant de communiquer à son correspondant l'adresse de Bethany.

Non, ce n'était pas possible. Le destin ne pouvait avoir la cruauté de donner un père à son fils pour le lui enlever le jour même. Au mépris des éclats de verre qui mordaient ses mains et ses genoux, Bethany se traîna vers Matt, adossé au mur en face de la porte.

— Es-tu gravement blessé ? demanda-t-elle.

— Rien, une égratignure. La balle n'a fait que m'effleurer.

Sa chemise était déchirée et tachée de sang.

— La blessure ne semble pas profonde, reconnut-elle après l'avoir examiné. Caleb, va chercher la trousse de secours.

— Oui, maman.

— Éloigne-toi des fenêtres, lui ordonna Matt.

— Tu crois qu'ils vont revenir ?

— Mieux vaut prévenir que guérir...

En son for intérieur, Bethany se jura que celui qui avait tiré sur leur fils le regretterait.

Caleb revint, la trousse de secours à la main, avec des torchons propres.

— As-tu besoin d'un bol d'eau, maman ?

— Cela m'aiderait, oui, dit-elle.

Il hocha la tête et repartit en trombe.

— C'est un garçon formidable, dit Matt alors qu'elle déboutonnait sa chemise pour dégager la plaie. Surprenant... Grâce à toi. Tu es visiblement une super maman.

Elle vit briller dans les yeux de Matt de la gratitude et autre chose, autre chose qu'elle préférait ne pas prendre en considération pour le moment.

— Merci, murmura-t-elle.

Il était difficile de le regarder quand il la dévisageait avec cette intensité. Quinze ans avaient passé, pourtant Matt avait toujours la capacité de l'ébranler au plus profond de son cœur, s'étonna-t-elle.

Sans doute devait-elle le remercier à son tour. Il méritait surtout de plates excuses, mais elle ne savait pas comment les formuler.

— Tu es superbe, dit-il.

Troublée, elle reporta son attention sur la blessure.

Caleb revenait en courant, un bol d'eau chaude à la main. L'eau débordait à chacun de ses pas, mais elle s'en moquait. Le parquet sécherait, et elle était soulagée que l'adolescent interrompe leur tête-à-tête.

Elle retira avec précaution la chemise de Matt pour le soigner. La première impression qu'elle avait eue de lui en l'apercevant par la fenêtre se confirma. Il s'était musclé depuis quinze ans et sa haute silhouette s'était élargie.

La maturité lui allait bien, se dit-elle.

Elle lava la plaie, et Caleb lui tendit des tampons de gaze.

— La blessure n'est pas très profonde. Des points de suture ne semblent pas indispensables, dit-elle.

— Un sparadrap suffira

— La police est là, annonça Caleb.

Les gyrophares projetaient des éclats rouges et bleus dans la salle à manger avec un étrange effet stroboscopique.

Quelqu'un frappa à la porte d'entrée cassée.

— Police !

Caleb se leva pour répondre, mais Matt le retint par le bras.

— Laisse-moi y aller.

Tenant le pansement sur ses côtes, il murmura un faible juron tandis que Bethany l'aidait à se relever.

Un autre coup secoua la porte.

— Police !

— Un instant ! cria Matt. Retournez tous les deux dans la...

— Je suis chez moi, coupa Bethany en se dressant devant lui.

Il voulait se montrer chevaleresque, mais il était blessé.

Il fronça les sourcils.

— Beth, prévint-il.

Il était la seule personne au monde à l'appeler ainsi. Et il ne lui avait pas donné ce surnom depuis qu'elle avait refusé sa première proposition de mariage. Dieu qu'il lui avait manqué !

— Je suis chez moi, répéta-t-elle en ouvrant la porte à un policier en uniforme.

— Bonsoir, madame, dit-il. Officier Baker, police de Cherry Hill. Êtes-vous en sécurité ?

— Maintenant, oui. Mais une voiture est passée dans la rue

et quelqu'un assis sur la banquette arrière a tiré sur mon fils et sur son père.

Le policier examina la porte endommagée.

— Êtes-vous blessée ? demanda-t-il à la vue du sang sur ses mains et ses vêtements. Une ambulance est en route.

— Mon fils et moi ne souffrons que de quelques égratignures. Ce sang est celui du père de Caleb. Une balle l'a touché, sans causer trop de dégâts, apparemment.

— Puis-je entrer ?

Elle ouvrit plus largement la porte et l'invita ainsi que son coéquipier à la suivre à l'intérieur.

Revenue dans la salle à manger, elle ferma les rideaux, un geste qui lui prouva que sa peur était toujours là. Le tireur était parti, le danger en principe écarté, mais elle sentait des frissons lui parcourir l'échine. Tandis qu'ils racontaient les événements aux policiers, elle nourrissait peu d'espoir sur leur capacité à retrouver le conducteur et son passager armé.

Tous trois se souvenaient de la voiture, une berline sombre. Matt leur livra la marque et le modèle, mais aucun d'eux n'avait aperçu la plaque d'immatriculation.

Non, il n'y avait pas de caméra de surveillance donnant sur la rue. Non, Caleb n'avait pas d'amis possédant des armes à feu ou faisant partie de gangs. Non, elle n'avait jamais vu ce véhicule auparavant. Non, personne n'avait emménagé récemment dans le quartier. Non, non, non. Tout cet interrogatoire ne faisait que souligner le sentiment d'impuissance qui flottait dans l'air, omniprésent.

Lorsque la minuterie du four retentit, Bethany profita de l'occasion pour se précipiter dans la cuisine afin de sortir le poulet du four. Derrière elle, elle entendait Matt répondre à d'autres questions.

Avec les années, ses intonations étaient devenues plus profondes et plus douces. Autrefois, le simple son de sa voix lui donnait envie de se rapprocher de lui et d'accepter le soutien qu'il lui offrait. Une raison de plus pour laquelle elle avait préféré garder ses distances après la naissance de Caleb. Mieux valait éviter la tentation pour ne pas risquer de craquer.

Elle s'était toujours sentie vulnérable vis-à-vis de Matt.

— Maman ? dit Caleb en la rejoignant. Tu vas bien ?

— Bien sûr, répondit-elle avec un sourire. Je cherche un moyen de garder notre dîner au chaud.

Elle couvrit le poulet de papier aluminium avant de le remettre au four.

— Matt veut que nous restions dans la cuisine.

Bethany se hérissa, comme lorsque Matt avait tenu à ouvrir lui-même sa porte. Cela dit, même s'il était blessé, il avait mieux vu la voiture que Caleb et elle. Il occupait également un poste important au sein de l'armée américaine. Son témoignage avait donc plus de poids auprès des autorités.

Elle remarqua des taches de sang sur le jean de son fils et l'invita à s'asseoir sur un tabouret.

— Retrousse les jambes de ton pantalon, ajouta-t-elle en se dirigeant vers l'évier.

Il obéit, les yeux au ciel.

— Je vais très bien, maman.

— Et moi, j'irai mieux si tu me laisses jeter un œil, chéri. S'il te plaît.

Il poussa un gros soupir.

— Si tu y tiens.

À l'aide de feuilles de papier absorbant mouillées, elle épongea ses égratignures.

L'agent Baker entra alors dans la cuisine.

— Les ambulanciers examinent M. Riley, dit-il. L'un de vous a-t-il besoin de soins ?

— Non, merci, répondit Bethany.

— D'accord. Y a-t-il quelqu'un pour vous aider à réparer la porte ?

Bethany avait oublié que sa porte était cassée.

— Je vais appeler un voisin.

— Bien. Nous vous laissons, mais une voiture de patrouille restera par précaution cette nuit devant chez vous. Nous vous tiendrons au courant de l'évolution de l'enquête.

— Merci.

Les ambulanciers étant toujours dans sa salle à manger,

Bethany reporta son attention sur le sweat à capuche, orné de la mascotte du collège, de Caleb.

— Il est bon pour la poubelle, celui-ci.

— Pas question. C'est l'un de mes sweat-shirts préférés.

— Je sais, affirma-t-elle avec sympathie. Laisse-le-moi. Je vais essayer de le sauver.

Comme il passait le vêtement par-dessus sa tête, elle aperçut un trou dans l'épais tissu et son cœur se serra dans sa poitrine. Une balle avait failli atteindre son bébé. Il s'en était fallu d'un cheveu qu'il ne se fasse tuer. Peu importait qu'il soit bientôt plus grand qu'elle, Caleb serait toujours son bébé.

Les larmes aux yeux, elle serra l'adolescent contre elle avec force.

Embarrassé par l'émotion de sa mère qu'il ne savait pas gérer, Caleb lui tapota le dos.

— Ça va, maman ?

— Non, mais ça ira, répondit-elle honnêtement.

Elle prit une profonde inspiration avant d'expirer lentement.

— Va voir comment se porte Matt.

Elle se tourna vers l'évier et commença à frotter le sweat à capuche en sachant qu'elle serait obligée de le jeter pour finir. Matt lui en donnerait peut-être un autre, orné du logo de l'armée, qui deviendrait le nouveau sweat préféré de Caleb.

Dès que son fils fut sorti et qu'elle l'entendit bavarder avec Matt, elle fourra le vêtement dans un sac en plastique qu'elle balança dans la poubelle de la buanderie. Puis elle appela M. Payton. Il habitait au bout de la rue et s'était toujours porté volontaire pour l'aider à effectuer des petites réparations dans la maison. Très gentiment, il accepta de venir sécuriser la porte pour la nuit.

Bethany se remit à préparer le repas. Une fois la porte réparée, ils dîneraient ici, décida-t-elle, un cadre décontracté pour une conversation détendue. La salle à manger était trop proche des lieux du drame et lui semblait à présent dangereuse. Bethany ne comprenait pas bien les tenants et les aboutissants des événements. Mais elle ne pouvait s'empêcher de voir un lien entre le fait que Caleb avait rencontré Matt et la fusillade dont ils avaient été les cibles.

Une profonde colère l'habitait. Elle avait envie de riposter, de trouver un coupable. Elle voulait aussi protéger son fils. Une petite voix sournoise s'insinuait dans son esprit, cherchant à incriminer Matt. Mais elle s'interdit de l'écouter, sachant qu'il s'agissait d'une réaction irrationnelle et injuste.

Quoi qu'il en soit, il n'était pas question de parler davantage des dangers et des risques en présence de Caleb, ce soir. En revanche, elle ne laisserait pas Matt sortir de cette maison tant qu'ils ne seraient pas parvenus à un accord sur les précautions à prendre pour assurer la sécurité de Caleb. Elle voulait des réponses, pas de belles paroles, pas de platitudes. Son fils était sa plus haute priorité, et si l'éloigner de son père était le seul moyen de le protéger, elle l'imposerait.

La terreur de Bethany au moment de l'attaque était passée, mais le calme dont elle avait fait preuve pendant la crise était, lui aussi, en train de se dissiper. Si elle arborait une expression détendue et si elle menait une conversation agréable, évitant avec soin les sujets sensibles, Matt devinait qu'elle était furieuse.

Sans doute aurait-elle préféré qu'il ne soit pas là, vêtu d'un T-shirt bleu que les ambulanciers lui avaient laissé, sa chemise étant en lambeaux. De son côté, elle s'était changée. Un corsage crème et un jean bien ajusté moulaient ses jolies courbes féminines. Elle avait tressé ses cheveux sur la nuque. Chaque fois qu'elle posait les yeux sur lui, elle semblait se renfermer un peu plus. Sans doute le logo qui ornait son T-shirt lui rappelait-il les balles qui avaient failli toucher leur fils.

Il la trouvait plus belle que jamais. Bethany, qui le captivait depuis toujours, n'aurait aucune difficulté à le séduire de nouveau. Grâce aux photos sur les réseaux sociaux, il l'avait vue évoluer au cours des années, il avait suivi ses changements de coiffure, de style, de loisirs. Mais rien ne l'avait vraiment préparé à la revoir en chair et en os. Le simple fait d'entendre sa voix, de partager un repas avec elle, le bouleversait. L'envie de mêler leurs doigts pour retrouver leur bonheur d'autrefois le submergeait.

Peut-être aurait-il dû s'en aller et remettre ce dîner à une date ultérieure afin de mener l'enquête sur les derniers événements.

Mais l'envie de passer cette soirée avec son fils était trop forte. Le contact avec Caleb était facile, tous deux s'étaient rapprochés plus vite que Matt n'aurait osé l'espérer. Ils s'apprivoisaient si bien que, tout en roulant, Matt lui avait proposé de l'appeler par son prénom – il devinait que « papa » était prématuré et aurait du mal à passer – et de le tutoyer. Son fils avait tout de suite accepté. Mais Matt avait passé assez de temps avec Caleb cet après-midi pour comprendre que l'adolescent en voulait beaucoup à sa mère. Le gamin s'estimait en droit de lui demander des comptes, d'exiger des explications. Il lui reprochait de l'avoir volontairement privé de son père. Il n'aurait pas été juste que Bethany gère la crise annoncée toute seule. Servir de tampon entre la mère et le fils pour les empêcher de se dire des choses qu'ils regretteraient par la suite relevait de son devoir.

Sa blessure était un peu douloureuse mais ne l'empêchait pas de se nourrir. Les ambulanciers l'avaient averti qu'il s'était sans doute fêlé quelques côtes en tombant, mais ce genre de mésaventure lui était déjà arrivé à l'entraînement et il ne s'arrêterait pas pour si peu. Il avait envie de profiter de ce qui restait de sa première soirée en famille.

Caleb et lui dévorèrent tout ce que Bethany avait mis sur la table. Après avoir englouti le plateau de hors-d'œuvre, ils se régalèrent du poulet à la grecque. Bethany se contenta de jouer avec la nourriture dans son assiette. Elle n'avait jamais faim quand elle était en colère.

Leur fils les bombarda de questions sur la façon dont ils s'étaient rencontrés et sur West Point. Lui raconter ces histoires replongea Matt dans sa jeunesse. À l'époque, Bethany l'enthousiasmait autant que la prestigieuse école militaire où il venait d'être admis. Ensuite, Caleb interrogea Matt sur les pays où l'armée l'avait envoyé. L'adolescent semblait conscient que la bonne humeur apparente de sa mère était fragile et il cherchait manifestement à l'épargner en évitant les questions les plus sensibles, les plus douloureuses. Jusqu'au moment où il fut incapable de les repousser plus longtemps.

— Quand comptais-tu me parler de Matt ? demanda Caleb à

sa mère. Dans l'hypothèse où tu avais l'intention de me révéler un jour son existence, bien sûr.

Matt eut droit un autre regard froid de Bethany.

— J'en avais bien l'intention, répondit-elle. Et je l'avais programmé pour ce soir, ajouta-t-elle avec un sourire.

Caleb secoua la tête.

— Non. Je veux dire : si le piratage informatique ou n'importe quel autre événement extérieur ne t'y avait pas obligée, m'en aurais-tu un jour parlé ?

Matt admira en son for intérieur le courage de l'adolescent qui affrontait sa mère.

— Oui, répondit-elle.

Une syllabe. Qui résumait tout mais qui, comme il fallait s'y attendre, ne suffit pas à Caleb.

Les yeux rivés sur ceux de Bethany, il marmonna.

— Je ne te crois pas.

— Je le comprends. La confiance entre nous a été sérieusement ébranlée aujourd'hui, non ?

Caleb leva le menton.

— En tout cas, je n'ai pas l'intention de m'excuser d'être parti à la recherche de Matt, ni de l'avoir retrouvé.

— Je vois.

Bethany avait l'air d'avoir besoin d'un verre de vin ou de quelque chose de plus fort.

De son côté, Matt n'aurait pas été contre un alcool plus fort que la bière qu'elle lui avait servie. Il commençait à se sentir mal à l'aise au milieu de cette histoire qu'il avait finalement subie autant que son fils. Mais il s'agissait de sa famille, et il était plus que temps pour lui d'agir.

— Caleb, parle à ta mère avec respect. Et ne lui mets pas tout sur le dos, poursuivit-il. Je suis aussi responsable qu'elle. J'aurais pu faire valoir mes droits paternels et être plus impliqué. J'ai choisi de ne pas le faire.

— Mais c'est elle qui...

— Ta mère a toujours fait ce qu'elle pensait être le mieux pour toi, intervint Matt. Chaque décision qu'elle a prise l'a été par amour.

Les lèvres pincées, Bethany fixait son assiette en silence. S'ils avaient été seuls, Matt l'aurait poussée à se confier à lui en faisant appel à son sens de l'humour ou à sa faculté à se mettre en colère. Mais il renâclait à utiliser ces tactiques devant leur fils. Par égard pour elle.

— J'aurais préféré que tu l'apprennes autrement, Caleb, dit Bethany. Mais je ne regrette pas que tu l'aies découvert, que tu saches à présent qui est ton père et que tous deux ayez fait connaissance. Pendant des années, j'ai essayé de trouver le bon moment pour te le dire.

— Et pourquoi ne l'as-tu jamais fait ? répliqua Caleb en élevant la voix. C'était si difficile que ça ?

De nouveau, Matt voulut intervenir, mais Bethany secoua la tête pour l'en dissuader.

— Parce que nous étions heureux, dit-elle, la voix et les yeux teintés de regret. Nous étions tous heureux.

Matt n'était pas d'accord sur ce dernier point, mais il attendrait d'être seul avec elle pour le dire. Il ajouterait ce sujet à la liste de plus en plus longue de ce dont ils avaient besoin de discuter en tête à tête. Caleb n'avait pas dû être si heureux de la situation. S'il l'avait été, il n'aurait pas suivi les indications d'un inconnu pour partir à la recherche de son père. Quant à Matt, il avait toujours souffert de cet arrangement. Depuis quinze ans, son fils lui manquait terriblement. Il avait toujours eu l'impression d'être amputé d'une partie de lui-même. Et maintenant, assis dans sa cuisine, il n'avait pas le sentiment que Bethany avait été aussi heureuse qu'elle le prétendait. En tout cas, pas comme une mère de famille devrait l'être.

Sentant qu'il n'allait pas tarder lui-même à perdre son sang-froid, il proposa à Caleb de l'aider à faire la vaisselle.

— Être en colère contre elle ne réglera rien, dit-il, couvrant la conversation sous le bruit de l'eau. Tu as le droit d'être furieux, mais n'oublie que ta mère est quelqu'un de sensible.

— Je sais. Mais je ne peux pas m'empêcher d'être fou de rage contre elle, reconnut le garçon.

Matt vit trembler les mains de Caleb alors qu'il chargeait le lave-vaisselle.

— C'est l'adrénaline, dit-il. Il faut du temps pour l'évacuer.

*L'adrénaline et une bonne dose de peur*, songea Matt.

— Nous allons trouver une solution, le moyen de nous en sortir. Je te le promets, Caleb.

L'adolescent tordait si fort le torchon entre ses mains que ses jointures en blanchissaient.

— Aussi loin que je m'en souvienne, j'ai toujours eu envie d'un père, dit-il. Il n'est pas juste que tu aies vécu si près de moi pendant tout ce temps, sans que je le sache. Elle n'avait pas le droit de me priver de toi, de mon père.

Son fils luttait pour retenir ses larmes et, bouleversé, Matt le prit dans ses bras.

— La vie est parfois dure, non ?

Il aurait pu le serrer contre lui pendant un an sans se lasser.

Caleb hocha la tête, le front contre son torse.

Matt l'étreignit encore avant de s'ordonner de le lâcher.

— En tout cas, maintenant, tu sais que j'existe.

Après un moment, Matt reprit :

— J'ai un service à te demander, Caleb.

— Bien sûr.

— Après le dessert, trouve quelque chose à faire pour que je puisse parler à ta mère en tête à tête.

— Tu veux lui parler de moi ? s'enquit Caleb en le regardant attentivement.

— Entre autres, répondit Matt avec un clin d'œil.

Le visage de Caleb s'assombrit.

— D'accord. Tu restes ici, cette nuit ? Dis oui, je t'en prie !

— Te sentirais-tu mieux si je restais ?

Il attendit le signe affirmatif de Caleb pour répondre :

— Alors je vais te révéler un secret : je l'avais prévu.

Maintenant qu'il avait retrouvé sa famille, il n'avait pas l'intention de les laisser se débrouiller seuls face à une menace. La fusillade de ce soir n'était pas due au hasard.

— Et personne ne t'en voudra d'arriver en retard au travail demain ? s'enquit Caleb.

— Le général Knudson et moi allons régler le problème. Cela fait partie des circonstances exceptionnelles. En revanche, il est temps pour toi d'aller te coucher. À quelle heure passe le bus de ramassage scolaire ?

— Il n'y a pas classe demain, intervint Bethany en entrant dans la cuisine pour sortir la crème glacée du congélateur. Caleb a été exclu pendant deux jours pour avoir fait l'école buissonnière.

— Quoi ? cria Caleb. J'ai un examen d'histoire, jeudi. Et lorsqu'un élève est exclu du collège, il a zéro aux examens qu'il aurait dû passer, dit-il à Matt. Je suis mort, ajouta-t-il en se couvrant le visage de ses mains.

— Tu dois assumer les conséquences de tes actes, dirent Matt et Bethany à l'unisson.

— J'avais une bonne raison de sécher les cours, protesta l'adolescent en se tournant vers Matt.

Aucun d'entre eux ne réagit. Caleb fusilla chacun de ses parents d'un regard furieux.

— C'est donc ça ? Vous vous êtes ligués contre moi ? La totale !

Il quitta la pièce avec colère.

— Tu penses qu'il va tenter de filer ? demanda Matt.

— Il n'irait pas loin avec le système de sécurité.

Un sourire passa sur ses lèvres quand elle précisa :

— J'ai installé des alarmes aux fenêtres dès qu'il est entré au collège.

La moue amusée de Bethany réveilla le désir de Matt.

— Sans parler des policiers qui montent la garde dehors.

Il inclina la tête.

— Avons-nous agi comme des parents unis ?

— Oui et cela a fonctionné, je pense.

Elle leva la main pour frapper la sienne en signe de victoire. Il en profita pour poser un baiser sur ses doigts.

— Je te remercie, Beth.

— Pour quoi ?

*Pour tout. Pour m'avoir laissé rester.*

— Pour Caleb, dit-il. Pour tes soins, pour le dîner délicieux. Je pourrais continuer longtemps.

À contrecœur, il la laissa s'écarter.

Elle sortit une bouteille de vin d'un panier.

— C'est à moi de te remercier, Matt.

Il lui prit le tire-bouchon des mains.

— À mon tour de demander : me remercier pour quoi ?

— Pour ne pas m'avoir prise comme bouc émissaire, tout à l'heure. Nous savons tous les deux que Caleb ne t'avait jamais rencontré parce que j'en avais décidé ainsi.

Qu'elle l'avoue le laissa sans voix et la façon dont elle le regarda derrière ses longs cils noirs le ramena à l'époque de West Point, où ils s'embrassaient furtivement lorsqu'ils se rendaient en catimini au cimetière.

— Aimerais-tu un verre ? proposa-t-elle avec un sourire.

— Je préfère une bière, répondit-il en ouvrant le frigo.

Il lui tendit l'assiette de cookies qu'elle avait sortis pour accompagner la crème glacée.

— Ils se marient bien avec le vin. Et le chocolat est bon pour le stress.

Elle sirota une gorgée du breuvage avant d'ajouter :

— Caleb a parfaitement le droit d'être en colère contre moi, murmura-t-elle en regardant vers la chambre de l'adolescent.

— Et contre moi, dit-il.

Elle secoua la tête.

— Toi, tu es le père qu'il a toujours voulu. Je ne suis que la mère qu'il a toujours connue.

Matt avait envie de la rassurer, de la prendre dans ses bras et de l'embrasser pour effacer les doutes qui assombrissaient ses yeux magnifiques.

— Nous ne savons pas quel genre de père je suis.

— Il y a fort à parier que tu seras le père de l'année, murmura-t-elle.

Si elle y croyait, pourquoi avait-elle été aussi déterminée à l'exclure si longtemps de la vie de Caleb ?

— Tu vois quelqu'un ? demanda-t-il soudain.

— Non. Et toi ?

— Non plus.

Il parvint à ne pas montrer l'intense soulagement qui l'envahissait.

Elle l'épingla avec un regard sceptique.

— Alors si je comprends bien, c'est le travail qui t'a obligé à rentrer chez toi si tard, hier soir ? Cela ne ressemble pas à ce que je sais du général Knudson, déclara-t-elle.

Par le biais des communications du bureau du JAG, Matt s'était assuré que Bethany soit toujours au courant de chacune de ses affectations. Cela dit, il ne s'attendait pas à ce qu'elle sache quoi que ce soit sur son supérieur actuel.

— Il organise des matchs de football tous les lundis soir.

— Ah.

Il jeta un coup d'œil dans le couloir pour s'assurer que Caleb n'était pas à portée de voix avant d'ajouter :

— Cela dit, je suis rentré tard chez moi à cause d'une mauvaise blague dont Knudson et moi avons été victimes après cette rencontre sportive.

Il ne pouvait vraiment pas parler d'attaque, surtout après la fusillade qu'ils avaient essuyée en arrivant ici.

— Il a fallu faire une déclaration à la police. C'était le bordel.

— Que s'est-il passé ? demanda-t-elle, une lueur d'inquiétude dans les yeux.

— Alors que nous parvenions à la hauteur de la limousine du général, une voiture a surgi et a foncé sur nous. Elle a lancé un ballon de base-ball sur le pare-brise de Knudson. Le geste était assez agressif, même si le projectile ne l'était pas.

— Un tir de ballon de base-ball ? répéta-t-elle, incrédule.

— Nous n'avons compris qu'il s'agissait d'un simple ballon qu'à la fin, dit-il, sur la défensive.

— Oui, mais je suis frappée par la similitude des deux épisodes.

Elle avait raison.

— Le chauffeur n'était pas aussi pressé que devant chez toi. Tout à l'heure, il roulait lentement jusqu'au moment où le type à l'arrière s'est mis à tirer. À ce moment-là seulement, il a accéléré pour prendre le large en vitesse. Tu comprends pourquoi j'ai dit à Caleb que je préférais passer la nuit ici, ajouta-t-il.

— Nous dormirons tous mieux si tu restes ici.

À la façon dont elle pinça les lèvres, il comprit qu'elle mentait. Il trouva presque rassurant de constater que certaines choses ne changeaient pas.

— Tu n'as pas envie que je reste, dit-il.

Elle soupira tout en roulant son verre entre ses paumes.

— Vu les circonstances, ta requête semble raisonnable.

— Je veux faire partie de sa vie, Beth.

— Je sais, répondit-elle en mordillant sa natte. Voilà longtemps que tu aurais dû en faire partie.

L'envie de glisser ses doigts dans sa chevelure le traversa, mais il se ressaisit.

— Comment allons-nous procéder ?

— Nous aviserons jour après jour, je suppose.

Elle posa son verre de vin.

— Caleb et toi, avez-vous conclu un pacte pour me cacher comment il t'avait trouvé ?

Malgré sa fatigue évidente, son regard était perçant.

— Non, mais peut-être aurions-nous dû le faire.

Une fois de plus, il regretta de ne pas avoir un verre de whisky à la main. Un peu d'alcool lui aurait facilité la tâche. Et aiderait sans doute Bethany à supporter ce qu'il allait lui révéler.

— Dis-moi, ordonna-t-elle.

Matt aurait préféré se taillader les veines que d'ajouter à ses inquiétudes. Il se pencha en avant, les coudes sur ses genoux.

— Il m'a dit qu'il avait reçu des indices via une application sur son smartphone. Celle sur laquelle les messages et les photos disparaissent très vite après que leur destinataire les a vus, expliqua-t-il avant qu'elle puisse se rendre dans la chambre de l'adolescent pour lui confisquer son appareil sur-le-champ. Caleb a compris qu'un inconnu lui donnait des pistes pour lui permettre de m'identifier. Il a creusé de son côté, effectué des recherches sur Internet et appris ainsi mon nom et que je travaillais au Pentagone. Il avait tout planifié en décidant de venir me rencontrer.

Bethany pâlit.

— C'est toi qui les lui avais envoyés ? C'est toi qui as mis tout ça en branle ?

L'injustice de l'accusation fit à Matt l'effet d'un coup de poing au ventre. Il se redressa, les paumes levées.

— Non, absolument pas. Tu me connais vraiment mal. Jamais je ne t'aurais fait un coup pareil.

S'efforçant de garder son calme, il poursuivit à voix basse.

— D'après ce qu'il m'a dit, il a reçu ces messages, il y a deux ou trois semaines. À peu près à l'époque où les fichiers du personnel militaire ont été piratés mais avant que cette cyberattaque n'ait été décelée ou, en tout cas, annoncée aux intéressés. Manifestement, celui qui a acheté ces renseignements au hacker essaye de m'embarrasser ou de nous ennuyer. Mais je ne comprends pas bien dans quel but.

— Ou peut-être veulent-ils te tuer. Et tu les as conduits ici.

— Bethany, arrête, je n'ai rien fait de tel.

Même s'il avait du mal à prétendre qu'il n'avait pas eu souvent envie de provoquer une rencontre avec Caleb.

— Si j'avais voulu me présenter à lui, j'aurais pu le faire des dizaines de fois. Soit en demandant à un juge de m'accorder un droit de visite, soit en te prenant en traître et en surgissant par surprise au cours d'une sortie scolaire ou d'un match de football, par exemple.

— Tu as raison. Pardon. Je suis perturbée.

Il hésita à la prendre dans ses bras, en tant qu'ami puisqu'il ne pouvait rien exiger d'autre. Mais il avait envie de la rassurer, de lui promettre qu'ils allaient traverser cette épreuve ensemble. Comme une famille.

— J'avais imaginé que cette soirée se déroulerait différemment, murmura-t-elle en se frottant les tempes.

— Moi aussi.

Il avait espéré qu'elle l'embrasserait pour le remercier d'avoir ramené Caleb à la maison. Il n'avait ni besoin ni envie d'être accueilli comme un héros, mais l'être comme un vieil ami lui aurait fait plaisir.

Dès son premier déploiement à l'étranger, Matt avait commencé à imaginer Bethany l'attendant sur le tarmac pour fêter son retour, les bras grands ouverts. Ses camarades ne cessaient de lui parler de leurs femmes, de leurs gosses. Il rêvait de repérer son visage dans la foule, à l'aéroport. Chaque fois qu'il était rentré avec son unité et qu'ils voyaient ses copains ovationnés par leurs familles, il s'était surpris à la chercher des yeux. Bien sûr, cette réaction était ridicule mais il n'avait pas pu s'en empêcher.

Que ferait-elle s'il le lui racontait, maintenant ? Il connaissait la réponse. L'esprit pratique de Bethany la pousserait à se concentrer sur le problème actuel à savoir la protection de Caleb. Et elle aurait raison.

Secouant la tête, il revint donc au présent.

— Que t'a dit ton superviseur quand tu lui as montré la lettre que tu as reçue, hier ?

Elle battit rapidement des paupières comme si elle aussi avait été perdue dans ses pensées de ce qui aurait pu être.

— Pas grand-chose. Nous l'avons confiée à l'équipe de sécurité. J'étais en train de me demander comment le piratage de mes comptes bancaires avait pu aboutir à une fusillade devant chez moi. Et je ne le comprends toujours pas.

— Il n'y a aucun lien logique entre ces événements. Quelqu'un nous balade.

Matt se leva et commença à faire les cent pas dans le salon dont les rideaux avaient été tirés.

— Quelqu'un a manipulé Caleb pour qu'il me trouve et ce quelqu'un t'a menacée.

— Pas vraiment, dit-elle. Si le ton du message était menaçant, en réalité, je ne risquais rien. J'ai toujours déclaré au fisc cette pension alimentaire et j'ai prévenu depuis le début mon superviseur de ton existence. Que cette information soit divulguée m'ennuierait, mais ce ne serait pas une catastrophe.

— Je ne sais pas ce qui compte le plus, de la menace ou du résultat, reconnut-il. Quoi qu'il en soit, Caleb et toi avez été approchés directement. L'auteur de ces messages m'a laissé en dehors de cette histoire, ajouta-t-il avec colère. À moins que ce ballon de base-ball ne m'ait été destiné.

Cette éventualité ne l'avait pas effleuré avant cet instant.

— Mais pourquoi ? demanda-t-elle.

— Peut-être pour nous réunir. À cause de lui, nous sommes tous les trois au même endroit, effrayés et distraits par ce qui ressemble à des actes gratuits et absurdes. Quand j'ai récupéré Caleb à la gare, j'ai eu l'impression que nous étions suivis, épiés, mais je n'ai pas réussi à repérer une filature.

— Pourquoi ? répéta-t-elle en se levant elle aussi. Qui se soucierait assez de nous trois pour provoquer cette situation ?

— Aucune idée. As-tu remarqué quelqu'un de nouveau dans le quartier ? Travailles-tu sur des contrats sensibles ?

— Non, dit-elle en s'approchant. Matt, tu me fais peur.

Le parfum de Bethany enveloppa Matt, réveillant une myriade de tendres souvenirs. Ce n'était pas le moment.

— Quelque chose a changé dans la vie de Caleb ? Avec ses amis, ses professeurs, ses entraîneurs ?

— Rien de tel, répondit-elle. À quoi penses-tu ?

— Quelqu'un nous a manipulés pour nous réunir sans que nous comprenions pourquoi. Et je n'ai pas envie de rester les bras ballants en attendant la suite.

— Que faisons-nous ?

— Celui qui nous a pris pour cibles quand nous sommes arrivés nous guettait ou nous suivait, dit-il, réfléchissant à voix haute. Je n'ai remarqué aucun véhicule suspect sur la route et, crois-moi, j'ouvrais l'œil. Par ailleurs, la police m'a dit avoir trouvé deux ou trois douilles de neuf millimètres dans ta cour. Ce n'est pas l'arme la plus efficace pour tirer à partir d'une voiture.

— Ne devrions-nous pas nous en féliciter ?

— Nous devons surtout être sur le qui-vive et nous préparer au pire, tant que nous ignorons qui est derrière ces menaces et ce qu'il nous veut vraiment.

Bethany secoua la tête.

— Ton inquiétude n'est-elle pas exagérée ? Après tout, Caleb n'a reçu que quelques photos, et moi, une lettre de menace qui n'en était pas vraiment une. Cela ne tire peut-être pas à conséquence.

— Si le ballon de base-ball m'était destiné, nous avons tous les trois été menacés sous une forme ou une autre et nous sommes maintenant réunis sous le même toit.

— Qui aurait souhaité une telle situation ?

Lui, mais pas pour des raisons criminelles.

— Je ne sais pas, mais considérant notre passé en tant que couple et nos carrières actuelles, je pense qu'il est temps de prévenir l'armée et de lui demander de participer officiellement à l'enquête. Et moi qui pensais qu'en parler à ma mère serait le plus difficile, ajouta-t-il avec un soupir.

Elle lui sourit.

— Cela le sera peut-être. Comment vont tes parents ?

Son sourire provoqua une étrange vague d'espoir dans le cœur de Matt.

— Très bien. Mon père a pris sa retraite, il y a quelques mois. Ils ont fait construire une maison au bord de la mer en Caroline du Nord et sortent en bateau chaque fois qu'ils en ont l'occasion.

— Comment réagiront-ils quand ils entendront parler de Caleb ?

— Ils voudront certainement le rencontrer, répondit Matt. Si tu l'autorises.

Elle baissa les yeux mais hocha la tête.

— Serait-ce plus facile si je leur téléphonais, maintenant ? Je vais mettre l'appareil sur haut-parleur pour te permettre d'entendre ma mère me maudire, proposa-t-il.

— C'est tentant.

Il sortit son smartphone mais, quand Bethany vit l'heure sur l'écran, elle l'arrêta avant qu'il compose le numéro.

— Si tu l'appelles maintenant, elle va imaginer le pire.

— C'est sûr.

Il était déjà bien placé pour remporter la palme du pire fils de la décennie. Avait-il vraiment besoin d'aggraver son cas en appelant sa mère au milieu de la nuit et en suscitant une angoisse inutile ?

— Demain, alors ?

— À l'aube, suggéra-t-elle avec un petit rire.

— À quelle heure dois-tu te rendre au bureau ?

— Normalement, je pars après le départ de Caleb. Mais, comme je savais hier qu'il serait exclu de l'école pour deux jours, j'ai demandé à travailler de chez moi.

Tout était plus simple qu'il ne l'avait espéré. Il cherchait le moyen de la convaincre qu'ils devraient rester unis en attendant d'en savoir plus sur cette histoire.

— Caleb m'a dit que les vacances de la Toussaint commençaient la semaine prochaine.

— Il sera en congé à partir de vendredi soir, oui.

— Et il est suspendu demain et jeudi.

— Exact.

— Donc rien ne vous empêche de venir passer quelques jours avec moi à Washington.

Elle posa son verre sur la table basse.

— Non.

— C'est parfait dans ce cas, dit-il, interprétant délibérément sa réponse de travers.

— Non, Matt. Il n'est pas question d'aller vivre chez toi.

Les yeux écarquillés, elle semblait paniquée. Elle avait montré plus de sang-froid quand les balles fusaient.

Il traversa la pièce et, contre tout bon sens, il la prit dans ses bras. Elle résista, son corps se raidit, elle serra les poings. Mais il refusa de la lâcher, et elle finit par céder et par lui enlacer la taille pour le serrer contre elle.

Il ferma un instant les yeux.

— Tu m'as manqué, Bethany, dit-il en posant un léger baiser sur ses cheveux, respirant leur parfum.

Elle s'écarta de lui comme s'il l'avait brûlée.

— Nous ne pouvons pas aller à Washington, répéta-t-elle.

Son ton déterminé lui déplut.

— Il n'est pas question de rester ici les bras croisés en attendant de nous faire canarder, Beth.

Elle secoua la tête.

— Si nous allons passer du temps chez toi, Caleb aura l'impression d'être récompensé pour avoir séché ses cours. Cette journée au Pentagone avec toi me semble amplement suffisante pour l'encourager à mal se comporter.

— Mieux vaut ça que de l'exposer au danger parce que je suis à trois heures de route de lui.

Les mains sur les hanches, elle le fusilla du regard.

— Nous nous en sommes très bien sortis, Caleb et moi, jusqu'à présent. Personne ne nous avait tiré dessus avant que *tu* surgisses dans sa vie.

C'était un coup bas et il vacilla. Manifestement consciente de l'injustice de sa remarque, elle voulut immédiatement s'excuser.

— Matt, je...

— Laisse, je comprends

La réaction de Bethany était la suite logique à tout ce qui émanait de lui : le piratage, la lettre de menace, les coups de feu...

— Tu as parfaitement le droit d'être contrariée, ajouta-t-il.

Il était capable de gérer sa colère, il acceptait même d'être le bouc émissaire dont elle avait besoin pour passer ses nerfs, à condition qu'elle le laisse les protéger.

En outre, il n'espérait pas d'excuses. Il avait seulement envie de défendre sa famille. Ne voyait-elle donc pas à quel point tout serait plus simple, plus facile, plus heureux pour eux trois si elle acceptait, si elle cédait ?

Bien sûr que non.

Et lui ? Peut-être était-il vraiment enlisé dans le passé, alors qu'elle avait réussi à passer à autre chose.

Frustré, devinant que la question ne serait pas réglée ce soir, il se promena dans la maison et vérifia la fermeture des portes. De retour dans la salle à manger, il repoussa le rideau pour vérifier que la police était toujours là.

— Y a-t-il d'autres issues ? demanda-t-il en retournant à la cuisine.

Elle secoua la tête.

— Bonne nuit, alors.

Il s'allongea sur le canapé.

— Nous avons une chambre d'amis.

— C'est bien. Mais je dors ici.

Les policiers montaient peut-être la garde à l'extérieur, mais il avait l'intention de s'installer entre toute menace éventuelle et sa famille.

— Matt ?

— Monte te coucher, Bethany.

— Pourquoi ne t'es-tu jamais marié ?

Il devait lui dire la vérité. Elle était la seule personne avec laquelle il voulait construire une vie. Il le lui aurait avoué s'il n'avait pas été aussi fatigué. Au lieu de quoi, il lui donna une réponse à laquelle elle s'attendait pour expliquer le désert qu'était sa vie amoureuse.

— Je n'ai jamais trouvé le temps de chercher la perle rare. Et toi ?

— Pareil, répondit-elle.

Le pincement de ses lèvres trahissait le mensonge.

— Monte te coucher, répéta-t-il en fermant les yeux.

Il attendit de l'entendre à l'étage, se déplacer dans le couloir. Et encore vingt minutes pour être sûr. Puis il commença à envoyer des textos à un ami du Pentagone qui parviendrait peut-être à obtenir les images filmées par les caméras de surveillance de la rue pour leur donner une avance sur le tireur. La police locale ferait la même chose, mais il s'en fichait. Alex serait plus rapide et il partagerait les résultats avec lui immédiatement.

Malgré toutes ces mesures, Matt eut beaucoup de mal à s'endormir. Pas à cause de l'inconfort de sa couche ou des circonstances.

Mais savoir que Bethany était si près de lui et pourtant toujours hors de sa portée le tourmenta une grande partie de la nuit.

# 4

Bethany s'attendait à ce que Caleb lui fasse la tête quand elle le réveilla à l'heure habituelle avec un baiser et une liste de tâches à accomplir au cours des deux prochains jours. Elle fut soulagée de constater qu'il lui adressait toujours la parole.

En revanche, l'expression contrariée de Matt la surprit dans l'autre sens. Lorsqu'elle entra dans la cuisine, il en ouvrait tous les placards et semblait d'une humeur massacrante.

Pieds nus, les cheveux mouillés après sa douche, il n'en demeurait pas moins très séduisant. Bien qu'habillé des mêmes vêtements que la veille, il réussissait à paraître élégant.

— Que cherches-tu ? demanda-t-elle.

— Du café.

Elle se reprocha aussitôt de ne pas y avoir pensé, la veille, en faisant ses courses. Grande buveuse de thé, elle n'avait pas un grain de café en réserve. À sa décharge, elle n'avait pas imaginé que Matt resterait.

— J'ai du thé noir, lui proposa-t-elle avec précaution.

Il la fusilla du regard comme si elle venait de l'insulter.

— Ça n'a rien à voir avec du café.

Il avait l'air si malheureux que, incapable de résister, elle lui frotta l'épaule pour le réconforter.

— Ne t'inquiète pas. Je vais faire un saut au...

— Non, merci, dit-il avec un sourire forcé. Un thé m'ira bien.

Elle ne pouvait pas le laisser annoncer à sa mère qu'elle était grand-mère sans avoir pris son café du matin !

— Attends.

Elle envoya un texto à sa voisine d'en face et reçut immédiatement une réponse positive. Moins de cinq minutes plus tard, elle entendait sonner.

Elle se dépêcha d'aller ouvrir mais, avant qu'elle n'ait la possibilité de tirer le verrou, Matt plaqua une main contre la porte.

— Demande qui c'est.

Elle voulut forcer le passage qu'il bloquait de son bras musclé.

— C'est Tina, elle apporte du café.

Matt ne bougea pas.

— Pose-lui quand même la question.

— Qui est-ce ? cria-t-elle à travers la porte.

— Tina.

Bethany ouvrit et s'obligea à sourire.

— Merci beaucoup, Tina, dit-elle en prenant le sachet rempli de dosettes.

— Caleb va bien ? s'enquit Tina. J'ai entendu dire qu'il avait séché ses cours, hier.

— Il va bien, assura Bethany. Mais il est puni.

— J'imagine, oui.

Tina écarquilla les yeux lorsqu'elle aperçut Matt derrière l'épaule de Bethany.

— Je ne vous dérange pas plus longtemps, dit-elle avec un sourire complice. Bonne journée.

— Merci encore.

Elle se demanda si Tina l'avait entendue, Matt ayant claqué la porte sur elle comme si elle avait la peste.

— Tu m'obliges à être grossière avec une voisine qui venait me rendre service, marmonna-t-elle.

Avec un haussement d'épaules, il lui prit le sac des mains.

Bethany faillit éclater de rire en le voyant planté devant le diffuseur de café. Quand enfin il put saisir son mug et humer l'arôme du breuvage brûlant, il parut si soulagé qu'un observateur extérieur aurait pu croire qu'il venait d'échapper à la mort. Si Matt n'était manifestement pas du matin, Bethany appréciait néanmoins sa présence dans sa cuisine et elle avait mieux dormi en le sachant dans la maison.

Avec lui, elle se sentait épaulée et en sécurité, sans parler du désir qui la traversait chaque fois qu'elle posait les yeux sur lui. Elle devinait le danger. Si elle n'y prenait garde, elle finirait par le laisser occuper une place centrale dans leurs vies. Certes, Matt et Caleb avaient besoin de passer du temps ensemble, mais il n'était pas question que Caleb et elle gravitent autour de lui comme des planètes autour du soleil. Depuis des années, elle s'était battue pour gagner son indépendance, sa liberté. Elle refusait de jeter sa carrière aux orties pour le suivre aux quatre coins du monde.

Caleb entra à son tour dans la cuisine et les considéra tour à tour d'un air à la fois suspicieux et hostile.

— Tu es toujours là, lança-t-il à Matt.

— Je t'avais dit que je passerais la nuit ici, répondit ce dernier.

Bethany ne pipa mot. Visiblement, Caleb ne lui avait toujours pas pardonné son mensonge par omission. Tenter de se justifier serait une perte d'énergie, et Bethany avait besoin de toutes ses forces pour s'interdire de toucher Matt.

La veille au soir, quand il l'avait serrée dans ses bras, elle avait oublié ses résolutions et profité du réconfort qu'il lui offrait. Pire, elle avait failli lui avouer que le désir qu'elle éprouvait autrefois pour lui ne s'était jamais estompé. Dieu merci, elle avait réussi à se taire. Il serait injuste de s'appuyer sur lui alors qu'il avait déjà de lourdes charges à gérer.

« Tu m'as manqué. » Toute la nuit, les mots de Matt avaient tourné en boucle dans sa tête et suscité des rêves qu'elle aurait aimé vivre dans la réalité. Elle se ressaisit au moment où Caleb versa des céréales dans un bol.

Elle se tourna vers son fils.

— Matt m'a parlé des textos que tu avais reçus. Je voudrais y jeter un œil. Donne-moi ton smartphone.

— Matt l'a déjà examiné hier, au Pentagone, dit Caleb.

Elle tendit la main.

— Donne-le-moi.

— Pourquoi ?

Bethany ne répondit pas.

Assis de l'autre côté de la table, Matt lança :

— Obéis, Caleb. Tu sais certainement que rien ne fait changer d'avis ta mère quand elle a ce regard.

Elle réussit à ne pas sourire à sa remarque. Avec un gros soupir, Caleb plaqua son appareil dans sa main.

— Merci, dit-elle, avant de glisser le téléphone dans son sac.

Une fois les applications vérifiées, elle le lui rendrait avec un petit sermon si nécessaire.

— Veux-tu des œufs brouillés ou des pancakes pour le petit déjeuner, Matt ? demanda-t-elle.

— Le café me suffira, merci. Nous devons partir au plus vite.

À la vue de l'expression triomphante de Caleb, elle protesta :

— Nous avons le temps de prendre un petit déjeuner.

— Des œufs brouillés, alors. Si ce n'est pas un problème.

— Pas du tout. Caleb, tu es debout, alors occupe-t'en, s'il te plaît, ajouta-t-elle avec un sourire.

Un pack de lait à la main, l'adolescent se figea mais il hocha finalement la tête.

Matt murmura à l'oreille de Bethany :

— Es-tu sûre qu'il ne nous empoisonnera pas ?

— Il est bon cuisinier et il adore préparer le petit déjeuner.

Caleb sortit avec bruit une poêle et une boîte d'œufs.

— Quand je peux confectionner ce que je veux, précisa-t-il.

— Tu préférerais des pancakes ? s'enquit Matt. Alors vas-y. J'adore les pancakes au sirop d'érable.

— Non, non, je suis d'accord pour des œufs brouillés, dit Caleb. Je ne veux pas faire d'autres erreurs.

— Nous commettons tous des erreurs, répondit Bethany, en se levant pour se verser une autre tasse de thé. C'est la façon dont nous gérons leurs conséquences qui fait la différence.

La sonnerie d'un smartphone l'interrompit. Celui de Matt. Lorsqu'il s'en empara, Bethany vit le visage de Patricia Riley sur l'écran.

Croisant le regard de Matt, elle secoua la tête mais il passa le doigt sur le portrait de sa mère.

— Bonjour, maman. Tu es sur haut-parleur, annonça-t-il.

— Bonjour, chéri. Où es-tu ?

— Dans la cuisine de Bethany Trent. Son fils nous prépare le petit déjeuner.

— Y a-t-il moyen de nous entretenir en privé ? demanda Patricia.

— Pas s'il s'agit de parler de l'un ou de l'autre.

Comme Bethany piquait un fard, Caleb prit un malin plaisir à le faire remarquer.

— Tu es rouge comme une tomate, maman.

— Bethany ?

— Bonjour, madame. Je vous entends.

— Je vous prie d'excuser le comportement de mon fils, dit Patricia. Un exemple déplorable pour le vôtre.

— Arrête, maman, je t'en prie, la coupa Matt.

Bethany devina qu'il n'avait pourtant pas envie de la défier ou de se montrer grossier devant Caleb.

Résignée, Patricia expliqua le but de son appel.

— Ton père et moi avons reçu un coup de fil inquiétant du général Knudson, hier soir. Lorsque tu auras un moment pour une conversation privée à ce sujet, rappelle-moi.

— Attends, tu as gagné. Je m'isole.

Matt prit son mug et, le téléphone collé à l'oreille, sortit de la maison. Bethany se sentit un peu désolée pour lui et plus qu'un peu responsable.

— Elle avait l'air furieuse, dit Caleb.

— C'est ta grand-mère, Patricia Riley, déclara Bethany. J'imagine que quand tu la rencontreras, elle sera beaucoup plus gentille avec toi.

— Pourquoi ?

— Parce que tu es son premier petit-fils.

— Comment est la famille de Matt ? demanda Caleb en versant les œufs dans la poêle chaude.

— Très unie, répondit-elle.

Elle les connaissait surtout de réputation et au travers les histoires que Matt lui avait racontées à leur sujet, autrefois.

— Ils seront très heureux d'apprendre ton existence. Je suis sûre qu'ils voudront faire ta connaissance au plus vite.

— Et toi, voudront-ils faire ta connaissance ?

S'imaginer participer à une réunion de la famille Riley donna des sueurs froides à Bethany. Pendant près de quinze ans, elle avait tenu Caleb à l'écart de son père et de la tribu Riley. Ils auraient sans doute du mal à le lui pardonner.

— Matt m'avait présentée à ses parents quand nous étions à West Point. Son père a fait toute sa carrière dans l'armée et a fini général. Sa mère était infirmière. Ils ont maintenant pris leur retraite. Je les aimais beaucoup, ajouta-t-elle, espérant mettre ainsi un terme à cette conversation.

— Matt a des frères et sœurs ?

— Oui. Deux de chaque, répondit-elle. Surveille les œufs.

— C'est une grande famille.

Elle hocha la tête. Caleb avait six ans la dernière fois qu'il lui avait demandé pourquoi il n'avait pas de frères et sœurs. Elle lui avait expliqué que les familles n'avaient pas toutes la même taille. La réponse lui avait suffi à l'époque, même si elle savait que son fils enviait ses amis issus de familles nombreuses. Si elle avait épousé Matt à vingt ans, sans doute auraient-ils eu d'autres enfants par la suite. Mais la perspective de devenir épouse de militaire et d'être cantonnée dans un rôle de mère au foyer lui avait paru étouffante.

Au fil des ans, elle s'était souvent demandé si elle avait commis une erreur en refusant de devenir sa femme. Mais, lorsqu'elle avait appris que Matt était en déploiement à l'autre bout du monde, elle s'était souvenue des raisons de ce choix. Patricia Riley avait peut-être réussi à concilier sa carrière et ses fonctions d'épouse d'officier et de mère, mais Bethany ne s'était jamais sentie capable de relever un tel défi.

Avec un gros soupir, Matt considéra son mug vide. Il rêvait d'un autre café, mais il ne pouvait décemment pas retourner à l'intérieur tant que sa mère n'avait pas fini de le sermonner. Comme il fallait s'y attendre, elle avait appris l'existence de Caleb et elle lui reprochait vertement de la lui avoir cachée si longtemps. Elle lui en voulait aussi de lui avoir fait subir l'affront d'avoir été mise au courant par un tiers. Matt écarta le téléphone de son oreille pendant qu'elle poursuivait ses remontrances. Au lieu de l'accabler, n'était-elle pas censée lui dire pourquoi le général Knudson les avait appelés hier soir, son père et elle, et pourquoi ce coup de fil les avait inquiétés ?

Elle lui répéta sur tous les tons que la famille, le sens du devoir et de l'honneur étaient des valeurs sacrées. Comme s'il l'ignorait. Elle les lui avait inculquées dès le berceau.

À bout de patience, il finit par exploser, exaspéré :

— Maman, ça suffit. Pourrais-tu m'expliquer...

— Non, c'est à toi de t'expliquer. J'ai attendu ton appel toute la nuit, ajouta-t-elle, au bord des larmes.

— Je suis désolé que tu l'aies appris par un tiers. Mais Bethany avait ses raisons de vouloir élever notre fils seule.

— Bien sûr qu'elle avait ses raisons. Mais tu aurais dû lui démontrer qu'elle avait tort, la rassurer.

— J'ai essayé, figure-toi. Je lui avais proposé de l'épouser. Je lui avais même acheté une bague.

— Vraiment ? Quand ?

— Dès qu'elle m'a appris qu'elle était enceinte.

Ce jour-là, il lui avait demandé sa main pour la première fois. Et il y en avait eu d'autres. Malheureusement, à en croire Bethany, unir sa vie à la sienne était un destin pire que la mort.

— Mais elle avait d'autres projets...

— Je tiens à rencontrer mon petit-fils au plus vite et à parler à Bethany. J'apprécie cette jeune femme depuis toujours.

— Je sais.

Il était certain que toutes deux se seraient bien entendues si Bethany leur avait donné la possibilité de se lier.

Lui aussi aimait Bethany depuis toujours. Leur histoire n'avait pas débuté par un coup de foudre. Mais le respect, l'affection et l'amitié qu'il avait nourris pour elle au départ, avaient très vite évolué vers une relation amoureuse. Au premier baiser, Matt avait su qu'elle avait conquis son cœur pour toujours. Il ignorait alors à quel point il était douloureux d'offrir son âme, sa vie, à quelqu'un qui n'en voulait pas.

— Bien sûr, papa et toi allez faire la connaissance de Caleb. Mais accordez-moi un peu de temps. Nous sommes tous en train de nous adapter.

Il lui expliqua que Bethany et lui avaient prévu de parler à Caleb, la veille au soir, de lui révéler qui était son père, avant d'annoncer son existence à toute la famille.

— Tout s'est précipité lorsque Caleb est venu à Washington pour me retrouver.

— Je te mets sur haut-parleur, dit-elle. Ton père a besoin d'entendre ça.

— Bonjour, papa.

Matt leur raconta alors l'attaque dont ils avaient été victimes, en arrivant chez Bethany.

— Bien sûr, j'ai informé le général Knudson de l'incident. Il m'a semblé inquiet de l'apprendre, mais je ne comprends pas pourquoi il vous a appelés pour vous en parler.

— Nous le connaissons depuis longtemps et nous sommes très proches, répondit vaguement Ben Riley.

— Et ?

Son père appelait par leur prénom tous les hauts gradés de l'armée.

— Il nous a passé un coup de fil par amitié dès qu'il s'est rendu compte que cette fusillade faisait la une des journaux télévisés, poursuivit Ben. Il voulait nous rassurer, nous certifier que tu n'avais pas été gravement blessé. Lorsque nous lui avons demandé ce que tu fabriquais dans le New Jersey et qui était l'adolescent qui apparaissait à tes côtés sur les images, il s'est senti obligé de nous révéler que Caleb était ton fils. Il ne savait pas quand il te serait possible d'appeler et il pensait que nous préférerions apprendre la nouvelle de la bouche d'un ami.

Matt aurait tout donné pour une autre dose de caféine.

— Si j'avais imaginé que cette histoire provoquerait un tel ramdam, qu'elle ferait les gros titres des journaux, forçant Hudson à vous en parler, je vous aurais appelés.

— Tu n'as manifestement pas vu les infos, dit sa mère.

— Non, j'étais avec Caleb et Bethany.

À essayer de sonder la situation pour deviner s'il y avait une place pour lui dans la vie de Caleb.

Derrière lui, la porte s'ouvrit et Bethany lui tendit un mug de café brûlant. S'il n'avait pas déjà été amoureux d'elle, ce geste aurait été décisif. Il lui adressa un grand sourire de remerciement avant qu'elle ne rentre dans la maison.

— Qu'ont dit les journalistes ? Ai-je raté quelque chose ? poursuivit-il, sentant ses parents hésiter à aborder le sujet.

— Quelqu'un a envoyé à toutes les chaînes d'info en continu une vidéo sur laquelle vous essuyez, ton fils et toi, des coups de feu tirés d'une voiture devant chez Bethany. Les images ont été filmées via un téléphone portable.

— Quoi ?

Matt avait dû mal comprendre. Personne d'autre n'était dans la rue, au moment de l'attaque. Il se remémora la scène. La voiture du tireur avait surgi quelques instants après son arrivée. La vitre derrière le conducteur s'était baissée, un type avait brandi un calibre. Mais la rue était déserte lorsque les balles avaient commencé à fuser.

— Knudson a essayé en vain d'interdire la diffusion de cette vidéo et du reportage, dit Ben. Malheureusement, sur ces images, tu apparais de face et ton visage est facilement identifiable. Heureusement, tu cachais en partie celui de Caleb et son nom est protégé puisqu'il est mineur.

— Cette vidéo est passée à la télévision ! répéta Matt, incrédule. C'est insensé.

— Tous les journaux télévisés de fin de soirée l'ont diffusée, dit Patricia. Grâce à l'appel du général, nous avons pu prévenir tes frères et sœurs et leur dire que tu n'avais pas été gravement blessé. Les images étaient terrifiantes.

Aucune mère ne devrait avoir à regarder son fils se faire tirer dessus.

— Maman, je suis désolé. Bethany et moi avions tout organisé pour que vous entendiez parler de Caleb *par moi*.

— Je te crois, mon chéri. Les journalistes t'ont décrit comme un héros. Le général Knudson m'a juré que tu n'avais pas été blessé. Est-ce vrai ?

— Oui, je ne souffre que d'égratignures. Le tireur était armé d'un simple pistolet et n'avait pas le bon angle pour viser.

Il considéra la bâche en plastique posée par le voisin sur la porte en guise de réparation temporaire. Bethany n'accepterait jamais de partir pour Washington tant que le problème n'aurait pas été réglé.

— La porte d'entrée a plus souffert que moi.

— Tant mieux, répondit sa mère. Pour le reste, je suis contrariée par la situation, tu t'en doutes, mais je te fais confiance pour tout arranger.

Il n'avait pas besoin qu'elle lui fasse un dessin. Sa mère s'attendait à un mariage et à la présence de Caleb lors des prochaines réunions de famille des Riley.

— Maman, tu te souviens qu'il faut être deux pour « tout arranger » comme tu dis...

— Je connais ta force de persuasion. Tu vas te débrouiller pour nous permettre de faire au plus vite la connaissance de notre petit-fils.

— Patricia, intervint Ben. Dis-lui qu'il ne serait pas compliqué pour nous de venir là-bas, si c'est plus simple pour eux.

Ce qui leur simplifierait vraiment les choses serait de leur laisser un peu de temps pour intégrer cette nouvelle donne. Il aurait peut-être dû le préciser.

— Nous rentrons d'abord à Washington puis nous aviserons, dit Matt.

Il se sentirait plus en sécurité là-bas, avec une équipe sur qui il savait pouvoir compter et un soutien militaire.

— Cette histoire est sans doute liée à la cyberattaque, poursuivit Matt. Cela dit, je ne comprends pas pourquoi quelqu'un a voulu rendre publique l'existence de mon fils.

— Pouvons-nous venir vous voir ce week-end ?

— Maman...

Avec ses deux chambres, son appartement était trop petit pour une réunion de famille.

— Caleb est en vacances, la semaine prochaine. Si j'arrive à convaincre Bethany de passer quelques jours chez vous au bord de la mer, cela vous conviendrait-il ?

— Oui, parfait. Tiens-nous au courant, mon fils.

— Merci, papa. Restons en contact.

Après avoir raccroché, il regarda la rue. Soit ils avaient été ciblés au hasard par un mauvais tireur, soit ils avaient été manipulés par un expert.

Matt ignorait où il trouverait des preuves qui le feraient pencher vers une théorie plutôt que l'autre, mais il était temps de creuser.

Assis dans son bureau privé, la porte verrouillée pour interdire toute intrusion intempestive, il se rediffusait la vidéo qui était passée en boucle sur les journaux télévisés du pays. La perfection absolue. L'homme qui avait mené cette opération d'une main de maître n'avait pas volé une prime.

Certes, Matthew Riley avait réagi en professionnel, mais il serait bientôt dépassé par les événements. En revanche, il avait été déçu d'apprendre que personne n'avait été suffisamment blessé pour être transporté à l'hôpital.

Il avait espéré des conséquences plus sensationnelles, plus graves. Il aurait aimé que les commentateurs aient de quoi tenir leur public en haleine.

Il se repassa les JT des principales chaînes d'information. Tous décrivaient Matt Riley comme un héros. Ils le mettaient sur un piédestal.

Sa chute n'en serait que plus douloureuse.

Ce n'était que le début. Bientôt, tous les membres de la famille Riley transpireraient à grosses gouttes, paralysés par la peur. Quand il les aurait tous mis à genoux, qu'il les tiendrait tous à sa merci, son triomphe serait total et il goûterait la vraie victoire.

Focalisé sur cet objectif, il décrocha son téléphone pour déclencher la deuxième phase de son plan.

# 5

Bethany aurait aimé pouvoir reprocher à Matt de l'avoir forcée à demander un congé professionnel, de l'avoir obligée à quitter sa maison en catastrophe. Mais, en réalité, il avait fait preuve d'une incroyable patience tandis qu'ils en discutaient et évaluaient les retombées potentielles de chaque option.

Si elle avait absolument voulu rester chez elle, il aurait passé deux jours à mettre en place un dispositif de sécurité à la hauteur avant de repartir à Washington. Mais elle redoutait les contraintes liées à une protection rapprochée. L'idée d'avoir des gardes du corps devant chez elle ne l'emballait pas. Contrairement à Caleb.

La réaction de l'adolescent avait d'ailleurs emporté la décision de Bethany. Elle n'avait pas envie que son fils s'imagine au cœur d'un thriller.

Par chance, elle disposait de beaucoup de congés et de vacances. Après avoir vu la vidéo de la fusillade devant chez elle sur Internet, son superviseur l'avait d'ailleurs exhortée à prendre toutes les précautions nécessaires pour elle et son fils.

Et *leur* fils. Il lui fallait adapter au plus vite son vocabulaire. Matt lui avait résumé sa conversation téléphonique avec sa mère pendant que Caleb ramassait les feuilles dans le jardin. L'adolescent était puni, mais elle l'avait pourtant autorisé à aller avec Matt acheter une nouvelle porte d'entrée. Elle tenait en effet à fermer correctement la maison avant de partir pour Washington.

Tandis que Matt et Caleb chargeaient leurs bagages dans l'élégant coupé de sport et qu'elle verrouillait avec soin la porte blindée, elle regarda d'un œil circonspect la nouvelle caméra de surveillance installée sur le perron. Tout en montant dans la voiture, elle se demanda à quel point sa vie aurait changé lorsqu'ils reviendraient.

Sur l'insistance de Caleb, ils firent halte à Philadelphie pour y déguster un authentique cheeseburger. Mais à peine la dernière bouchée avalée, ils reprirent la route.

Trop tôt pour Bethany, ils se retrouvèrent dans les rues encombrées de Washington. Matt leur fit les honneurs de la ville, leur montrant divers monuments au passage. Il vivait dans une résidence près du canal et, quand elle découvrit son appartement qui donnait sur la marina, elle en resta bouche bée. Naturellement, Caleb trouva l'endroit formidable comme tout ce qui faisait partie du monde de Matt. Elle aussi ayant toujours été épatée par ce qui émanait de Matt, elle se demanda s'il s'agissait d'une prédisposition génétique.

Matt leur proposa de s'installer tandis qu'il se changeait. Caleb jeta ses valises dans un coin avant de se précipiter vers les jeux vidéo dont lui avait parlé Matt.

Bethany se promena dans les pièces, essayant de se familiariser avec les lieux. L'appartement était confortable, les chambres joliment décorées, la cuisine bien équipée. Les baies vitrées du salon offraient une vue magnifique sur les bateaux amarrés le long du canal.

Quelques instants plus tard, Matt revint, vêtu d'un jean et d'un T-shirt. Après s'être assurée que Caleb était occupé et un peu inquiète de constater qu'il s'amusait beaucoup alors qu'il était censé être puni, elle fit signe à Matt de la rejoindre dans la cuisine.

— Qu'attends-tu de moi ? demanda-t-elle.

Aussitôt, le visage de Matt s'assombrit.

— Que veux-tu dire ?

Elle voulait des réponses. Manifestement, Matt réfléchissait beaucoup depuis qu'il avait parlé à ses parents au téléphone. Est-ce que leur faire quitter leur maison du New Jersey était une tactique destinée à préparer le terrain pour lui permettre à terme d'obtenir la garde de Caleb ?

— Précise-moi ta pensée, insista-t-il.

Elle n'avait pas l'intention de l'accuser ouvertement de

manœuvrer pour la forcer à quoi que ce soit. La fourberie comme l'égoïsme n'avaient jamais été le genre de Matt. Il était fiable et, depuis la naissance de Caleb, il avait toujours respecté les souhaits de Bethany.

— Que va-t-il se passer, à ton avis ? commença-t-elle. Nous sommes venus à Washington parce que tu estimais que nous y serions plus en sécurité que dans le New Jersey. J'aimerais comprendre pourquoi tu en es tellement persuadé.

— Nous en avons discuté avant de partir.

Ils en avaient parlé, oui. En principe, il s'agissait d'un séjour temporaire. Pas d'un emménagement définitif. Il le fallait.

Bethany ne s'était jamais considérée comme une lâche. Au contraire, elle se targuait d'être forte, directe et d'assumer ses choix, en toutes circonstances. Alors pourquoi était-elle en train d'ergoter et de tourner autour du pot ?

D'un bref coup d'œil dans la pièce voisine, Matt vérifia que Caleb était toujours absorbé par les jeux vidéo.

— Comme je te l'ai dit, nous bénéficions de plus de moyens pour assurer votre sécurité ici, dit-il. Il y a des caméras de surveillance à tous les coins de rue. Chez toi, j'avais envie d'ordonner à Caleb de rentrer chaque fois que je voyais passer une voiture. C'est contre-productif. Nous devons plutôt chercher à comprendre les événements.

— Dans l'hypothèse où des événements auront lieu... Tu t'attends à d'autres attaques, si je comprends bien.

— Je ne vous ai pas demandé de venir pour servir d'appâts, Bethany. Jamais, je ne vous utiliserais ainsi. Mais c'est à Washington que nous avons des chances de régler le problème.

— Et nous, dans tout ça ?

Lorsque son regard se posa sur elle, elle y vit briller une brusque lueur.

— *Nous* comme *toi et moi* ? S'agit-il d'un appel du pied ?

En rougissant, elle rétropédala aussitôt.

— Non. *Nous* comme Caleb et moi. Que sommes-nous censés faire pendant que tu règles le problème ?

— Nous en avons déjà longuement discuté avant de venir.

— Je sais, mais je me mets à douter, voilà. J'angoisse.

Il s'approcha d'elle.

— Qu'est-ce qui t'ennuie le plus ? L'idée de me confier votre sécurité ou la perspective de rester avec moi ?

*La perspective de rester avec toi !* cria une petite voix dans sa tête. Mais elle n'était plus la fille de dix-neuf ans, dépassée par les événements qu'elle avait été. Maintenant, elle avait trente-quatre ans, un fils adolescent, une carrière bien établie. Et la sécurité de Caleb était sa priorité absolue.

Lorsqu'elle posa la main sur le torse musclé de Matt, elle sentit son cœur d'homme se mettre à battre la chamade dans sa poitrine. Il se pencha vers elle comme s'il était en train de se noyer et qu'elle était sa bouée de sauvetage.

*Reviens sur terre, Bethany,* s'ordonna-t-elle.

— Bethany, murmura-t-il.

Le sang rugissait si fort à ses oreilles qu'elle l'entendit à peine. Elle vit briller dans ses yeux le même désir dont elle se consumait pour lui. Quand il posa ses lèvres sur les siennes, elle n'en fut pas surprise. Très vite, il prit possession de sa bouche et leurs langues entamèrent une danse sensuelle. Enivrée par cette étreinte, elle laissa ses mains glisser sous sa chemise pour l'attirer plus près. Dieu, comme ces baisers, ces étreintes, lui avaient manqué ! Elle pensait avoir embelli ses souvenirs avec le temps, mais elle constatait qu'au contraire le plaisir qu'elle éprouvait à l'embrasser était plus intense encore qu'autrefois.

*Notre deuxième « premier baiser »,* pensa-t-elle. Aussi prometteur que le premier, échangé quand ils étaient jeunes.

— Oh. Pardon.

La voix de Caleb, teintée d'embarras, rompit le charme avec l'efficacité d'un seau d'eau glacée en pleine figure. L'adolescent repartit à grands pas vers le salon.

Bethany grommela un juron.

Matt tourna brièvement la tête vers la pièce voisine avant de continuer à dévorer Bethany des yeux comme s'il la voyait pour la toute première fois.

— Je meurs d'envie de recommencer, dit-il.

Comment le lui reprocher ? Elle non plus ne parvenait pas à le lâcher, à s'écarter.

Pourtant, il le fallait.

— Nous devons nous l'interdire. Si nous envoyons des signaux contradictoires à Caleb, il ne va plus rien comprendre.

— Tu as raison.

— Je vais lui parler.

— Quand tu me demandais ce à quoi je m'attendais, tu pensais à ça ? C'était ce que tu voulais dire, n'est-ce pas ?

Bethany ne voyait pas l'intérêt de le nier.

— Oui.

— Eh bien, pas moi. Je n'avais pas prévu de t'embrasser. Je ne m'attendais pas à ce baiser. Mais je mentirais en prétendant que je n'en avais pas envie.

Elle hocha la tête avant de quitter la cuisine pour rejoindre Caleb. Elle le trouva assis sur le plancher, adossé au canapé, les yeux rivés sur le jeu vidéo projeté sur l'écran plasma.

Elle s'installa à côté de lui.

— Avais-tu besoin de quelque chose ? De moi ?

— Non.

— Caleb...

— Non, maman.

Elle regarda le petit personnage que son fils dirigeait sauter une série d'obstacles avant de franchir le premier la ligne d'arrivée. Satisfait, l'adolescent étendit ses jambes. Mais, avant qu'elle ait le temps d'entamer une discussion, il commença une nouvelle partie.

En silence, elle attendit qu'il la remporte. Matt entra alors à son tour, une bière à la main.

Quand elle surprit le sourire de Caleb, elle se risqua à répéter :

— De quoi avais-tu besoin ?

— De rien, maman. Oublie.

Matt se tourna vers Bethany pour lui faire signe de le laisser essayer. Elle accepta d'un regard, curieusement rassurée de constater que tous deux étaient toujours capables de communiquer sans mots.

Matt émit quelques commentaires sur la partie avant de s'asseoir devant l'écran.

— Donne-moi une des manettes, je vais jouer avec toi.

En quelques instants, tous deux se retrouvèrent en compétition, chacun promettant à l'autre de le battre à plates coutures.

Même dans ses rêves les plus fous, Bethany n'aurait jamais imaginé la scène. Cette fois, elle pouvait croire que tous trois formaient une famille et savaient s'amuser ensemble.

— Si tu n'avais besoin de rien, alors pourquoi as-tu fait irruption dans la cuisine ?

— Je voulais prendre un soda, voilà tout, répondit Caleb.

— Hum.

Le personnage de Matt prit un raccourci dans un tunnel.

— Attention, je vais te passer devant, dit Matt en appuyant sur un bouton.

Son petit bonhomme franchit les obstacles à la vitesse de l'éclair.

Pour riposter, Caleb pressa des manettes pour permettre au sien de feinter en empruntant un autre itinéraire.

— Tu prends tes désirs pour des réalités, Matt, ricana-t-il en se replaçant en tête de la course.

— Tu crois ? Alors que dis-tu de ça ?

Surgissant de nulle part, le bonhomme de Matt doubla celui de Caleb et atteignit le premier la ligne d'arrivée.

— Et voilà le travail, conclut Matt, souriant d'un air supérieur. J'ai gagné.

— Difficilement, grommela Caleb.

— Pas du tout. Je ne voulais pas t'humilier. Je sais à l'occasion me montrer magnanime.

La façon théâtrale avec laquelle il prononça cette déclaration totalement fausse les fit éclater de rire.

— Tu veux jouer, maman ? proposa Caleb.

— Bien sûr. Y a-t-il une troisième manette ?

Elle avait renoncé à priver Caleb de ce jeu sous prétexte qu'il était puni. Il avait besoin de passer du temps avec Matt, et ces jeux vidéo semblaient un bon moyen pour eux de faire connaissance.

— Méfie-toi de maman, prévint Caleb. Elle aime rester en arrière et faire comme si elle ne comprenait rien au jeu et soudain, bing, elle attaque !

— Bien noté, merci, dit Matt.

Quand ses yeux croisèrent les siens, elle comprit que pour lui, elle se comportait ainsi en toutes circonstances.

— Alors, de quoi avais-tu vraiment besoin ? s'enquit Matt à Caleb après un moment. Tout à l'heure.

— D'un soda. Et te demander si tu voulais jouer avec moi.

— Cool, s'exclama Matt. Tout le monde est prêt ? C'est parti !

Bethany arriva bonne dernière à la première course, mais elle les battit tous les deux à la deuxième. Ils disputaient la troisième lorsque Caleb lança sa bombe.

— Pourquoi embrassais-tu maman ?

Le personnage de Matt sortit de la piste, mais il répondit avec calme :

— Cela me semblait bien.

— Pourquoi ? insista Caleb.

— Parce qu'elle en avait envie.

Choquée, Bethany lâcha la manette qui tomba par terre.

— Matt !

— Bethany ! dit-il sur le même ton.

— Il n'est pas question de discuter du sujet avec Caleb, protesta-t-elle.

— Pourquoi ? Matt n'est pas le premier homme que je t'ai vue embrasser, rétorqua Caleb.

— Cela suffit, dit-elle.

Comme Caleb ouvrait la bouche pour répliquer, elle l'arrêta d'un geste.

— Matt est ton père. Ton existence prouve que nous avons eu une histoire intime.

— Ouais, et alors ?

— Caleb, prévint Matt. Un peu de respect.

Elle devinait les difficultés dans lesquelles se débattait Caleb. Il était en colère contre elle, mais il ne savait pas encore où situer Matt dans la hiérarchie parentale. À quatre ans, il avait demandé un papa au Père Noël. Quand elle avait contacté le bureau du JAG, elle avait appris que Matt était déployé à l'étranger et qu'il ne reviendrait pas aux États-Unis pour les fêtes. Chaque année, elle avait donné à l'enfant plus de détails sur son père. Jamais son nom, mais les raisons pour lesquelles ils ne formaient pas une famille classique.

S'efforçant de dépasser sa colère, elle chercha une réponse positive.

— Comme je l'ai dit hier soir, ton père et moi étions jeunes quand nous nous sommes rencontrés. Nous nous aimions, mais nous avons choisi de vivre séparément pour de bonnes raisons.

Elle ne pourrait pas rétablir la confiance entre eux si elle ne lui révélait pas la vérité.

— Être de nouveau réunis réveille ces vieux sentiments, reconnut-elle. Comme aucun de nous deux ne fréquente quelqu'un d'autre actuellement, ce baiser est sans conséquence et ne fait de mal à personne, pas même à toi. Tout aurait peut-être été plus facile pour nous tous si je te l'avais dit plus tôt, si je t'avais donné plus tôt l'occasion de faire la connaissance de ton père. Pour cela, je te demande pardon.

Elle lui tendit sa manette et se leva.

— Seulement pour ça, ajouta-t-elle avant de quitter la pièce. Maintenant, je vais me coucher. Tu dois être au lit à 23 heures, Caleb.

Elle s'enferma dans la chambre qu'elle partagerait avec l'adolescent pendant leur séjour chez Matt. Des larmes brûlaient ses paupières, mais ce n'était pas la première fois depuis qu'elle était devenue mère.

— Tu t'es montré irrespectueux avec ta mère, Caleb. Tu lui dois des excuses.

Matt éteignit l'écran, se préparant à entendre la révolte de Caleb, mais ce dernier le surprit. Au lieu de protester, il se laissa tomber contre le canapé et lança :

— Tu aimes encore maman ?

Matt étudia le visage de son fils. Bethany avait été courageuse et il se devait de l'être aussi.

— Je crois n'avoir jamais cessé de l'aimer, avoua-t-il.

— Tu dis ça parce que je vous ai surpris en train de vous embrasser.

— C'est sûr, affirma Matt avec un clin d'œil.

— Vas-tu vivre avec nous pour de bon ?

Si seulement c'était aussi simple.

— Il me semble prématuré de l'envisager pour le moment, répondit Matt. Parfois, aimer ne suffit pas.

— Que te faut-il de plus ?

Ce n'était pas Matt qui avait besoin de davantage, mais il lui parut déloyal de le dire. Et en même temps il refusait d'insulter l'intelligence de l'adolescent en lui racontant des histoires. Ses parents lui avaient toujours parlé avec franchise. Bethany avait fait de même avec leur fils.

— Ta mère et moi sommes toujours restés en contact.

— Oui, tu me l'avais dit.

— Et il ne m'a jamais été facile de rester en dehors de ta vie, Caleb. Depuis ta naissance, je pense à toi tous les jours. C'est vrai, ajouta-t-il en réaction au grognement empreint de dérision du garçon. Où que j'aille, quoi que je fasse, tu étais dans mes pensées, dans mon cœur. Tu n'imagines pas à quel point il était douloureux pour moi d'écouter mes copains fanfaronner à propos de leurs progénitures sans jamais pouvoir leur parler de toi.

Pour respecter les souhaits de Bethany et protéger leur secret, il n'avait jamais mis de photo de son fils dans son portefeuille.

— Et, bien sûr, penser à toi signifiait penser aussi à ta mère.

— As-tu l'intention de l'épouser ? insista Caleb.

— Maintenant, tu parles comme ma mère, répondit Matt. Il faut être deux pour se marier. Trois, dans notre cas car tu aurais évidemment droit au chapitre.

— Ah bon ? J'ai le droit de donner mon avis ! Pourquoi ?

— Tu as toujours été la priorité de ta mère.

Estimant qu'il en avait assez dit, Matt changea de sujet.

— Mes parents sont impatients de faire ta connaissance.

— J'aurai désormais quatre grands-parents au lieu de deux. C'est cool.

Toutes les personnes concernées, à l'exception de Bethany, avaient très envie que Caleb rencontre le clan Riley. Si elle ne cédait pas bientôt, Matt s'interrogerait sur l'origine de ses réticences.

— Ne sois pas surpris si ma mère t'étouffe un peu d'attentions, de questions et de pâtisseries. Depuis le temps qu'elle rêve d'avoir un petit-fils ! Arriveras-tu à gérer ?

L'adolescent releva le menton.

— Je suis fort.

— Il te faudra l'être... Le plus dur pour toi sera d'affronter mes frères et sœurs, je te préviens. Un vrai défi.

— Crois-tu qu'ils m'aimeront ?

— J'en suis certain.

Matt n'avait jamais été aussi sûr de quelque chose dans sa vie.

— En revanche, ils sont tous furieux contre moi parce que je ne leur ai jamais parlé de toi. Tout le mal qu'ils te diront sur moi sera un tissu de mensonges, souviens-t'en.

Caleb se mit à rire.

— As-tu déjà été tenté de le leur dire ?

— Plein de fois. Chaque fois que ta mère m'adressait une photo de toi prise à l'école ou avec ton équipe de football.

Caleb promena les yeux dans la pièce comme s'il en cherchait une preuve.

— Tu les as gardées ?

— Bien sûr, mais elles sont cachées. Les membres de ma famille passent souvent me voir sans s'annoncer. J'avais donné ma parole à ta mère de ne rien leur dire.

Il s'interrompit, comprenant soudain qu'il n'y avait plus lieu de les dissimuler. Ce n'était plus un problème.

— Attends, je reviens.

Il courut jusqu'au placard de sa chambre et en sortit la boîte remplie des portraits de son fils et des lettres relatant les événements marquants de sa vie que Bethany lui avait envoyés. Il en renversa le contenu sur la table basse sous les yeux écarquillés de Caleb.

Matt traversa alors la pièce pour prendre deux photos encadrées sur l'étagère. L'une représentait ses parents sur leur bateau – lors du premier voyage qu'ils avaient fait après le départ en retraite de son père. Sur l'autre figurait le clan Riley au grand complet. Elle avait été prise après le match de football traditionnel de Thanksgiving.

— Ces photos sont pour toi, dit-il. Pour te donner un aperçu de ma famille, de la tienne. Et à la place je vais mettre tes portraits, dans ces cadres. Maintenant, je n'ai plus à te cacher ! Sauf si ça t'ennuie, ajouta-t-il soudain.

— Au contraire. Et merci pour ces photos. Elles me font trop plaisir.

Le cœur sur le point d'éclater de joie, Matt installa les deux photos encadrées de Caleb sur l'étagère de façon à ce qu'elles soient bien mises en valeur.

— Merci, Matt.

— De rien.

Il sourit, mais au fond de lui il espérait qu'un jour il entendrait son fils l'appeler *papa*.

Il retourna sur le canapé et sortit les autres photos une par une, invitant Caleb à parler des temps forts de chacune de ses années scolaires et de ses saisons de football. La conversation passa du sport à ses cours préférés – science et histoire – mais, lorsque Caleb commença à bâiller, Matt l'envoya au lit.

Demain serait une longue journée. Avant de quitter la maison de Bethany, il avait appelé le général Knudson et discuté avec lui de la marche à suivre. Le général avait programmé une réunion avec les enquêteurs et les services de sécurité en début de matinée pour tenter de déterminer le lien entre la cyberattaque et les incidents récents. Ils évalueraient également les meilleurs moyens d'assurer leur protection. Matt savait qu'il ne pourrait pas garder indéfiniment Bethany et Caleb à ses côtés. Pourtant il en rêvait et ce soir il se réjouissait de passer une autre nuit sous le même toit qu'eux.

Presque comme une vraie famille.

Avant d'éteindre les lumières du salon, il fit halte devant les portraits de Caleb, s'émerveillant de les voir chez lui.

Un léger bruit dans son dos le poussa à se retourner. Alors qu'il s'apprêtait à réprimander Caleb, il découvrit Bethany qui l'observait dans l'ombre. Vêtue d'un pantalon ample en coton et d'une tunique rouge, elle n'aurait pas été plus séduisante si elle s'était promenée en sous-vêtements. Elle avait tressé ses longs cheveux et ses doigts jouaient avec sa natte.

Il lui fit signe d'approcher pour voir les cadres.

— Regarde.

Quand elle remarqua enfin les photos, ses yeux se remplirent de larmes.

— Tu sais toujours ce qu'il faut faire, dit-elle avec douceur.

Il préféra de ne pas en discuter.

Les bras croisés sur sa poitrine, elle lança soudain :

— Depuis quinze ans, je me suis efforcée de minimiser le mal que je causais à Caleb en lui interdisant de te connaître et j'ai essayé de me convaincre que tu n'en souffrais pas.

Malheureusement, Matt avait énormément souffert de cette séparation et leur fils aussi. Pourtant, la façon dont Bethany se reprochait à présent son comportement vis-à-vis d'eux empêcha Matt de l'accabler.

— Caleb semble bien dans sa peau.

Les lèvres de Bethany se retroussèrent en un doux sourire.

— J'ai d'autres photos à la maison. Je les enverrai à tes parents à notre retour.

— Voilà une bonne façon d'amadouer ma mère.

Comme il l'espérait, Bethany s'esclaffa. Elle jeta un coup d'œil par-dessus son épaule, comme si elle s'attendait à voir Caleb, la sommant de s'expliquer sur son éclat de rire.

Matt l'attira sur le canapé pour s'interdire de la prendre dans ses bras et de l'emporter jusqu'à son lit. Incapable de résister à la tentation, il lui passa un bras autour de la taille.

— Je voulais afficher ses photos partout.

— Je sais, dit-elle en appuya la tête contre son épaule. Si tu as envie d'emmener Caleb quelque part la semaine prochaine, pour les vacances de la Toussaint, fais-le.

Oui, il tenait absolument à partir avec son fils. Pas seulement pour les vacances ou pour un week-end sur deux. Il rêvait de passer sa vie, tous les jours, avec Caleb *et* Bethany. Tous les deux étaient indispensables à son bonheur. C'était la raison pour laquelle il n'avait jamais demandé une garde partielle ou alternée. Après ce que Bethany avait fait pour lui permettre de poursuivre, envers et contre tout, ses études à West Point et sa carrière, il n'avait jamais pu se résoudre à faire quoi que ce soit qui la contrarierait.

— J'y pense, se contenta-t-il de répondre, sans s'engager.

Elle s'écarta et il la laissa faire, le cœur serré.

— Je veux passer du temps avec lui, déclara-t-il. Tant que les menaces qui planent au-dessus de lui ne seront pas dissipées, je refuse de m'éloigner de lui.

Il n'était pas encore prêt à faire confiance à qui que ce soit d'autre que lui, pour assurer la sécurité de son fils.

— Merci, Matt.

Il ne s'attendait pas à de la gratitude.

— Je n'ai pas fait grand-chose. Je compte sur les enquêteurs pour trouver la piste.

— Tu m'as aidée sans porter aucun jugement, dit-elle. Je ne devrais pas en être surprise. Mais j'y suis très sensible.

La sentant au bord d'une révélation importante, il attendit qu'elle se confie. Allait-elle enfin lui expliquer ce dont elle avait besoin ? Ce qu'elle attendait de lui pour l'autoriser à vivre avec eux ?

— Nous avons été jetés dans une situation difficile, reprit-il lorsque le silence devint inconfortable. Cette fois, nous allons surmonter les épreuves ensemble.

— D'accord.

Il remarqua les ombres qui creusaient ses joues, les petites rides de stress à la commissure de ses lèvres.

— Va dormir, suggéra-t-il. Il nous faudra être frais et dispos pour les interrogatoires de demain.

Elle l'étudia pendant un instant puis elle regagna finalement la chambre d'amis sans ajouter un mot.

Il la regarda partir, se demandant ce qu'elle pensait avoir vu sur son visage.

Il se dirigea vers son lit, son esprit réfléchissant aux récents événements. Si les menaces et les balles l'inquiétaient, il se félicitait que les circonstances lui donnent une chance de devenir le père qu'il avait toujours rêvé d'être.

# 6

Malgré une nuit agitée, Bethany se leva tôt pour se doucher et s'habiller avant de réveiller Caleb. Optant pour la simplicité, elle se vêtit d'un pantalon noir et d'une chemise blanche et elle laissa ses cheveux flotter sur ses épaules.

Déterminée à préparer un copieux petit déjeuner, elle se hâta vers la cuisine, mais Matt s'y trouvait déjà, attendant que son premier café ait infusé.

Il se retourna, un sourire timide sur les lèvres. Elle sentit des papillons danser au creux de son ventre à la vue de sa petite fossette sur sa joue. Et du reste.

Avec ses cheveux humides de la douche, sa bonne odeur de savon, son torse musclé, il était magnifique. Elle se mordit la lèvre pour réprimer un soupir.

— Bonjour, Beth. Bien dormi ?

Elle hocha la tête.

— Je… Je m'apprêtais à préparer le petit déjeuner.

— Vraiment ? Ce serait fantastique.

Son café terminé, il prit le mug sans cesser de la dévorer des yeux.

— Tu es très en beauté, ce matin.

— Merci. Comment te sens-tu ? Ta blessure ?

— Elle cicatrise bien. Pas de souci.

Il lui désigna la bouilloire.

— Prépare-toi un thé. Les mugs sont là, ajouta-t-il en lui montrant un placard.

Il lui souriait, le regard brûlant.

S'éclaircissant la gorge, elle s'ordonna de s'écarter de lui, de la tentation qu'il incarnait. Elle se rappela qu'ils étaient réunis dans cet appartement, à jouer au papa et à la maman, parce que quelqu'un avait tiré sur leur fils. Et pas pour donner une deuxième chance à leur histoire.

— As-tu des envies particulières ? s'enquit-elle. Pour le petit déjeuner, se hâta-t-elle de préciser en surprenant les yeux de Matt rivés sur ses lèvres.

— Tout ce qui te fera plaisir, répondit-il en souriant.

Il se pencha, l'embrassa rapidement avant de quitter la cuisine, son mug à la main.

Bouleversée, elle faillit lui emboîter le pas.

Par chance, elle recouvra ses esprits et, au lieu de faire n'importe quoi, prépara un solide repas composé de saucisses et de pommes de terre. Caleb et Matt sortirent des chambres à peu près en même temps, tous deux alléchés par les bonnes odeurs. Ils s'attablèrent, l'appétit aiguisé.

— Les interrogatoires seront plus formels et plus fouillés aujourd'hui que l'autre soir chez ta mère, dit Matt à Caleb. Les enquêteurs vont nous demander tout ce que nous avons fait au cours des dernières semaines, des derniers mois, dans l'espoir de trouver une piste.

Caleb opina, la tête baissée.

— Je ne pensais pas provoquer tant de problèmes en partant te chercher, Matt.

— Ce n'est pas ta faute, chéri, assura Bethany.

— Quelqu'un s'est servi de toi, fiston, renchérit Matt. C'est le travail des enquêteurs de découvrir qui et pourquoi. Et à nous de les y aider, du mieux possible.

Bethany devinait que l'avertissement lui était également destiné. Même si tous deux vivaient séparés depuis quinze ans, quelqu'un avait utilisé des informations confidentielles pour s'attaquer à eux. Il ne serait donc pas surprenant que le coupable ait un lien avec eux, les connaisse.

Elle ne put s'empêcher de remarquer à quel point Matt était séduisant dans son uniforme. Quant à Caleb, vêtu d'un pantalon kaki, d'une chemise blanche et d'une cravate aux couleurs de son école, il avait mis une tenue plus adaptée que la veille pour se rendre au Pentagone.

— T'es-tu excusé auprès de ta mère ? lança soudain Matt à Caleb alors qu'ils finissaient leur petit déjeuner.

L'adolescent déglutit rapidement et essuya sa bouche avec sa serviette avant de se tourner vers elle.

— Maman, je suis désolé d'avoir été impoli, hier soir.

— Merci. N'en parlons plus.

— J'ai eu tort. Tu as le droit d'embrasser qui tu veux, ce ne sont pas mes affaires.

— Caleb ! tonna Matt, exaspéré.

Leur fils cherchait seulement à alléger l'atmosphère, devina Bethany qui se contenta de secouer la tête.

— Sois sérieux avec les enquêteurs quand ils t'interrogeront, chéri. Je doute qu'ils apprécient tes petites blagues.

— Compris.

Lorsqu'ils furent prêts à partir, Matt la surprit en appelant une voiture plutôt que de prendre son coupé.

— Pourquoi ne conduis-tu pas ? demanda Caleb, déçu.

— J'aime trop ma voiture pour risquer de l'abîmer, répondit Matt.

Le chauffeur Uber effectua le trajet en un temps record. Comme ils approchaient du Pentagone, Bethany éprouvait un mélange de fierté et d'angoisse à l'idée d'y entrer. Dans le passé, elle s'y était déjà rendue pour des raisons professionnelles, mais la majesté de l'édifice l'impressionnait toujours. À côté d'elle, Caleb semblait nerveux et elle lui sourit pour l'encourager.

Matt les guida jusqu'au poste de sécurité. Il montra ses autorisations pour pénétrer dans les lieux. En raison de ses habilitations de fonctionnaire, Bethany reçut un droit de visite permanent. Elle n'eut qu'à présenter sa carte d'identité pour franchir les contrôles.

La veille, Matt avait obtenu un badge visiteur pour Caleb. L'enthousiasme de l'adolescent à l'idée de parader aux côtés de son père dans ce cadre prestigieux était tempéré ce matin par la perspective d'être présenté au général Knudson et de devoir s'expliquer avec les enquêteurs.

L'estomac noué, Bethany assista à l'interrogatoire de Caleb.

Cette épreuve était indispensable, elle le savait. Son fils avait été manipulé et pris pour cible devant chez lui. Par comparaison, les autres menaces semblaient insignifiantes. Elle l'écouta raconter comment il avait été contacté via une application sur son smartphone et comment les indices fournis par son mystérieux correspondant lui avaient permis d'identifier Matt et de partir à sa rencontre.

Les enquêteurs lui demandèrent ses noms d'utilisateur et ses mots de passe sur les réseaux sociaux. Ils consultèrent également le contenu de son iPhone.

Comme ils leur accordaient ensuite une pause, Bethany alla se servir un thé dans la salle voisine. Où serait leur fils maintenant si Matt l'avait raté à la gare d'Union Station ? L'important était que Caleb soit désormais protégé.

Et qu'ils soient tous les trois réunis.

La perspective de devoir raconter à des tiers – et devant Matt – qu'elle n'avait rien vu, rien compris, de cette affaire ne l'amusait pas. Elle avait conscience de ne pas avoir été à la hauteur d'une mère digne de son nom.

— Je croyais que tu étais préoccupé par un souci à l'école, dit-elle à Caleb. Je regrette que tu ne sois pas venu me trouver pour m'en parler plus tôt.

Gêné, Caleb se gratta la tête.

— Chercher à identifier Matt était un défi à relever, cela me plaisait. Et puis, je t'avais déjà interrogée sur mon père. Et je n'avais pas envie d'une autre belle histoire de héros militaire. Je voulais savoir qui j'étais.

— Tu es mon fils, ne put-elle s'empêcher de répliquer.

Il semblait aussi malheureux qu'elle.

— Je sais. Je suis désolé, maman.

— Arrête de t'excuser. Il est inutile de revenir sur ce qui s'est passé hier. Mieux vaut chercher la manière dont nous allons nous comporter aujourd'hui pour que demain soit meilleur.

— D'accord.

Les enquêteurs s'intéressèrent ensuite à Bethany.

La lettre anonyme qu'elle avait reçue se trouvait toujours au laboratoire criminel du New Jersey pour y être analysée, mais ils en avaient récupéré une copie avec le reste du dossier.

— Je ne vois pas qui s'intéresserait à ce point au père de Caleb... Mis à part Caleb lui-même, bien entendu.

Elle se reprochait d'avoir éloigné son fils de son père. D'une manière ou d'une autre, elle se rachèterait et, en unissant leurs efforts, ils remettraient leurs vies sur les rails.

Elle regretta d'être obligée de répondre à des questions précises sur ses dernières relations amoureuses devant son fils et devant Matt. En fait, elle n'avait rien vécu de sérieux ces trois dernières années. Vraisemblablement, Matt subirait le même interrogatoire ensuite. Assis de l'autre côté de la table, il arborait un visage impassible. Jusqu'ici, ne pas avoir d'homme dans sa vie ne l'avait jamais dérangée. Mais devoir l'avouer devant lui la gênait. Cela n'aurait sans doute pas eu tant d'importance si elle n'était pas encore amoureuse de lui.

Cela dit, Matt s'en doutait certainement. Il avait vu sa réaction quand il l'avait embrassée.

Lorsqu'ils eurent fini de se renseigner sur ses amis, sur ses collègues et sur les rencontres qu'elle avait faites lors de ses derniers voyages, Bethany quitta la table pour se poster à la fenêtre. Dehors, les arbres se drapaient des couleurs de l'automne et elle aussi avait l'impression de changer de saison.

Voilà deux heures qu'elle parlait d'elle, et pourtant Matt hantait son esprit. Le baiser qu'ils avaient échangé lui avait fait prendre conscience qu'elle le désirait toujours. Pire, la tendresse dont il faisait preuve à son égard la touchait au cœur. Et la façon dont il demandait à Caleb de la respecter, tout en sachant que la colère de l'adolescent était légitime, la bouleversait. Elle avait renoncé depuis longtemps à chercher un homme qui puisse à la fois l'aimer et être une image paternelle pour Caleb. Depuis que Matt était revenu dans sa vie, elle se rendait compte qu'il avait la volonté et le profil pour jouer ces deux rôles à la perfection.

Quand grandirait-elle enfin ? se réprimanda-t-elle. Quand cesserait-elle de rêver d'une épaule sur laquelle s'appuyer ?

Les enquêteurs s'intéressèrent alors à Matt et en particulier au message sur le ballon de base-ball lancé sur la limousine du général, lundi soir. Il semblait difficile de déterminer qui était la véritable cible de la menace gribouillée dessus au feutre.

Comme il fallait s'y attendre, le ballon ne portait aucune empreinte. Et l'enquête de terrain n'avait pas permis d'identifier la berline noire.

Les autorités semblaient incapables de déterminer le mobile de ce geste. Rien dans le passé récent de Bethany ou de Matt ne permettait de comprendre qui avait orchestré ces événements. Sans doute fallait-il attendre que les investigations aboutissent, mais Bethany n'avait pas envie de sombrer dans la peur et la paranoïa.

— Sommes-nous sûrs que les coups de feu n'ont pas été tirés devant chez moi par hasard ? demanda-t-elle à Matt lorsque la réunion s'interrompit pour leur permettre d'aller déjeuner.

— Dans ton quartier ? Certainement pas.

Devant eux, Caleb discutait avec l'un des policiers militaires que le général Knudson leur avait assignés à titre de précaution supplémentaire.

Bethany se remémora tout ce qui s'était dit dans la matinée.

— Quelqu'un a attiré Caleb dans un guet-apens, Matt.

— Il est désormais en sécurité, répondit-il. Nous le protégeons.

— Bien sûr, ce n'est pas ce que je voulais dire. Je sais que tu as envisagé la possibilité que les événements soient liés à toi. Mais l'objectif du tireur était peut-être de te pousser à t'exposer ou à te rapprocher de Caleb, non ? En tout cas, vous avez été suivis et pris pour cibles, quelques heures après que Caleb t'a trouvé.

Il s'assura que personne alentour ne les écoutait.

— J'y ai pensé, dit-il. Le timing était trop parfait pour qu'il s'agisse d'une coïncidence. Mais le message lui-même, comme la façon dont il a été délivré, rendent cette hypothèse plus discutable.

— Mais pas impossible.

— Les enquêteurs le découvriront, dit-il.

— Qui ferait ça, Matt ?

— Je ne sais pas.

Comme Caleb se retournait vers eux, elle ajouta :

— Nous en reparlerons plus tard, en tête à tête.

— Pourquoi ? Mieux vaut en discuter avec lui et ne plus rien lui cacher. Il est capable de gérer la situation, répliqua Matt.

Le reproche sous-jacent la mit en colère.

— Il en est peut-être capable, mais il ne devrait pas avoir à le faire. Caleb est encore un enfant. Tu ne peux pas entrer dans sa vie comme ça et commencer à décider ce qui est le mieux pour lui. Tu ne le connais pas.

L'expression chaleureuse de Matt s'envola, son regard devint glacial, et Bethany se reprocha aussitôt ses paroles.

— Matt, je suis désolée.

D'un geste, il interrompit ses excuses.

— Pourquoi désolée ? Depuis le début, tu veux réduire à néant mon rôle de père. Il n'y a rien de changé.

Il lui prit le bras avec raideur pour la guider vers Caleb et les deux policiers qui les attendaient.

Il avait toujours respecté ses desiderata, se souvint-elle. Elle devait cesser d'imaginer qu'il voulait lui nuire.

— Matt, s'il te plaît, écoute-moi.

Si elle avait pu ravaler ses mots, elle l'aurait fait. Elle aurait surtout aimé avoir la possibilité de rembobiner les quinze dernières années afin de lui donner la chance de devenir le père de Caleb.

— Plus tard.

Elle reconnut ce regard sombre, ce visage fermé. Elle l'avait blessé. Bien sûr, elle reviendrait sur le sujet dès que possible. Pour Caleb.

Non, il ne s'agissait pas de Caleb. Elle devait reconnaître qu'elle s'était comportée de façon odieuse.

Au moment où ils quittaient le bâtiment pour aller déjeuner à l'extérieur, ils entendirent quelqu'un derrière eux crier le nom de Matt.

Ils se retournèrent.

— Major Riley.

— Major Gadsden.

Les deux hommes se serrèrent la main puis se donnèrent une accolade comme de vieux amis.

— Comment vas-tu ?

— Et toi ?

Bethany étudia le nouveau venu. Un peu plus grand que Matt, il était très maigre et dégageait une impression d'assurance tranquille. À en juger par les nombreux galons sur les épaules de son uniforme, il faisait partie de l'élite de l'armée.

— Alex, dit Matt. Laisse-moi te présenter Caleb et Bethany Trent. Mon fils et sa mère.

Les sourcils d'Alex se redressèrent.

— Ton fils ? Voilà qui est intéressant. Tu me sembles un peu grand pour un nouveau-né, Caleb, ajouta-t-il avec un grand sourire.

Il leur serra la main avec chaleur.

— Ravi de vous rencontrer, tous les deux. Félicitations, vieux, dit-il en envoyant une bourrade amicale à Matt.

— Merci, répondit Matt, les mâchoires serrées.

— J'adorerais connaître toute l'histoire, poursuivit Alex.

— Nous allions déjeuner, dit Matt. Aimerais-tu te joindre à nous ?

— Bien sûr.

Alex les accompagna vers une voiture que les policiers avaient commandée pour eux.

Matt donna au chauffeur le nom d'un restaurant et se glissa sur la banquette arrière. Caleb le suivit et ensuite Bethany. Alex s'assit devant. Bethany devina que Matt était soulagé d'avoir rencontré son ami qui ferait diversion pendant leur repas.

D'un geste, Alex désigna les deux gardes du corps qui les escortaient, l'un sur une moto, l'autre au volant d'une autre voiture.

— Ils font sans doute partie des avantages qu'il y a à travailler pour le général Knudson. Tu vas tout m'expliquer, n'est-ce pas, Riley ?

— Si tu veux, répondit Matt.

Comme Caleb commençait à le faire, Bethany lui intima d'un regard de se taire. Les deux hommes étaient amis et il appartenait à Matt de choisir ce qu'il souhaitait partager.

— Je n'arrive pas à croire que tu sois heureux derrière un bureau, reprit Alex. Loin du terrain, je dépérirais.

— Quel genre de travail effectuez-vous sur le terrain, monsieur Gadsden ? demanda Caleb avec curiosité.

— Major, le corrigea doucement Bethany.

— Tu sais, Caleb, j'aimerais beaucoup que tu m'appelles oncle Alex. Certes, tu n'es pas mon neveu mais ton père et moi nous connaissons depuis un bail, ajouta-t-il en souriant.

Bethany se demanda si les deux hommes étaient assez proches pour que Matt lui ait parlé de Caleb, même si la surprise d'Alex quand il les avait présentés avait semblé réelle. Elle était étonnée qu'il prenne si bien leur soudaine apparition.

— Nous nous sommes connus à l'Airborne School qui dispense des cours de parachutisme aux militaires, dit Matt.

— Matt était moins morose, à l'époque, leur assura Alex. Et vous, comment avez-vous rencontré Matt ? lança-t-il en étudiant Bethany d'un œil pénétrant.

— À West Point.

Comme Alex ouvrait la bouche pour poser une autre question, Matt l'interrompit :

— Combien de temps restes-tu en ville, vieux ?

— J'ai plusieurs choses à y faire, répondit Alex. Nous pourrions en parler autour d'une bière ce soir, si tu es partant.

— Pourquoi ne pas venir dîner chez Matt ? proposa Bethany. Je cuisinerai quelque chose.

— Un poulet à la grecque ? suggéra Caleb.

Elle lui donna un léger coup de coude.

— Je pensais plutôt à un poulet au parmesan. Avec une salade, ajouta-t-elle. Et du pain à l'ail.

— Dis oui, Matt, dit Caleb. On va se régaler.

— Dis oui, renchérit Alex avec un regard exagérément suppliant vers Matt. J'adore le pain à l'ail.

— Caleb et moi nous occuperons de notre côté après le repas, pour vous permettre de discuter tous les deux.

Matt échangea un long regard avec Alex et hocha la tête.

— Un dîner à quatre chez moi me paraît parfait.

La voiture les déposa près d'un restaurant.

— Pour le moment, prenons un hamburger avant de retourner au Pentagone, ajouta-t-il.

Avec des gardes du corps pour veiller sur eux, Matt aurait dû se sentir en sécurité, mais il ne l'était pas. Alex à lui seul était plus efficace qu'une patrouille de dix policiers, et pourtant Matt ne parvenait pas à se détendre. Bethany et Caleb étaient sous sa responsabilité, maintenant.

Il glissa un œil vers Bethany. Elle faisait à présent partie de sa famille et, comme celle au sein de laquelle il avait grandi, elle connaissait la puissance des mots. Elle était capable de le blesser à mort d'une phrase assassine. Ses attaques étaient plus redoutables que les armes contre lesquelles il avait appris à se défendre.

Comme sa plaie le faisait grimacer, elle se pencha vers lui :

— Ça va ? demanda-t-elle à voix basse.

— Très bien, murmura-t-il.

Elle recula, et il se traita d'imbécile.

Alex avait raison. Il était d'humeur morose. Eh bien, tant pis. Il en avait le droit. Pendant des années, il avait supplié Bethany de le laisser faire la connaissance de son fils. Et, maintenant qu'elle l'y autorisait enfin, rien ne se passait comme prévu. Il ne méritait pas de se faire agresser pour avoir répondu « présent ».

Et, que cela plaise ou non à Bethany, il fallait impliquer leur fils dans cette histoire. Ils devaient lui parler des dangers potentiels et lui expliquer comment s'en protéger.

Caleb avait englouti son hamburger en un clin d'œil et il était allé avec sa mère chercher des milk-shakes pour eux tous. La journée était magnifique et Matt avait envie de se promener. Il voulait que Caleb garde quelques souvenirs de Washington, au-delà du Pentagone et des enquêteurs.

Alex le tira soudain de ses pensées.

— Si je comprends bien, Bethany Trent est celle dont tu étais secrètement amoureux autrefois mais qui t'a tenu à l'écart, toutes ces années. Et sais-tu de quoi elle a désormais envie ?

— Non, aucune idée, prétendit Matt, repensant à leur baiser de la veille.

Il réprima un soupir. La façon dont elle l'avait regardé ce matin lui laissait espérer une suite. Dommage que ce qu'il voulait d'elle ne se résume pas au sexe.

— Mes sentiments pour elle sont à sens unique, poursuivit-il.

Une cyberattaque l'a obligée à me contacter, mais je ne connais Caleb que depuis hier. Il a presque quinze ans. J'ai tout raté avec lui.

— Ce n'est pas vrai, répliqua Alex. Le gamin est intelligent, sportif et poli. Elle l'a bien élevé.

Et elle lui avait clairement fait comprendre qu'elle avait l'intention de continuer toute seule à le faire.

Ce n'était ni le moment ni le lieu d'en discuter.

Alex changea de sujet.

— À propos du piratage informatique...

Il promena un regard suspicieux autour de lui avant de tendre son smartphone à Matt.

Un portrait de Matt, Bethany et Caleb s'affichait sur l'écran. Ils étaient attablés dans le restaurant de Philadelphie, où ils s'étaient arrêtés pour se régaler de cheeseburgers. Le type avait sans doute pris le cliché dans l'établissement. Ou alors, il était armé d'un puissant téléobjectif.

— Comment as-tu eu cette photo ? s'enquit Matt avec effroi.

— Ton père l'a reçue, répondit Alex. Il me l'a fait suivre et m'a demandé de venir t'aider à comprendre ce qui se passait.

Matt étouffa un juron.

— Laisse-moi deviner, la photo était accompagnée d'une vague menace de le faire payer.

— Exact, dit Alex.

C'était la deuxième fois en deux jours que ses parents étaient mêlés à cette histoire, d'abord via les médias et maintenant directement. Matt jeta un coup d'œil autour d'eux, cherchant si quelqu'un semblait s'intéresser à eux.

— Mon père l'a signalé aux autorités, non ?

— Bien sûr. Après m'en avoir envoyé une copie. Je suis ici pour concocter un plan avec toi.

Comme Caleb et Bethany regagnaient la table, Matt se força à sourire.

— Et moi qui croyais que le pire risque dans cette histoire de piratage serait le vol d'identité.

— En tout cas, je ne fais plus du tout confiance à la protection des données sur Internet, répondit Alex. Cela dit, si tu as eu ainsi la possibilité de rencontrer ton fils, tu n'as rien à regretter.

Matt paya l'addition puis tous quatre se dirigèrent vers le parc, suivis à distance par les hommes chargés de leur sécurité.

Tandis qu'ils marchaient, il fit de son mieux pour éviter Bethany sans trop le montrer. Pourtant, en même temps, il ne cessait de se tourner vers elle comme un papillon de nuit attiré par une flamme. Depuis qu'elle avait quitté l'Académie militaire de West Point pour donner naissance à Caleb, il avait été forcé d'oublier ses rêves. Mais, maintenant qu'elle était à portée de main, il n'y parvenait plus.

En l'entendant rire des bêtises d'Alex, Matt sentit une pointe de jalousie le traverser, ridicule au demeurant.

Que pouvait-il faire pour la convaincre de leur donner une nouvelle chance ? Ils avaient mûri et ils étaient toujours attirés l'un par l'autre. Il avait éprouvé une étrange satisfaction quand elle avait dit aux enquêteurs qu'elle n'avait pas d'homme dans sa vie depuis des années.

En revanche, elle était plus indépendante que jamais et toujours déterminée à donner à Caleb une vie normale. Il partageait ces priorités, mais il avait envie de trouver sa place dans leur cercle. Il voulait avoir le droit d'exprimer son opinion sur ce qui était le mieux pour son fils.

Caleb lui parlait d'un prochain tournoi de football.

— Toute cette histoire sera finie d'ici là, non ?

Matt n'osait pas le lui promettre.

— Je l'espère. De toute façon, nous aurons trouvé une solution viable d'ici là.

— Génial. Alors, tu viendras me voir jouer ?

— Je ne manquerais ce match pour rien au monde, répondit immédiatement Matt.

Le sourire heureux de Caleb lui fit du bien.

— Génial ! Je vais le dire à maman.

Lorsqu'il courut annoncer la nouvelle à Bethany, elle parvint à l'embrasser avant que Caleb ne revienne vers lui.

Son amour pour son fils lui redonnait le moral. S'il ne parvenait pas à raviver la flamme avec Bethany, il aurait au moins la joie d'avoir désormais Caleb dans sa vie.

Alors que Caleb s'avançait vers lui en bondissant, Matt vit le point rouge d'un viseur laser danser sur la poitrine de l'adolescent. Comme il ouvrait la bouche pour lui crier de faire attention, un deuxième point rouge apparut sur Bethany.

— Gadsden !

Il fit signe à son ami de protéger Bethany tandis que lui-même se jetait sur Caleb.

Les deux gardes du corps entrèrent alors en action. Ils demandèrent des renforts et s'efforcèrent de localiser les tireurs. En plein jour, il était presque impossible d'y parvenir.

Matt chercha des yeux un lieu sûr où mettre son fils à l'abri. Un frisson glacé lui parcourut l'échine. Dans le passé, il avait parfois connu la peur au combat, il s'était souvent senti impuissant face à un ennemi invisible. Mais maintenant tout était différent. Il n'était pas sur un champ de bataille, entouré de soldats entraînés. Cette menace ciblait sa famille, des innocents et en plein jour. Des gratte-ciel entouraient le parc. Les tireurs devaient s'y être cachés, à un étage élevé.

Les gardes du corps les entraînèrent derrière un bosquet d'arbres, pour les sortir de la ligne de mire.

Bethany et Caleb semblaient choqués mais en sécurité. Bethany ne pouvait retenir ses larmes, et les mains de Caleb tremblaient, même s'il essayait de le cacher.

Matt les prit dans ses bras.

Ils étaient en vie et le resteraient, se promit-il.

Deux SUV noirs de l'armée arrivèrent. Une équipe en tenue de combat, des hommes protégés par des casques et des gilets pare-balles, en bondirent, les armes à la main.

Tous trois furent emmenés à bord du premier véhicule, dans lequel un chauffeur les attendait. Les portières à peine refermées, le véhicule s'éloigna à toute vitesse, gyrophares et sirènes en action.

Alex ne perdit de temps.

— Qu'as-tu vu ? demanda-t-il à Matt.

— Une visée au laser rouge sur Caleb et une deuxième sur Bethany.

Le dire à voix haute lui fit mal.

— Il y avait un point rouge sur ta poitrine, Matt, intervint Caleb d'une voix tremblante.

Alex le lui confirma d'un mouvement de tête. Il n'avait pas remarqué qu'il avait été, lui aussi, ciblé. Il serra son fils contre lui, regardant Bethany par-dessus la tête du garçon. Elle pressait les lèvres pour s'interdire d'exploser en sanglots.

Matt connaissait Alex depuis qu'il avait intégré l'armée et il n'avait jamais vu son ami aussi ébranlé. Les deux hommes mesuraient la complexité de la situation. Certes, aucun coup de feu n'avait été tiré. Mais ils étaient encore en vie, uniquement parce que quelqu'un en avait décidé ainsi.

La terreur provoquée par cet incident était l'objectif des tireurs, Matt en était certain. Du coup, il se demandait si sa blessure lors de l'attaque devant la maison de Bethany avait été un accident, une erreur de tir.

— Avant toute chose, nous avons besoin d'un endroit sûr, dit Matt, réfléchissant à voix haute. Je ne laisserai plus Caleb et Bethany exposés au danger.

— Caleb et moi pourrions aller…

Matt rejeta aussitôt cette suggestion.

— Je ne laisserai pas le fou furieux à l'origine de cette attaque séparer ma famille.

Bethany aurait aimé protester, mais pour Matt le sujet n'était pas négociable.

Comme s'il l'approuvait, Caleb se rapprocha de lui, cherchant le réconfort de Matt tout en tenant la main de sa mère.

— Question sécurité, ton appartement me semble parfait, dit Alex. Les accès de ta résidence sont contrôlés, il est possible d'observer les alentours de chez toi et il est facile d'organiser une évacuation par le toit en cas d'urgence.

— Ça marche pour moi.

— Je ne comprends toujours pas pourquoi nous avons été visés, murmura Bethany.

— Chaque attaque est un indice, répondit Matt. Nous allons y réfléchir, mais allons déjà nous mettre à l'abri.

Les yeux gris d'Alex brillaient d'excitation.

— Une fois chez toi, nous nous mettrons au travail.

Il téléchargea la vidéo via un courrier électronique.

L'équipe de repérage avait fait un excellent travail et celle chargée de filmer la scène aussi. Le type qu'il avait engagé pour diriger cette opération s'était montré à la hauteur. Le plus impressionnant du point de vue logistique était la rapidité avec laquelle les tireurs avaient trouvé des positions pour cibler leurs trois victimes. La femme lui importait moins mais, vu l'importance qu'elle semblait avoir aux yeux du major Riley, modifier le plan initial avait été une bonne initiative.

Plus il torturerait un Riley, mieux cela vaudrait.

Il appuya sur un interrupteur, et un panneau sur le mur intérieur de son bureau glissa sur le côté pour révéler le programme à venir en détail. Il y avait des notes, des options basées sur les résultats attendus et intégrant au mieux les imprévus. Aurait-il le temps de faire souffrir Matt et, par ricochet, le général Riley ?

Il contourna son bureau, les dents serrées, luttant contre la douleur qui se propageait de sa hanche à l'épaule à chaque pas. Cette souffrance n'était pas inutile. Elle lui rappelait l'enjeu et l'aidait à rester focalisé sur l'objectif ultime.

Il fixa la photo du général Riley, collée au centre du tableau. Même s'il était agréable de martyriser l'aîné des enfants de Riley et son unique petit-fils, cela ne causerait pas suffisamment de mal au général pour modifier le cours des événements.

Il retourna à son bureau et se repassa la vidéo du parc. Pour le plaisir. Oh ! c'était presque aussi bon que s'il avait été sur place. Cette vidéo marquait le meilleur moment de sa vie depuis la catastrophe. Elle lui procurait un bonheur sans mélange. Il la regarda encore et encore. Il ne s'en lassait pas.

La panique, l'impuissance absolue peintes sur le visage du major Riley le remplissaient d'une joie extrême.

— Vous aurez beau regarder partout, major, vous appuyer sur votre formation et votre expérience, vous ne me retrouverez pas.

Il était protégé par des paravents que même les experts de l'armée n'étaient pas capables de déceler. Pas encore. Son anonymat ne durerait pas. Tant pis. Le but était ailleurs.

Il dévoilerait lui-même sa présence en temps utile. Parce que, quand il aurait réduit en poussière le monde du général Riley et anéanti tous ceux qu'il aimait, il tenait à regarder le général dans les yeux, à s'assurer que Riley comprendrait bien alors qui lui avait infligé tant de souffrances.

Ensuite, il mettrait un terme à cette histoire. Pour eux tous.

Il apporta quelques modifications mineures à la vidéo, puis il la téléchargea sur le *cloud* qu'il avait défini pour l'équipe. Il prit son téléphone, composa un numéro et attendit.

— Monsieur ?

— La nouvelle vidéo est prête à être diffusée.

— Oui, monsieur.

— Passez à présent à l'étape suivante.

— Bien, monsieur.

Son correspondant raccrocha et il remit le téléphone sur le combiné. Il savait pouvoir compter sur la loyauté, l'obéissance et le désir de servir des membres de son équipe, des qualités que le général Riley avait, lui aussi, attendues de ses hommes.

Et pourtant, c'était lui qui avait de fidèles disciples sur qui s'appuyer. Pas le général. Lui seul commandait des hommes et des femmes motivés, désireux de mener à bien les ordres qu'il donnait.

Il se cala dans le dossier de son fauteuil et il ferma les yeux, imaginant les souffrances qui attendaient le major Riley et son père.

# 7

Bethany ne réussit à respirer qu'en atteignant l'appartement sans autres incidents. Même si le trajet en voiture n'avait duré que quelques instants, elle était en proie à une telle panique qu'elle avait l'impression que cela avait duré une éternité.

Maintenant qu'ils étaient en sécurité chez Matt, elle aurait voulu que quelqu'un lui désigne un responsable sur lequel elle aurait pu se défouler, déverser sa hargne.

Elle laissa Caleb jouer avec les jeux vidéo de Matt, consciente qu'il avait lui aussi besoin de se changer les idées, mais elle se félicita en son for intérieur qu'il choisisse une course plutôt que des jeux de guerre ou de combats.

Elle dut faire appel à toute sa volonté pour s'interdire de le toucher afin de s'assurer qu'il était bien là, sain et sauf. Dans le parc, elle n'avait pas tout de suite remarqué le viseur au laser sur Caleb. Seuls les cris de Matt l'avaient avertie du danger. Quand elle fermait les yeux, elle revoyait son visage, sa détermination à les protéger. Il était aussitôt passé à l'action.

Et soudain elle avait distingué une petite lumière rouge sur lui et elle avait hurlé, persuadée qu'il allait être tué sous les yeux de Caleb. Sous les siens.

Le reste était plus flou dans sa mémoire. Elle se souvenait vaguement d'Alex l'entraînant vers un véhicule, leur fuite éperdue.

Comment une banale promenade dans un parc s'était-elle transformée en un tel cauchemar ?

Elle entra dans la cuisine, cherchant un moyen de chasser sa peur, de penser à autre chose. Elle fit l'inventaire complet des réserves de Matt avant de dresser une liste de courses à faire. Pour l'essentiel, il s'agissait des ingrédients nécessaires à la confection du dîner. Contrairement à ce que laissait entendre son fils, ses capacités culinaires ne se limitaient pas au poulet à la grecque.

Et ce soir elle tenait à mettre les petits plats dans les grands pour exprimer sa gratitude à Alex et Matt, consciente qu'ils les avaient sauvés.

Comme elle traversait le salon pour les rejoindre, elle ne put s'empêcher d'embrasser Caleb en passant.

Elle trouva les deux hommes occupés à installer et à connecter les ordinateurs et les moniteurs qu'Alex avait apportés.

— La liste de courses est prête, annonça-t-elle.

Matt se tourna vers elle, et dans son regard elle vit se refléter ses propres inquiétudes. Elle comprit qu'il prenait très au sérieux son rôle de père, qu'il s'y était engagé corps et âme.

Alex lui prit la feuille de sa main.

— Je vais m'assurer que tout vous soit livré très vite.

Comme il lisait le texte, il s'exclama en souriant :

— Du pain à l'ail ! Merci de vous en être souvenue. Cette femme est une perle rare, vieux, ajouta-t-il à l'attention de Matt. Un cadeau de la vie.

Les yeux rivés sur ceux de Bethany, Matt hocha la tête.

— Je l'ai toujours su.

La petite lueur qui brillait dans ses prunelles alluma un feu ardent au creux du ventre de Bethany. Des souvenirs de leurs brèves et torrides étreintes d'autrefois remontèrent à sa mémoire. Elle revit son corps d'athlète, son sourire craquant, sa petite fossette. Elle devina que s'ils se retrouvaient dans les bras l'un de l'autre, faire l'amour serait encore plus intense qu'à l'époque. La tournure de ses pensées l'effraya soudain. Si elle ne se ressaisissait pas très vite, elle n'allait pas tarder à l'embrasser à pleine bouche sans se soucier de la présence de Caleb ou d'Alex.

— Si vous avez besoin de moi, dites-le, balbutia-t-elle, impatiente de s'éloigner de la tentation.

— Attends un instant.

Matt prit la liste et la parcourut des yeux puis il désigna Caleb d'un mouvement de menton, interrogeant en silence Bethany.

Elle opina, même si elle n'était pas tout à faire sûre de comprendre ce qu'il lui demandait, cette fois. Cela n'avait pas d'importance. Matt ne mettrait jamais Caleb en danger, il ne l'exposerait jamais. Elle en était certaine.

Pour la première fois de sa vie, elle sentit qu'ils faisaient équipe dans l'aventure parentale.

— Caleb ? lança Matt. Viens, j'ai besoin d'un coup de main.

Caleb mit aussitôt son jeu vidéo sur pause et bondit. Bethany ressentit un petit pincement de jalousie à le voir se précipiter ainsi pour répondre aux demandes de son père.

— Quelqu'un doit envoyer cette commande à la supérette du coin. Tu rédiges des textos plus vite que nous tous réunis.

— C'est probable, répondit Caleb avec un sourire.

En riant, Matt lui tendit son smartphone.

— Alors, à toi de jouer. Il est facile de naviguer via l'application et mon numéro de carte de crédit est préchargé pour le paiement. Si tu as un problème, demande-moi.

— Il n'y aura aucun problème, assura Caleb.

— Super.

Matt retourna aider Alex avec les ordinateurs.

*Il a tout compris*, pensa Bethany avec gratitude.

Il responsabilisait Caleb. Le charger d'une tâche lui signifiait qu'il faisait partie de l'équipe et contribuait à l'effort collectif. L'impliquer permettait à l'adolescent de retrouver une certaine maîtrise de la situation, après le chaos dans le parc. Bethany commençait à mesurer à quel point elle leur avait fait du tort en leur interdisant de se connaître.

— N'oublie pas le pain à l'ail, dit Alex.

— Promis, oncle Alex.

Une telle fierté et une telle joie brillaient dans les yeux de Caleb qu'elles chassèrent les dernières traces de peur et de stress. Et le cœur de Bethany se gonfla de reconnaissance envers l'homme qui avait réussi ce tour de force.

Pendant qu'ils attendaient la livraison de la commande, elle proposa à Caleb de préparer le dessert avec elle.

— Des cookies ? demanda-t-il.

— D'accord, mais nous allons confectionner les préférés de ton père.

Elle utilisa le mot « père » sciemment pour le graver dans la tête de Caleb, en plus d'affirmer la relation que Matt méritait d'avoir avec son fils.

— Des cookies aux pépites de chocolat ? s'enquit Caleb.

— C'est son deuxième dessert préféré, le premier étant les *snickerdoodles*. Nous allons faire les deux. Nous avons le temps.

Et cuisiner l'occuperait, lui changerait les idées. Tout comme Caleb avec ses jeux vidéo, elle en avait besoin.

— Et nous ne savons pas ce qu'Alex préfère, dit Caleb.

— Tu lui demanderas. En attendant, au travail.

À partir d'une recette trouvée sur Internet, Caleb mélangea la cannelle et le sucre dans un bol, puis il apporta à sa mère les ingrédients nécessaires à la pâte de *snickerdoodles*.

Matt n'avait que deux plaques à biscuits, mais ils se débrouillèrent avec les moyens du bord.

Lorsque les *snickerdoodles* furent dans le four, elle lava les bols et les ustensiles pour leur permettre de lancer la confection des cookies aux pépites de chocolat.

— Pourquoi ne m'avais-tu jamais dit que tu avais intégré l'Académie militaire de West Point ? demanda Caleb, tout en l'aidant.

— Parce que je n'y ai jamais fini ma scolarité. Les valeurs morales sont prises très au sérieux à West Point. La devise de l'école est d'ailleurs : « Devoir, Honneur, Patrie. »

Le fait de tomber enceinte contrevenait aux codes de l'école et au comportement attendu d'une élève. Les cadets devaient faire preuve d'un engagement total, sans faille, envers le système académique. Si à l'époque elle avait parlé de son état, elle aurait été aussitôt exclue de l'établissement. Ses supérieurs auraient sans doute compris que le bébé était de Matt et ils l'auraient renvoyé, lui aussi. Changer d'école sans en donner la raison lui avait paru la meilleure solution et elle n'avait jamais regretté ce choix.

— Les relations amoureuses entre cadets étaient interdites. Le code de l'honneur des cadets est très strict dans cette école. Il déclare : « Un cadet ne ment pas, ne triche pas, ne vole pas et il ne tolère pas ceux qui le font. » Ma grossesse aurait été considérée comme une faute, ajouta-t-elle.

— Ça ne rigolait pas, dis donc ! Raconte-moi encore comment tu es tombée amoureuse de Matt.

Elle ne se fit pas prier.

— Nous étions dans la même classe, commença-t-elle. J'avais accepté de former un groupe de travail avec lui et quelques autres élèves.

— Mettre en place des activités en petit comité pour draguer, ce n'est pas bête, dit-il pensivement.

Elle se mit à rire. Elle ne l'avait pas interprété ainsi à l'époque, mais il était possible que Matt ait eu des arrière-pensées.

— Travailler en groupe était indispensables. Les études étaient difficiles.

— Matt voulait te draguer et tu le savais certainement, répliqua Caleb. En tout cas, je me demande comment tu arrivais à le différencier des autres. J'ai vu des photos. En uniforme, tous les cadets se ressemblent. De vrais clones.

Il se trompait. Le sourire chaleureux de Matt, son visage énergique, ses mâchoires carrées et la lueur qui brillait dans ses yeux bruns le rendaient unique.

Alex, qui était venu chercher un verre d'eau dans la cuisine, glissa avec un petit sourire deux cookies dans sa poche et un troisième dans sa bouche.

— Pour l'apéritif, marmonna-t-il en sortant.

— Il est temps de passer à la vitesse supérieure, Caleb, dit-elle. Je m'occupe des amuse-gueules et toi des cookies.

— Quand Matt t'a-t-il proposé de sortir avec lui ? demanda Caleb. Pour un vrai rendez-vous galant, je veux dire.

Tout en épluchant quelques carottes et concombres, Bethany entreprit de lui raconter une nouvelle fois comment Matt avait tout organisé pour lui donner l'impression qu'ils n'étaient que deux alors qu'ils étaient entourés de leurs amis.

Caleb l'écoutait avec attention. L'interrogeait-il à ce sujet parce qu'il avait lui-même des vues sur une fille ? Elle ne lui posa pas la question. Mieux valait ne pas s'immiscer dans sa vie amoureuse, décida-t-elle. De toute façon, à quinze ans, il se souciait sans doute plus du sport que de l'amour.

Du moins, l'espérait-elle.

Le plateau de hors-d'œuvre prêt, elle le porta à Matt et à Alex. Ils avaient transformé le salon en centre de commande. Elle posa son chargement à portée de leurs mains.

— Pour vous faire patienter avant le repas, dit-elle.

Focalisés sur les écrans, ils se contentèrent d'un grognement de remerciement.

Quelles menaces avaient-ils repérées pour paraître si sombres ? se demanda-t-elle.

Se dépêchant de retourner dans la cuisine, elle reporta son attention sur la préparation du dîner. Mais son cerveau continuait à s'interroger, à spéculer et à imaginer le pire.

Matt et Alex avaient visionné toutes les images disponibles, à commencer par celles de la vidéo de la fusillade filmée devant chez Bethany jusqu'à celles enregistrées par les caméras de surveillance du parc. Ils avaient épluché les états de service de Matt, incapables de se faire à l'idée de quelqu'un qui le connaissait lui en voulait au point de l'attaquer ainsi.

Qui serait susceptible de lui jouer ces sales tours et pourquoi ?

— Tout ça ne sert à rien.

S'écartant de la table, Matt se dirigea vers les baies vitrées coulissantes. Furieux, frustré et tourmenté par les odeurs savoureuses qui émanaient de la cuisine, il sortit sur la terrasse. Il y avait installé une table, des chaises et un barbecue. La ville étincelait alentour, les bateaux sommeillaient dans la marina. Au nord et à l'est se trouvaient des immeubles, des endroits où un tireur d'élite était susceptible de se poster. D'ailleurs, il serait sans doute possible de le prendre pour cible depuis le canal.

*Vas-y*, ordonna-t-il, mentalement à l'enfoiré qui s'était attaqué à Bethany et à Caleb. *Cesse de jouer avec ma famille et tire sur moi.*

Derrière lui, il entendit Alex le rejoindre, refermer la baie vitrée. Alex caressa le couvercle en acier du barbecue.

— Nous devrions apprendre à Caleb à faire griller un steak...

Mais en attendant tu es stupide de t'exposer ainsi. Tu ouvres un boulevard à un éventuel tireur embusqué.

— Si tu as peur, rentre, répliqua Matt.

— Je n'ai pas peur, mais si j'étais tueur à gages je me placerais dans l'immeuble d'en face pour faire un carton. Cela dit, s'il était malin, il mettrait plutôt le feu à ton appartement pour faire croire à un accident.

— Ne voudrais-tu pas changer de sujet ?

— De quoi préférerais-tu parler ? Ou plutôt de qui ? De Bethany et de Caleb ?

— Non.

De toute façon, il n'irait nulle part avec Bethany tant qu'il ne l'aurait pas convaincue qu'il ne représentait pas une menace pour elle, pour eux.

— Je ne comprends plus rien, dit-il.

Alex poussa un soupir exaspéré.

— Nous ne sommes pas les seuls à travailler sur ces attaques. Quelque chose va sortir et nous permettre d'avancer.

— Elle a confectionné mes cookies préférés, préparé des hors-d'œuvre et là, elle cuisine pour nous servir un bon dîner. Elle semble se mettre en quatre pour me faire plaisir et un instant après elle me rejette. Je ne comprends plus rien.

Et en particulier pourquoi Bethany refusait de lui donner une autre chance.

— Et la bière, lui rappela Alex. Elle a acheté ta bière préférée.

— Elle ne l'avait pas oubliée. En agissant ainsi, elle cherche à me plaire, à me séduire.

Quand son ami éclata de rire, il comprit pourquoi son père lui avait envoyé Alex. Non seulement il était tireur d'élite, mais il avait la capacité d'alléger l'atmosphère.

— Là, tu te la racontes, Matt !

Puis Alex redevint sérieux.

— Elle a fait n'importe quoi, je te l'accorde. T'empêcher d'approcher ton fils pendant près de quinze ans était moche de sa part. Mais as-tu vu comment elle te regarde ? Elle te dévore des yeux.

Matt voulait croire que la façon dont les magnifiques prunelles de Bethany s'éclairaient chaque fois qu'elle les posait sur lui lui donnait des raisons d'espérer. Il voulait croire qu'il parviendrait à briser les murs qu'elle avait bâtis pour le tenir à distance. Il avait tellement envie de l'étreindre.

— Elle tenait à élever Caleb seule. J'ai rencontré mon fils pour la première fois avant-hier. Voilà quinze ans que j'attendais ce jour ! ajouta-t-il. Tu mesures ma fureur.

Alex se tourna vers Matt.

— Pourtant, tu ne lui en veux pas, dit-il. Pas vraiment.

— Détrompe-toi. Je lui en veux beaucoup, mais je dois reconnaître qu'au départ elle cherchait surtout à me rendre service. Elle a quitté West Point, abandonné sa carrière militaire pour moi, pour élever Caleb et protéger mon avenir au sein de l'armée.

— Impressionnant.

Matt ferma les yeux, déchiré entre son admiration pour le sacrifice de Bethany et sa frustration pour ce qu'elle lui avait imposé en contrepartie.

— Quel est ton objectif ? demanda Alex. Obtenir la garde du gosse ?

— Construire une famille, répondit Matt.

Matt n'avait jamais réussi à convaincre Bethany qu'il l'aimait. Agrippant la balustrade du balcon, il la serra fort.

— Depuis le début, je rêve de faire partie de la vie de Caleb.

Il l'avait proposé à de multiples reprises à Bethany, mais elle avait toujours refusé, certaine qu'un tel rapprochement nuirait à leur fils. Matt pensait qu'une bataille juridique pour obtenir un droit de visite serait pire que tout pour tout le monde, aussi avait-il respecté la ligne tracée par elle.

— J'aurais pu exercer mes droits.

— Une fois ton diplôme obtenu, en tout cas. Et tu as toujours des droits, ajouta Alex.

— C'est vrai. Caleb m'a demandé si j'avais voulu sa naissance. Il en doutait, lâcha-t-il, ravagé.

— Elle t'a privé de ton fils. C'est dégueulasse.

— Nous étions jeunes et stupides, dit-il. Mais ce qui s'est passé entre nous deux n'était pas qu'une amourette de jeunesse.

— Tu l'aimes toujours, murmura Alex.

— Oui, répondit-il. Caleb m'a posé la même question hier.

— Dans le genre : « Quelles sont tes intentions avec ma mère ? » ?

Matt sourit.

— Oui, exactement dans ce genre-là.

— C'est un vrai Riley.

Le sourire de Matt s'envola.

— Tu aurais dû entendre le sermon de ma mère. Comme si je lui avais caché ma paternité toutes ces années dans le seul but de lui faire de la peine.

Alex connaissait assez Patricia pour imaginer le tableau.

— Donc, en dehors du bureau du JAG et des enquêteurs d'habilitation, personne n'avait connaissance de l'existence de Caleb ou de la pension alimentaire que tu versais à Bethany ?

— Personne.

Il repensa au commentaire de Bethany lorsqu'ils étaient sortis de la salle de conférences du Pentagone.

— D'après Bethany, la personne qui a contacté Caleb voulait me pousser à me mettre à découvert ou peut-être nous attirer, Caleb et moi, au même endroit.

Matt posa les mains sur ses hanches. Il portait sa chemise d'uniforme dont il avait retroussé les manches.

— Je suis sûr que quelqu'un nous a suivis, Caleb et moi, depuis Union Station, mardi, poursuivit-il.

— Tu l'as signalé aux autorités, non ?

— Bien sûr, mais je n'avais rien pour le prouver.

— Nous devons visionner les images enregistrées par les caméras de surveillance de la gare.

Matt n'en voyait pas l'intérêt.

— La sécurité du Pentagone m'a promis de le faire aussi. Mais à quoi bon perdre du temps à regarder des milliers de gens, en espérant remarquer quelqu'un en train d'épier Caleb ou moi ?

— Si quelqu'un avait voulu te tuer, il en aurait eu cent fois la possibilité. C'est le plus étrange.

— Je me demande pourquoi je suis encore en vie. Et sans mobile, j'ignore quoi faire. En tout cas, je ne veux prendre aucun risque avec Bethany et Caleb.

— Tu peux les garder en résidence surveillée ici.

Matt lui lança un regard noir.

— Bethany n'acceptera pas longtemps ces contraintes.

Il n'allait pas renoncer. Il espérait toujours la convaincre de leur donner une deuxième chance, de vivre ensemble, de fonder une vraie famille. Pour la vie.

Il s'obligea à revenir à ses préoccupations immédiates.

— En plus, Caleb devra bientôt retourner au collège, retrouver son équipe de football et à sa routine habituelle.

— Admettons que Bethany ait raison et que quelqu'un souhaite vous réunir, Caleb et toi, pour vous prendre pour cibles. Qui seraient les suspects ?

— C'est la question à dix millions de dollars.

Matt baissa les yeux, espérant presque voir le point rouge d'un viseur laser sur sa poitrine. Après avoir configuré les ordinateurs, ils avaient contacté l'équipe d'enquêteurs et obtenu les rapports complets sur l'incident du parc. Ils avaient parcouru les images des caméras de surveillance des environs à la recherche de berlines sombres, de visages familiers et de tout ce qui ressemblait à un pointeur laser. En vain.

Cessant d'observer les alentours, Matt reporta son attention sur Bethany et Caleb qu'il voyait à travers les baies vitrées. Comme autrefois, Bethany se déplaçait d'un pas décidé et énergique, mais elle semblait à la fois plus douce et plus forte, à présent. La maternité l'avait embellie. Pourquoi ne pouvait-elle pas reconnaître qu'ils allaient bien ensemble et qu'ils seraient heureux tous les trois ?

Il la désirait plus que jamais. Il voulait tout d'elle, corps, cœur et âme. Il n'avait pas envie d'une aventure.

— Il nous faut une piste. Quelqu'un a filmé cette attaque, l'a envoyée aux réseaux sociaux, dit-il, réfléchissant à voix haute.

— Et à ton père, lui rappela Alex.

— Pour moi, c'est le plus surprenant de l'histoire. Pourquoi l'impliquer ?

— Pour nuire à tes relations familiales ?

— Peut-être. Rien de cette affaire ne correspond aux schémas classiques et pourtant je n'ai pas l'impression d'une improvisation. Au contraire, tout semble avoir été minutieusement pesé, réfléchi, organisé.

— Celui qui est derrière cette histoire finira par commettre une erreur, dit Alex. Mes gars enquêtent là-bas maintenant, en plus de l'équipe envoyée par le général Knudson.

— Cela n'est pas suffisant, dit Matt. Je ne laisserai pas un fou furieux s'en prendre à Caleb et à Bethany alors qu'ils sont sous ma protection.

— Raison de plus pour rester à l'intérieur, dit Alex en observant les environs à la tombée de la nuit. Laisse mon équipe terminer ses investigations et les enquêteurs travailler sur ce qu'ils ont. Nous ferons le point, demain.

— Rentre, dit Matt qui ne se sentait pas prêt à l'imiter.

— Pas sans toi. Si tu te fais descendre, ça va casser l'ambiance. Et en plus, tu raterais quelque chose. Cela sent super bon dans la cuisine.

— Ne reste pas pour dîner, décida soudain Matt.

Égoïstement, il voulait Bethany et Caleb pour lui tout seul.

Alex prit une expression horrifiée.

— Tu rigoles ! Elle m'a acheté du pain à l'ail.

— Je m'en moque. Va plutôt rejoindre ton équipe pour te mettre à la recherche d'une piste.

Alex secoua la tête.

— Il n'en est pas question.

Matt hésita à insister pour qu'il les laisse en famille, mais Alex était déjà à l'intérieur, complimentant Bethany et proposant de mettre le couvert.

*Idiot,* pensa Matt.

Le dîner fut fantastique et, grâce à Alex, la conversation animée et joyeuse. Pour amuser Caleb, il raconta leurs prouesses quand ils étaient à l'école de parachutisme et sur divers champs de bataille. Personne ne fut dupe lorsque Alex s'arrangea pour tirer la couverture à lui en narrant leurs exploits et pour rendre Matt seul responsable de leurs erreurs et échecs. Caleb était aux anges.

Matt doutait que les vrais oncles et tantes de Caleb réagissent aussi bien qu'Alex en apprenant son secret. Il était en fait surpris que ses frères et sœurs ne l'aient pas encore appelé pour l'incendier. Pourtant, sa mère avait certainement déjà informé tout le clan.

Il se frotta les tempes.

Alex débarrassa la table et fit la vaisselle avec l'aide de Caleb qui tenait à entendre plus d'histoires à propos de Matt.

Bethany resta assise en face de lui. De multiples questions non formulées planaient entre eux. Elles méritaient des réponses. Malheureusement, il était lui-même en plein brouillard.

— Un café ? proposa-t-elle. Autrefois, tu prenais du café pour soulager tes migraines liées aux stress.

Quand elle disait ce genre de choses, lui prouvant à quel point elle se souvenait de leur brève relation, il se reprenait à espérer.

— Seules des réponses ou des arrestations y parviendront, cette fois-ci. Désolé, ajouta-t-il en la voyant se renfermer.

D'une phrase, il avait brisé l'ambiance détendue installée par Alex, se reprocha-t-il.

Elle contourna soudain la table pour s'asseoir à côté de lui.

— Je te dois des excuses, Matt.

— Pas du tout.

Le doux parfum de son shampooing lui chatouillait les narines, ravivant une autre faim.

Elle posa la main sur son bras.

— Matt, s'il te plaît, regarde-moi. Crois-moi, je te fais entièrement confiance avec Caleb. Ce que j'ai dit ce matin était injuste. J'avais peur, je disais n'importe quoi. Tu l'as protégé, tu as su le rassurer et le remettre sur les rails. Je t'en remercie.

Il aurait voulu savourer ce moment, sa gratitude, mais le souvenir des viseurs de laser le hantait.

— Bethany, quand j'ai vu...

— Cesse de te torturer, l'interrompit-elle. Tu as été... incroyable. Héroïque. Merveilleux. Tu l'as sauvé, Matt.

Touché, il n'en oubliait pourtant pas la sinistre vérité.

— Il était dehors à cause de moi. Tout est ma faute. Je t'avais dit que je ne l'exposerais pas au danger, mais il l'était.

— Tu n'y es pour rien. Seul le tireur est coupable.

Peu convaincu, Matt regarda Alex et Caleb revenir avec une autre assiette de cookies.

Sans un mot, Bethany se détourna de lui et leur sourit. Il se remémora soudain un dîner en groupe dans une pizza alors qu'ils étaient étudiants. À un moment, il avait réussi à s'isoler avec elle, quelques instants. Quand ils étaient revenus à table, leurs amis les avaient taquinés parce qu'elle avait les cheveux en bataille et elle avait rougi comme une pivoine.

Pourquoi avait-il cru alors que ses sentiments pour elle n'étaient pas assez forts pour durer ?

Il l'observa à la dérobée pendant qu'elle parlait avec Alex et Caleb. Si elle avait toujours été jolie, son visage avait à présent une profondeur et une richesse, comme si chaque expérience de la vie n'avait fait qu'intensifier sa beauté.

La chaleur de ses yeux et l'expression de sa bouche pulpeuse lui prouvaient qu'elle avait connu beaucoup de joies au cours des quinze dernières années. Elle avait eu une belle vie et elle avait réussi à donner assez de stabilité à leur fils pour lui permettre de s'épanouir.

Matt ne pouvait pas revenir en arrière ou rattraper le temps perdu, mais à partir de maintenant il ne voulait plus rater un instant avec Caleb ou Bethany. Trop tôt, Caleb partirait à l'université. Et puis, il vivrait sa vie.

Il avait dit à Matt qu'il aimait l'histoire et la science. Il était aussi un sportif talentueux. Caleb avait-il déjà pensé à West Point, à une carrière militaire ?

Peu importait qu'il n'ait pas vu grandir son fils. Désormais, ils seraient tous les trois impliqués dans chaque décision.

Matt souhaitait que son fils ait le choix. À l'âge de Caleb, Matt avait opté pour l'Académie militaire de West Point, bien décidé à suivre les traces de son père. Ses parents l'avaient soutenu, bien entendu, mais ils lui avaient dit qu'il fallait s'investir corps et âme pour devenir un cadet et plus tard, un militaire accompli.

Manifestement, Bethany avait inculqué le même sens de l'effort et des responsabilités à Caleb. Certes, il était encore un enfant, mais l'homme qu'il deviendrait se devinait déjà. Depuis quinze ans, ils s'étaient bien débrouillés pour être heureux tous les deux. Avaient-ils besoin de lui ?

Alex fit claquer ses doigts devant le visage de Matt.

— Tu es là ? Je m'en vais.

Surpris de voir Alex boutonner son uniforme, Matt se leva.

— Je vais marcher avec toi, dit-il en attrapant son manteau.

Dès qu'ils furent à l'extérieur, Alex lui lança :

— Tu n'étais pas obligé de m'accompagner.

— Penses-tu qu'ils sont plus heureux sans moi ? laissa échapper Matt quand ils furent seuls dans l'ascenseur.

Alex en resta un instant bouche bée.

— Tu dis n'importe quoi, vieux.

Dans le hall d'entrée, il tendit le bras pour arrêter Matt qui tentait de le suivre.

— Remonte chez toi, profite de ta famille et oublie le reste. Nous assurons tes arrières.

— D'accord. Merci.

— Je ne veux pas avoir de tes nouvelles avant demain à moins que ton appartement ne soit pris pour cible.

Matt leva les mains en signe de reddition.

— C'est noté.

— Tu m'as dit que ton objectif était de fonder une famille. Alors, il est grand temps de passer à l'action, major Riley.

En repensant au conseil de son ami, Matt avait presque envie de rire quand il remonta chez lui.

Presque.

# 8

Après le départ d'Alex, la soirée prit un tournant résolument familial. Matt troqua son uniforme pour un jean et un T-shirt à manches longues, orné du logo des rangers.

Comme il proposait à Caleb un défi sur l'un de ses jeux vidéo, Bethany hésita à leur rappeler que Caleb était puni, mais finalement elle renonça à jouer les rabat-joie. Elle les avait tenus éloignés l'un de l'autre assez longtemps. Elle s'installa dans un fauteuil pour lire un roman.

Il était plus de 22 heures quand elle envoya Caleb au lit. L'adolescent renâcla à obéir, cherchant à obtenir un sursis, mais elle resta ferme. Matt la soutint, ce qu'elle apprécia. Si elle ne l'aurait avoué pour rien au monde, elle avait envie, besoin, de passer du temps avec lui entre adultes. Et pas pour discuter de problèmes pratiques ou logistiques.

Tout au long de la soirée, chaque fois que le regard de Matt s'était posé sur elle, elle avait eu l'impression d'une caresse. Chaque fois, son cœur s'était affolé dans sa poitrine.

Dîner avec lui, lui parler de choses et d'autres, lui avait semblé naturel, facile. Vivre ce quotidien avec Matt l'avait ramenée aux premiers jours de leur relation et à la manière dont Matt lui faisait sentir alors qu'elle était la seule personne à compter pour lui. Voir Caleb s'émerveiller des histoires d'Alex à propos de Matt l'avait attendrie.

Elle avait été heureuse d'élever un fils aussi brillant et aussi bien dans ses baskets. Année après année, elle avait prouvé qu'elle n'avait pas besoin de Matt pour l'épauler dans cette aventure.

Pourtant, si elle était fière de son indépendance, le plaisir de sa compagnie lui avait manqué. Terriblement.

Et maintenant qu'ils étaient plus âgés, plus sages et plus confiants, leurs relations seraient sans doute beaucoup plus satisfaisantes. Sur tous les plans. Et ils étaient assez matures à présent pour partager un bon moment au lit sans éprouver le besoin automatique d'unir leurs vies.

Elle avait envie de sexe, d'un exutoire sain qui leur permettrait de relâcher les tensions. Elle se servit un verre dans la cuisine, éteignit les lumières, ne laissant qu'une lampe allumée près du canapé. Hésitant sur la façon de s'y prendre pour lui suggérer de passer une nuit sans lendemain avec elle, elle sirotait son vin quand son smartphone sonna.

Lorsqu'elle vit le numéro de portable de son père s'afficher sur l'écran, elle réprima un gémissement mais elle prit l'appel.

— Bonsoir, papa.

— Caleb et toi allez bien ? demanda-t-il. J'ai voulu venir vous rendre visite, mais un policier en faction devant ta porte m'a interdit d'approcher.

— Désolée de t'avoir fait subir ce genre de contrariété.

Elle avait appelé ses parents mercredi matin pour s'assurer qu'ils n'avaient pas été bouleversés par les images de la fusillade. Par chance, ils n'avaient pas vu les informations. Et par la suite elle n'avait pas eu le courage de leur dire qu'ils étaient à Washington avec Matt.

— Nous allons bien papa, ne t'inquiète pas. Nous profitons des vacances de la Toussaint de Caleb.

— Combien de temps ce policier va-t-il rester devant chez toi ? reprit son père.

Comme elle croisait le regard de Matt, il lui sourit et son cœur s'accéléra dans sa poitrine.

Elle s'efforça de retrouver le fil de la conversation.

— Je ne sais pas. C'est une simple précaution, papa.

Un sourire aux lèvres, Matt se dirigea vers sa chambre à coucher. Sans doute voulait-il être discret, mais elle espéra qu'il allait revenir. Le désir dont elle était la proie était si fort qu'elle était décidée à frapper à sa porte s'il ne le faisait pas.

— Après ce qui s'est passé, hier soir, Caleb et moi avons décidé de nous rendre à Washington pendant ses vacances.

Un silence tendu suivit sa déclaration.

— Ta mère et moi espérions que vous viendrez à la maison pour quelques jours, la semaine prochaine.

— Bonne idée. Je vous rappellerai dès que nous serons rentrés. Et n'oubliez pas que Caleb participe à un match important le mois prochain. Il aimerait que vous y assistiez.

— Bien sûr, nous avons hâte d'y être.

Ses parents étaient de fervents supporters de Caleb.

Matt sortit de sa chambre et alla à son tour se servir un verre de vin à la cuisine avant de reprendre sa place sur le canapé. Chacun de ses gestes la faisait frissonner.

Une seule nuit ne lui suffirait peut-être pas, finalement.

— Washington, la ville ou l'État ? demanda soudain son père.

— La ville, répondit-elle avec prudence.

La traquait-il via une application sur son smartphone ?

— Bethany, ne me dis pas que tu es avec Riley !

— Nous devions rencontrer les enquêteurs, papa. Et ils se trouvent à Washington.

— Si jamais je croise ce type…, commença son père avec colère.

— Tu l'embrasseras et tu le remercieras d'avoir sauvé Caleb, j'en suis sûre, le coupa-t-elle.

— Certainement pas ! Je n'oublie pas qu'il a bousillé ta vie.

Bethany avait déçu ses parents en abandonnant sa scolarité en cours de route, en renonçant à la brillante carrière militaire à laquelle elle se destinait, en ayant un enfant toute seule, en les privant d'un beau mariage romantique dont ils rêvaient pour elle. Ils ne lui pardonnaient pas ses choix, et sentir les yeux de Matt sur elle pendant cet échange rendait ces reproches paternels presque insupportables.

— Ne dramatise pas, papa. Tout va bien.

— Matt t'a fait du mal. Un père n'oublie pas facilement ce genre de choses.

Elle jeta un coup d'œil à Matt. Garderait-il, lui aussi, en mémoire les blessures qu'elle lui avait infligées ?

Cela dit, Bethany refusait de qualifier d'erreurs les décisions qu'elle avait prises à l'époque pour se protéger et protéger son bébé. Depuis sa naissance, Caleb était un cadeau de la vie. Certes, elle avait dû sacrifier ses rêves et sa carrière, mais elle ne regrettait rien. Son fils en valait la peine.

— Merci de ton coup de fil, papa. Je te rappellerai dès que nous serons rentrés à la maison. En attendant, ne t'inquiète pas. Nous allons bien et nous sommes en sécurité. Je t'embrasse, embrasse maman de notre part.

Elle raccrocha et avala une gorgée de vin.

— Des problèmes ? demanda Matt.

Incapable de le regarder en face, elle fit tourner son verre entre ses paumes.

— Mon père est passé à la maison et un policier lui a interdit d'approcher. Il était inquiet.

— Bien sûr, mais une enquête est en cours. L'affaire est prise au sérieux. Caleb a été le premier à être contacté par l'agresseur. Tu as été la première à recevoir des menaces.

Bethany haussa les épaules. Dans son esprit, la façon dont il présentait les événements n'était pas pertinente. Elle était certaine que Matt était la cible.

Elle osa enfin poser les yeux sur lui.

Son regard brûlant, sa bouche sensuelle, son sourire… tout la tentait. Sans le dire ouvertement, il l'invitait à se rapprocher, à le toucher.

Elle en mourait d'envie. Ils n'étaient plus des cadets, des élèves soumis au règlement strict d'une école militaire et contraints de se cacher pour s'aimer. Ils étaient désormais libres de partager une nuit de plaisir.

Bethany lui sourit.

— Et si nous allions fermer la chambre d'amis à clé ?

— Elle n'a pas de clé. J'aurais dû envoyer Caleb dormir chez Alex.

— Il nous a bien fait rire avec ses histoires pendant le dîner.

— Te souviens-tu de notre premier baiser ? lança-t-il, les yeux sur ses lèvres.

— J'y pensais justement tout à l'heure.

— Pendant que tu préparais les cookies ?

À l'intensité de son regard, elle devina que sa réponse était importante pour lui. Elle aurait mille fois préféré que Matt fasse le premier pas, mais elle savait pourquoi il ne le faisait pas. C'était elle qui s'était éloignée de lui, qui l'avait froidement sorti de sa vie. À l'époque, elle n'avait pas eu d'autres moyens de supporter sa frustration et ses regrets.

— Oui. Caleb me demandait comment nous étions tombés amoureux à West Point. J'ai eu l'impression qu'il avait envie de sortir avec une fille et qu'il se renseignait sur la façon de s'y prendre.

— J'en serais ravi pour lui, dit Matt avec un sourire sexy.

Pour sa part, elle trouvait leur fils encore un peu jeune pour commencer une vie amoureuse.

— Qu'allais-tu ajouter ? demanda Matt.

— Rien.

— Bethany ! protesta-t-il en riant. Dis-moi.

Après avoir si longtemps exercé seule ce métier de parent, dépasser ses vieilles habitudes se révélait plus difficile que prévu.

— Tu n'as aucune raison de me croire, mais quand Caleb avait trois ou quatre ans, je ressentais souvent le besoin de t'appeler pour te raconter de petites choses de sa vie.

À en juger à la façon dont il se raidit brusquement, il s'attendait à une autre réponse.

— Je t'aurais répondu, dit-il. Tu peux me parler maintenant. De tout.

— D'accord. Eh bien, ma réaction en l'imaginant avec une amoureuse m'a montré à quel point j'étais une mère surprotectrice...

— À tes yeux, aucune fille n'est assez bien pour ton fils ?

— C'est un peu ça, je l'avoue. Cela dit, je ne la connais pas et je ne sais pas non plus s'il est vraiment mordu.

— Il l'est assez pour t'interroger sur le sujet.

— C'est ce qui a déclenché ma réaction, je crois.

Elle mesura soudain combien il serait agréable de partager plus de soirées comme celle-ci, de se confier à Matt, de discuter avec lui, de lui demander conseil à propos de Caleb...

Il prenait au sérieux son rôle de père et elle s'en félicitait. Caleb avait besoin de lui. En revanche, elle ne pouvait se permettre, elle, de s'y habituer. Elle ne devait s'accorder qu'une seule nuit de plaisir, se rappela-t-elle. Matt n'avait aucune envie d'une vie de famille, et encore moins avec elle. Sa carrière militaire était devant lui, beaucoup d'aventures l'attendaient, et le voir en uniforme, en action, lui avait rappelé que leurs routes s'étaient séparées pour de bonnes raisons.

— Comme tous les adolescents, Caleb est déchiré entre le désir de devenir adulte et le fait d'être encore un enfant, dit Matt. C'est une période difficile, mais elle ne durera pas.

Son verre de vin à la main, elle s'efforça de sourire.

— Tu as manqué beaucoup trop d'étapes de la vie de Caleb. Mais désormais je m'arrangerai pour que tu y joues un rôle central, décisif, Matt. Je te le promets. Dorénavant, je te donnerai tout ce que tu espères de moi.

— Tout ? Vraiment tout ?

À peine eut-elle hoché la tête qu'il la prit dans ses bras et captura ses lèvres.

Elle posa une main sur sa nuque pour l'attirer à elle et approfondir leur baiser. Tandis que leurs langues entamaient une danse sensuelle, Matt la serra contre lui.

Après un long et délicieux moment, il releva la tête pour planter les yeux dans les siens.

— Toi, Bethany. C'est toi que je...

Elle n'avait pas envie d'en discuter, de parler. Quelque chose dans son regard, une émotion qu'elle préférait ne pas analyser, ni même nommer, la fit frissonner. Elle picora son visage de baisers brûlants.

Comme elle l'étreignait contre elle, elle sentit son érection et réprima un gémissement. Ses mains redécouvraient avec émerveillement son corps d'homme, musclé et chaud. Elle avait si faim de lui qu'elle aurait aimé qu'il la prenne vite. Mais Matt semblait vouloir prendre le temps de la caresser, de la savourer.

S'enivrant de l'odeur de sa peau, elle passa les doigts dans ses cheveux, épais et doux.

Il glissa les mains sous son corsage, pétrit ses seins avec douceur avant d'en exciter la pointe. Emportée par le plaisir, elle ferma les paupières.

Matt lui ôta son chemisier. Ses mains se promenèrent sur sa

peau nue, son ventre, sa poitrine. La rallongeant sur le dos, il reprit sa bouche pour un baiser fougueux.

Emportée, elle murmura son nom en se frottant contre lui. Elle devina son sourire contre sa peau.

— Pas si vite, mon amour. Pas si vite.

*Mon amour.*

Le cœur de Bethany s'accéléra. Quinze ans plus tôt, il l'appelait déjà ainsi et elle aurait voulu que cet amour soit véritable et éternel. Mais elle s'était fourvoyée. Ils avaient grandi maintenant et tout était différent. Le temps de l'Amour avec un A était passé.

Il ouvrit son jean mais, quand il voulut le lui retirer, elle posa la main sur la sienne pour l'en empêcher.

Depuis sa grossesse, son corps avait pris quelques rondeurs et s'était orné de disgracieuses vergetures. Alors que Matt, lui, était toujours svelte, musclé, sexy...

Rouge d'embarras, elle balbutia :

— Éteins la lumière, s'il te plaît.

— Il n'en est pas question. Je tiens à te regarder.

— Et si Caleb survenait en plein milieu de nos ébats ?

Voilà ! Elle avait trouvé l'excuse parfaite.

— Tu ne pensais pas à lui, il y a un instant.

— J'aurais dû, répliqua-t-elle.

Caleb les avait déjà vus en train de s'embrasser. S'il les surprenait en train de faire l'amour, ce serait terrible.

— Laisse-moi, ajouta-t-elle en tentant de le repousser.

— J'aimerais au moins comprendre ce qui se passe.

— Nous étions sur le point de commettre une erreur, voilà.

Matt lui prit les mains et les retint contre son cœur.

— Parle-moi, Beth.

Au bord des larmes, elle sentait la culpabilité et la peur menacer le désir qu'elle éprouvait pour lui. Elle ignorait comment traduire en mots ses émotions contradictoires.

— Je suis désolée. J'avais envie de toi, dit-elle précipitamment. Mais je...

Il s'immobilisa. Son visage parut se figer. Il regardait ses lèvres, attendant qu'elle s'explique, qu'elle clarifie sa pensée.

Comme Bethany n'y parvenait pas, il se redressa soudain, s'écarta d'elle, se leva et s'éloigna.

Catastrophée, elle gémit.

— Matt, attends !

Elle courut dans le couloir pour le rattraper, mais il lui claqua la porte au nez.

Anéantie, elle frappa le bois.

— Ouvre-moi, je t'en prie.

— Pas maintenant. Va te coucher. Nous parlerons demain.

— Matt. Je suis désolée d'avoir tout gâché.

En larmes, elle retourna dans le salon, se demandant ce qu'elle devait faire. Elle ne s'est jamais sentie aussi seule.

Elle se dirigea vers les baies vitrées pour considérer la nuit. Les caresses de Matt lui avaient paru familières, pleines de promesses, et pourtant elle avait encore réussi à le blesser.

Parce qu'elle ne pouvait pas cesser d'avoir peur.

Caleb avait été un cadeau de la vie pour un milliard de raisons mais, entre autres, il l'avait empêchée de poursuivre sa scolarité à West Point et d'embrasser une carrière militaire. Elle avait eu de bonnes notes à l'époque, mais elle n'était pas faite pour l'armée. Les militaires faisaient preuve de courage au sein des difficultés. Et elle, elle n'avait jamais su que fuir.

Il est plus facile d'être seule, de feindre la force et de se débrouiller sans l'aide de personne que de prendre le risque d'aimer Matt. Ou n'importe quel homme.

Se sentant malheureuse, elle tira les rideaux et revint s'asseoir sur le canapé.

Elle était idiote, pensa-t-elle. Pourquoi se reprocher les décisions qu'elle avait prises sous pression à vingt ans en découvrant sa grossesse ? Quitter West Point était alors le seul moyen de laisser Matt en dehors de cette histoire et de lui éviter de subir des mesures disciplinaires inutiles.

Si elle l'avait désigné comme le père de son enfant, il aurait été expulsé de l'école. Son avenir était trop prometteur et l'un d'entre eux méritait de voir ses rêves se réaliser.

Matt menait une carrière remarquable en tant qu'officier. Il était aimé de ses hommes. Il n'avait sans doute pas été facile pour lui de se faire une place au sein de l'armée tant la réputation de son père était forte. Mais il était parvenu à surmonter le favoritisme et les préjugés que tout le monde semblait nourrir pour ou contre le fils aîné du général Riley.

Ces préjugés s'étaient manifestés chez certains instructeurs dès leur première année. Beaucoup de leurs camarades de classe avaient tendance à le réduire à son état de « fils de ».

Matt avait toujours voulu être jugé sur son seul mérite.

Elle aussi avait été influencée par ce qu'elle savait de son père, de sa famille. Convaincue qu'elle ne leur arrivait pas à la cheville, elle avait vite acquis la certitude qu'elle n'avait pas sa place dans le clan Riley, qu'elle y serait méprisée, rejetée.

Elle ne leur avait jamais donné la moindre chance de la connaître, de l'apprécier. Et maintenant elle était toujours la fille apeurée qui tenait Matt à distance pour se protéger.

Ses larmes finirent par se tarir, et elle se dirigea vers la salle de bains pour s'asperger le visage d'eau froide. Avoir besoin de sommeil ne voulait pas dire qu'il viendrait. Plutôt que de risquer de réveiller Caleb, elle retourna dans le salon.

Son regard se posa sur la boîte de photos de Caleb sur la table basse. Parallèlement à ses études, elle avait appris le scrapbooking.

Au fur et à mesure que l'idée se dessinait dans sa tête, son cœur endolori s'apaisa un peu. Elle avait la possibilité de faire quelque chose de bien pour Matt et pour ses parents, de leur confectionner des petits albums. Comme elle n'avait pas tout le matériel à portée de main, ils ne seraient pas très sophistiqués mais peut-être apprécieraient-ils le geste.

Quelques heures plus tard, elle rangea en bâillant les fournitures, les photos qu'elle n'avait pas utilisées dans la boîte et elle plaça les albums dessus.

Puis elle se blottit dans le fauteuil et laissa l'épuisement l'emporter.

# 9

Matt entendit sonner son smartphone, posé sur la table de chevet. Il n'avait pratiquement pas fermé l'œil de la nuit. Chaque fois qu'il s'était assoupi, il était retombé dans le même cauchemar. Il voyait Bethany sortir de sa vie avec Caleb, en sachant qu'il ne les reverrait jamais.

Comme il prenait l'appel, il reconnut la voix d'Alex.

— Nous avons un problème.

Le ton froid et dur de son ami était inhabituel et, immédiatement en alerte, Matt s'assit sur son lit.

— Je t'écoute.

— L'affaire a connu un rebondissement pendant la nuit. Le général Knudson veut nous parler. Il nous attend dans son bureau à 7 heures, dans une demi-heure. Je passe te chercher dans dix minutes

— Nous serons prêts.

Caleb et Bethany ne seraient pas heureux d'être réveillés en catastrophe et bousculés, mais il comptait sur eux pour comprendre la situation.

— Non, pas *nous*. Seulement *toi*, vieux

— Alex. Il n'est pas question de les laisser seuls. En plus, ils sont concernés, non ?

— Mes hommes sont déjà en train de prendre position sur le toit de ton immeuble, dans les cages d'escalier et les bâtiments voisins. Les accès sont sécurisés. Il ne leur arrivera rien en ton absence, je m'y engage.

En la matière, Alex avait une expertise et une expérience inégalables

— Bon. Alors dans dix minutes, en bas de chez moi.

— J'y serai, major Riley.

Déstabilisé par cet échange, Matt se précipita dans la cuisine pour se préparer un café. Pendant qu'il infusait, il se doucha en vitesse et il le but tout en se rasant et s'habillant. Quand il sortit de sa chambre, son manteau sous le bras et son béret à la main, il remarqua Bethany recroquevillée dans un fauteuil du salon.

Elle avait l'air si fragile, si délicate, qu'il en fut ému. Tendrement, il remonta la couverture sur ses épaules. Il avait terriblement envie de l'embrasser mais, non sans mal, il parvint à se l'interdire. Elle avait besoin de se reposer.

Il se dirigea vers la chambre d'amis et frappa. N'obtenant aucune réponse, il entrebâilla la porte. À la vue de Caleb étendu sur le lit, vêtu d'un T-shirt et d'un boxer, les draps emmêlés autour des jambes, une vague d'amour le souleva.

Il s'efforça de refouler son émotion et secoua doucement son fils.

— Hé ! réveille-toi.

L'adolescent se retourna, emportant ses couvertures avec lui.

— Encore cinq minutes, grommela-t-il.

— Non, vieux. J'ai besoin de ton attention, *maintenant*.

Le garçon se redressa enfin et se frotta le visage.

— Pourquoi ? Et quelle heure est-il ?

— Tôt. Je dois me rendre au Pentagone. Ta mère et toi restez ici.

— Où est-elle passée ? Qu'est-il arrivé ?

— Rien de grave. Elle s'est endormie dans le fauteuil du salon, hier soir. Laisse-la dormir, mais quand elle se réveillera tu lui diras que je l'appellerai dès que possible.

Caleb s'étira en bâillant.

— D'accord.

— Une réunion m'attend, mais vous serez en sécurité. Alex a mis une équipe en place dans l'immeuble pour assurer votre protection.

— D'accord. Cool.

— Laisse ta mère dormir, répéta Matt. Je compte sur toi. Elle a besoin de se reposer. En cas de problème, vous suivrez les ordres des hommes d'Alex.

Matt jeta un coup d'œil à sa montre et décida qu'il avait le temps de s'octroyer un second café. Il entendit Caleb entrer dans la salle de bains. Lorsqu'il en sortit, l'adolescent alla, l'air de rien, prendre un soda dans le réfrigérateur.

Matt se contenta d'arquer un sourcil. Il ne voulait pas risquer de réveiller Bethany en réprimandant son fils à voix haute. Caleb comprit le message et troqua son soda pour un jus d'orange.

— Merci, dit Matt.

Le garçon s'assit sur l'un des canapés, posa les pieds sur la table basse et s'absorba dans la contemplation de son smartphone.

Quand Matt ouvrit la porte, Alex était là.

— Au revoir, Caleb, murmura Matt.

— Matt, attends !

L'adolescent s'élança à toute vitesse vers lui, dérapant sur le parquet comme un joueur de hockey sur la glace.

— Bonjour, Alex.

— Salut, Caleb. En l'absence de ton père, c'est toi le responsable, tu le sais.

Caleb hocha la tête avec gravité.

— Remerciez vos hommes de veiller sur nous.

— Je le ferai. Nous devons y aller, maintenant.

Caleb tendit alors un petit paquet à Matt.

— Tiens, c'est pour toi. Ton nom est écrit dessus. Maman a dû le fabriquer pendant la nuit.

Matt l'ouvrit et découvrit la première photo de Caleb bébé, prise à l'hôpital quelques heures après sa naissance.

Alex se pencha.

— Tu avais peur que ton père oublie à quoi tu ressembles ?

— Matt n'a jamais porté ma photo sur lui, dit-il à Alex. Maintenant, il le peut.

— Merci.

Ému plus qu'il ne savait le dire, Matt glissa le petit album dans la poche intérieure de son manteau afin que Caleb comprenne qu'il le gardait contre son cœur. Après avoir encore serré son fils dans ses bras, il partit avec Alex.

Dès que Caleb eut refermé la porte, Alex repassa en mode guerrier. Matt fut presque déçu quand ils prirent l'ascenseur. Il s'attendait à grimper sur le toit pour monter dans un hélicoptère.

— Que s'est-il passé ?

— Le général préfère l'expliquer à toutes les personnes concernées en même temps. Tes parents seront là.

Matt comprit qu'Alex ne lui dirait rien. À cette heure matinale, les rues étaient désertes et ils parcoururent en un temps record le trajet en voiture jusqu'au Pentagone.

Loin de Bethany et de Caleb, Matt se sentait de plus en plus nerveux. Qu'ils soient protégés par l'élite de l'armée de terre n'y changeait rien.

Ils passèrent les contrôles de sécurité et se dirigèrent rapidement vers les bureaux du général Knudson.

Ni l'un ni l'autre ne parlèrent tandis qu'ils remontaient les couloirs, traversaient des salles étrangement silencieuses. Seul le claquement de leurs pas résonnait sur le sol marbré. Finalement, Alex ouvrit une porte et invita Matt à entrer.

Le général Knudson n'était pas seul. Surpris, Matt constata que ses parents étaient déjà là.

— Comment avez-vous fait pour arriver si vite ? demanda-t-il après avoir salué son supérieur hiérarchique.

Tandis que Patricia l'étreignait avec chaleur, Ben lui sourit.

— Avoir des amis haut placés est souvent utile, dit-il. J'aurais aimé que notre visite soit provoquée par d'autres raisons.

Matt ne fut pas dupe de son air détendu. Son père était capable de garder un visage impassible en toutes circonstances.

Son regard passa de son père à Knudson.

— Que se passe-t-il, monsieur ?

Le général lui montra une cafetière posée sur un guéridon.

— Servez-vous et asseyez-vous. Je vous laisse un instant pour vérifier quelque chose avec le major Alex Gadsden dans la pièce voisine.

Comme Knudson quittait le bureau, Patricia se tourna vers Matt :

— Caleb et Bethany ne sont pas avec toi ? s'enquit-elle.

— Non, mais vous les verrez bientôt, promis.

Elle l'observa d'un regard pénétrant.

— J'ai été furieuse contre toi en apprenant que tu m'avais caché l'existence de ton fils.

— Oui, tu me l'as dit et j'ai bien compris.

Matt se prépara à un autre sermon. Mais sa mère le surprit en le reprenant dans ses bras pour le serrer contre elle.

— Je suis désolée, chéri, dit-elle. J'ai eu tort de t'accabler de reproches quand j'ai découvert toute l'histoire. Dès que j'ai eu un peu de temps pour réfléchir, j'ai pris conscience que tu n'avais jamais eu la possibilité de m'en parler.

Matt fut étonné qu'elle ne lui fasse pas une scène. Une telle magnanimité ressemblait si peu à sa mère qu'il s'en inquiétait.

— Je mesure maintenant à quel point tu as dû souffrir d'être séparé de ton fils, toutes ces années, poursuivait-elle. Tu aurais voulu être un père pour lui dès sa naissance, j'en suis sûre.

— Évidemment.

— Comment est-il ? As-tu une photo de lui ?

Matt se souvint du paquet que Caleb lui avait donné au moment où il quittait l'appartement.

— Je t'ai apporté un petit album, confectionné par Bethany.

Il se demandait encore comment elle était parvenue à créer quelque chose d'aussi beau avec si peu d'outils à sa disposition.

Les larmes montèrent aux yeux de Patricia.

— Donne-le-moi vite, je t'en prie, dit-elle avec un rire ému.

Matt le sortit de son manteau et le lui tendit.

— Les moments forts de sa vie en images, dit-il.

Elle l'ouvrit et à la vue de la première photo de l'enfant, prise à l'hôpital, elle poussa un petit cri de ravissement. Bethany avait écrit son nom complet : Caleb Matthew Trent.

Ben surgit aussitôt à ses côtés et lui enlaça les épaules.

— Qu'y a-t-il, chérie ?

— Regarde, Benny. Notre premier petit-fils.

Ben se pencha vers l'album.

— C'est ton portrait tout craché, Matt, dit-il, la voix rauque d'émotion.

Patricia tourna les pages, émue aux larmes. Chacun des portraits de Caleb les bouleversa.

Alex frappa à la porte.

— Général, madame Riley, pardonnez-moi de vous déranger, mais le général Knudson vous attend dans la pièce voisine.

Patricia referma l'album et le serra contre son cœur.

— Merci, Matt.

Ils s'installèrent dans une petite salle de conférences pour s'entendre expliquer la raison de leur présence.

Knudson ferma la porte, et ils s'assirent sur des chaises disposées de manière à leur permettre de voir l'écran installé dans un coin.

— Je laisse le général Riley commencer, déclara Alex.

Le ventre de Matt se noua, mais il retint les questions qui lui brûlaient les lèvres.

Son père mêla ses doigts à ceux de sa femme et quelque chose de grave passa entre eux.

— Après la série de problèmes que tu as affrontés ces derniers jours, Matt, et celui qui a visé Grace Ann hier soir, le général Knudson, le major Gadsden et moi-même avons compris qu'il était temps que je m'implique, commença Ben.

— Grace Ann ? Qu'est-il arrivé à Grace Ann ?

Un frisson parcourut l'échine de Matt. Comme leur mère autrefois, l'aînée de ses deux sœurs cadettes avait rejoint l'armée en tant qu'infirmière. Elle était actuellement en poste à l'hôpital Walter Reed dans le Maryland. Elle aidait les soldats à se rétablir de blessures graves, qui mettaient souvent un terme à leur carrière militaire. Très dévouée, elle avait la réputation d'être une professionnelle hors pair.

— Tout comme toi, Grace Ann a reçu une lettre officielle l'informant de la cyberattaque, répondit Ben. Et hier soir sa voiture a été vandalisée.

Matt craignait de savoir déjà comment.

— Quelqu'un avait peint sur la carrosserie : « Vous allez payer », déclara Patricia, confirmant son intuition.

D'un mouvement de tête, elle montra l'écran où Alex projetait une photo de la voiture de Grace Ann, garée devant chez elle, sur un parking.

— Nous n'avons encore aucune image prise par les caméras de surveillance, dit Alex. Nous commençons à peine à travailler.

— Ces menaces ne visent donc pas seulement Bethany, Caleb et moi, conclut Matt. En effet, cela change la donne.

— Quelqu'un essaye manifestement de m'atteindre en s'attaquant à mes enfants dit Ben. Il a commencé avec toi et maintenant il s'en prend à Grace Ann.

— Cette hypothèse est confortée par la vidéo de la fusillade dont tu as été victime dans le New Jersey, poursuivit Alex. Elle a été envoyée aux médias par un témoin anonyme et elle a bénéficié d'une large couverture médiatique. Sans parler des autres photos adressées au général Riley.

En constatant que ses parents n'avaient pas l'air de s'inquiéter outre mesure pour sa sœur, Matt se calma un peu. Maintenant, son angoisse se déplaçait vers son père. En effet, il était de plus en plus probable qu'un désir de vengeance expliquait les derniers événements.

— Mais pourquoi quelqu'un t'en voudrait-il à ce point ?

Knudson prit la parole.

— Les officiers de carrière doivent souvent faire des choix difficiles, des choix dont leurs hommes supportent parfois les conséquences. Certains de ces derniers ne le leur pardonnent pas et deviennent alors des ennemis.

Matt le savait. Il avait vu son père et ses supérieurs à l'œuvre, et lui-même avait dirigé des soldats.

— C'est vrai, monsieur, mais peu de gens ont la possibilité d'exercer des représailles en se servant des moyens déployés dans cette histoire, remarqua Matt. Le simple fait d'envoyer la menace à Bethany sur du papier à en-tête officiel demande une sacrée organisation et bon nombre de pattes graissées.

— Votre père et moi allons travailler avec les enquêteurs pour dresser au plus vite une liste de suspects, déclara Knudson.

Matt se tourna brusquement vers Alex.

— J'ai besoin de plus d'informations.

Alex devina ce qu'il voulait savoir et répondit :

— Mon équipe a maintenant la preuve que tu fais l'objet d'une filature depuis un moment. Dans le New Jersey mais pas seulement. Voilà au moins quinze jours que quelqu'un te suit.

Diverses images défilèrent sur l'écran.

— Le général Knudson nous a transmis tes destinations et itinéraires au cours des deux dernières semaines, ce qui nous a permis d'examiner les images enregistrées par les caméras de surveillance le long de tes parcours.

Matt en était malade. Son manque de vigilance avait failli coûter la vie à son fils.

— Ne te reproche rien, Matt, murmura Patricia qui devinait ses tourments. Tu n'étais pas sur une zone de guerre ni en mission de combat mais sur le sol américain.

À sa grande surprise, Alex et le général l'approuvèrent.

— De plus, poursuivit Alex, tu as été victime d'une petite équipe. Deux ou trois hommes, pas plus. Visiblement, ils sont bien entraînés et se fondent à la perfection dans le paysage. Pour les repérer, il fallait des experts sachant où les chercher. Deux types étaient également à proximité du parc lors de l'épisode avec les armes équipées de viseurs au laser.

— Il y avait trois armes équipées de viseurs laser, dit Matt.

Et il serait très difficile de les traquer dans une ville comme Washington. Visionner toutes ces vidéos demanderait du temps. Sa priorité était de mettre Bethany et Caleb à l'abri des menaces et de leur permettre de reprendre leur vie habituelle. Sans lui, à en croire ce qu'il s'était passé la veille au soir avec Beth.

Alex poursuivit :

— La reconnaissance faciale n'a encore rien donné. Le général Riley n'a reconnu aucun des hommes que nous avions repérés, mais nous gardons espoir.

— Avez-vous une chance d'aboutir ? demanda Knudson.

— Oui, et elle était même importante jusqu'au moment où la voiture de Grace Ann a été vandalisée, déclara Alex. L'équipe d'enquêteurs travaillait alors à plein temps pour identifier ces hommes. Mais manifestement les tireurs se sont désintéressés de Matt pour s'en prendre à Grace Ann.

— Tu veux dire que nous n'avons pas eu d'autres problèmes hier parce qu'ils se rendaient chez Grace Ann ?

— C'est une vraie possibilité, répondit Alex.

Matt se remémora Alex, la veille au soir, lui reprochant de rester sur son balcon au risque de se faire tirer dessus.

— Il ne leur a pas fallu longtemps pour la localiser. Ta sœur et toi êtes tous deux très exposés, en ce moment, dit Patricia.

Ben lui pressa la main.

— Nous travaillons à les rendre moins vulnérables, chérie.

Leur échange, la façon dont sa mère se détendait visiblement au contact de son père et le soulagement avec laquelle elle accueillit ses paroles firent mal à Matt. Il avait toujours voulu partager avec Bethany ce genre de relations, basées sur la confiance, l'affection, la complicité. Il aurait aimé construire un amour de cette force avec Bethany.

Lorsqu'elle lui avait appris sa grossesse, la joie qui avait succédé à sa surprise n'avait pas duré. Bethany avait balayé ses rêves, affirmant qu'elle n'avait pas besoin de lui. Et que l'armée tendait les bras à Matt. Il avait essayé de la convaincre qu'ils pouvaient concilier amour, famille et carrière. En vain.

Depuis la naissance de Caleb, Matt trouvait presque pénible de côtoyer ses parents. Leur couple si soudé et si heureux lui rappelait en permanence qu'il n'avait pas suffi à Bethany comme son père avait suffi à Patricia.

Que faudrait-il pour lui prouver que le laisser entrer dans sa vie ne mettrait pas en péril sa précieuse indépendance ?

— Il n'est pas question de rester les bras croisés en attendant la prochaine attaque, dit Matt. Il faut mettre au point un plan.

Ils étaient pris à la gorge, l'étau se resserrait sur eux. Voir le major Riley se précipiter au Pentagone avec son ami, l'inquiétude peinte sur son visage, lui avait fait plaisir. Riley ressemblait à son père, il marchait du même pas décidé, arrogant. Il était une version plus jeune de l'homme qui avait trop exigé de lui avant de l'écarter.

Ses observateurs l'avaient informé de l'arrivée du général Riley au Pentagone et, même s'il ne pouvait évidemment rien faire contre eux à l'intérieur de l'édifice, il se sentait comme un enfant la veille de Noël.

Une seule raison expliquait la venue du général à la retraite :

ils allaient enfin enquêter sur le mystérieux agresseur des Riley, chercher des mobiles et des suspects.

Bien.

Qu'ils cherchent, pensa-t-il joyeusement. Qu'ils décortiquent du coup la vie du général comme ce dernier avait décortiqué celles des hommes et des femmes de valeur sous son commandement. Ils finiraient par déterrer ses secrets, ses erreurs coupables, par révéler les ordres débiles qu'il avait donnés en exposant la vie de ses soldats. Qu'ils projettent la lumière de la vérité sur les zones d'ombre, sur les fautes du général Riley.

Au cours du processus, peut-être parviendraient-ils à l'identifier. Et peut-être même à localiser sa retraite ici dans le désert. Cela ne changerait rien.

Lorsqu'il était sous les ordres du général Riley, il avait beaucoup appris sur la planification. En mettant ses plans au point, il avait intégré les aléas, les impondérables, les événements inattendus. Si nécessaire, ses équipes, organisées et compartimentées pour assurer la protection de tous, seraient capables de fonctionner de manière autonome.

Il n'était pas question de modifier son calendrier ni la phase finale. Chaque jour qui passait lui donnait plus d'énergie. Dans deux mois, plus rien ne pourrait l'empêcher d'aller au bout.

— Quoi que vous fassiez, où que vous soyez, vous êtes maintenant à ma merci, dit-il.

Le téléphone de son bureau sonna, interrompant ses pensées. Un sourire aux lèvres, il décrocha le combiné. Ce ne pouvait être que de bonnes nouvelles.

— Oui ?

— L'endroit est prêt, annonça son correspondant.

Il se tourna vers l'écran mural et sélectionna les caméras appropriées parmi les différentes options présentées. En effet, le flux d'images passait en direct.

— Parfait, dit-il. Assurez-vous que nos invités arrivent en toute sécurité et, surtout, veillez à ce qu'ils soient à l'aise.

Il replaça le récepteur et se versa un verre.

Le spectacle allait commencer.

Bethany avait été réveillée par Caleb qui se préparait avec bruit un petit déjeuner dans la cuisine. À son grand soulagement, l'adolescent n'avait posé aucune question difficile, se contentant d'expliquer qu'Alex était venu chercher Matt pour une réunion au Pentagone.

Elle se précipita dans la salle de bains pour prendre une douche, espérant éliminer du même coup le brouillard dans sa tête. Avec un peu de chance, au retour de Matt, elle se sentirait suffisamment assurée pour être capable de le regarder en face. Elle n'avait aucune idée de la façon de remédier à son comportement puéril de la veille au soir.

Trop nerveuse pour se poser quelque part, elle arpenta l'appartement, se torturant l'esprit pour chercher une raison à cette réunion inattendue.

Enfin, un téléphone sonna. Le smartphone de Caleb.

— C'est Matt, annonça l'adolescent en prenant l'appel. Hé, Matt, tu es sur haut-parleur.

— Ta mère est là ?

— Oui. Elle s'est réveillée toute seule, il y a une heure.

— Parfait.

— Tout va bien, Matt ? demanda-t-elle. Que se passe-t-il ?

— J'y viens, répondit-il. Allez faire vos valises. Nous partons au bord de la mer pour les vacances de la Toussaint.

Caleb laissa échapper un cri de joie, mais Bethany se rembrunit. Matt avait appelé Caleb. Pas elle. Voulait-il l'exclure pour se venger d'avoir été si longtemps privé de son fils ?

— Matt ?

— Nous partons tous les trois. Je serai là dans une heure ou deux.

Après avoir empaqueté leurs affaires, elle rangea et nettoya l'appartement pour s'occuper. Quand Matt franchit la porte, vêtu de son uniforme, l'air un peu fatigué et préoccupé, elle se sentit égoïste. Quelques jours au bord de la mer lui feraient du bien.

Ils chargèrent la voiture, mais elle ne comprit qu'ils ne se rendaient pas sur l'une des plages du New Jersey, où elle emmenait d'habitude Caleb pendant les vacances, qu'au moment où ils s'engagèrent sur l'autoroute.

À sa demande, Matt expliqua avec calme qu'ils se rendaient en Caroline du Nord. Ses parents les attendaient dans leur maison qui donnait sur la plage. Bethany devinait qu'il ne lui disait pas tout. La manière dont il serrait les mâchoires, agrippait le volant, consultait sans cesse ses rétroviseurs, lui prouvait qu'il était inquiet.

Bethany aurait aimé l'interroger, mais Caleb bombardait son père de questions, l'empêchant de parler. L'adolescent voulait tout savoir sur les grands-parents qu'il était sur le point de rencontrer.

Elle fut presque soulagée quand ils arrivèrent quelques heures plus tard. Pourtant, elle se demandait avec angoisse quel accueil lui réserveraient les Riley et si elle survivrait à ce séjour.

Caleb se pencha en avant, les yeux ronds comme des soucoupes, en découvrant la magnifique demeure de deux étages, bâtie sur pilotis. Bethany avait, elle aussi, envie de se pincer. Quand Matt avait parlé de la maison de ses parents en précisant qu'elle donnait sur la plage, elle avait imaginé un petit cottage. En réalité, elle ne s'était pas beaucoup interrogée sur cette propriété, tant elle était préoccupée par la façon dont les parents de Matt se comporteraient avec elle. Elle se préparait à affronter l'hostilité du clan Riley. Sans doute la jugeraient-ils sévèrement et exigeraient-ils de savoir pourquoi elle avait gardé Caleb pour elle, toutes ces années.

Matt remonta l'allée et s'arrêta derrière la belle bâtisse.

Avant même d'avoir ouvert sa portière, elle entendit la mer.

Dès que Matt sortit de la voiture, Caleb courut vers les dunes pour admirer les vagues qui déferlaient sur la plage.

— C'est géant ! Cela doit être génial de surfer ici !

— Il se comporte comme s'il n'avait encore jamais vu l'océan, remarqua Bethany.

Caleb revint pour les aider à décharger.

— Est-ce qu'il y a des planches de surf ici ?

— Certainement. Je suis sûr que Grace Ann en a laissé.

— Qui est Grace Ann ? demanda Caleb.

— La plus âgée de mes deux sœurs, répondit Matt. Elle m'a dit qu'elle essayerait de venir pendant notre séjour pour te voir.

La nouvelle déstabilisa Bethany. Elle n'aurait donc pas que deux personnes à affronter mais toute sa famille.

— Je pensais que seuls tes parents seraient là.

Comme Matt serrait les mâchoires, elle ajouta précipitamment :

— C'est très bien. Je voulais seulement dire...

— Je comprends, répondit-il. Les Riley peuvent être envahissants, même à petites doses.

— Ce n'était pas...

— Bienvenus ! Soyez les bienvenus !

Bethany se retourna pour voir les parents de Matt leur faire signe de la main de la terrasse. Quand elle les avait rencontrés à West Point au cours de sa première année, elle était déjà amoureuse de Matt. Elle était tombée sous le charme du général et de sa femme, tous deux chaleureux et gentils avec tout le monde.

Elle se demanda s'ils le seraient encore avec elle ou si elle devait se préparer à un peloton d'exécution.

Voir Patricia s'appuyer sur son mari comme si elle avait besoin de son soutien l'émut. Bethany avait gâché ses chances de partager ce genre d'intimité avec Matt.

Matt, qui sortait leurs sacs du coffre, s'interrompit pour embrasser son père qui arrivait le premier à leur hauteur. Il lui présenta Bethany et Caleb.

— Je me souviens très bien de Bethany, dit Ben en souriant chaleureusement.

Déterminée à donner le bon exemple à Caleb, elle lui tendit la main.

— Général Riley, c'est un plaisir de vous revoir.

Il la serra dans ses bras.

— Vous êtes toujours aussi charmante.

Il se tourna alors vers Caleb.

— Et je ne serais donc pas étonné que ce beau jeune homme soit votre fils.

Bethany apprécia qu'il ne s'approprie pas immédiatement Caleb en le désignant comme un Riley et qu'il ne la considère pas, elle, comme quantité négligeable.

Caleb laissa tomber son sac à dos et s'avança.

— Heureux de faire votre connaissance, monsieur.

Le général Riley accepta sa poignée de main et lui envoya une petite bourrade à l'épaule.

— Appelle-moi Ben. Ou papy, si tu préfères. « Monsieur » est réservé aux étrangers et tu es de la famille.

Ben entraîna Caleb vers Patricia qui arrivait à son rythme.

Il aurait aussi bien pu peindre un R sur la poitrine de Caleb, pensa Bethany d'un air sombre tandis que Matt et elle suivaient le mouvement. Elle aurait de la chance si Matt ne la traînait pas dès lundi devant un juge pour réclamer sa garde. Non qu'elle ait nourri beaucoup d'illusions à ce sujet. Désormais, les vacances seraient partagées comme les week-ends...

Certes, elle devait des explications à ses parents. Malgré tout, son cœur se serra en mesurant tout ce qu'ils lui prendraient.

— Ils te le rendront, murmura Matt.

— Bien sûr.

Elle continua d'avancer, sachant qu'elle ferait bientôt face à Patricia. Mais Matt la désarçonna en lui chuchotant à l'oreille :

— Crois-tu que si je leur demande gentiment, ils accepteront de jouer les baby-sitters, ce soir, pour nous permettre de sortir en amoureux ?

*Sortir en amoureux ?*

La situation était déjà assez difficile sans avoir besoin de complications supplémentaires, pensa-t-elle. En route, Matt leur avait annoncé qu'Alex se chargeait de gérer les menaces qui pesaient sur eux et qu'il avait demandé à Matt de les éloigner. Ses parents avaient alors insisté pour les accueillir afin de pouvoir ainsi faire enfin la connaissance de Caleb.

Mais il ne s'agissait pas de vacances en famille typiques !

Elle salua Patricia avec autant de dignité que possible, compte tenu des circonstances.

Patricia la surprit en la prenant dans ses bras pour l'embrasser avec chaleur.

— Nous sommes si heureux que vous ayez accepté de venir ici tous les deux. Enfin, tous les trois, devrais-je dire.

— Merci de te souvenir de mon existence, maman.

Elle lui glissa un regard de mère que Bethany comprit parfaitement et qui atténua un peu son angoisse.

L'intérieur de la maison était à couper le souffle. D'immenses baies vitrées offraient une vue imprenable sur l'océan. Ben et Caleb étaient déjà sur la terrasse qui surplombait la plage.

Patricia pria Matt d'emporter leurs sacs à l'étage.

— Le vrai général en chef, c'est ma mère, dit-il, taquin.

— Nous allons vous faire visiter la maison, dit Patricia. Mais, avant de monter, voulez-vous un verre de vin ou autre chose ?

— De l'eau, s'il vous plaît, répondit Bethany qui préférait garder les idées claires.

Patricia remplit d'eau un pichet en céramique.

— Avez-vous apprécié la route à bord du coupé de Matt ?

Bethany sourit.

— Cette voiture de sport est à la fois très bruyante et extraordinaire, dit-elle. Caleb était aux anges. Il est encore plus motivé pour passer son permis.

Patricia jeta un coup d'œil irrité vers Ben.

— Mon mari s'est débrouillé pour être à l'étranger quand les jumeaux passaient le leur et j'ai dû me charger de leur apprendre à conduire. Je lui en veux encore.

— J'espère que vous avez trouvé le moyen de vous venger.

— Naturellement.

Les yeux de Patricia brillaient de la même façon que ceux de Matt quand il était en colère. Le cœur de Bethany se serra. Elle leur avait volé les quinze premières années de Caleb. Soudain, ses raisons lui semblaient ridicules.

Elle fit quelques pas dans le salon.

— Vous avez une maison magnifique.

— Merci, dit Patricia, rayonnante. Nous sommes ravis de la partager. Lorsque Ben a pris sa retraite, il avait envie de vivre sur un bateau, mais je tenais à un endroit où les enfants puissent se détendre, nous rendre visite avec leur propre famille.

À chaque mot, Bethany sentait les murs qui l'entouraient s'effondrer un peu plus. À vingt ans, elle avait cru qu'élever un enfant avec Matt les conduirait à des disputes permanentes et à du ressentiment. Mieux valait garder de bons souvenirs de l'affection, la tendresse et l'amour qui les avaient unis au lieu de tout détruire en voulant les faire perdurer, avait-elle pensé.

Et maintenant ? Eh bien, à présent, elle ne savait plus quoi penser.

— Patricia, je suis désolée. Je n'ai jamais eu l'intention de vous priver de… Je souhaitais que Matt ait la carrière dont il rêvait.

Patricia l'étudia avec attention. Il y avait de la gentillesse dans son regard et, heureusement, aucune once de pitié.

— Matt m'a donné le petit album photo que vous avez fait, ce matin. Vous ne pouvez pas savoir à quel point il m'a fait plaisir.

— Vraiment ?

— Nous sommes émerveillés. Matt nous a dit que Caleb était un excellent joueur de football et que l'histoire et les sciences étaient ses matières préférées, en classe.

— Oui, répondit Bethany, essayant de suivre. Il travaille très bien. Il obtiendra sans doute une bourse universitaire s'il persiste dans cette voie.

Tandis qu'elle répondait aux nombreuses questions de Patricia, elle se rendit compte que Ben gardait Caleb à l'extérieur selon un plan bien orchestré. Au moment où elle se persuadait que Matt était avec eux, il descendit l'escalier. Il alla droit au réfrigérateur pour prendre une bière.

— Papa et toi avez-vous prévu quelque chose pour le dîner ?

Il s'interrompit, regarda tour à tour sa mère et Bethany, avant de secouer la tête.

— Maman ! Tu lui fais passer un interrogatoire en règle, là ?

— Pas du tout, riposta Patricia.

— Caleb aimerait faire du surf. Grace Ann garde-t-elle du matériel ici ? demanda-t-il, mettant définitivement fin à la conversation.

— Oui, mais je préfère qu'il attende Grace Ann.

— Pourquoi ? répliqua Matt. Je sais me tenir sur une planche.

Patricia secoua la tête.

— Mark lui apprendra. Il espère être ici lundi ou mardi.

— Mark est peut-être un SEAL hors du commun, mais moi, je suis son père. C'est à moi de lui apprendre à surfer.

— Caleb a un peu d'expérience, déclara Bethany. Nous passons la plupart des étés sur la côte.

— C'est formidable, déclara Patricia. Cela dit, mieux vaut qu'il ne prenne pas de mauvaises habitudes. Grace Ann et Mark sont meilleurs planchistes que Matt.

— Pas du tout, protesta Matt, d'un ton faussement indigné. Je ne comprends pas, ajouta-t-il, amusé. Je suis ton premier-né, ton préféré et je suis plus doué que les autres. Tu l'as toujours dit.

— Tu *étais* mon préféré, rétorqua-t-elle, moqueuse. Pour garder ta place, tu dois convaincre cette femme merveilleuse et son fils de passer plus de temps avec nous.

Bethany aurait voulu disparaître dans un trou de souris. Malheureusement, Patricia le remarqua.

— Pour nous donner la possibilité de mieux vous connaître, tous les deux, ajouta-t-elle.

— Maman, arrête d'insister.

La voix de Matt était devenue sévère.

— Si Bethany est d'accord, je me demandais si vous accepteriez, papa et toi, de laisser notre fils vous divertir pour nous permettre de sortir, tous les deux.

— Une sortie en amoureux ? Ce soir ?

— Si cela te fait plaisir, alors oui, appelle cela une sortie en amoureux.

Bethany étouffa un petit rire. Elle ne s'attendait pas à ce que le général et Mme Riley lui réservent un accueil aussi détendu et chaleureux.

Patricia jeta un coup d'œil vers la terrasse où son mari et son petit-fils étaient en grande discussion.

— Bien sûr. Allez-y ! Amusez-vous, dit-elle en les poussant vers la porte. Nous nous occuperons de lui. Soyez prudents, murmura-t-elle.

— Vous aussi, dit Matt.

— Pas de soucis. Nous allons l'abreuver de boissons énergisantes et lui montrer le chiot que nous lui avons acheté.

Bethany s'arrêta net.

— Un chiot ?

— Elle plaisante, assura Matt en la poussant dehors avant de fermer la porte derrière eux.

— Et si je ne voulais pas sortir avec toi ?

Il s'immobilisa et fourra les mains dans ses poches.

— Tu préfères rester ici et discuter avec ma mère ?

*Eh bien, non.*

— Je ne m'attendais pas à ce qu'elle soit aussi gentille. Cela me touche, reconnut-elle.

— T'inquiètes-tu plus à cause de Caleb ou de moi ?

*De toi, définitivement de toi.* Son fils avait Ben et Patricia pour veiller sur lui. Matt n'avait qu'elle, et elle avait prouvé à moult reprises qu'elle était capable de le blesser.

— Comme je n'ai pas tous les éléments, je suppose que la situation dans son ensemble est potentiellement angoissante.

Il la rattrapa avant qu'elle atteigne la voiture et lui ouvrit la portière. Ses bonnes manières l'avaient toujours charmée. Elle était également touchée qu'il souhaite sortir en amoureux avec elle. Pourtant, Matt préférerait sûrement garder ses distances après le fiasco de la veille.

— Bon, dit-il en s'installant au volant. Je pense que tu apprécies ma décision de ne pas parler de la réunion de ce matin devant Caleb.

Voilà qui expliquait de façon plus crédible son désir de sortir en tête à tête avec elle. Elle n'avait jamais cru à cette prétendue sortie en amoureux.

— Merci.

Tout en roulant vers la petite station balnéaire, située à quelques kilomètres, il lui résuma les derniers événements et les avancées de l'enquête menée par Alex. Il lui exposa aussi le plan qu'ils avaient mis au point. Toutes les menaces et les ennuis qu'ils avaient affrontés avaient sans doute pour origine le désir de quelqu'un de nuire au général Riley.

— Je comprends, dit-elle. Mais la personne à la manœuvre doit avoir le bras long pour avoir réussi tout ce qu'elle est parvenue à faire.

— C'est sûr, répondit Matt. Mon père s'est fait des ennemis au cours de sa carrière. C'est inévitable, mais les tactiques employées jusqu'à présent par notre agresseur devraient jouer en notre faveur en réduisant la liste des suspects.

Elle devina que cette « sortie en amoureux » pourrait être un autre moyen de tester la portée de l'assaillant. Cela dit, passer du temps avec Matt n'était pas une épreuve, loin de là.

— Tu m'as vraiment manqué quand j'ai quitté West Point, déclara-t-elle, soudain.

— Tu m'as manqué aussi, dit-il avec une telle tendresse que son cœur se serra.

Il prit sa main et mêla leurs doigts.

Le toucher lui rappela qu'ils avaient vraiment besoin de fixer des limites claires. Ce qu'ils avaient vécu quand ils étaient jeunes et stupides appartenait au passé. Et, si elle ne regretterait jamais d'être devenue la mère de Caleb, elle devait accepter que Matt et elle ne forment jamais un couple comme Ben et Patricia.

Il sourit.

— À quoi penses-tu ? demanda-t-il alors qu'il garait la voiture et coupait le moteur.

— À rien de particulier.

Si elle ne faisait pas très attention, elle allait retomber amoureuse de lui, pensa-t-elle.

De qui se moquait-elle ? Elle n'avait jamais cessé de l'aimer.

Elle devait le lui dire. Il méritait cette honnêteté de sa part. Alors pourquoi avait-elle l'impression que lui avouer son amour la mettrait plus que jamais en danger ?

# 10

Matt n'avait jamais vu Bethany aussi perturbée. Bien sûr, il comprenait qu'elle le soit. Elle voyait sa vie bouleversée par quelqu'un qui voulait se venger du général Benjamin Ryder. Et, comme si cela ne suffisait pas, les personnes qu'elle avait tenues à distance de son fils depuis sa naissance allaient désormais faire partie de son monde. Matt craignait que ces événements ne compromettent leurs retrouvailles, lui interdisent de retrouver l'amour de Beth et de fonder une famille avec elle.

Néanmoins, Alex serait furieux qu'il renonce à son rêve, maintenant. Son ami pensait que Matt avait intérêt à se battre pour la reconquérir au lieu de jeter l'éponge à la première difficulté. L'un d'entre eux devait faire le premier pas, oser déclarer ses sentiments, se mettre à nu, et franchir ainsi l'étape décisive vers un changement positif.

Même si Bethany avait la capacité de le blesser d'une phrase assassine, le courant passait toujours entre eux. La petite flamme était toujours là, comme le respect et l'affection qui les avaient rapprochés, autrefois. À lui de s'arranger pour que cette petite flamme devienne un feu, un brasier…

Pour commencer, il lui fallait la convaincre qu'il ne cherchait ni à prendre sa place ni à l'écarter. Il ne souhaitait que l'aider. L'idée était sans doute plus facile à admettre pour lui. En effet, sa carrière militaire avait été centrée sur le travail en équipe. Alors que Bethany, elle, avait dû affronter toute seule les épreuves de la vie.

Il débloqua sa ceinture de sécurité.

— Allons boire un verre et faire semblant d'être fous amoureux l'un de l'autre, d'accord ? proposa-t-il d'un ton taquin.

Elle lui jeta un bref coup d'œil de biais mais n'esquissa pas un mouvement.

Il sortit lui ouvrir sa portière.

— Ne t'en fais pas, dit-il en se penchant à l'intérieur. Mes parents ne feront rien de stupide ou de dangereux avec Caleb. Ma mère plaisantait à propos du chiot.

— Je sais. Ils ont élevé cinq enfants et je suis certaine que, comme toi, chacun d'eux est persuadé d'être le préféré.

Il lui tendit la main en riant. Les doigts enlacés, ils se dirigèrent vers un petit bar situé loin du port. Bethany n'avait sans doute pas très envie d'une atmosphère bruyante, ce soir.

Depuis qu'il lui avait parlé des dernières avancées de l'enquête, elle semblait s'être recroquevillée dans sa coquille. C'était leur première sortie en amoureux depuis quinze ans, depuis West Point, depuis cette fameuse soirée de la Saint-Valentin. Caleb avait sans doute été conçu, ce soir-là.

Ils devaient trouver le moyen de rétablir leurs liens. Matt ne se contenterait pas de relations platoniques.

— À quoi penses-tu ? demanda-t-il alors qu'ils s'attablaient au fond de la salle.

— La perspective de servir d'appât m'inquiète un peu, répondit-elle enfin.

— Nous ne serions pas ici si je croyais que Caleb ou toi étiez en danger, Beth.

— Danger ou pas, j'ai l'impression que nous marchons sur des œufs en attendant la prochaine attaque.

— Je te promets que beaucoup de gens travaillent en coulisses pour identifier et arrêter ce type avant qu'il crée davantage de problèmes.

Il poussa vers elle le bol de chips.

— Et puis, quelques jours au bord de la mer nous feront du bien à tous. Est-ce si terrible de passer du temps avec moi ?

Bien qu'il lui ait posé la question sur le ton de la plaisanterie, il retint son souffle en attendant sa réponse. Cette virée en Caroline du Nord était officiellement destinée à sonder l'ennemi, à mesurer sa capacité de réaction, mais Matt était déterminé à profiter de leur séjour pour avancer sur un plan plus personnel.

— Non, répondit-elle en secouant la tête.

Elle semblait absorbée dans la contemplation de son verre de vin blanc, mais elle l'observait à travers ses cils.

— Passer du temps avec toi a toujours été facile, ajouta-t-elle.

À ces mots, un flot de bonheur envahit Matt tandis que des dizaines de questions lui traversaient l'esprit. Le laisserait-elle l'embrasser ? Y compris devant Caleb ou quelqu'un d'autre ? L'inviterait-elle chez elle ? Lui ouvrirait-elle son lit ? Conduirait-elle parfois Caleb à Washington pour leur permettre de se voir entre hommes ?

Par miracle, il réussit à ne pas les formuler à haute voix.

Bethany planta les yeux dans les siens.

— J'ai tout gâché, hier soir, dit-elle. Peux-tu me pardonner ?

— Il n'y a rien à pardonner.

Bien sûr, elle lui avait parlé durement. Parce qu'elle avait eu peur, il l'avait compris.

— En te tenant à distance de Caleb, toutes ces années, je pensais faire le bon choix, poursuivit-elle. Mais maintenant, en le voyant avec toi, avec tes parents, je mesure à quel point j'avais tort.

Comment la convaincre qu'elle n'avait rien à craindre en les laissant faire partie de leur univers ? Le mieux était d'être sincère et de ne laisser aucune place au doute.

— Cela te rassurerait-il d'apprendre que personne n'a l'intention de demander un droit de visite ou de garde ?

Elle releva brusquement la tête, une lueur paniquée dans les yeux.

— En avez-vous parlé, ce matin ?

— J'ai clairement indiqué que rien ne se ferait sans ton accord. Ce matin, nous avons surtout discuté de l'enquête. Et de l'importance de ne pas bouleverser la vie de Caleb. Ni la tienne. Tu as fait un excellent travail avec lui sans aucun de nous dans le paysage. Nous avons envie de le connaître, de l'aimer, de lui prouver qu'il a une famille qui l'aime et sur qui il pourra toujours compter, c'est vrai. Mais personne ne veut créer de problèmes pour toi.

Elle joua avec son verre, évitant son regard.

— Combien de temps allons-nous rester ici ?

— Quelques jours. Cela dépendra de l'enquête et de l'arrestation ou non du type qui tire les ficelles.

Matt n'avait pas l'intention de s'attarder ce soir sur l'organisation à prévoir par la suite concernant Caleb ni sur d'autres questions pratiques. Mais, dans tous les cas de figure, il n'était pas question de séparer Bethany de Caleb. Il l'avait dit à ses parents qui l'avaient parfaitement compris.

— Tu n'auras pas d'ennuis au bureau si ton absence se prolonge ? poursuivit-il.

— J'ai beaucoup de jours de vacances à prendre, dit-elle, les yeux toujours rivés sur son vin. Mes supérieurs ne se plaindront pas.

— Aimes-tu ton travail ? demanda-t-il avec précaution.

Après tout, en entrant à West Point, elle ne rêvait pas de devenir responsable des achats pour le compte de l'État…

Un sourire passa sur les lèvres de Bethany.

— Oui, vraiment. Certes, j'avais prévu une autre carrière au départ, mais je ne regrette rien. Mon métier est intéressant et m'a donné les moyens et du temps pour élever Caleb.

L'encourageait-elle ainsi à parler d'autre chose ?

Matt relança la conversation sur un sujet plus neutre.

— Y a-t-il des activités de bord de mer qui te plaisent particulièrement ?

— Que de questions ! S'agit-il d'un interrogatoire ?

— Peut-être, répondit-il. Les premiers rendez-vous ressemblent souvent à des interrogatoires. C'est inévitable, non ?

— Les premiers rendez-vous ? répéta-t-elle, incrédule. Nous nous connaissons depuis quinze ans. Nous étions amis, et plus encore, autrefois.

Ne comprenait-elle donc pas ce dont il rêvait ? Il se sentait prêt à le lui répéter jusqu'à ce qu'elle finisse par le croire, par croire en lui, en eux.

— Tu m'as beaucoup manqué, Beth. Quand tu m'as appris que tu étais enceinte, j'ai deviné que les choses changeraient entre nous. Mais je n'imaginais pas perdre ma meilleure amie.

Visiblement abasourdie, elle secoua la tête.

— Depuis sa naissance, je t'ai envoyé des nouvelles plusieurs fois par an.

— Cela ne suffisait pas à satisfaire ma curiosité à propos de Caleb et tu ne me disais rien sur toi.

Non sans mal, il réussit à ne pas lui avouer qu'il l'aimait toujours. Elle n'était sans doute pas encore prête à l'entendre. Mais lui n'était pas prêt à renoncer à fonder avec elle une vraie famille. Et elle non plus. Il n'avait pas inventé le désir qu'elle avait de lui, la veille au soir.

— Vois-tu quelqu'un ? demanda-t-il.

— Je n'ai pas menti aux enquêteurs, répondit-elle d'un ton pincé. Je ne vois personne.

— Aimerais-tu renouer avec moi ?

— En tout cas, nous devons à tout prix renouer des liens amicaux. Pour Caleb.

*Des liens amicaux* ? Il aspirait à bien davantage.

— Et pas pour toi ? insista-t-il

— Si, évidemment. Tout sera plus facile si nous parvenons à entretenir des relations amicales et à nous parler.

Matt eut l'impression que tous ses efforts pour se rapprocher d'elle n'aboutissaient qu'à faire surgir de nouveaux obstacles.

— Bethany, je ne veux que le meilleur, le bonheur, pour nous tous. Pour toi, pour Caleb, pour moi et pour mes parents. Et pour y arriver, pour que ça marche, tout repose sur nous.

Avec une profonde inspiration, elle planta les yeux dans les siens.

— Ta définition de « nous » semble avoir plusieurs facettes.

— Ensemble, nous allons trouver l'équilibre, je te le promets, Beth. Tu constateras que je suis constant, fiable.

Ne le lui avait-il pas prouvé en lui versant sa pension alimentaire depuis quinze ans et en respectant ses décisions à elle, les limites qu'elle lui avait imposées ?

Elle posa la main sur la sienne.

— Je le sais, Matt, et je t'en remercie.

Il devinait qu'elle n'avait jamais dit du mal de lui à leur fils. La monoparentalité n'avait pas dû être facile tous les jours, et avec un adolescent il était à craindre que les années à venir soient plus compliquées encore. Voilà pourquoi elle avait besoin de lui.

— Quel est le dernier film qui t'a plu ? demanda-t-il.

Elle battit des paupières, déstabilisée par le brusque changement de sujet.

— Caleb et moi sommes allés voir le dernier *James Bond* et nous l'avons beaucoup aimé. Mais en général j'apprécie les films étrangers qui passent dans une salle d'art et d'essai près de chez moi. Je m'y rends souvent avec des copines.

— Des films étrangers ?

C'était nouveau.

— Il n'y a pas que le cinéma américain qui mérite le détour.

— Pour ma part, je préfère bouquiner, dit-il.

— Caleb va t'en guérir, assura-t-elle en riant. Quel est le dernier livre que tu aies lu ?

Il sourit, heureux de guérir de sa passion pour la littérature si cela signifiait passer du temps avec son fils.

— Je suis actuellement plongé dans un thriller dont l'intrigue se déroule au début des années 1900, répondit-il.

Elle lui donna le titre du roman et le nom de l'auteur, toute contente de l'entendre confirmer qu'elle avait raison.

— Moi aussi, j'adore ses livres. Je les ai tous dévorés.

— Vraiment ?

Elle lui expliqua pourquoi cet écrivain lui plaisait, et bientôt ils se retrouvèrent à discuter avec feu de leurs polars préférés. Sur le sujet, Bethany était intarissable et son visage irradiait de bonheur tandis qu'elle défendait ses convictions.

Matt paya l'addition et lui proposa de marcher sur la plage, au clair de lune. Il comptait profiter de cette ambiance romantique pour se rapprocher encore d'elle.

Main dans la main, ils longèrent l'océan, contemplant les vagues qui se fracassaient contre les rochers, les jeux de lumières à la surface de l'eau. Le chant du ressac les apaisait.

Pour la première fois depuis plusieurs jours, Matt n'avait plus l'impression d'être suivi, épié. Cette soirée avec Bethany était un avant-goût de ce qu'ils pourraient vivre tous les deux.

Il les imagina tous deux installés sur un canapé, chacun absorbé dans un roman. Puis il poserait le sien et il l'attirerait à lui pour l'embrasser et la caresser.

À West Point, ils avaient passé de nombreuses soirées à travailler ensemble. Par la suite, elle avait quitté la prestigieuse école militaire pour protéger la carrière de Matt. Dégrisé, il prit conscience que quoi qu'il fasse, il ne serait jamais à la hauteur du sacrifice auquel elle avait consenti pour lui.

Tandis que la conversation sur les livres se muait en silence confortable, il s'arrêta pour ramasser une poignée de sable.

— Si je pouvais revenir quinze ans en arrière, il n'y a qu'une chose que je ferais différemment, dit-il.

— Tu mettrais deux préservatifs ? demanda-t-elle.

— Non, répondit-il en souriant. Comme tu l'as dit, Caleb est un cadeau. Je t'aurais donné une meilleure raison de me faire confiance.

Elle fronça les sourcils.

— Qu'est-ce que tu racontes ? Je t'ai toujours fait confiance.

Les vagues venaient mourir à leurs pieds, la lune caressait sa joue.

— Tu ne m'as pas fait confiance pour subvenir à tes besoins.

— Ne fais pas ça, Matt, dit-elle en s'écartant de lui. Nous étions si bien, là. Ne gâche pas ce moment.

— Qu'est-ce que j'ai fait ?

— Pourquoi rouvrir en permanence les vieilles blessures ? J'aurais pu quitter West Point, sortir de ta vie, sans un mot, mais j'ai préféré te dire la vérité, t'expliquer ce qui m'arrivait. Si je n'avais pas eu confiance en toi, je ne l'aurais pas fait. Pourquoi cela ne te suffit-il pas ?

— Tu ne m'as jamais laissé prendre mes responsabilités vis-à-vis de Caleb.

— Parce que tu avais d'autres engagements. Mieux valait qu'au moins l'un de nous deux aille au bout de ses rêves et atteigne les objectifs que nous avions en intégrant West Point. Tu étais destiné à une carrière militaire. T'obliger à y renoncer n'aurait fait du bien à personne.

— Nous aurions pu tout concilier, amour, famille, métier, mais tu ne le souhaitais pas et j'ai respecté tes décisions à chaque étape du processus. Alors que depuis quinze ans j'aurais aimé te donner plus que de l'argent pour élever Caleb.

— Tu es en colère, chuchota-t-elle.

— Pas contre toi, Bethany, dit-il. Tu es l'une des personnes les plus fortes et les plus obstinées que je connaisse. À quoi bon ergoter, revenir sur le passé ? Pendant tout ce temps, je me suis tenu à l'écart, t'offrant ce que tu réclamais, me pliant à tous tes désirs. Maintenant, je veux davantage. Hier soir, tu as dit que tu me donnerais désormais ce que je voulais...

— Et regarde comment ça a fini, murmura-t-elle. Je continue à te faire mal, Matt.

— Pas intentionnellement.

Il l'embrassa dans le cou, à l'endroit où sa peau était particulièrement douce et délicate.

— Bethany, n'aie pas peur. Fais-moi confiance. Crois en nous.

Il prit son visage entre ses mains. Dès que leurs lèvres se touchèrent, il comprit que rien n'avait changé. Malgré les mots blessants, les malentendus et les incompréhensions, son cœur battait toujours à l'unisson du sien. Pour l'éternité. Ce qu'ils avaient partagé, il y a quinze ans, n'avait pas été dû au hasard. Ils étaient destinés l'un à l'autre.

Matt la voulait pour amante, pour femme, pour mère de leur fils, pour toujours. Depuis quinze ans, il considérait Bethany et Caleb comme sa famille de cœur.

Il glissa une main dans ses cheveux pour approfondir leur baiser. Lorsqu'elle s'agrippa à ses épaules pour se presser contre lui, il eut l'impression de prendre feu.

Son amour pour Beth était une évidence. Il n'avait connu ce sentiment avec aucune autre. Jamais. Elle était tout. La Lune et le Soleil, l'Alpha et l'Omega. La Femme avec un grand F.

Tout en l'embrassant, il lui caressa les seins à travers son pull. Elle se cambra au contact de ses doigts quand il en excita la pointe. Ses gémissements lui donnaient envie de la coucher sur le sable et de la prendre là sous la lune.

Bethany tira sur sa chemise pour la sortir de son jean et, quand il sentit ses mains sur sa peau, il grogna de plaisir. Lorsqu'elles s'aventurèrent sous sa ceinture, il retint son souffle.

Il voulait aller plus loin, beaucoup plus loin. Il devinait que, au-delà de ses peurs, de ses regrets et de ses atermoiements,

Bethany était aussi amoureuse de lui qu'il l'était d'elle. Mais il la respectait trop pour lui faire l'amour sur une plage publique, au risque de se faire surprendre par des promeneurs.

Il lui saisit les mains et mêla ses doigts aux siens.

— Rentrons à la maison, dit-il. Je préfère un lit au sable.

— Attends, embrasse-moi encore.

Pendue à son cou, elle colla sa bouche à la sienne. Quand leurs langues entamèrent une danse sensuelle, un tel bonheur l'enivra que Matt se demanda s'il était en état de conduire.

Dans la partie de son cerveau encore capable de pensées rationnelles, Bethany reconnut que des draps seraient plus confortables, mais elle n'était pas prête à rentrer.

Et encore moins à faire l'amour dans la chambre d'amis des parents de Matt. Le simple fait d'imaginer la scène la fit rougir.

Cela dit, ils devaient retourner chez eux. En prenant conscience qu'elle n'avait pas pensé une seule fois à Caleb depuis près d'une heure, elle se mit à culpabiliser.

Et s'il avait eu besoin d'elle ?

Elle mesura aussitôt à quel point elle était ridicule et faillit éclater de rire. Caleb était très heureux de faire la connaissance de la famille de Matt. Et son fils était poli, confiant et sociable. Il n'aurait aucun mal à s'adapter.

Des années durant, elle lui avait refusé sa place légitime au sein des Riley à cause de ses peurs, des peurs qui lui semblaient de plus en plus puériles. Des peurs liées en grande partie à l'homme qui l'embrassait maintenant.

L'esprit en déroute, elle s'écarta de lui. Même si Matt lui avait vraiment pardonné de l'avoir tenu éloigné de son fils pendant quinze ans, comment pourrait-il croire en son amour ? Certes, elle le désirait, mais elle avait aussi besoin de sa protection face à des attaques angoissantes.

Matt repoussa en arrière les cheveux de Bethany que le vent plaquait sur ses joues.

— Qu'y a-t-il, Bethany ? À quoi penses-tu ?

— Je m'imaginais affronter le regard de tes parents et de Caleb après avoir fait l'amour avec toi.

— Et alors ? répliqua-t-il en souriant. Caleb est la preuve vivante que nous nous sommes aimés dans le passé, non ? Mes parents savent comment on fait les bébés. Nous ne sommes plus des enfants. Si nous avons envie de passer du temps sur le sable ou de partager le même lit, libre à nous.

— Nous devons donner le bon exemple à Caleb, non ?

Il brisa sa logique avec un argument sans appel : la parentalité.

— Comment pourrait-il être choqué ou déçu que ses parents aient envie d'être ensemble ?

Il avait raison. Exaspérée, elle s'éloigna de lui. L'espace et la brise fraîche de l'eau l'aidèrent à retrouver son calme.

— Le vrai problème est ailleurs, conclut Matt en lui emboîtant le pas. Quel est-il, Beth ? demanda-t-il. Je ne peux pas t'aider si tu ne me le dis pas.

Elle n'osait pas lui déclarer qu'elle l'aimait. Elle le devrait pourtant, mais un tel aveu la terrifiait. Elle devinait que son cœur craignait de prendre un tel risque.

— Pourquoi ne t'es-tu jamais marié ?

Elle lui avait déjà posé cette question, mais ces derniers jours elle avait compris qu'il ne lui avait pas dit toute la vérité.

Le visage fermé, Matt se tourna vers les flots sombres.

— Si je te le dis, répondras-tu à la même question ?

— Oui.

Après avoir entendu sa réponse, elle saurait comment formuler la sienne.

Il retira sa veste et la posa comme une couverture sur le sable pour elle, un autre exemple de ses manières chevaleresques. Bethany s'était efforcée d'inculquer ces mêmes valeurs à Caleb, ne serait-ce que pour rendre son père fier de lui s'ils se rencontraient un jour.

Et ils s'étaient rencontrés. Elle se rendit compte qu'elle en était plus qu'heureuse. Elle était vraiment soulagée qu'ils se connaissent et s'apprécient.

Matt la fit s'asseoir à côté de lui et la prit dans ses bras.

Elle regarda leurs mains jointes. Combien de fois avait-elle rêvé de moments comme celui-ci ?

— Ne me fais pas languir, Matt ! dit-elle en riant. Ce suspense devient insoutenable.

Il lui embrassa les cheveux

— Je ne me suis jamais marié parce qu'aucune autre n'était toi.

À ces mots, un tel bonheur souleva sa poitrine qu'elle eut du mal à ne pas lui sauter au cou.

Mais il poursuivait :

— Ne te méprends pas, j'ai connu d'autres femmes.

— Bien sûr, dit-elle. Je m'en doute.

— Chaque fois que les choses commençaient à devenir sérieuses, j'imaginais ce qui arriverait si tu revenais et si tu me donnais une chance de connaître Caleb, ajouta-t-il.

*Seigneur. Je me suis trompée sur toute la ligne.*

— Nous sommes tous les deux responsables de la situation, Bethany. Je regrette que tu n'aies pas voulu que je partage ta vie il y a quinze ans, mais je ne te reproche rien.

— Tu es si généreux, Matt, alors que j'ai été tellement nulle...

— Je suis sûr que tu n'en crois pas un mot et que tu cherches seulement à me fourrer dans ton lit.

Avec un éclat de rire, elle se blottit dans ses bras, s'imprégnant de sa chaleur tandis qu'une brise caressait sa peau, la faisant frissonner.

Matt la prit par les épaules.

— Tu es ma meilleure amie, mon amour, dit-il. Tu connais mes défauts, ainsi que mes forces.

— Je n'en suis pas si sûre.

— Mais à ton tour, maintenant. Pourquoi ne t'es-tu pas mariée ?

Elle regarda l'océan. Les lumières du port brillaient dans la nuit. Au loin, des maisons longeaient le rivage. Dans l'une d'elles, les parents de Matt apprivoisaient leur petit-fils.

— J'ai failli, un jour.

Elle sentit Matt se tendre. Elle n'avait pas eu l'intention de lui dire. Raconter cet épisode semblait violent d'autant qu'ils avaient hésité à faire l'amour sur la plage, un moment plus tôt, sans se soucier de ce qui les entourait.

— J'ai renoncé à sauter le pas pour une raison assez proche de la tienne. Lorsque le temps est venu d'expliquer à Caleb pourquoi son père n'était pas là, j'ai été incapable de le faire.

— Pourquoi ?

Par où commencer ? Elle était tombée amoureuse de Matt quand elle avait dix-neuf ans. Par la suite, s'occuper de Caleb n'avait fait qu'intensifier cet amour. Depuis sa naissance, son fils était le portrait craché de son père : la fossette sur sa joue, la couleur de ses cheveux. Et plus tard, il était devenu aussi athlétique que Matt. Et aussi brillant. En grandissant, il ressemblait de plus en plus à son père. Et finalement elle avait eu l'impression que Matt était toujours là, comme s'ils ne s'étaient jamais quittés.

— À quoi penses-tu ?

Elle secoua la tête.

— À rien. C'était un homme adorable et je suis certaine qu'il aurait été un gentil beau-père pour Caleb.

— Mais ?

— Mais il n'était pas le bon et ce n'était pas le bon moment.

Seul Matt avait été le bon, et malheureusement ils s'étaient rencontrés au mauvais moment.

— Penses-tu que l'homme qui te conviendrait, le « bon » comme tu dis, existe ?

Elle lui caressa le bras, appréciant sa chance de pouvoir le toucher à nouveau.

— Si oui, il se présentera quand le moment sera le bon.

— J'aimerais être cet homme-là, dit-il.

Elle se tourna vers lui, stupéfaite de sa sincérité. Il lui avouait sa flamme sans savoir ce que serait sa réaction. Il prenait des risques

— Suis-je trop direct ? Trop sincère ?

— Tu as été le bon, répondit-elle. Tu n'as jamais cessé de l'être depuis quinze ans et, même si je t'interdisais de rencontrer notre fils, tu as subvenu à nos besoins.

Elle avait cru que le tenir à l'écart leur donnerait à tous trois plus de chances d'être heureux. Si elle l'avait laissé les prendre en charge, Matt aurait très vite décidé de leur vie. Elle n'avait pas voulu passer son existence dans l'ombre de cet homme hors du commun, de sa carrière et de son charisme. Si elle avait accepté de sacrifier sa vie, tout aurait mal fini pour eux deux. Mais à présent elle ignorait comment le lui expliquer sans le blesser.

— Tu m'as aidée financièrement et tu as respecté mes desiderata, alors que tu aurais pu réagir comme un pauvre type.

— Si tu veux tout savoir, j'ai souvent été tenté de me comporter comme un pauvre type.

Elle sourit.

— J'en suis sûre. Tu as fait preuve d'une retenue admirable.

Il l'embrassa encore.

— C'est vrai, murmura-t-il.

Elle lui sourit avant de se lever.

— Allons-y. Tes parents attendent sans doute notre retour avec impatience.

— Sûrement pas.

Malgré tout, il se mit sur pied à son tour.

— Estime-toi chanceuse si tu parviens à passer une heure seule avec Caleb pendant notre séjour. Attention, j'ai mis ta valise dans ma chambre.

Elle avait cru qu'elle dormirait avec Caleb.

— C'était bien présomptueux de ta part...

Mais son cœur s'accéléra dans sa poitrine à l'idée de partager son lit.

Il se pencha et caressa ses lèvres des siennes. Le baiser la fit frissonner.

— Ce n'était pas présomptueux. Je me sais irrésistible, dit-il, un sourire en coin. Et en affichant la couleur, je t'ai évité de te faire surprendre, le rouge au front, par un membre de ma famille en train d'entrer ou de sortir en catimini de ma chambre. Tu devrais donc me remercier.

Elle éclata de rire et, incapable d'y résister, il la reprit dans ses bras pour l'embrasser à nouveau.

Le souffle court, il se recula, alors qu'il touchait son front du sien.

— Je n'ai jamais ressenti cela avec qui que ce soit d'autre, Bethany, dit-il en l'entraînant dans les dunes. Tu me rends fou.

— Toi, pareil, admit-elle.

Il s'arrêta quand ils atteignirent la voiture. Il la plaqua contre la portière.

— Tu ne devrais vraiment pas me dire ce genre de choses. Cela me rend encore plus dingue de toi.

Ils savaient tous les deux à quel point elle le désirait, mais elle ne pouvait pas oublier où ils étaient.

— J'ai envie de faire l'amour avec toi, avoua-t-elle un peu plus tard tandis qu'ils roulaient en direction de la maison. Mais je n'ai pas l'intention d'offenser tes parents.

Sans quitter la route des yeux, il lui prit la main.

— Le seul moyen de remédier à cette situation est de cesser de t'inquiéter pour eux et de ne te préoccuper que de moi.

— Ce conseil me semble un peu égoïste.

— Reste avec moi cette nuit, je t'en prie. J'ai besoin de toi.

Il la sentit hésiter et ajouta :

— Je dormirai par terre jusqu'à ce que tu m'invites à te rejoindre dans le lit.

Elle leva les yeux au ciel en riant, mais elle le laissa lui tenir la main alors qu'ils entraient dans la maison. Celle-ci semblait déserte.

— Où sont-ils tous passés ?

La peur qu'ils aient été suivis et que le type qui les menaçait ait de nouveau frappé l'envahit et, paniquée, elle s'accrocha à Matt.

Il pressa sa main.

— Détends-toi. Ils ne sont pas loin. Écoute.

Se guidant aux bruits de voix, il l'entraîna vers les baies vitrées qui menaient à la terrasse. De là, ils aperçurent quatre personnes assises autour d'un petit feu sur la plage. À la lumière des flammes, elle vit qu'ils avaient tous l'air heureux.

— Grace Ann est arrivée, dit Matt. Manifestement, personne n'a besoin de nous là-bas. À moins que tu ne tiennes à prendre un bain de minuit, il ne paraît pas indispensable de descendre les rejoindre.

Avec un rire étouffé, elle se détourna de la plage.

— Peux-tu me montrer ta chambre ? Si tu es sûr que tes parents ne seront pas choqués que nous la partagions.

Il lui fit signe de monter les marches.

— Allons-y, dit-il. Et détends-toi à propos de mes parents. Ils te trouvent formidable.

Elle ne comprenait pas pourquoi, vu les circonstances.

— Comment le sais-tu ?

— Je le sais, c'est tout. Je suis le préféré, tu t'en souviens.

Au fond du couloir, il ouvrit une porte et alluma la lumière. Un lit pour deux personnes trônait au centre de la pièce. D'immenses baies vitrées donnaient sans doute sur la mer, mais les rideaux étaient tirés.

— La salle de bains est par là.

Il tapota le dossier d'un canapé poussé contre le mur.

— Et en plus du lit, il y a un canapé-lit. Nous pouvons donc passer la nuit tous les deux dans cette chambre en tout bien, tout honneur.

— Je croyais que tu voulais dormir par terre ?

— J'espérais t'attendrir ainsi et te pousser à m'inviter dans le lit, dit-il.

Il sourit, la fossette se creusant sur la joue.

*Et ça a presque marché*, pensa-t-elle, attendrie.

— Tu devrais avoir honte.

Il mit les mains dans ses poches.

— J'ai honte.

Elle jeta un coup d'œil à sa valise, posée à côté de la sienne devant le placard. Après toutes ces années, Matt était toujours l'homme de ses rêves. Caleb était dehors, heureux de faire la connaissance du clan Riley. Il était entouré de personnes qui l'aimaient et qui étaient aussi déterminées qu'elle à le protéger, même si elles n'avaient appris son existence que récemment.

Elle devina qu'il s'agissait d'un moment hors du temps et elle décida d'en profiter. S'agissait-il de clore un chapitre de sa vie ou de leur donner une nouvelle chance, un nouveau départ, elle n'en était pas encore sûre. Cela n'avait pas d'importance. Elle traversa la pièce pour aller fermer la porte. Elle tourna deux fois la clé dans la serrure afin qu'il comprenne le message.

Ce soir, il lui avait offert bien plus qu'une agréable balade au clair de lune et quelques verres de vin. Il lui avait redonné confiance. Quelle que soit la relation qu'ils établiraient dans les heures, les jours ou les mois à venir, il lui avait insufflé de la force, de l'envie, de l'élan. Elle le désirait de tout son cœur. Plutôt que de se lancer dans une conversation qui risquait de nouveau de tout compliquer et de le blesser, elle décida de laisser son corps, ses actes, parler pour elle. Elle retira son pull et déboutonna son jean avant de le faire glisser le long de ses jambes.

Si ses vergetures posaient un problème, mieux valait le savoir maintenant.

Le regard de Matt était brûlant lorsqu'elle s'approcha de lui, vêtue d'un soutien-gorge en dentelle noire et d'une culotte assortie. D'autres couleurs seyaient mieux à sa peau mais, quand elle s'était habillée ce matin, elle n'avait pas prévu de faire l'amour, ce soir.

Avec audace, elle déboutonna la chemise de Matt, découvrant son torse musclé. Il ne portait plus de pansement et sa blessure semblait bien cicatriser.

Elle promena les mains plus bas, sur ses abdominaux, sur ses hanches, avant de les remonter jusqu'à ses épaules.

Soudain, il la souleva pour la porter jusqu'au lit. Elle s'attendait à ce qu'il se jette sur elle pour la dévorer comme un affamé, mais il se montra doux, patient, la traitant comme si elle était un trésor à savourer et à explorer.

Il taquina de la langue et des dents le tissu de son soutien-gorge. Quand il en dégrafa le fermoir, elle retint un cri.

Tout en la picorant de baisers brûlants, il murmurait des mots contre sa peau, des mots qu'elle ne parvenait pas à décrypter. Cela n'avait pas d'importance. Elle se sentait précieuse. Aimée. L'amour était là, dans ses mains, dans son souffle, dans la façon dont il la menait à l'orgasme.

Lorsqu'il se déshabilla à son tour et s'étendit à côté d'elle, elle sentit son cœur battre dans sa poitrine.

Et soudain elle décida de prendre l'initiative. Le faisant rouler sur le dos, elle entreprit de redécouvrir cet homme qu'elle avait tant aimé autrefois. Elle retrouva avec émotion les creux et les plis de son corps viril, à la fois familiers et nouveaux. En quinze ans, il avait un peu changé. Il s'était musclé. Elle remarqua une cicatrice ici et là, des blessures qu'il s'était peut-être faites au combat ou à l'entraînement, elle ne le savait pas.

Elle le caressa de ses mains, de la langue, un long et délicieux moment, retrouvant le plaisir de lui en donner, avant de l'embrasser à pleine bouche.

Décidé à reprendre la direction des opérations, Matt l'allongea pour promener à son tour ses lèvres sur son corps de femme. Quand il glissa la tête entre ses cuisses, elle se mit à crier.

Soulevée par un orgasme puissant, elle perdit le contrôle et s'abandonna à son étreinte, corps, cœur et âme.

Il la pénétra et se mit à aller et venir entre ses reins, pour les conduire vers le ciel jusqu'au moment où, foudroyé à son tour, il s'abattit sur elle avec un cri étranglé.

Il roula sur le côté et l'attira contre lui pour lui caresser le dos avec tendresse. Plongée dans un bien-être pur, elle se rappela qu'elle n'avait connu cette intensité qu'avec Matt.

*Je t'aime.*

Ces trois petits mots brûlaient ses lèvres. Elle aurait voulu les lui donner, mais elle n'osait pas. Tout était encore si fragile. Elle préférait les garder pour elle. Encore un peu.

Matt lui avait dit vouloir gagner sa confiance, mais elle lui avait toujours fait confiance. En revanche, elle n'avait pas assez confiance *en elle*. Si elle avait accepté sa première demande en mariage avant la naissance de Caleb ou même les deux suivantes, elle n'aurait peut-être jamais terminé ses études ni trouvé un emploi qui la mettrait au défi de réussir.

Le sexe fantastique mis à part, une fois la menace actuelle supprimée, ils reviendraient probablement à une situation bancale. Oh ! bien sûr, Caleb verrait les Riley plus souvent et elle devrait partager désormais vacances et week-ends avec eux. Cela ne changerait rien en profondeur, elle serait toujours une mère célibataire qui avait laissé passer sa chance de vivre un amour authentique.

Elle regarda la poitrine de Matt se soulever et s'abaisser tandis qu'il s'assoupissait. Lorsqu'elle fut sûre qu'il dormait, elle murmura les trois mots qu'elle retenait depuis longtemps mais qu'elle avait tant besoin de dire :

— Je t'aime.

# 11

« Je t'aime. »

Ces trois mots habitèrent Matt toute la matinée, enchantant sa mémoire tandis qu'il s'efforçait d'arborer une apparence neutre pour suivre les conversations avec sa famille et avec son fils.

Bethany pensait qu'il dormait quand elle avait chuchoté cette déclaration dans la nuit. Il avait dû faire appel à toute sa volonté pour ne pas lui crier qu'il l'aimait, lui aussi, pour ne pas le lui répéter encore et encore jusqu'à ce qu'elle le croie.

Tant qu'il n'aurait pas réussi à apaiser ses peurs, elle ne partagerait pas l'essentiel avec lui et ils ne pourraient pas devenir une vraie famille.

Lorsqu'il était descendu prendre un café, sa mère n'avait pas émis de commentaires sur le fait que Bethany avait passé la nuit dans sa chambre.

Et quand un peu plus tard Bethany entra à son tour dans la cuisine, les cheveux encore humides de sa douche, une joie profonde le submergea.

— Bonjour, dit-il. Bien dormi ? Une tasse de thé ?

— D'accord, merci, dit-elle. Où sont-ils tous passés ?

— Ils sont descendus sur la plage, répondit-il.

Caleb fit soudain irruption, en maillot de bain et en T-shirt.

— Maman ! Tante Gracie m'apprend à surfer. Viens voir.

— J'arrive, dit-elle.

Lorsque l'adolescent ressortit en courant, elle se tourna vers Matt.

— Il semble découvrir ce sport alors qu'il en a déjà fait.

— Pas avec sa tante Gracie, dit Matt avec un haussement d'épaules.

Le gamin semblait heureux, et Matt était surpris qu'il ait adopté si facilement sa tante Gracie. Était-il en droit d'espérer que Caleb les considère tous à présent comme sa famille ?

Il escorta Bethany jusqu'à la plage. Ils y trouvèrent ses parents sur des transats, regardant avec attention Caleb et Gracie évoluer sur leurs planches.

— Ce garçon a un excellent équilibre, disait Ben, penché en avant pour mieux le suivre des yeux.

— Il est plus doué que Grace au même âge, renchérit Patricia.

— Nous étions en Allemagne quand Grace avait quinze ans, lui rappela Matt. Il n'y avait aucune mer à proximité.

— Nous avions passé des vacances à Hawaï, répliqua-t-elle. Caleb a pris la place d'Ann Grace sur le podium. Haut la main.

Ben tapota la chaise longue à côté de lui.

— Venez vous asseoir, Bethany.

Matt se demandait de quoi son père voulait lui parler. Il sirota son café en faisant semblant de ne pas écouter leur échange.

— Hier soir, Caleb nous a longuement parlé du coupé de Matt, commença Ben. Votre fils semble passionné par les voitures. Avez-vous déjà réfléchi à celle que vous aimeriez pour lui ?

Matt devina où son père souhaitait en venir et hésita à intervenir. Il aurait dû s'attendre à ce que ses parents fassent un cadeau à Caleb pour fêter son arrivée dans leur vie, marquer le coup.

— Général… Euh… monsieur… euh, Ben, balbutia Bethany. Caleb n'aura pas son permis avant plusieurs mois. Et avant de le laisser prendre soin d'un véhicule, il faudra rajouter un an ou deux.

— Au contraire, répondit Ben avec un sourire. Il a le bon âge pour apprendre à garder une voiture en état de marche.

— Que proposez-vous ? s'enquit Bethany en regardant Caleb assis sur sa planche de surf pour écouter les conseils de Grace Ann.

— Caleb ne m'a pas donné l'impression que votre père s'intéressait particulièrement aux moteurs, dit Ben.

— Non, en effet. Lorsqu'ils sont ensemble, ils vont généralement à la pêche ou faire de la randonnée.

Matt se raidit en remarquant son ton d'excuse. Il avait rencontré les parents de Bethany à une ou deux reprises au cours de leur première année à West Point. Ils lui avaient paru gentils, honnêtes, pleins d'amour et de fierté pour Bethany. Elle lui avait toujours dit qu'ils la soutenaient dans ses choix universitaires, maternels et professionnels.

— Avant d'aborder le sujet avec lui, je tenais à m'assurer que je ne marchais pas sur les plates-bandes de votre père ou des vôtres, poursuivait Ben.

— Pour vous répondre, j'ai besoin de savoir ce que vous avez en tête, monsieur.

— Ben, appelez-moi Ben. Nous sommes une famille maintenant, ma chère.

Bethany hocha la tête, les lèvres pincées et les mains agrippées à sa tasse de thé. Ce n'était vraiment pas le bon moment. Elle venait de se réveiller.

— Je pensais emmener Caleb acheter une voiture, cet après-midi, poursuivit Ben.

— Quoi ?

Sous le choc, elle resta un instant bouche bée avant de jeter un regard accusateur à Matt.

Comme il s'apprêtait à lui expliquer qu'il n'avait rien à voir avec cette histoire, son père ajouta :

— Bien sûr, je n'en ai pas encore parlé à Caleb. Au cas où vous n'approuveriez pas ce projet.

— En effet. Offrir une voiture à un gamin de quinze ans ne me paraît pas une bonne idée.

— Pour être juste, je ne pensais la lui « offrir », mais plutôt l'acheter pour lui permettre de la bricoler et de la conduire chaque fois qu'il viendra nous rendre visite.

Bethany ne répondit rien.

— Pourquoi papa et moi n'irions-nous pas faire un tour avec lui afin de jauger son intérêt pour les moteurs ? suggéra Matt. Nous ne le pousserons à rien.

— Excellente idée, intervint sa mère. Cela nous permettra de profiter d'un moment entre filles, Bethany, Grace Ann et moi.

Bethany donna son accord avec un sourire crispé avant de laisser la conversation se poursuivre sans elle. Matt comprit que, sans le vouloir, ses parents l'avaient anéantie. Il devina que cette histoire se retournerait contre lui et qu'elle lui reprocherait le comportement de Ben. Il en fut ennuyé.

Matt était certainement le seul à avoir remarqué la lueur de tristesse dans ses jolis yeux. Il voulait la rassurer, mais il préférait ne pas le faire devant ses parents.

Il reporta son attention vers la plage.

— Regardez !

Il désignait Caleb qui glissait sur une vague, la laissant le porter jusqu'au rivage. Il était très à l'aise comme s'il était né sur une planche.

Ben, Patricia et Bethany se levèrent pour applaudir à tout rompre. Lorsque la vague mourut sur la plage, Caleb leva le poing, un grand sourire aux lèvres, avant de les saluer.

Le gamin se comportait comme un Riley. Matt aurait voulu être fier de ses exploits, fier de le voir si bien s'intégrer au clan. Au lieu de quoi, il continuait de s'inquiéter de la femme qu'il aimait. Il mit sa tasse de café de côté et descendit vers l'eau, heureux d'entendre dans son dos Bethany s'excuser auprès de ses parents pour le rejoindre.

Caleb, la planche de surf sous le bras, s'approcha d'eux en riant. Il secoua ses cheveux trempés et les repoussa en arrière.

Matt lui tapa dans la main en signe de victoire.

— Bravo, champion.

— Tu surfes comme un pro, renchérit Bethany.

— Tante Gracie est géniale, dit Caleb en leur expliquant ce qu'elle lui avait appris.

Lorsque Grace Ann vint à leur rencontre, Matt passa un bras sur les épaules de Bethany et se chargea des présentations.

Malgré sa surprise devant la possessivité du geste, sa sœur se contenta de sourire sans faire de commentaires.

— Enchantée de faire votre connaissance, Bethany, dit-elle. Votre fils est très doué et apprend vite.

— Maman a décidé que vous alliez vous amuser entre filles, dit Matt. Pendant que papa et moi emmenons Caleb.

— Où irons-nous ? demanda Caleb.

— Ton grand-père veut te faire une surprise. En attendant, je vais marcher un peu sur la plage avec ta mère. À plus tard.

Pendant un moment, ils cheminèrent sans un mot et sans se toucher. Finalement, Matt ne put supporter plus longtemps ce silence.

— Tout va bien ?

— Oui, oui, répondit-elle, les lèvres pincées.

Il lui prit la main et la balança alors qu'ils marchaient.

— Dis-moi.

— L'idée de ton père d'offrir une voiture à Caleb m'a énervée, expliqua-t-elle en s'efforçant de rire. Mais comprendre qu'il cherchait plus à partager une activité avec lui qu'à lui faire un cadeau disproportionné m'a un peu rassurée.

— D'accord.

— As-tu du nouveau concernant l'enquête ?

— Tu n'as pas envie de disserter trop longtemps sur le clan Riley, si je comprends bien ?

Elle lui sourit avant de se hisser sur la pointe des pieds pour déposer un petit baiser sur sa joue.

— Non. En tout cas, cette plage est très agréable.

D'accord avec elle, il décida de profiter du moment sans s'appesantir sur les sujets difficiles. Après un moment, ils revinrent sur leurs pas pour regarder Grace Ann et Caleb faire du surf.

— Caleb est un Riley jusqu'au bout des ongles, dit Bethany en s'appuyant contre lui. Je t'ai toujours su, mais cela me frappe encore plus en le voyant au milieu de vous tous. Il bouge comme Grace Ann. Et il a ton énergie, ton feu intérieur.

Matt n'avait jamais bercé son fils dans ses bras, il n'avait jamais joué au ballon avec lui, il ne lui avait pas appris à manier une batte de base-ball. Mais il découvrait que l'important était ce que tous deux allaient partager, à présent. Et rien de leur douloureux passé n'altérait son amour pour Caleb ou pour Bethany.

Lorsqu'ils arrivèrent devant la maison, sa mère les appelait tous pour le petit déjeuner. Il embrassa rapidement Bethany avant que quiconque n'ait la possibilité de s'en rendre compte.

— Essaye de te détendre et de t'amuser, dit-il. Ma mère et ma sœur ne te veulent que du bien. Toute ma famille t'aime déjà, tu sais.

Le petit déjeuner fut délicieux et animé. Caleb était manifestement heureux d'être là comme tous ceux qui l'entouraient.

À la fin du repas, les trois femmes se mirent à débarrasser pendant que Ben et Matt partaient avec Caleb à la recherche de la voiture idéale. Caleb s'interrogeait sur le but de leur sortie. Quand son grand-père refusa de répondre mais lui jura qu'il ne regretterait pas de les avoir accompagnés, l'adolescent sourit, confiant.

À présent que le soleil se couchait, Matt se tenait dans le garage de son père devant la vieille guimbarde que son fils avait choisie comme première voiture. Il leur faudrait une bonne année pour la réparer.

Et, lorsque le véhicule serait prêt à rouler, Caleb ferait preuve de prudence au volant. Il se comporterait en conducteur consciencieux, ce qui était le véritable objectif. Ses parents avaient traité tous leurs enfants au même âge de la même manière.

Matt avait de nombreuses raisons d'être heureux et pourtant il ne parvenait pas à oublier le prédateur qui les menaçait dans l'ombre. Ils n'avaient pas eu de problème depuis leur arrivée chez ses parents, ses frères et sœurs non plus. Mais l'équipe d'Alex était loin d'avoir identifié l'homme qui voulait « les faire payer ». Il avait passé quelques instants en tête à tête avec son père, pour évoquer diverses missions passées et plusieurs soldats à problèmes qu'il avait eu sous ses ordres au cours de sa carrière. Mais il faudrait du temps pour vérifier s'ils étaient ou non impliqués dans cette histoire.

Matt aurait voulu que Caleb et Bethany restent ici avec ses parents, loin du danger. Ils pourraient naviguer pendant que lui-même retournerait à Washington pour retrouver ce type.

Il se doutait que Bethany n'accepterait jamais.

La porte du garage s'ouvrit, et Bethany entra. Comme si elle avait lu dans ses pensées, elle lui lança :

— Tes parents m'ont parlé d'une croisière qu'ils aimeraient faire à bord de leur bateau avec Caleb et moi, mais sans toi qui retournerais au Pentagone. Je suis totalement opposée à cette idée. Il n'est pas question de partir naviguer pendant que tu gères les problèmes. Nous ferions mieux de rester ensemble.

— Beth, écoute-moi.

— Non, Matt. C'est toi qui vas m'écouter. Un front divisé ne gagne jamais, tu pourras le vérifier facilement. Tu as peut-être décroché le diplôme de l'Académie militaire de West Point, mais en matière d'histoire militaire je ne crains personne.

— Tu plaisantes, répondit-il en riant. Les enfants de Ben Riley connaissent l'histoire, militaire ou pas, à fond. Et c'est visiblement héréditaire.

— En tout cas, il n'est pas question pour moi de partir en croisière en te laissant rentrer seul à Washington.

Il la rejoignit et se détendit un peu lorsqu'elle noua les bras autour de sa taille.

— J'essaye de vous protéger tous les deux, Bethany.

— Bien sûr, je le comprends. Mais toi, comprends que je ne te laisserai pas y aller seul. Ce type est un fou furieux. Il a tiré sur Caleb.

*Et sur moi aussi*, pensa Matt.

— As-tu soif de vengeance ?

— Plus qu'un peu, reconnut-elle. Je sais que tu es la vraie cible, que Caleb est une façon de t'atteindre, mais je ne te laisserai pas gérer cette histoire à ma place.

— Beth, tu as toujours tout fait à ma place, répliqua-t-il. Ne peux-tu pas me laisser, une fois dans la vie, la possibilité de faire quelque chose pour toi ? Pour changer ?

Ses beaux yeux s'écarquillèrent puis elle se mit à rire en laissant tomber sa tête contre sa poitrine.

— C'est ainsi que tu vois la situation ?

— Il ne s'agit pas d'une vue de l'esprit, Bethany. Tu as quitté West Point et renoncé à une carrière militaire. Tu m'as laissé mener mes études et entrer dans l'armée en t'arrangeant pour que le bébé et toi ne me dérangiez pas.

— J'aurais dû me douter que tu interpréterais mon égoïsme comme un sacrifice.

Il la serra fort dans ses bras.

— Bethany Trent, tu n'as jamais été égoïste un seul jour de ta vie.

— Je cherchais à me protéger, alors, dit-elle. Matt, j'ai refusé de t'épouser parce que j'en avais désespérément envie.

— Cela n'a aucun sens.

Il l'aimait, il ne l'avait jamais oubliée. Et elle lui avait dit hier soir qu'elle l'aimait, même s'il n'était pas censé l'avoir entendu.

— Tu prétendais qu'un enfant avait besoin de stabilité.

Et, en le lui répétant, elle avait condamné la façon dont lui-même avait été élevé. Matt avait eu besoin de temps pour le digérer.

Elle lui caressa la joue. Depuis leur arrivée, il ne s'était pas encore rasé.

— Je suis désolée de t'avoir blessé en m'efforçant de… survivre.

Elle s'ouvrait enfin, et il était avide de l'entendre pour comprendre ce qui n'allait pas à l'époque… afin de pouvoir arranger les choses maintenant.

— Peux-tu m'expliquer ? S'il te plaît ?

— Je t'aimais plus que tout, plus que mes plans de carrière. Et cet amour fou me terrifiait, Matt.

— Alors tu t'es dit qu'il valait mieux rester seule pour élever notre fils, jouer les mères célibataires, plutôt que d'essayer de former une famille avec moi ? demanda-t-il, les mâchoires serrées.

Son regard se posa sur le sien.

— Oui. J'avais à peine vingt ans et toi vingt et un. Et tu étais le fils aîné du général Riley, destiné à reprendre le flambeau.

— Et tu ne m'en as jamais voulu d'avoir pu aller au bout de mes rêves pendant que toi, tu étais contrainte d'y renoncer ?

— Non, je berçais Caleb, j'étais heureuse. Je ne voulais pas que tu te sentes pris au piège ou limité par des obligations que je t'aurais imposées si nous nous étions mariés. Et j'étais fière de ta réussite. D'ailleurs, Caleb et moi sommes venus assister incognito à ta remise des diplômes.

— Quoi ?

Ce n'était pas possible. Il l'aurait vue.

— Nous étions là, même si je ne me suis, bien sûr, pas montrée. J'étais si contente pour toi. La cérémonie m'a rendue plus déterminée que jamais à continuer seule. Quand tu m'as demandé ma main, je voulais dire oui, mais…

— Tu as dit non.

Elle haussa les épaules.

— Je m'en sortais bien avec Caleb.

— Et tu estimais que je n'avais pas besoin d'une femme et d'un enfant dans les jambes, dit-il. Que vous m'auriez gêné.

— J'avais aussi des ambitions personnelles, répliqua-t-elle, hérissée. Je ne voulais pas qu'être ta femme.

— Arrête. S'il te plaît.

Il ne supporterait pas de l'entendre répéter une fois de plus que leurs objectifs étaient divergents. Il remercia le ciel de lui donner la possibilité de leur offrir une deuxième chance.

— Je t'aime.

Il vit ses yeux s'écarquiller. Tout ce qu'il voulait dire, qui habitait son cœur, découlait de ces trois mots. Si elle ne l'acceptait pas, le reste était inutile

— Oh ! Matt.

Elle ne répondit pas tout de suite. Elle sembla hésiter. Longtemps. Elle ne ressemblait pas à une femme sur le point de se jeter dans ses bras en explosant de joie.

— Une partie de mon cœur t'aimera toujours, en tant que père de Caleb, dit-elle enfin. Lui il t'aime déjà. Il a hâte de passer du temps avec toi.

Elle le rejetait, le repoussait. Comme chaque fois.

Il se rappela qu'il avait vécu avec cette déception et loin de fils pendant quinze ans. Mais désormais il nouait une véritable relation avec le gamin. Il n'avait pas tout perdu.

— Je vais organiser le rapatriement de la voiture dans un garage près de chez vous, dit Matt. Nous louerons un atelier en fonction des besoins. Je serai là pour l'aider aussi souvent que possible.

— Caleb sera ravi.

— Moi aussi, dit Matt.

— Je t'ai mis en colère. J'aimerais pouvoir te donner ce que tu veux.

— Non. Je ne suis pas en colère.

Il était la proie d'émotions trop fortes pour que la colère s'en mêle. Se sentait-il triste ? Oui. Malheureux ? Absolument.

— Comment pourrais-je être en colère contre toi ? demanda-t-il. Tu as toujours été claire sur tes intentions, dès le début.

Il s'éloigna vers la porte.

L'espoir qui avait resurgi, la nuit dernière, s'envolait. Ne cesserait-il jamais d'être un imbécile avec Bethany ? Quand comprendrait-il qu'il devait renoncer à cette femme ?

Il passa devant elle pour rejoindre la plage, le cœur brisé.

Bethany aurait voulu se gifler. Elle s'attarda dans le garage, regrettant de ne pas avoir le courage d'offrir à Matt ce dont il avait besoin.

Il méritait plus que ce qu'elle ne lui avait jamais donné. Même après la nuit dernière, après toutes leurs discussions, elle ignorait toujours ce qu'elle souhaitait vraiment au plus profond d'elle-même. Dissimuler ses sentiments lui permettrait sans doute de faire face aux défis à venir. Comme chaque fois, elle avait essayé d'être honnête, sincère – elle aimait Matt –, et elle n'avait réussi qu'à le blesser. Quand il s'éloigna, il lui sembla qu'elle venait de laisser tomber un trésor inestimable sur le sol.

Comme toujours.

Elle était entrée à West Point, sûre d'elle-même, de ses objectifs et de son courage. Il ne lui était pas facile d'accepter qu'elle était en réalité une lâche, trop effrayée par l'amour pour lui donner sa chance.

Avoir peur de ses réactions vis-à-vis de Matt était insensé. Depuis le départ, il avait fait preuve à son égard d'un soutien sans faille et de loyauté. Il avait toujours respecté ses limites et ses exigences.

Caleb ne cachait pas sa joie d'avoir un père et d'être accueilli à bras ouverts par la famille Riley. Ils lui avaient réservé un accueil plus chaleureux qu'elle ne l'espérait, plus positif qu'elle ne le méritait vu toutes ses erreurs passées.

Du coup, comment Matt pouvait-il envisager de l'envoyer en croisière pendant qu'il affrontait seul tous les dangers ?

Parce qu'il l'aimait.

Tout ce qu'il faisait, il le faisait par amour. Elle le voyait maintenant, dans les petites choses et les plus grandes. Il les protégerait, Caleb et elle, aussi longtemps que nécessaire.

# 12

Ils partirent à l'aube, le dimanche matin. Matt s'était servi de l'enquête comme prétexte pour prendre ses distances. Sa mère aurait voulu lui parler en tête à tête, mais il s'était débrouillé pour lui échapper. Bien qu'il ait essayé de le cacher, tout le monde devinait que quelque chose n'allait pas.

Pendant la première moitié du trajet du retour à Washington, Caleb avait parlé voitures sans arrêt. Matt savourait l'enthousiasme de son fils, tout en se demandant à quoi pensait Bethany. Cela n'avait sans doute plus d'importance. Une fois la menace écartée, tous trois reprendraient le cours de leurs vies. En tout cas, qu'il parvienne ou non à renouer avec elle, il ne quitterait pas celle de Caleb.

— Combien de temps resterons-nous à Washington, maman ?

— Jusqu'à la fin des vacances de la Toussaint, répondit-elle. J'ai réservé un hôtel dans le centre-ville. Il nous sera ainsi plus facile de nous rendre à pied aux monuments et aux musées.

C'était la première fois que Matt entendait parler de cette réservation à l'hôtel. Caleb étant présent, il dissimula sa surprise et sa contrariété. Il lui faudrait parler de ce changement de programme avec Alex dès que possible. Deux équipes étaient chargées de leur sécurité, l'une pour protéger Bethany et Caleb, et l'autre pour veiller sur lui.

— Nous ne restons pas chez Matt ? s'exclama Caleb, surpris.

— Matt doit travailler, répondit Bethany. Nous nous sentirons plus libres d'aller et venir sans craindre de le déranger.

En effet, la mission de Matt cette semaine consisterait à attirer le type qui les menaçait. À en croire le dernier rapport, Matt était toujours sa cible principale.

— Ta professeur d'histoire attend avec impatience un exposé sur Washington avec des photos, dit Bethany.

— Pourquoi lui as-tu dit où nous étions ?

— C'est une amie. Où est le problème ? Tu es capable de rédiger ce genre de reportage, les yeux fermés.

— Pourrons-nous visiter le musée national de l'Espace ?

— Bien sûr.

— Quel est ton endroit préféré à Washington, Matt ?

— Je me souviens avoir été très impressionné par la vue depuis le haut du mémorial de Washington lorsque j'étais enfant.

— Ce serait génial d'y aller.

Matt jeta un coup d'œil à Bethany avant de lancer :

— Et que dirais-tu d'une visite complète du Pentagone ?

Caleb se redressa.

— Sérieux ? Trop bien !

— La fille du général Knudson est étudiante en photographie. Elle connaît la ville comme sa poche. Si elle a un peu de temps, elle serait certainement ravie de t'aider dans l'illustration de ton rapport.

Contrariée, Bethany pinça les lèvres et fit mine de s'intéresser au paysage. Bientôt, le silence tomba dans l'habitacle. Au fur et à mesure qu'ils se rapprochaient de Washington, Matt s'efforçait d'être plus vigilant, de surveiller les alentours.

La circulation se densifiait et, quand ils s'arrêtèrent pour faire le plein, ils décidèrent à l'unanimité d'en profiter pour déjeuner à la cafétéria de la station-service.

Matt les laissa entrer mais, avant de les rejoindre, il s'isola dans un coin pour appeler Alex et faire le point.

— J'ai appris que Bethany avait réservé une chambre d'hôtel, dit celui-ci. Pourquoi Caleb et elle ne restent-ils pas chez toi ?

— C'est son choix, elle ne m'a pas demandé mon avis.

Matt eut du mal à cacher son exaspération.

— Je n'ai pas réussi non plus à la convaincre de prolonger son séjour chez mes parents.

— Que se passe-t-il ?

Le regard de Matt se posa sur Bethany et Caleb qu'il voyait par la baie vitrée attablés à l'intérieur du restaurant.

— Laisse tomber, répondit Matt avec lassitude. Je n'y crois plus. Dis-moi plutôt à quoi nous devons nous attendre en débarquant ?

— Rien de pire que les embouteillages habituels, déclara Alex. Autour de son hôtel, la zone est calme. Les gars chargés de la surveillance de ton immeuble ont repéré deux individus suspects mais rien de sérieux, à ce stade. Bref, RAS.

— Espérons que ça va durer. Pour tout le monde. Tes équipes n'ont donc pas encore identifié ce type, n'est-ce pas ?

— Pas à ma connaissance. Mais rien ne vous arrivera, promit Alex. Vais-je avoir une chance de revoir mon neveu ?

— J'en parlerai à Bethany.

— Es-tu toujours heureux d'être père ?

— Plus qu'heureux. Caleb surfe aussi bien que Grace Ann. Mon père et moi avons découvert qu'il s'intéressait aux voitures et nous lui en avons trouvé une à réparer ensemble.

— Ce programme me semble prometteur.

— Oui, dit Matt en se détournant de l'établissement. Reste à espérer que le type qui veut nos peaux n'arrivera pas à ses fins.

— Pas de soucis. Je suis sur le coup avec mes gars. Alors continue de frimer devant ton fils et laisse-nous faire le boulot.

— Tu es à mourir de rire.

— C'est la raison pour laquelle tout le monde m'adore.

Matt mit fin à l'appel. Mais, lorsqu'il rentra dans le petit restaurant pour retrouver Bethany et Caleb, ils n'étaient plus là. Le ventre noué, il parvint à la table où ils étaient assis, quelques instants auparavant. Une assiette de frites était posée au milieu, à peine entamée. Le sac de Bethany gisait par terre, son téléphone portable traînait sur la banquette, l'écran brisé.

Des crissements de pneus lui firent tourner la tête à temps pour voir une berline gris métallisé quitter le parking sur les chapeaux de roues. Immatriculée dans le Delaware, nota-t-il avant de reconnaître Caleb, le visage collé à la vitre arrière.

— Non !

Matt attrapa le sac à main de Bethany et cria à la serveuse de prévenir la police avant de courir vers son coupé.

Tout en fonçant à la poursuite des ravisseurs, il rappela Alex.

— Caleb et Beth ont été kidnappés.

Il lui donna les détails, les lieux du drame, la marque de la voiture du ravisseur et la direction qu'elle avait prise. Dès qu'il eut regagné l'autoroute, il accéléra, se félicitant, une fois de plus, de la puissance du moteur de sa Chevrolet.

Personne ne lui enlèverait sa famille.

— Reste en arrière, ordonna Alex. Attends les renforts.

— Pas question de les laisser disparaître dans la nature, murmura Matt. Il me faut leur plaque d'immatriculation.

— Matt, arrête ! Écoute-moi.

— Non. Caleb est dans cette bagnole. Je ne le lâche pas.

Alex communiquait déjà les renseignements à ses hommes.

— As-tu Bethany en visuel ?

— Négatif. J'ai son sac à main. Ils ont cassé son téléphone.

— Qu'en est-il du smartphone de Caleb ?

— Je ne sais pas.

— Attends un instant... Nous avons localisé l'appareil de Caleb. L'équipe est en route.

— Bien.

Matt suivait de près la berline argentée et transmit bientôt à Alex son numéro d'immatriculation.

— Maintenant, laisse-nous nous en occuper, vieux. Nous leur filons le train grâce au téléphone de Caleb.

Matt secoua la tête. Il était hors de question de laisser son fils imaginer que son père l'avait abandonné.

— Matt...

Mais il ne l'écoutait plus. Rien ne l'arrêterait. Tant qu'il n'aurait pas retrouvé sa famille, il continuerait. Et à ce moment-là, le salaud qui avait mis les siens en danger le payerait cher.

Terrifiée, Bethany tremblait sur la banquette arrière, à côté de Caleb. Elle craignait que l'homme qui l'avait surprise en train d'appeler Matt lui ait cassé le poignet en même temps que son smartphone.

— Maman, ça va ? dit Caleb avec inquiétude.

— Ferme-la, gamin, ordonna le chauffeur.

Bethany avait été jetée sans ménagement à l'arrière, et sa lèvre avait explosé lorsque son visage avait heurté l'accoudoir.

— Oui, oui et toi ? demanda-t-elle à Caleb dans un murmure.

Il hocha la tête, luttant manifestement contre les larmes.

— Je vais bien.

Sous la menace d'une arme, ils avaient été sortis du restaurant par deux inconnus. L'un d'eux avait enfoncé son calibre dans le dos de Caleb, tandis que l'autre les poussait dans la voiture. L'un des types n'était pas monté avec eux. Où était-il passé ?

Cela dit, Bethany ne s'en plaignait pas Avec un peu de chance, à eux deux, ils parviendraient à neutraliser le conducteur.

— Papa est derrière nous, chuchota l'adolescent.

Elle sourit, se demandant s'il avait conscience qu'il avait nommé Matt « papa ». Dans son cœur, elle se jura que Matt entendrait Caleb l'appeler ainsi.

À l'avant, une radio crépita.

— Prends la prochaine sortie et tourne à gauche.

Bethany se retourna à temps pour voir le coupé de Matt derrière eux.

— Il ne vous lâchera pas, dit-elle au conducteur. Vous feriez mieux de vous rendre.

— Fermez-la !

Distrait par cet échange, il rata la sortie qu'il était censé emprunter. Une voix furieuse rugit dans la radio et lui donna de nouvelles instructions.

— Ne manque pas la suivante, cette fois !

— Débarrassez-moi de lui et ce ne sera pas un problème.

La peur glaça Bethany qui se tordit sur son siège pour tenter de prévenir Matt du danger.

Une grosse cylindrée surgit alors de nulle part et fonça derrière eux. Quand Bethany vit le motard brandir une arme vers Matt, elle hurla. L'homme fit feu deux fois, visant les pneus du coupé. À la vitesse à laquelle il roulait, elle devina que Matt ne parviendrait pas à conserver la maîtrise de son véhicule avec des pneus crevés.

Caleb cria, mais déjà leur ravisseur accélérait et bientôt ils perdirent la Chevrolet de vue. L'homme quitta alors l'autoroute.

Bethany serra son fils dans ses bras, priant avec ferveur pour que Matt s'en sorte.

— Ton père est un coriace, murmura-t-elle dans les cheveux de Caleb. Il t'aime. Garde espoir. Il s'en sortira.

Et s'il n'y arrivait pas ? insistait une petite voix dans sa tête. S'il n'y survivait pas, il ne saurait jamais qu'elle l'aimait, qu'elle l'aimait vraiment. Elle ne se le pardonnerait jamais.

Il était temps d'agir. Elle ne laisserait pas le fils de Matt Riley être utilisé comme un pion sur l'échiquier qu'avait mis en place un ancien soldat de Ben, avide de vengeance.

Le conducteur ralentit pour s'engager sur un chemin de terre, au cœur de la forêt de Virginie.

— Vous allez mourir, dit-elle au conducteur avec calme. Si le major Riley ne vous tue pas, je le ferai.

L'homme se contenta de ricaner.

Les oreilles de Matt bourdonnaient. Il n'entendait plus rien. Une épaisse fumée gênait sa respiration et brouillait sa vision. Son volant était enfoncé dans ses côtes. Il avait un goût de sang dans la bouche.

Il finit par distinguer des voix. Les secours, sans doute.

Il fallait les prévenir.

— Quelqu'un a tiré sur mes pneus.

— Oui, monsieur. Restez avec moi, major Riley.

— Une moto. Je suivais… une berline gris métallisé.

— Nous le savons, monsieur. Cessez de vous agiter.

Des images remontaient à sa mémoire. Il revivait le moment terrible où il avait perdu le contrôle de son véhicule et où il avait vu la berline prendre le large.

— Mon fils et sa mère… ont été enlevés.

Quand les pompiers réussirent enfin à l'extraire de la carcasse de son coupé, ils l'aidèrent à se lever. Respirer lui fit du bien et lui permit de recouvrer ses esprits.

— Ma famille a été kidnappée, répéta-t-il d'une voix plus ferme.

Comme un ambulancier posait un masque à oxygène sur son visage, Matt tenta de le repousser.

— Je vais bien. Deux personnes sont en danger.

Lentement, il commençait à analyser la scène. Il était entouré de véhicules d'urgence. La berline et le motard armé avaient réussi à s'échapper.

— Où est mon téléphone ?

— Aucune idée, monsieur.

L'ambulancier commença à nettoyer ses plaies.

— Je vais bien.

Matt grimaça de douleur. Peut-être était-il gravement blessé. Il s'en foutait. Seuls Caleb et Bethany importaient.

Il saisit un policier par le bras.

— Je suis Matt Riley. Ma famille a été enlevée...

— Oui, monsieur. J'en ai été informé. Deux unités se sont lancées à la poursuite des ravisseurs. J'ai reçu l'ordre de vous conduire à l'hôpital.

— Avez-vous une femme ? demanda Matt. Des enfants ?

— Oui. Les deux.

— À ma place, laisseriez-vous quelqu'un d'autre se charger de les retrouver alors que vous êtes en vie et en forme ?

— Non. Mais vous n'êtes pas très en forme, major.

— Une équipe traçait le smartphone de mon fils, tout à l'heure.

— Et c'est toujours le cas.

Un bruit de rotors se rapprochait au-dessus de leurs têtes. Le policier pointa un doigt vers le ciel. Matt s'aperçut que la circulation sur l'autoroute avait été coupée pour laisser un hélicoptère se poser.

Un homme en bondit et, en le reconnaissant, Matt reprit espoir.

— Alex.

Son ami l'écouta décrire l'embuscade pendant que les ambulanciers s'activaient.

— D'accord, dit-il. Les renforts sont là. Monte avec moi.

Matt se retourna pour remercier l'ambulancier avant de se diriger vers l'hélicoptère avec Alex.

Alors que l'engin s'élevait en l'air, Matt distingua mieux la scène de l'accident. Son coupé semblait avoir été écrasé par un géant. Qu'il ait réussi à s'en tirer vivant était un miracle.

— Très gentil de ta part de t'être débrouillé pour éviter de percuter les autres véhicules en fonçant dans le décor, dit Alex.

— Quelqu'un a dû voir le motard qui a tiré sur mes pneus.

— Les militaires s'en occupent. Nous avons mieux à faire.

— Le téléphone de Caleb continue-t-il d'émettre ? demanda Matt.

— Oui. Apparemment, les ravisseurs n'ont pas pris le temps de le fouiller. Mes hommes listent les itinéraires et les destinations possibles. Pendant ce temps-là nous allons mettre au point le sauvetage.

Matt voulait discuter, insister pour qu'ils utilisent l'hélicoptère pour obtenir un visuel de Caleb et de Bethany, mais Alex resta intraitable.

— Elle est dans la voiture. Dans la berline.

Il voulait croire qu'il les reverrait tous les deux. Puis quelque chose de pire lui traversa l'esprit.

— Et si Bethany me croit mort ?

— Une telle hypothèse jouerait en notre faveur, répondit Alex.

— Pourquoi ?

— Parce qu'elle serait encore plus en colère et qu'elle aurait envie de les tuer.

L'hélicoptère se posa dans un petit aérodrome. Matt n'avait aucune idée de l'endroit où ils se trouvaient. Il suivit Alex et deux autres hommes vers le bâtiment qui abritait des bureaux.

— Grâce à Knudson et à ton père, dit Alex, nous pouvons accéder à tout ce dont nous avons besoin sur un simple appel téléphonique.

Ce dont il avait besoin était un plan pour sauver Bethany et Caleb.

— Est-ce que quelqu'un a obtenu des renseignements susceptibles de nous faire avancer ?

— D'après les échanges des ravisseurs entre eux, tu es toujours la cible, dit Alex. Ton père a déjà reçu une vidéo de ton accident.

Matt poussa un juron. Perdre Caleb et Beth le tuerait et tuerait ses parents. Ils étaient si heureux d'avoir enfin fait sa connaissance…

— Le téléphone de Caleb nous prouve qu'ils se trouvent à moins de trente kilomètres de l'autoroute, poursuivit Alex. Dans un coin reculé d'un parc national.

— Combien de temps nous faut-il pour arriver sur place ?

— Les rangers sont sur le coup et prêts à intervenir à tout moment, dit Alex. Dans l'immédiat, je leur demande d'établir des barrages routiers autour de cette zone.

— Je tiens à faire partie de l'équipe, dit Matt.

En tant que père, Matt refusait d'imaginer qu'il puisse être une complication lors de l'opération de sauvetage de son fils. En tant que militaire, il comprenait qu'il constituait un risque.

Alex prit Matt à part alors que l'équipe se préparait.

— Si nous ne retrouvons que son téléphone, est-ce que tu garderas ton calme ?

— Je suis un rock, prétendit Matt.

— Je te tirerai dans les jambes, si tu tentes de faire n'importe quoi, je te préviens.

— Tu regardes trop la télévision, répondit Matt. Garde tes balles pour les ravisseurs.

# 13

Bethany et Caleb étaient sortis de la voiture et poussés dans une petite cabane en rondins, bâtie au fin fond de la forêt. À l'intérieur, deux chaises, une table et une cheminée vide. À part la porte, la seule ouverture était une lucarne située dans la salle de douche par laquelle même Caleb n'aurait pu passer. Dans un coin de la pièce se trouvait une caméra. Quelqu'un les surveillait.

Bethany avait une petite idée de l'endroit où ils se trouvaient. Elle avait déduit leur point d'arrivée en se basant sur la sortie de l'autoroute qu'ils avaient empruntée et sur le temps qu'ils avaient mis pour arriver à destination.

Le conducteur se tenait à l'extérieur et faisait souvent le point avec quelqu'un par radio. Avant de les enfermer dans le chalet, il les avait fouillés et avait découvert le téléphone de Caleb. Il l'avait détruit mais, curieusement, il ne semblait pas s'inquiéter outre mesure de la possibilité d'avoir été pisté via cet appareil. De même, il les enferma dans le petit chalet, mais il ne les ligota pas. Manifestement, il estimait qu'il n'avait pas grand-chose à craindre d'une faible femme et d'un adolescent. Bethany s'en félicita. Il serait peut-être surpris.

Caleb n'avait pas prononcé trois mots depuis qu'il avait vu la voiture de Matt quitter la route. Si Bethany aurait aimé le réconforter, elle préférait ne pas trop en dire, craignant qu'on ne les écoute.

Deux fois, elle cria par la porte pour réclamer à boire et à manger et, deux fois, ses requêtes lui furent refusées.

— Essaye de dormir, chuchota-t-elle à Caleb alors qu'ils se blottissaient l'un contre l'autre pour se réchauffer.

Ils s'étaient installés sous l'œil de la caméra afin de limiter la vision de ceux qui les surveillaient.

— Vont-ils nous tuer ? demanda l'adolescent, l'air sombre.

— Non, répondit-elle avec force. Nous sortirons d'ici vivants.

— Ils ont tué papa.

— Je suis sûre qu'il s'en est tiré.

Si elle se laissait aller à imaginer un monde dans lequel Matt était mort, elle serait paralysée.

— Ton père est un grand soldat. Un guerrier. Il a fait ses classes dans la plus prestigieuse école militaire du pays, il a été formé par les meilleurs officiers, il en est devenu un. Depuis dix ans, il a été déployé aux quatre coins du monde pour régler toutes sortes de problèmes. Il a affronté de nombreux dangers, beaucoup d'ennemis. Il est donc très expérimenté. Et jusqu'ici, les balles ne l'ont jamais arrêté.

Elle aurait pu continuer en lui parlant de l'intelligence de Matt, de sa bravoure et de sa ténacité, mais elle résuma le portrait en trois mots : il est vivant.

— D'accord, dit Caleb, la tête contre son épaule.

Bethany guettait le bon moment pour passer à l'action. Elle tenta de se faire une idée de la fréquence des rondes du gardien. Comme elle ignorait tout des mobiles de leur ravisseur, il lui était difficile de deviner ce qu'il comptait faire d'eux par la suite.

Le temps passait lentement et, au fil des heures, elle finissait par se demander si la personne qui orchestrait ces attaques dans l'ombre avait décidé de les abandonner dans cette cabane. En réalité, les projets de ce sale type n'avaient pas d'importance. Elle comptait sur ses propres capacités pour se libérer. À la première occasion, elle assommerait le garde et s'enfuirait avec Caleb à bord de la voiture. C'était la meilleure solution.

Caleb ne dormant pas, elle lui exposa à mi-voix son plan en s'efforçant d'y intégrer toutes les éventualités auxquelles elle pouvait penser.

— Quoi qu'il arrive, ton seul objectif sera de fuir, dit-elle.

— D'accord.

— Nous passerons à l'action la prochaine fois qu'il communiquera avec son chef par radio.

Voilà plus de deux heures que le smartphone de Caleb n'avait pas bougé, et Matt commençait à se demander si les ravisseurs avaient découvert et détruit le téléphone de son fils. Ils pourraient être n'importe où, maintenant. Mais il refusait d'imaginer le pire. Ils allaient les retrouver. Il le fallait.

Il sangla son équipement militaire, vérifia ses armes et ses munitions. Il rêvait de massacrer le salopard qui avait organisé cet enlèvement.

— Crois-tu qu'elle t'épousera quand tout sera fini ? s'enquit Alex.

Matt n'en avait aucune idée.

Pour se lancer à la rescousse de Caleb et de sa mère, ils allaient s'appuyer sur une petite équipe déterminée à aller jusqu'au bout. Ils enfreindraient probablement plusieurs lois dans le processus, mais Matt n'en avait cure. Alex avait coordonné l'opération, et Matt lui en serait éternellement reconnaissant. Il avait hâte de retrouver Bethany et Caleb, de les serrer dans ses bras.

Qu'elle accepte ou non de devenir sa femme par la suite, son cœur était à elle. S'ils survivaient, il serait probablement assez bête pour lui demander une nouvelle fois sa main. Si elle disait oui, il serait l'homme le plus heureux du monde. Si elle disait non, il aurait au moins essayé.

L'équipe se déploya dans la forêt jusqu'à la petite cabane en rondins. Grâce à un matériel de pointe, ils savaient qu'un véhicule refroidissait devant le chalet, que deux personnes se trouvaient à l'intérieur et une troisième à l'extérieur.

Les hommes avançaient avec prudence. Comme ils se rapprochaient, Matt s'interrogeait sur les mobiles du type qui tirait les ficelles.

Alex leur fit soudain signe de s'arrêter.

— Signal de diffusion reçu, annonça une voix dans le casque de Matt. La sentinelle a établi un contact. Traçage de l'appel en cours.

Matt se glissa à côté d'Alex.

— Qu'est-ce que cela signifie ?

— Tout ce qui se passe dans cette cabane est diffusé à l'extérieur en temps réel. Par wi-fi, probablement.

— C'est un instrument de torture, dit Matt. Les images vont être transmises à mon père. Ou à moi.

Le visage couvert de peinture de camouflage d'Alex se durcit.

— Pas si je peux l'empêcher.

La gorge serrée, Matt hocha la tête, trop ému pour parler. Il ressentait le besoin impératif de passer à l'action de façon rapide, décisive et de préférence mortelle.

Ils se dirigeaient vers le chalet quand un moteur gronda sur la route. Le cœur de Matt s'accéléra dans sa poitrine. Dissimulés dans le bois, ils attendirent que le véhicule poursuivre son chemin. Mais ils l'entendirent s'arrêter devant la cabane en rondins.

Un homme en sortit et salua celui qui montait la garde. Ils échangèrent quelques mots, mais ils étaient trop loin pour comprendre ce qu'ils se disaient.

Après un moment, Alex fit signe à ses militaires de s'élancer. Ils maîtrisèrent et menottèrent rapidement les deux gardes. Ils étaient si professionnels qu'ils n'eurent pas besoin de tirer un coup de feu ou de frapper.

Matt se demanderait plus tard si les enquêteurs parviendraient à les faire parler. Dans l'immédiat, il n'avait qu'une idée en tête : s'assurer que les deux personnes à l'intérieur du chalet étaient bien Caleb et Bethany.

— Vas-y, dit Alex.

Matt n'avait pas besoin d'encouragement supplémentaire. Il se rua à l'intérieur en criant leurs noms. Quand tous deux se jetèrent dans ses bras, un intense soulagement le souleva. Ils s'embrassèrent sans se soucier des larmes qui coulaient sur leurs visages.

— Tout va bien ? Personne ne vous a fait de mal ?

— Nous allons bien, dit Bethany. Nous étions sur le point de nous échapper…

Soudain, la porte se referma violemment et la lumière s'éteignit. Lorsque Matt et Caleb se précipitèrent pour la rouvrir, ils s'aperçurent qu'elle était verrouillée.

— Bienvenue à ma fête ! lança une voix masculine via un haut-parleur.

Bethany poussa un cri effrayé.

La voix se mit à rire.

— Il n'y a nulle part où fuir, major Riley. La porte du chalet est chargée d'explosifs. Si vous la forcez, tout sautera.

Une flamme s'alluma dans la cheminée, déclenchant un terrible dispositif. Une épaisse fumée commença à se former et à monter vers le plafond.

— Vous allez tous trois mourir à petit feu sauf si vous faites preuve de compassion, major, et que vous tuez vous-même votre fils et sa mère pour leur éviter d'inutiles souffrances. Personnellement, je suis sûr que votre père appréciera un comportement héroïque

— Que voulez-vous ? demanda Matt. Qui êtes-vous ?

— J'ai tout ce que je veux, merci. Dîner et spectacle. Maintenant, à vous et, je vous en prie, ne décevez pas votre père.

Avec un juron, Matt promena les yeux autour de lui. Il tenta d'établir le contact avec Alex, mais il n'obtint que des grésillements. Quelqu'un brouillait la communication. Il ordonna à Bethany et Caleb de s'allonger pour ne pas respirer la fumée.

— Nous allons sortir d'ici, promit-il, en saisissant son arme.

— Que fais-tu ? s'enquit Bethany.

— Je crée des ouvertures, dit-il.

Il tira en l'air. La fumée les étoufferait s'il ne le faisait pas.

Ils entendirent soudain Alex les appeler tout en martelant la porte.

Matt se précipita pour le prévenir du danger.

— Arrête ! La porte est chargée d'explosifs.

Matt colla son T-shirt sur le nez et encouragea son fils et Bethany à l'imiter. La température grimpait alors que les flammes s'infiltraient le long des murs en rondins.

— Y a-t-il des fenêtres ou une porte à l'arrière ? demanda Matt.

Caleb secoua la tête.

— Juste une lucarne dans la salle de bains.

Une salle de bains lui donna l'espoir d'avoir de l'eau, mais, dès qu'ils furent entassés dans la minuscule pièce, il s'aperçut qu'elle avait été coupée.

À l'aide de la crosse de son pistolet, il brisa la vitre. Alex le rejoignit de l'autre côté avec d'autres mauvaises nouvelles.

— Ce chalet est piégé de partout. Il y a des explosifs tout le long des murs. Si nous essayons d'ouvrir une brèche, tout sautera.

— Et si nous ne faisons rien ?

— Le feu détruira la cabane en une heure ou moins. Espérons que les pompiers arriveront à temps pour maîtriser l'incendie. Un de mes hommes est en train de sonder le puits.

Matt refusait de céder au désespoir. Il ne laisserait pas un fou furieux assoiffé de vengeance l'arrêter. Ils sortiraient tous les trois vivants de cet enfer, se promit-il.

— Nous allons passer par cette lucarne après en avoir élargi l'ouverture, déclara-t-il. En veillant à ce que les explosifs ne nous sautent pas à la figure.

Un petit sourire traversa le visage maigre d'Alex.

— J'en suis.

Alex courut chercher quelque chose pour détruire le mur extérieur tandis que Matt retirait le cadre de la lucarne.

Il avait peu de place pour manœuvrer, mais il ne voulait pas envoyer Caleb ou Bethany dans la salle principale, au milieu de la fumée et sous l'œil de cette caméra.

Tous deux s'étaient réfugiés dans la cabine de douche tandis qu'il s'acharnait sur la petite ouverture, alternant coups de pied et coups d'épaule. Le mur commençait à montrer des signes de faiblesse, mais dans la pièce voisine le feu s'intensifiait.

Avec un rugissement de frustration, Matt redoubla d'efforts et enfin une grosse partie de la cloison céda.

— Dehors !

Il attrapa Bethany, l'embrassa sur le front et l'aida à se faufiler par l'ouverture. Puis il fit signe à Caleb de sortir par là à son tour.

Au moment où l'adolescent se hissait vers la lucarne, une série d'explosifs se déclencha au-dessus de leurs têtes. Le plafond de la salle de bains prit feu et des débris enflammés tombèrent en pluie.

Matt poussa à la hâte Caleb par l'étroit passage. Lorsque son fils parvint à sauter dans les bras de sa mère, Matt respira mieux.

— Viens, Matt ! cria Bethany. Maintenant !

— Mets-les à l'abri, Alex ! cria-t-il. Écarte-les, tout va sauter !

Son ami éloigna à grands pas Bethany et Caleb tandis qu'il se glissait à travers le trou. Une déflagration se fit alors entendre, et ce qui restait de la cabane de rondins explosa.

Matt fut propulsé en l'air. Il fut projeté vers un arbre qui mit un terme à son élan. Il retomba alors lourdement sur le sol.

Bethany se précipita vers lui.

— Matt ? Matt !

— Je vais bien, grommela-t-il. Laisse-moi juste un instant.

Comme Alex entrait dans son champ de vision, il comprit qu'il avait réussi, que sa famille était sauvée. Il laissa l'obscurité l'engloutir.

— Matt ! gémit Bethany quand les paupières de Matt se fermèrent. Réveille-toi, Matt. Nous avons besoin de toi.

Caleb sanglotait à côté d'elle, serrant la main de son père.

— On se calme, intervint Alex. Il n'est pas mort.

Bethany le vit presser les doigts contre le cou de Matt.

— Le pouls est fort, dit-il. Il est juste épuisé. Ça va aller.

Déjà, une ambulance arrivait et, très vite, l'équipe médicale s'affaira sur Matt et confirma à Bethany qu'il s'en sortirait.

Accrochée à Caleb, elle monta dans un véhicule et tous deux quittèrent la forêt. Des militaires en uniforme et des enquêteurs les accueillirent à l'hôpital. Ils attendirent des nouvelles de Matt en compagnie de ses parents, venus les rejoindre à bord d'un avion affrété par Alex.

— Papy, commença Caleb. Le type que nous entendions, celui qui nous avait enlevés, disait que tu aurais droit au spectacle. As-tu reçu des images du chalet ?

Ben hocha la tête, le visage pâle et le regard menaçant.

— Toute la scène est apparue sur l'écran de mon smartphone à partir du moment où tous deux avez été jetés à l'intérieur.

— Je n'ai rien su faire pour nous sortir de là, balbutia Caleb.

Ben changea de siège pour s'asseoir à côté de lui et le réconforter.

— C'est faux. Au contraire, tu as été formidable, dit-il. Tu as gardé ton calme, tu as caché ton smartphone ce qui a permis à l'équipe de vous localiser. Ton aide a été énorme, décisive. Tu as écouté ta mère, secondé ton père et fais la différence. Je suis très fier de toi.

— Et vous, Bethany, renchérit Patricia, vous avez fait preuve de force et d'intelligence, et vous avez élevé votre fils pour en faire ce garçon exceptionnel.

— Merci.

Elle la laissa la prendre dans ses bras.

— J'ai toujours rêvé d'épouser Matt, avoua-t-elle. Mais j'avais peur qu'il me reproche de l'avoir piégé.

— Le mariage fait peur, chérie, dit Patricia. Il faut de la force à une femme pour s'engager pour la vie aux côtés d'un homme. Et rien n'est jamais garanti dans la vie. Mais, quand vous trouvez quelqu'un qui vous aime vraiment, alors il faut tenter votre chance avec lui.

Bethany hocha la tête.

— S'il me redemande ma main, je dirai oui.

— Nous le lui demanderons, maman, dit Caleb en les serrant tous trois dans ses bras.

L'idée semblait absurde mais, quand Ben et Patricia éclatèrent de rire, Bethany sut qu'elle était pourtant parfaite.

Regarder la vidéo de la scène dans le chalet le mettait tellement en colère qu'il finit par la mettre de côté. Il l'étudierait plus tard.

Dans l'immédiat, il avait une décision plus urgente à prendre. Il relut le rapport concernant l'arrestation de ses deux gars et soupesa ses options. Ses hommes connaissaient le prix de l'échec et les sanctions encourues s'ils se faisaient prendre. D'après ses sources, les sbires arrêtés au chalet n'avaient aucun nom à donner aux enquêteurs ni d'informations susceptibles de les mettre sur sa piste. Mais il n'était pas question de courir des risques inutiles.

S'emparant de son téléphone, il donna l'ordre de les exécuter. Personne n'était irremplaçable. À sa place, le général Riley aurait pris la même décision. Ils se ressemblaient bien plus que personne ne le suspecterait jamais.

Certes, il était contrarié d'avoir perdu cette bataille, mais l'important était de gagner la guerre. Matt était peut-être le rejeton préféré, mais il n'était pas la seule personne dont se souciait le général Riley.

Tuer son fils aîné et son premier petit-fils aurait envoyé un message clair. Dommage que le plan n'ait pas abouti. Tant pis. Il avait appris de ses erreurs et il serait plus efficace la prochaine fois.

Il se déplaça jusqu'à la fenêtre et caressa sa barbe. Tout en regardant l'étendue bleue du ciel, il anticipait la suite.

Oui, il y aurait une autre opportunité, une autre ouverture. Il avait déjà des hommes sur place, venus en éclaireurs pour organiser la prochaine attaque.

Le temps passé sous le commandement de Riley lui avait appris la ténacité et la nécessité de chercher au-delà de l'évidence pour trouver une solution viable.

La partie était loin d'être terminée.

# 14

Vêtu de son uniforme, Matt traversait la ville à pied. Il admirait Washington comme le ferait un touriste afin de la voir avec les yeux de son fils. Loin du New Jersey, tout était nouveau, dépaysant, pour Caleb. Désormais, l'adolescent pourrait faire la navette pour venir lui rendre visite, au moins pendant l'année scolaire en cours. Pour la suite, rien n'était sûr.

Dans quelques mois, une fois sa mission au Pentagone terminée, Matt serait envoyé ailleurs pour prendre le commandement d'un bataillon. Où qu'il soit nommé, il serait en poste assez longtemps pour permettre à Caleb de fréquenter le lycée local. Dans l'hypothèse où tout se passait comme il l'espérait. La vie aux côtés d'un officier de carrière ne garantissait pas la stabilité familiale typique que Bethany avait toujours souhaitée pour son fils.

Il caressa du bout des doigts l'écrin qu'il avait glissé dans sa poche. Toute la nuit, il y avait réfléchi et n'avait trouvé aucune raison rationnelle suffisante pour la convaincre de lier sa vie à la sienne, de l'épouser. Pourtant, au petit matin, il avait décidé de tenter sa chance, de sauter dans le vide. Advienne que pourra.

Il l'aimait. Elle lui avait dit qu'elle l'aimait aussi, même si elle pensait qu'il dormait lorsqu'elle lui avait fait cette déclaration. L'amour n'avait pas suffi quand ils étaient jeunes. Cette grossesse surprise les avait désarçonnés à l'époque. Mais maintenant Matt serait incapable de vivre sans eux. Si Bethany l'exigeait, il se sentait prêt à quitter l'armée, à embrasser une autre carrière.

En quête de courage, il prit une profonde inspiration et entra dans leur hôtel. Il n'avait pas revu Bethany depuis leur sortie de l'hôpital. Il aurait voulu lui laisser le temps de souffler, mais tous trois avaient dû affronter de nombreux interrogatoires et débriefings pour aider les enquêteurs à tenter d'identifier le cerveau de ces attaques. Quelques jours après leur incarcération, les deux gardes qu'ils avaient arrêtés avaient été tués en prison. En revanche, la façon dont le chalet avait été piégé leur avait donné beaucoup d'informations. La menace n'émanait pas d'un amateur mais d'un militaire ou d'un ancien militaire, ils en étaient à présent certains. Une liste de suspects avait été dressée. Ils espéraient aboutir et identifier bientôt le coupable.

Matt avait échangé tous les jours avec Bethany et Caleb par téléphone. Hier soir, ils avaient convenu de se retrouver pour le petit déjeuner à l'hôtel avant que tous deux repartent dans le New Jersey.

En entrant dans la salle de restaurant, il les vit attablés dans un coin près d'une fenêtre. Le soleil mettait des pépites d'or dans la chevelure dorée de Bethany. Caleb lui fit signe mais, quand Bethany se retourna, son sourire n'atteignait pas tout à fait ses yeux.

S'agissait-il d'un bon ou d'un mauvais signe ? S'il avait appris à identifier au premier regard ses alliés et ses ennemis en mission, Matt était incapable de cerner cette expression particulière.

La serveuse lui apporta du café, et tous trois allèrent se servir au buffet. Deux fois, profitant que Caleb y retournait pour réclamer d'autres pancakes, Matt avait voulu demander Bethany en mariage. Deux fois, il s'était dégonflé au dernier moment. Surtout, il se rendait compte qu'il devrait leur poser la question à tous les deux. Bethany et Caleb formaient une équipe.

Comme Caleb se levait pour se resservir, la serveuse débarrassa l'assiette de Bethany et proposa du café à Matt. D'un air résigné, Bethany lui demanda une autre tasse de thé.

Elle s'éclaircit la gorge.

— Je suis contente que ta famille soit au courant pour... nous.

Matt sentit son ventre nouer, devinant que « nous » ne l'incluait pas lui. Pas encore.

— Vraiment ?

— Ta mère nous a invités à passer Noël avec la tribu Riley, dit-elle alors que Caleb revenait à la table.

— On ira, alors ? s'exclama l'adolescent avec enthousiasme. Ils m'ont promis de m'apprendre à naviguer.

Bethany jeta un coup d'œil impuissant à Matt.

— Je sais que tu as ta vie, commença-t-elle.

— J'ai une carrière, rectifia-t-il. Caleb et toi êtes ma vie.

Caleb, qui s'apprêtait à mettre un énorme morceau de pancake dans sa bouche, interrompit son geste et jeta un coup d'œil à sa mère.

Matt se pencha vers lui.

— Ce n'est pas parce que je n'étais pas là, auprès de toi, que je ne pensais pas à toi tous les jours, assura-t-il à son fils.

Il posa l'écrin devant Bethany.

— Je vais vous poser une question à tous les deux, et vous pourrez prendre tout le temps dont vous avez besoin pour y réfléchir avant de répondre. Je vous laisserai en discuter entre vous.

Quand il ouvrit l'écrin, dévoilant un diamant qui brillait de mille feux, il vit les yeux éberlués de la mère et du fils.

— Matt...

— Non, attends. Laisse-moi vous expliquer.

Il ne la laisserait pas le repousser, une fois de plus, avant de l'avoir écouté.

— Je vous aime tous les deux. Je vous ai toujours aimés. Bethany, veux-tu m'épouser ? As-tu envie que je sois ton mari et toi, Caleb, ajouta-t-il en se tournant vers l'adolescent, souhaites-tu que je sois ton père au quotidien ?

Il repoussa sa chaise de la table.

— Parlez-en entre vous. Quoi que vous décidiez, je ne cesserai jamais de vous aimer.

— Matt, tu n'es pas obligé de partir. Caleb et moi pouvons déjà te donner notre réponse, n'est-ce pas, chéri ?

Caleb hocha la tête, les yeux brillants.

— Lorsque tu étais à l'hôpital, j'ai dit à maman que nous devrions te demander ta main.

Une bouffée d'espoir souleva la poitrine de Matt.

Bethany sortit une petite boîte de son sac.

— Ta mère m'a aidée, dit-elle.

Matt ouvrit l'écrin. À l'intérieur se trouvaient deux anneaux, l'un en or, l'autre en titane poli.

— Caleb et moi les avons choisis ensemble. Ta mère m'avait donné ta taille de ton doigt, mais bien sûr il nous sera facile de les échanger si tu préfères quelque chose de différent.

— Vous les avez choisis pour moi. Rien ne pourrait me faire plus plaisir. Je ne veux rien d'autre. Et toi, Bethany, que penses-tu de cette bague ? Te plaît-elle ?

Elle glissa le diamant sur son annulaire gauche.

— Elle est magnifique.

La lumière du soleil jouait sur la pierre tandis qu'elle tendait la main devant elle pour l'admirer.

Matt lui sourit.

— Je sais qu'il y aura des détails à régler, des ajustements à trouver, dit-il. Mais nous y arriverions.

— Maman a dit que faire partie de ta famille signifiait qu'il nous faudrait déménager, nous installer à Washington ? dit Caleb. Cela m'ennuie un peu de m'éloigner de mes copains mais, si c'est pour vivre avec toi, ça en vaut la peine.

Matt ferma les paupières un bref instant pour savourer ce moment. Il n'aurait pu être plus heureux.

— S'il s'avère trop compliqué de concilier l'armée et ma vie de famille, je donnerai la priorité à vous deux. Toujours. S'il le faut, je suis prêt à renoncer à ma carrière militaire. L'important est que vous soyez heureux, que nous soyons heureux tous les trois.

— Il n'est pas question que tu quittes l'armée, murmura Bethany. Aucun de nous ne le veut.

— En tout cas, je suis en poste à Washington pour encore un an. Ensuite, je prendrai le commandement d'un bataillon pendant quelques années. Je ne sais pas encore où je serai muté, mais j'espère que vous me suivrez. Nous déciderons à chaque étape ce que nous voulons, de ce dont nous avons besoin.

— Tous ensemble, comme une famille, dit Caleb avec détermination.

Matt n'avait jamais entendu de mots plus doux à ses oreilles jusqu'à ce que Bethany ne prononce ceux qu'il n'espérait plus.

— Je t'aime, dit-elle d'une voix forte et claire.

Submergé par l'émotion, il se pencha vers elle pour l'embrasser profondément.

— Vas-tu m'adopter ? demanda Caleb.

Matt posa une main sur son épaule.

— Ce ne sera pas nécessaire. Tu as toujours été mon fils, légalement.

Il attendit que l'adolescent le regarde en face.

— J'aimerais toutefois que le reste du monde le sache et donc que tu changes de nom de famille pour prendre le mien, si cela te convient.

— J'en serais heureux, papa. Caleb Riley, ça sonne bien.

Il sourit lorsque Matt frappa sa main pour conclure ce pacte.

Matt s'aperçut soudain à quel point Caleb ressemblait à ses petits frères dans ses expressions. Le gamin était un vrai Riley, et ses oncles et tantes feraient de leur mieux pour lui donner des racines.

— Papa, viendras-tu assister à mon prochain match ?

— La date est déjà marquée d'une grande croix dans mon agenda, répondit Matt.

Il couvrit la main de Bethany avec la sienne.

— Pas de regrets ? Pas d'inquiétudes cachées ?

— Ni regrets ni inquiétudes. Tu es le seul avec qui je me sens capable de tout affronter, affirma-t-elle. Tu as toujours été là pour me soutenir. Il m'a fallu beaucoup de temps pour le reconnaître et cesser de fuir la vérité. Mais maintenant plus rien ne nous séparera.

Cet aveu le surprit et le rendit plus heureux encore.

— Nous sommes ensemble, mon amour. Comme j'en rêve depuis plus de quinze ans.

— Je t'aime, Matt, dit-elle en pressant ses lèvres contre les siennes. Pour toujours.

— Je t'aime depuis et pour toujours. Il est temps de vivre ensemble.

— Rentrons à la maison.

Une main dans la sienne, l'autre posée sur les épaules de son fils, il les entraîna dehors. Ils sortirent du restaurant pour vivre leur première journée en famille.

# RESTEZ CONNECTÉ AVEC HARLEQUIN

**Harlequin vous offre un large choix de littérature sentimentale !**

Sélectionnez votre style parmi toutes les idées de lecture proposées !

**www.harlequin.fr**

- **Découvrez** toutes nos actualités, exclusivités, promotions, parutions à venir...
- **Partagez** vos avis sur vos dernières lectures...
- **Lisez** gratuitement en ligne
- **Retrouvez** vos abonnements, vos romans dédicacés, vos livres et vos ebooks en précommande...

**L'application Harlequin**

- Des **ebooks gratuits** inclus dans l'application
- **+ de 50 nouveautés tous les mois !**
- Des **petits prix** toute l'année
- Une **facilité de lecture** en un clic hors connexion
- Et plein d'autres avantages...

**Téléchargez notre application gratuitement**

Télécharger dans l'App Store

DISPONIBLE SUR Google Play

SUIVEZ-NOUS !

facebook.com/HarlequinFrance
twitter.com/harlequinfrance

# ’OTRE COLLECTION PRÉFÉRÉE DIRECTEMENT CHEZ VOUS

**0€***

Vos **2** premiers **livres** découverte

**+ 1 cadeau surprise**

*L’amour vous transporte, on vous l’apporte !*

*+4,95 € de frais
ie traitement.

| Collections au choix | 1ers Envois | Envois suivants |
|---|---|---|
| AZUR | 2 livres **0 €* + 1 cadeau** | 6 livres par mois **32,70 €** |
| BLACK ROSE | 2 livres **0 €* + 1 cadeau** | 2 livres par mois **20,00 €** |
| BLANCHE | 2 livres **0 €* + 1 cadeau** | 2 livres par mois **18,20 €** |
| VICTORIA | 2 livres **0 €* + 1 cadeau** | 3 livres tous les 2 mois **29,45 €** |

REDER SAS au capital de 1 500 000 € - RCS Paris B 410 714 885.
Renseignements au 0 892 680 181 (0,40 €/min + prix appel).

# OFFRE DÉCOUVERTE

À compléter et à retourner sans affranchir :

LIRIADE-HARLEQUIN - Libre-réponse 40181 - 27039 ÉVREUX CEDEX

☐ **OUI**, je profite de votre **Offre Découverte Harlequin** gratuitement (+ 4,95 € de frais de traitement).

e choisis de recevoir la collection :

☐ AZUR — Club **3A02E** /Clé **E3788**

☐ BLACK ROSE — Club **3R01J** /Clé **E3789**

☐ BLANCHE — Club **3B01E** /Clé **E3790**

☐ VICTORIA — Club **3V01G** /Clé **E3791**

**i-joint mon règlement pour les frais de raitement de 4,95 € par :**

☐ Chèque à l’ordre de **HARLEQUIN**

☐ **Carte bancaire** (Carte Bleue, Visa, Eurocard Mastercard)

l°:

ate de validité :

ryptogramme au dos de ma carte :
(indispensable)

**ate limite : 31 décembre 2025.** Envoyez-moi sans bligation selon la lettre jointe à mon envoi les colis uivants de la collection que j’ai choisie. Mon premier olis de 4,95€ me sera livré sous 6 jours environ elon les délais postaux. Si je ne suis pas satisfaite, me suffira de le retourner sous 30 jours dans son mballage d’origine. Je serai alors remboursée.

Mme/M. :

Prénom :

Adresse :

Code postal :

Ville :

**Indispensable pour le suivi de votre commande :**

Téléphone :

E-mail :

Signature obligatoire ▼ Date : J J M M A A

re valable pour la France métropolitaine et Monaco. Conformément à la loi informatique et libertés du 06.01.1978 (Art. 27) et au Règlement européen du 27 avril 2016, vous disposez n droit d’accès et de rectification aux données personnelles vous concernant. Notre politique de traitement des données personnelles est nsultable sur demande. Les prix sont garantis dans la limite des stocks disponibles, offres valables jusqu’au 31 décembre 2025. En cas puisement, seul le remboursement de la somme versée, majorée des intérêts légaux, peut être exigé. Par notre intermédiaire, vous pouvez e amené à recevoir des propositions de nos partenaires, si vous ne le souhaitez pas, il suffit de cocher ici ☐ ou de nous contacter en nous liquant vos nom, prénom et adresse. Offre réservée aux personnes majeures. Ce délai est valable uniquement pour les articles disponibles. ur les commandes passées par courrier, il convient d’ajouter le délai d’acheminement et de traitement de votre bon de commande.

PAPIER — BAC DE TRI

REDER SAS au capital de 1 500 000 € - RCS Paris B 410 714 885.